古典詩歌研究彙刊

第十九輯

龔鵬程 主編

第 6 冊

多元文化中元代邊塞詩的發展

郭 小 轉 著

國家圖書館出版品預行編目資料

多元文化中元代邊塞詩的發展／郭小轉 著 — 初版 — 新北市：
花木蘭文化出版社，2016〔民 105〕
序 4+ 目 4+308 面；17×24 公分
（古典詩歌研究彙刊 第十九輯；第 6 冊）
ISBN 978-986-404-465-8（精裝）
1. 邊塞詩 2. 詩評 3. 元代

820.91   105001547

ISBN-978-986-404-465-8

9 789864 044658

古典詩歌研究彙刊
第十九輯　第六冊   ISBN：978-986-404-465-8

多元文化中元代邊塞詩的發展

作　　者　郭小轉
主　　編　龔鵬程
總 編 輯　杜潔祥
副總編輯　楊嘉樂
編　　輯　許郁翎
出　　版　花木蘭文化出版社
社　　長　高小娟
聯絡地址　235 新北市中和區中安街七二號十三樓
　　　　　電話：02-2923-1455 ／傳眞：02-2923-1452
網　　址　http://www.huamulan.tw 信箱 hml810518@gmail.com
印　　刷　普羅文化出版廣告事業
初　　版　2016 年 3 月
全書字數　227784 字
定　　價　第十九輯共 8 冊（精裝）新台幣 12,800 元

多元文化中元代邊塞詩的發展

郭小轉　著

作者簡介

郭小轉，1979 年出生於河南南陽。2012 年於中央民族大學文學與新聞傳播學院獲文學博士學位。同年 9 月進入山東大學文學院博士後流動站工作，2014 年 7 月，順利出站並進入山西大學文學院任教至今。主要研究方向爲宋元明清文學及中國詩學。曾發表論文《特殊的元代邊塞詩及其傳承意義》、《吳嘉紀與東淘遺民詩群》、《〈孔尚任全集輯校注評〉補遺》、《重論元散曲中的隱逸情結──從民族文化交融角度說開去》、《從蒙古族習俗及文化心理看元雜劇大團圓結局》等。

提　　要

　　元朝是蒙古族入主中原所建立的統一多民族國家，多民族的交流、融合使元代文學處在多元文化氛圍中。這種氛圍對元代所有的文學樣式都有深遠影響。元詩以及元代邊塞詩在這種背景下，力圖突破唐詩、宋詩的束縛，雖取得了不俗的成就，但由於後世對元曲研究的偏愛，成就被弱化了。我們在元代多元文化背景中對元代邊塞詩的研究，實際上是對元詩，特別是元代邊塞詩創作成就的一種回歸或重視。在中國詩歌，特別是邊塞詩發展史上，元代邊塞詩正處於上承唐宋、下啟明清的連接位置。若失去了對它的客觀對待，對中國古代詩歌，特別是邊塞詩發展的整體觀照便可能會有所偏頗，這應該引起我們的注意。

　　元代邊塞詩在整個邊塞詩發展史上有著承上啟下的作用，本文從繼承與發展兩個方面去考察多元文化背景中元代邊塞詩的發展：一方面，元代邊塞詩中有許多傳統題材，這些詩歌在征夫思婦、邊塞風光等方面很好地繼承了漢唐邊塞詩的優良傳統；另一方面，即使是這些傳統題材的元代邊塞詩中也獨具特色。如元代對雁意象的涵義延伸等。此外，西征詩與扈從詩又是邊塞詩在元代的新發展，它們在多元文化背景中熠熠生輝。在元代的多元文化背景中，我們從政治、經濟、宗教等多方面入手，對與邊塞詩聯繫緊密的御前奏聞、質子軍、上都分省，農業、牧業和漁獵 元代文人心態及多元文化並存等內容重點介紹。在其後的作品分析中，則有機穿插如怯薛制度、藏傳佛教等重要內容。對元代多元文化背景的介紹是研究元代邊塞詩的準備階段，在接下來的幾章中，擬從繼承和發展兩方面對元代邊塞詩的現狀進行分析。

　　「邊塞詩」與「元代邊塞詩」是關係緊密的兩個概念。元代邊塞的特殊性使元代邊塞詩具有與前代更爲豐富的內容。這就需通過對傳統邊塞詩的概括和分析，去發現和歸納元代邊塞詩所獨具的時代性和民族性。對邊塞戰爭的描寫，對征夫思婦的描述，對邊塞風光的描繪等都是邊塞詩的傳統內容。在元代邊塞詩中，還特選取了搗衣、雁等意象與題材去解讀其背後的社會內涵。

成吉思汗及其子孫的三次西征是蒙元歷史中的重大事件，也是元代邊塞詩中西征詩的重要內容。本文通過對第一次西征的介紹，重點突出在此過程中所產生的西征詩。丘處機和耶律楚材為代表的西征詩人對元代邊塞詩的發展作出了重要貢獻，在此表現出來的邊塞詩內容的拓展和情感的變化，都是元代邊塞詩發展的重要表現。忽必烈建元後，兩都制成為元朝的重要制度，蒙元皇帝每年巡幸上都成為國之重事。扈從人員在此過程中所創作的扈從詩也為元代邊塞詩畫上了濃墨重彩的一筆。元上都的自然物產、風俗人情等成為元代邊塞詩中的重要題材，而融合了邊塞詩與宮詞兩種題材的元代宮詞又成為扈從詩中的亮點，成為元代邊塞詩中的特殊組成部分，也為宮詞和邊塞詩的發展做出了貢獻。

　　元代邊塞詩的發展首先體現在疆域擴大帶來的內容拓展。與漢唐疆域相比，元代疆域有著明顯的擴大。蒙元帝國複雜的疆域組成也帶來了邊塞詩內容的拓展。其次，在描述方法與思想情感方面，元代邊塞詩亦表現出了很大的發展空間。元代邊塞詩的寫實手法與客觀描述，以及對邊塞自然風物習俗的熱愛之情等都是它明顯的變化。再次，在元代邊塞詩創作隊伍中的少數民族詩人群體和邊塞詩創作體式中的組詩加注等形式，也為元代邊塞詩的發展做了很好的注腳。最後，從詩歌史的角度去觀照元代邊塞詩和元詩，更容易看出元代多元文化背景對元詩，特別是元代邊塞詩創作的重要影響。

序

　　文學創作反映了廣泛、豐富的社會生活，與當時的社會現實有密切的關係。元代作爲我國歷史上第一個由少數民族──蒙古族入主中原所建立的統一的封建王朝，其間廣泛開展的多民族文化交融或多元文化交流是當時社會現實的突出點之一。這深深地影響了當時的文學創作。所以，從民族文化交融的角度或多元文化交流的角度對元代詩歌進行研究，當爲一個新視角或新的切入點，當豐富或推動元代詩歌的研究。

　　元代詩歌創作與唐詩、宋詩相比較有自己鮮明的特點。這從其詩人及詩作數量，民族職業構成及所反映內容之豐富、地域之廣闊等方面可以佐證。楊鐮所編《全元詩》收近 5000 位詩人 13 余萬首詩作，超《全唐詩》所收 2200 位詩人 4.89 萬首詩作。這從詩人和詩作數量方面說明元詩的不該被忽視。

　　另元詩壇詩人的民族成分和職業構成應該說是最繁富和多樣化的。考查今有詩作流傳的詩人，從民族成分看，除漢族詩人外，尚有蒙古、回回、畏吾兒、契丹、女眞、葛羅祿（突厥）、唐兀（黨項）、僰（白）等幾十個少數民族，涵蓋了當時的所謂蒙古、色目、南人、漢人全部四個種群。這在中國其他朝代是少有的事情。從職業構成方面來看，除傳統的文人、官員外，多種宗教人士的參與是其突出點。

宗教人士能詩者史不絕書，但傳統上釋（佛）、道人士居多。但元代僧人、道士、也裏可溫、答失蠻四種宗教人士俱全。這是元代詩壇的一大突破，在中國詩歌史上也是絕無僅有的事情。

元代詩歌創作從所涉地域來看，遠及塞北大漠、中亞西域、東南亞、東北亞以及大洋諸地。這在我國其他朝代的詩歌創作史上是比較少見的。塞北大漠是唐以來傳統邊塞詩的寫作範疇。但元代與唐宋邊塞詩相比較體現出鮮明的時代特色。唐宋邊塞詩多以戰爭爲題材，多表現壯懷激烈、建功立業且不時有淒苦悲愁的感情色彩。而元代則完全不同，雖然也有對戰爭的描寫，但多爲對塞北邊疆的自然風光、物產風俗、宗教信仰等的描寫，體現的是多民族文化交融的和諧狀況。另描寫中亞西域、南亞大洋諸地的詩作也有不少。

這樣，我們從詩人及詩作數量，民族職業構成及所反映內容之豐富、地域之廣闊等方面來看，元代詩歌確實有自己鮮明的特點，是值得我們重視的。而這些研究是離不開民族文化交融或多元文化交流的大背景的。

郭小轉跟從我讀博士 3 年，該書是在她的博士學位論文《多元文化背景中元代邊塞詩的發展》的基礎上修改而成的。小轉在讀博期間就非常注意元代文學研究的多元文化背景。曾聽過蒙古史等課程，並學習過蒙古語。這對她在多元文化背景下研究元代邊塞詩是有幫助的。

元代文學研究中，學界對元曲（散曲、雜劇）研究用力甚勤，成果也較爲豐富，詩歌研究相對較弱，從多元文化角度對邊塞詩進行研究就更弱了。小轉選取這一有難度並富挑戰性的題目來做，顯示了她迎難而上且勇於創新的精神。

本書對元代的多元文化背景，元代邊塞詩及其傳統題材，元代邊塞詩之西征詩，元代邊塞詩之扈從詩，元代邊塞詩的發展等進行了比較系統地論述，具有一定的創新性和學術價值。其間突出了多元文化和邊塞詩兩部分。多元文化是全書的背景並融入論述中，邊塞詩是其

重點。關於元代邊塞詩定義及所涉內容，作者也做了鑒定和廓清。指出沿用邊塞詩一詞，只是為了論述之方便。元代邊塞詩與中國文學史上之邊塞詩特別是唐代邊塞詩，無論所反映的內容還是所涉地域均是有區別的。如元代邊塞詩所大量反映的元上都的方方面面，當時西域的種種情況，按傳統邊塞詩的概念是很難包含進來的。

　　小轉現在山西大學文學院從事中國古代文學的教學與科研，希望她能以此書為堅實的新起點，在教學科研中取得更大的成績。是為序！

雲峰

2016 年 1 月 26 日於北京

目次

緒　論

一、選題意義與研究方法

（一）選題意義

　　元代是一個特色鮮明的朝代，首先，蒙古人入主中原並一統天下，不僅帶來了政權的更替，更給元代文人帶來了思想上的衝擊；其次，元代是中國雅俗文學的分水嶺，中國文學的文體在這一時期有了很大的變化，戲曲、小說等俗文學樣式佔據了統治地位並對後世的創作產生了重要影響；再次，元代是民族融合高度發展的朝代，多民族共處的局面使元代社會出現了更多新元素。鑒於這種特殊性，元代文學本身在發展過程中便有其獨特性。元代邊塞詩是元代文學的有機組成部分，也是古代邊塞詩史上不可缺少的重要一環。而縱觀對元代邊塞詩的研究，卻並未體現出對它應有的關懷。由於是「異族」統治，深受儒家思想浸染的漢族文人們不願承認和接受蒙古人政權。這種政治上的牴觸直接影響了對元代文學的定位，過度的誇大了元朝統治時期的黑暗和落後，也太過草率的否定了元代文學和文化。元曲成為「一代之文學」後，元詩無疑長期被隱匿在元曲的光環下少為人知，遑論元代邊塞詩的發展。本文的選題便由此而來，元代邊塞詩目前並未有太多系統的研究，而在多元文化背

景中的研究更是少之又少，此其一；元代的多元文化背景是元代文
學的大環境，是所有文學樣式必須面對的客觀現實，在這樣的氛圍
中，元詩會有怎樣的不同，元代邊塞詩是一個觀察窗口，此其二；
元代邊塞詩處於古代邊塞詩史的中間地帶，上承唐代邊塞詩的輝
煌，下啓清代邊塞詩的又一次高峰，元代邊塞詩的連接作用不容忽
視，此其三。鑒於此，本文希望通過元代邊塞詩在多元文化背景中
的發展，透過元代邊塞詩在發展過程中的特點和新質，能對元詩的
重新認識略盡綿薄之力。

　　元代因多民族融合的大環境，社會中出現了很多有別於其它朝
代的因素，政治、經濟、宗教等範圍內都有了新的變化。元代文人
在經歷了鼎革之變和由民族差異所帶來的種種不同後，對蒙古人統
治的新朝和他們的文化理念都有了更新的認識和微妙的心理變
化。這種文人心態的不同在元代文學的各個領域都有所反映，在元
代邊塞詩中也不例外。元代最明顯的變化是疆域的空前擴大，這為
詩人的創作提供了更多的空間。元代遼闊的疆域和發達的驛站交
通，使元代詩人可以盡情領略大一統下美麗的河山和豐富多彩的各
民族風情。從杏花煙雨江南到鐵馬秋風塞北，從中原的儒家文化到
塞外的野性奔放，甚至是西域、中亞和歐洲等鐵騎所到之處的種種
現象，元代邊塞詩隨著詩人的不斷遊走，記錄了更多更新的內容，
也隨著詩人思想感情的變化，留下了更多更豐富的感觸。元代邊塞
詩正是由於這風格各異的不同表達，給後世評定它的人們留下了更
多的懸疑。

　　元代邊塞詩雖然無法超越唐代邊塞詩與清代邊塞詩，面對元曲的
異常繁榮和倍受青睞，也無力爭寵，但它卻在這種兩難境地中艱難地
向前發展。在古代邊塞詩史上，它起到了承上啓下的連接作用。

（二）研究方法和相關問題的界定

　　元代是一個複雜的朝代，各種政治、民族等因素在這裏交融匯
合，文學不僅是各種因素的一個反映窗口，同時也是各種因素中的

一個。元代因其社會的複雜性而有別於之前的朝代，元詩處於這樣一種多元的社會背景中，同樣被賦予了與以往不同的個性。在研究過程中，本文擬從元代邊塞詩的社會背景、影響因素、作者、題材和藝術特色等方面對元代邊塞詩的發展進行分析和研究。故而本文打算用文史互證、文獻考證、文史哲結合等相關理論和方法進行分析，並且在大文學觀念下，從政治、經濟、宗教等方面對元代邊塞詩進行解讀，力圖通過對元代邊塞詩中突出現象和特點的分析研究，對元代邊塞詩在多元文化背景中的發展有一個整體把握，使它在古代邊塞詩史上的地位和價值得以凸顯。

此外，本文所言的多元文化背景主要指蒙古汗國及元朝時期各民族相互交流和融合的社會大背景。包括政治制度上的不同，經濟政策上的變化，宗教信仰的自由，也有整個社會中文人心態和觀念的微妙轉變。就是在這樣複雜的社會背景中，元代邊塞詩是怎樣繼續發展的？而我們所言的「發展」，是從整個古代邊塞詩史的角度來說，是將元代邊塞詩作爲邊塞詩發展鏈條上不可缺少的一環，而非言元代邊塞詩定有某些過人之處。對於元代邊塞詩的發展，本文不以時空爲限，也不以分期爲據，只選取元代邊塞詩中具有元代特色的傳統題材、西征詩和扈從詩作爲突破口，希望由點及面地把握元代邊塞詩的整體風貌。

二、邊塞詩及元代邊塞詩研究現狀

（一）邊塞詩研究現狀

邊塞詩作爲中國古代詩歌題材中的一大類，歷來倍受關注。因其複雜性和不確定性，對它的爭論也從未停止。邊塞詩已然成爲中國古典詩壇中的一朵奇葩，它用昂揚向上的進取精神、纏綿淒美的征戍之思、壯美闊大的邊塞風光、榮枯懸殊的將士命運和奇異多姿的異域風情等變幻多姿的面孔吸引著無數的文人爲它駐足，爲它吟詠。

　　邊塞詩從萌芽到發展、繁榮的各個時期，都吸引了研究者的好奇，二十世紀以來邊塞詩研究一直是學界關注的熱點。從文學流派角度的研究肇始於二十年代，早在 1924 年，徐嘉瑞先生在《中古文學概論》中便已提出了「邊塞派」這一概念。在第五編的第二章「唐代文學之分類」中，對唐詩進行了主客觀的實質分類。客觀類中即分爲社會派、田園派和邊塞派，而邊塞派的特點即用「宏壯」目之。邊塞派的詩人代表爲李頎、岑參、高適、王昌齡、王翰等。徐氏雖未詳論，但已對邊塞詩有了初步的認識和界定。邊塞詩因涉及大量戰爭題材，往往被視爲戰爭文學。1927 年，胡雲翼出版了他的《唐代的戰爭文學》。蘇雪林在 1933 年的《唐詩概論》中將第八章設爲「戰爭和邊塞的作品」，這些作品因爲初次涉及邊塞詩研究，所論尚淺，但其開創之功不可磨滅。歷來對邊塞詩的研究和評價褒貶不一，莫衷一是。我們擬對二十世紀以來的邊塞詩研究做簡單梳理，但鑒於其研究成果的豐富，我們只選取對邊塞詩的界定、主題內容、藝術成就等方面的內容進行介紹，希望能從側面對邊塞詩研究有所瞭解。

1. 邊塞詩的界定與淵源

　　關於邊塞詩的界定，1924 年，徐嘉瑞先生在《中古文學概論》中首次提到邊塞派。此後，胡雲翼、賀昌群、劉經庵、楊啓高〔註1〕等人也都從不同角度對邊塞詩有了初步的認識和界定。這一階段的研究，尚處於發軔期，很多問題有待進一步深入。邊塞詩的界定在八十年代有了突破，具體表現在兩件事情上。第一是 1981 年第 3 期的《文學評論》中發表的吳學恒、王綏青的《邊塞詩派評價質疑》一文引起的大討論。此文一發，在學術界猶如一石激起千層浪，文章的起句「邊塞詩派是伴隨著盛唐時期的民族矛盾而逐漸形成的」便引起了眾多的非議。而文章中的很多觀點都被學人質疑，該文對

〔註1〕 胡大濬、馬蘭州，《七十年邊塞詩研究綜述》，《中國文學研究》，2000年第 3 期。

唐代的邊塞戰爭有這樣的論斷：唐代的邊塞戰爭是唐王朝壓迫侵犯少數民族的不義戰爭。頌揚邊塞戰爭的邊塞詩自然成了爲侵略者唱讚歌，是該受批判的。這種對邊塞詩的幾乎全面否定，當然引起了學術界的強烈反應，多種觀點和批駁文章層現湧出。如吳庚舜發表《談邊塞詩討論中的幾個問題》等，其中便包括對邊塞詩的界定和淵源的論斷。第二是 1984 年 8 月在蘭州召開的唐代文學學會第二屆年會上，學者們對邊塞詩的深入討論。在開展邊塞詩專題討論中，先後有肖澄宇、廖立、餘恕誠、鄭文、周振甫、董乃斌、譚憂學、周祖譔、林家英、蘇者聰、胡大濬、秦紹培、蔣凡等人發言。這次年會其實也是 1981 年大討論的餘波，在這次年會上，學者們圍繞邊塞詩的「正名」、淵源、思想評價和岑參邊塞詩的藝術價值與風格特色等問題進行了討論，並形成了一定的共識。〔註 2〕此間對邊塞詩的界定和淵源問題形成的共識是，「邊塞詩」是反映邊塞戰爭、邊塞生活、邊塞風光的詩。而邊塞詩的淵源有兩種意見，一種認爲，邊塞詩淵源不深，時間主要指盛唐、中唐，不可無限制地上掛下連。另一種意見認爲，所謂邊塞詩主要應從題材來分，而不應以流派風格或時代來劃分。邊塞詩的淵源可以上溯到梁代，甚至是《詩經》的詩歌傳統對邊塞詩的影響。邊塞詩在盛唐時達到巔峰狀態，但在中晚唐未見得就成了「絕唱」。

　　九十年代對邊塞詩的界定，比較有代表性的是閻福玲的觀點。他在《邊塞詩及其特質新論》中提出了對邊塞詩的新解，他認爲，「邊塞詩是一種以歷代的邊塞防衛爲前提和背景集中表現邊塞各類題材內容的詩歌。」〔註 3〕邊塞詩的特質表現在有很強的政治性和社會性，有鮮明的邊塞地域性，有特殊的時代性和有深厚的文化性等方面。他的這一界定對邊塞詩的定義及其包含的特質有了較明

〔註 2〕澗岩，《中國唐代文學學會第二屆年會暨學術討論會綜述》，《西北師大學報》（社會科學版），1988 年第 4 期。

〔註 3〕閻福玲，《邊塞詩及其特質新論》，《河北師範大學學報》（社會科學版），1999 年第 1 期。

確的說明，並解釋了之前把邊塞詩與征戍詩，邊塞詩與戰爭詩，邊塞詩與在邊塞所寫的詩等較容易混淆的概念混爲一談的現象。他對邊塞詩相關問題的說明在學界引起了一定的重視。類似的觀點在黃剛的文章《略論唐以前的邊塞詩》中也有所體現，黃剛將邊塞詩放在整個詩歌發展史的鏈條上來考校。九十年代對於邊塞詩的界定和淵源的研究，以這兩家爲代表。

　　二十世紀以來對此雖仍未形成定論，但是學者們已在某些方面達成共識。佘正松的《邊塞詩研究中若干問題芻議》〔註4〕堪爲典範，文章認爲邊塞詩在時間上不能僅限於唐代或盛唐，在地域上不能僅限於沿長城一線及河西隴右的邊塞之地。邊塞詩產生的時空界限應上溯至先秦兩漢；文章還對「邊塞詩」、「邊塞詩人」、「邊塞詩派」等概念進行了說明。這一論斷基本上代表了二十一世紀以來對邊塞詩的認識。

　　縱觀二十世紀以來對邊塞詩界定和淵源的研究，邊塞詩的界定一直有廣義、狹義之分。廣義的邊塞詩指和邊塞相關的詩歌，在不同時期，對邊塞詩的時空界限有一定的限制；狹義的邊塞詩則特指唐代，甚至是盛唐邊塞詩，對邊塞詩涵義有更嚴格的限定。隨著時間的推進和研究的深入，更多的學者傾向於對邊塞詩採取廣義的界定。但這種界定又在地域、內容等方面有一定的限制。這種對邊塞詩的界定雖然沒有形成定論，但與以前相比，已經比較科學和客觀。對邊塞詩淵源的研究也逐漸運用詩歌史的視角進行觀照，邊塞詩作爲中國古典詩壇中的一朵奇葩，必然也和其它詩歌一樣，有其發生、發展、成熟的成長軌跡。

2. 邊塞詩主題內容的探討

　　對邊塞詩內容主題的討論最初包含在對邊塞詩的整體研究和評價中，此時對邊塞詩主題內容的探討並未成體系，成就也有限。在這

〔註4〕佘正松，《邊塞詩研究中若干問題芻議》，《文學遺產》，2006 年第 4期。

些探討中，主要的主題內容可分爲下面幾類：

（1）戰爭與和平主題

「邊塞詩」這一概念的提出，最初便是將之與邊塞戰爭聯繫在一起的。如胡雲翼的《唐代的戰爭文學》、蘇雪林的《唐詩概論》，後者第八章的標題爲「戰爭和邊塞的作品」，戰爭主題在八十年代的大討論中也是一個熱點，順便提起的便是愛國主義精神與邊塞詩的定性問題。吳學恒、王綏青的觀點認爲，「頌揚和揭露戰爭是其中的兩大主題」〔註 5〕，並認爲高適、岑參等人是爲唐代侵略戰爭唱讚歌，是不可取的，從而提出了評價戰爭正義與否的標準。此文不單是將戰爭與和平問題作爲討論的重點，而且涉及到了邊塞戰爭的性質和評價問題，同時什麼樣的邊塞詩中帶有愛國主義精神等問題也隨之被提出。此文可以說是八十年代大討論的一個導火索，由此引發的討論在八十年代成了學界的一個熱點。主要的文章有吳庚舜的《談邊塞詩討論中的幾個問題》〔註 6〕、禹克坤的《如何評價唐代邊塞詩》〔註 7〕、劉先照的《評邊塞詩——兼與吳學恒、王綏青、涂元渠等同志商榷》〔註 8〕、白堅的《實事求是地評價唐代民族戰爭和邊塞詩》〔註 9〕等。戴世俊在《論盛唐邊塞詩的反戰精神》〔註 10〕中，用李頎和杜甫的邊塞詩作品，如《古從軍行》中「胡雁哀鳴夜夜飛，胡兒眼淚雙雙落」與《兵車行》中「邊庭流血成海水，武皇開邊意未已」，將盛唐邊塞詩中的反戰精神表達的顯露無疑。之後，將戰爭與和平主題作爲集中研究對象的是崔玉梅〔註 11〕。

〔註 5〕吳學恒、王綏青，《邊塞詩派評價質疑》，《文學評論》，1980 年第 3 期。
〔註 6〕吳庚舜，《談邊塞詩討論中的幾個問題》，《文學評論》，1981 年第 6 期。
〔註 7〕禹克坤，《如何評價唐代邊塞詩》，《文學評論》，1981 年第 3 期。
〔註 8〕劉先照，《評邊塞詩——兼與吳學恒、王綏青、涂元渠等同志商榷》，《文學評論》，1981 年第 3 期。
〔註 9〕白堅，《實事求是地評價唐代民族戰爭和邊塞詩》，《甘肅社會科學》，1982 年第 3 期。
〔註 10〕戴世俊，《論盛唐邊塞詩的反戰精神》，《社會科學研究》，1985 年第 3 期。
〔註 11〕崔玉梅，《盛唐邊塞詩中的戰爭與和平主題研究》，中央民族大學碩士論文，2006 年。

2010 年，西北師範大學馬立克的碩士論文《初唐邊戰與邊塞詩》也是這類研究中的成果之一。其實，戰爭與和平主題中所衍生出來的很多內容中，民族融合和各民族的友好交往是比較突出的一個。

（2）民族融合主題

這一主題早在二十世紀八十年代就有學者專門撰文討論過，如任文京認爲，唐代是中國歷史上第二次民族大融合之後的結果時期，「夷夏觀念的不甚分明，不僅給民族文化交流創造了有利條件，也促進了民族之間的通婚」〔註12〕。加上唐代開明的民族政策，民族融合與經濟文化的交流和各民族人民要求友好相處的願望等現實基礎，都對詩人創作產生了重大影響，畢竟戰爭帶給人們的是眼淚多於歡笑。唐代的民族融合與交流雖然屢遭戰爭破壞，但是民族之間文化滲透與融合作爲維繫各族人民情感的紐帶卻從未斷過。民族大融合和民族文化交流的深入發展，對詩人的傳統思想以及邊塞詩主題都有很大衝擊。車寶仁的《唐代邊塞詩所反映的民族和睦》〔註13〕則更具體地說明了唐代邊塞詩中的民族和睦現象。文章從反映各民族和睦融洽、歌頌兄弟民族將士、各族思想文化藝術融合等方面爲我們具體描繪了唐代邊塞詩中的民族和睦，並分析了產生這些詩歌的原因。此外在朱秋德〔註14〕、薛雋雯〔註15〕等人的文章中，也都就民族融合問題進行了分析和討論。朱秋德主要注目於唐代的西域邊塞詩，因爲唐代的西域邊塞是多民族及其文化聚集融合的典型區域和平臺。唐代西域邊塞詩證明了在多民族交往、融合過程中的政治經濟文化交流的歷史，充分反映了各民族之間的和善友

〔註12〕 任文京，《唐代邊塞詩中的民族友好主題》，河北大學學報（哲學社會科學版），1988 年第 4 期。

〔註13〕 車寶仁，《唐代邊塞詩所反映的民族和睦》，陝西師範大學學報（哲學社會科學版），1988 年第 3 期。

〔註14〕 朱秋德，《唐代西域邊塞詩中的民族友好淺析》，《名作欣賞》，2011 年第 14 期。

〔註15〕 薛雋雯，《唐代各族和平交往邊塞詩研究》，上海師範大學碩士論文，2003 年。

好。薛雋雯主要關注的則是唐代邊塞詩創作中關於中原漢族與周邊少數民族之間和平交往、互相融合的那些作品。作者用大量的資料和系統的分析，比較集中的演繹了唐代邊塞詩中的和平主題。

（3）邊塞詩內容的界定

對邊塞詩內容的界定往往是伴隨著對邊塞詩涵義的界定出現的，在八十年代之前的著作中，作者提到邊塞詩，說的最多的往往是邊塞詩中與戰爭相關的內容，胡雲翼與蘇雪林的專著都是如此。而隨著對邊塞詩討論的逐步深入，學者們對邊塞詩內容的界定也越來越具體，有些認識趨於一致。在對邊塞詩內容界定的不斷深化和細化之後，我們可以將邊塞詩內容歸納爲以下幾點：

第一，描寫邊塞戰爭。這部分內容包括對戰事的描述，對將士奮勇殺敵、報效國家主題的表達，對將士生死榮辱懸殊的揭露和對將士的思鄉懷遠的描述等。

第二，描寫邊地風光。這部分內容在唐代和之前的邊塞詩中多是描述邊地氣候的惡劣、大漠風光的壯美等，多爲戰爭描寫服務，表現性與主觀性較強。

第三，征夫思婦的哀愁。此爲戰爭的衍生物，在描寫將士思鄉之情和厭戰情緒時，往往會有對思婦的描寫。而眞正將女性引入到邊塞詩中，大概是在梁陳時代，之後女性便成了邊塞詩中的重要內容。

第四，對邊地奇異風物和各民族融合交流的描寫。這部分內容在唐以後的邊塞詩中分量越來越大，如閻福玲曾撰文說明邊塞詩中在描寫邊景時的二重境界。他認爲，「中國古代邊塞詩的邊景描寫經歷了三大階段，呈現爲表現與再現、壯美與趣美相對應的二重美學境界」〔註16〕。這種二重境界，與邊塞詩發展演進的兩大階段（唐以前與宋元明清）、兩類詩體（樂府與七絕組詩）、兩個重心（前期爲征戍戰爭，後期爲寫景記俗）正相契合，是邊塞詩演進階段性的體現，是中華各

〔註16〕閻福玲，《邊塞詩描寫邊景的二重境界》，《內蒙古大學學報》（人文社會科學版），2003 年第 2 期。

民族由對抗到融合的歷史現實在詩中的反映。

　　邊塞詩內容的界定隨著研究的深入，逐漸趨於多樣化，而邊塞詩中所反映的文化因素也逐步加強。

　　此外，還有一些文章涉及到其它的主題，如毛德勝的《唐代邊塞詩的生死命題》〔註17〕。文章從邊塞詩所折射出的生死命題進行探討，對邊塞這一直接關乎生與死的話題做了解析。再如閻福玲的《邊塞詩鄉戀主題的時代特點與價值》〔註18〕，作者將邊塞詩史的鄉戀主題分爲「戰士鄉戀」和「文士鄉戀」兩類。由其演變的時代特點、情感內涵及表現形式，推斷出邊塞詩鄉戀主題具有強烈的「士意識」。體現著文士的雙重價值取向，並加重了邊塞詩悲慨的風格氣調，拓展了邊塞詩的抒情空間。另外，秦紹培與劉藝〔註19〕、王耀貴〔註20〕、黃小妹〔註21〕、王彥永〔註22〕等人也都在邊塞詩的思想性和主題上做了不同的努力。

　　對邊塞詩主題內容作出系統研究的是下面一些學位論文。2004年，南京師範大學閻福玲的博士論文《漢唐邊塞詩主題研究》，在漢唐文化背景下對漢唐邊塞詩的苦寒、尚武、思鄉、征戰與風俗等五大主題及其創作模式做了較爲細緻的探討研究。2005年，內蒙古大學尉瑞鋒的碩士論文《「兼籠前美，作範後來」——魏晉南北朝軍旅邊塞詩》，對魏晉南北朝時期的軍旅邊塞詩做了系統的研究，作者用「兼籠前美，作範後來」作爲對魏晉南北朝軍旅邊塞詩上承《詩經》、

〔註17〕毛德勝，《唐代邊塞詩的生死命題》，《焦作大學學報》，2008年第3期。
〔註18〕閻福玲，《邊塞詩鄉戀主題的時代特點與價值》，《晉陽學刊》，1999年第5期。
〔註19〕秦紹培，劉藝，《論唐代邊塞詩的思想價值》，《新疆大學學報》（哲學人文社會科學版），1993年第1期。
〔註20〕王耀貴，《淺談邊塞詩的思想性》，《山西大學學報》（哲學社會科學版），1993年第4期。
〔註21〕黃小妹，《中唐邊塞詩主題的新變》，《安徽文學論文集》，2005年第00期。
〔註22〕王彥永，《唐代邊塞詩主題例談》，《安陽工學院學報》，2005年第5期。

漢樂府、漢民歌，下啓唐代軍旅邊塞詩繁榮的最好概括。

　　有了前面的眾多研究成果做鋪墊，2005 年佘正松的博士論文《中國邊塞詩史論（先秦至隋唐）》〔註23〕可謂水到渠成。這是對書寫邊塞詩史的一次嘗試，作者以先秦至隋唐的邊塞詩爲研究對象，試圖通過詩史的書寫，對邊塞詩的發展歷程有一個清晰的認識。開篇緒論就邊塞、邊塞觀念的形成和發展，邊塞詩的起源和發展，其社會價值、研究狀況以及相關的諸多理論問題等進行分析和討論，爲下面正文的綜合研究掃清了理論障礙。正文用三編內容，分別以先秦、秦漢魏晉南北朝和唐代爲主要朝代，將邊塞詩的萌芽與成型期、轉型與成長期、成熟與鼎盛期做了比較細緻的描述。使我們清晰地看到了中國邊塞詩發展的脈絡，爲今後的邊塞詩研究做了很好的參考。

3. 邊塞詩藝術成就的概括

　　邊塞詩研究在關注主題內容的同時，對其藝術成就也有概括和具體的描述。最初也是包含在對邊塞詩的總體評價中，二十世紀八十年代之後，對邊塞詩藝術成就的概括開始有了專論。羅國良從「創造了雄奇壯闊的意境、塑造了富有邊塞特色的人物形象、描繪了富有邊塞特色的景物、高度的藝術概括和很有邊塞特色的詞語等」〔註24〕去總結邊塞詩的藝術成就。羅文對邊塞詩藝術成就的概括尙顯簡單，但是這樣的研究卻不無意義。隨後，倪培翔的《略說盛唐邊塞詩美學特徵》，對盛唐邊塞詩所表現出來的三個美學特徵進行了論證。作者認爲，元氣渾然的「盛唐氣象」、獨異的風骨美、陽剛之氣的悲壯美和崇高美是盛唐邊塞詩的三個美學特徵。對邊塞詩藝術成就的描述，研究者雖然表述不同，但殊途同歸。劉鴻達、呂澤山的《盛唐邊塞詩的審美意蘊》〔註25〕一文，又從積極進取的人生價值取向所決定的陽剛

〔註23〕佘正松，《中國邊塞詩史論（先秦至隋唐）》，四川大學博士論文，2005年。
〔註24〕羅國良，《邊塞詩藝術成就淺談》，《惠州學院學報》，1988 年第 2 期。
〔註25〕劉鴻達，呂澤山，《盛唐邊塞詩的審美意蘊》，《哈爾濱師專學報》，

之美、純樸眞率的胸懷所激蕩的對戰爭的體驗和反思、對「風骨」的
自覺追求中所透露出的壯大明朗的「風韻」等方面去審視盛唐邊塞
詩。九十年代末閻福玲的《中國古代邊塞詩的三重境界》頗有新意,
他認爲「中國古代邊塞詩的發展呈現出明顯的階段性特點,經歷了由
模擬到表現,又發展到再現的三種表現手法的嬗變,從而呈現出特點
鮮明的三重藝術境界。邊塞詩的三重境界不僅代表了中國古代邊塞詩
創作的三種審美境界,而且標示出了中國古代邊塞詩的發展演進的規
律」〔註26〕。作者將邊塞詩與山水詩作比較,認爲邊塞詩的三重境界
是情、志、趣。邊塞詩表現的是國與國之間、政治集團與政治集團之
間爭奪生存空間或物質財富的鬥爭。進入二十一世紀以後,木齋的
《論初盛唐邊塞詩的演進和類型》〔註27〕對初盛唐邊塞詩進行了整體
的把握。作者通過對初盛唐邊塞詩的演進和類型分析,認爲初盛唐邊
塞詩健全了詩本體在唐詩階段的意象構成,引導了近體詩與歌行、古
風體的多元化建構。

在邊塞詩藝術成就的概述中,對其風格和體裁變化的研究相對比
較集中,下面分別介紹。

八十年代提到邊塞詩風格特點的有三篇文章較有價值。葛培嶺在
《論初唐邊塞詩鬱憤特色》中認爲,初唐邊塞詩的鬱憤色彩,突出表
現在兩個方面,「一是對於強敵入侵的憤然抗擊,一是對於時事政治
的喟然長歎」〔註28〕。並指出,在表現抗敵報國的精神方面,初唐時
期最有代表性的詩人是駱賓王。他的詩歌愛用荆軻易水的典故,簡潔
地造成了一種鬱憤的氛圍。初唐邊塞詩中慨歎時事政治的則是陳子
昂,他的《感遇》詩和《登幽州臺歌》是最好的證明。作者認爲,初
唐邊塞詩的鬱憤特色主要是由時代造成的,而這種風格的發展經歷了

1997 年第 4 期。

〔註26〕閻福玲,《中國古代邊塞詩的三重境界》,《北方論叢》,1999 年第 4 期。

〔註27〕木齋,《論初盛唐邊塞詩的演進和類型》,《新疆師範大學學報》(哲
學社會科學版),2005 年第 1 期。

〔註28〕葛培嶺,《論初唐邊塞詩鬱憤特色》,《中州學刊》,1984 年第 6 期。

漫長的過程，它與初唐詩歌的革新過程密切相連。此後，作者在另一篇文章《論晚唐邊塞詩的蕭颯風格》中對晚唐風格的評價是「蕭颯」。他認為，邊塞詩在整個唐詩發展歷程中始終佔有顯著地位，而其自身風格也有不同的演進階段。「初唐鬱憤，盛唐豪雄，中唐蒼涼，晚唐蕭颯」〔註29〕。為了說明晚唐邊塞詩的這一特點，作者從晚唐邊塞詩中具體描寫內容的側重點和變化入手，從對戰士苦難的描寫、對軍將批評的尖銳，從長城和昭君題材的增多、閨怨的新變以及對邊塞景物的不同描寫等方面進行具體的分析。將晚唐邊塞詩在關心國家命運和民生疾苦的邊塞詩傳統中的承繼和發展展示在讀者面前，從時代和邊塞詩本身發展兩種因素去考察晚唐邊塞詩的蕭颯風格。此外，姜法璞則將邊塞詩中的陽剛之美進行了放大解讀。他認為，盛唐邊塞詩人在寫景、抒情中處處洋溢著陽剛之美，作者用「寫蒼莽奇雄之景，酣墨淋漓」「放雄渾豪邁之聲，壯懷激烈」「抒胸臆憤懣之氣，悲壯蒼涼」〔註30〕去結構全文，從三個不同的側面為讀者闡釋盛唐邊塞詩的陽剛之美。

　　九十年代，佘正松又從雄渾美方面去概述邊塞的風格，他認為雄渾是「盛唐詩歌最突出的美學特徵」，而最能反映雄渾具有的「慷慨昂揚的精神風貌和雄壯渾浩的藝術形象的，無疑是邊塞詩」〔註31〕。隨後，作者從邊塞詩中抒情主人公具有的崇高人格美和執著現實的感時傷世之作中表現的「渾」與寫景的「雄渾」等方面，揭示詩人們從不同的視角和層面，展示出「雄渾」的瑰偉多姿，說明邊塞詩是中國古代詩歌陽剛之美的典範之作。二十一世紀以後，對邊塞詩的風格特色方面的研究多是繼承前人之說。如王豔軍、宋俊麗的《論唐代邊塞詩的悲壯美》〔註32〕和施春暉的《略論唐代邊塞詩美學形態對前代的

〔註29〕葛培嶺，《論晚唐邊塞詩的蕭颯風格》，《中州學刊》，1986 年第 6 期。
〔註30〕姜法璞，《盛唐邊塞詩的陽剛之美》，《甘肅社會科學》，1986 年第 5 期。
〔註31〕佘正松，《具備萬物　橫絕太空——論盛唐邊塞詩的雄渾美》，《四川師範學院學報》（哲學社會科學版），1991 年第 4 期。
〔註32〕王豔軍，宋俊麗，《論唐代邊塞詩的悲壯美》，《社科縱橫》，2005 年第 6

傳承》〔註33〕，所論大多不出前人藩籬，此不贅述。在此要提的是一篇學位論文，2002 年，遼寧師範大學的鄒曉霞碩士論文以《南北朝邊塞詩的審美形成論》爲題，將南北朝時期的邊塞詩在審美特徵和審美模式的逐漸構築過程展示在讀者面前，將邊塞詩發展史上南北朝這一時期的發展脈絡進行了梳理和分析。

對於邊塞詩體裁變化的研究主要集中在二十一世紀以後，首先要提的是幾篇學位論文。卓若望在《中晚唐樂府題邊塞詩研究》〔註34〕中將邊塞詩的樂府題邊塞詩作爲研究對象，將中晚唐時期詩人所創作的樂府題邊塞詩的發展分爲三個階段，且分析了每個階段的特點。類似的研究出現在 2007 年，如果說卓若望的研究主要從發展脈絡等宏觀方面把握的話，那麼中央民族大學趙岩的《論中唐樂府題邊塞詩》則將研究視角伸向了更爲細緻的微觀方面。2009 年，河北師範大學的吳彤英則關注到了宋代的樂府題邊塞詩，她的碩士論文《宋代樂府題邊塞詩研究》，在唐宋文化背景下對宋代樂府題邊塞詩進行音樂、文學以及綜合的研究。

在這些學位論文出現的前後幾年裏，對邊塞詩體裁方面類似的文章中，值得一提的是閻福玲的一系列文章。他從具體的樂府題目入手，分別考證了《隴頭水》〔註35〕、《關山月》〔註36〕、《出塞》、《入塞》〔註37〕等題目的創作範式，將邊塞詩體裁的研究落到了實處。除了樂府題邊塞詩，還有學者對七言古體邊塞詩格外關注，海

期。
〔註33〕施春暉，《略論唐代邊塞詩美學形態對前代的傳承》，《新疆大學學報》（哲學人文社會科學版），2005 年第 5 期。
〔註34〕卓若望，《中晚唐樂府題邊塞詩研究》，廣西師範大學碩士論文，2005 年。
〔註35〕閻福玲，《如何幽咽水，並欲斷人腸？——樂府橫吹曲〈隴頭水〉源流及創作範式考論》，《南京師範大學文學院學報》，2004 年第 2 期。
〔註36〕閻福玲，《橫吹曲辭〈關山月〉創作範式考論》，《河北師範大學學報》（哲學社會科學版），2005 年第 2 期。
〔註37〕閻福玲，《樂府橫吹曲辭〈出塞〉〈入塞〉創作範式考論》，《河北學刊》，2007 年第 2 期。

濱的《論唐代七言古體邊塞詩的聲韻特徵》便是一例。作者通過檢索和考察唐代七言古體邊塞詩，發現在各種詩體並存、各擅勝場的唐代詩壇中，七言古體邊塞詩獨樹一幟。「既深受古詩澤被，體式自由不羈，又浸潤於格律詩潮，具有律化趨勢，呈現出獨有的藝術特質，最適宜表現邊塞題材，因此成為唐代邊塞詩成就的主要代表」〔註38〕。隨著邊塞詩體裁研究的逐漸深入，對邊塞詩體裁的發展脈絡，逐漸有了一個較為清晰的認識。即邊塞詩從先秦到元明清的發展過程中，經歷了它的萌芽、發展到成熟的歷程。體裁上的變化也從樂府題、七言古體向七言絕句組詩形式轉變，這種變化要從邊塞詩史的發展脈絡上去體會，而中間起過渡作用的便是元代邊塞詩，這將在下文說明，此不贅述。

（二）元代邊塞詩研究現狀

在對元代邊塞詩研究現狀關注之前，有必要先對元詩的研究有所交代。

（1）元詩研究概說

元詩的發展背景具有明顯的時代特色，蒙古族入主中原後，打破了原有的政治文化格局，隨著蒙古鐵騎的不斷征戰，元代的疆域空前遼闊，形成了一個多民族聚居的多元社會。民族融合空前繁榮，各民族文化交流與相互影響體現在生活的各個方面，為元詩的發展提供了豐富的內容。而且，元詩不是元代文學的熱點，對它的研究也當然比不上元曲。不過歷來對元詩的評價褒貶不一，莫衷一是。元詩的研究也隨著元代文學研究的深入和元代文獻整理的不斷完善在逐步向前推進。鑒於元詩研究成果的豐富，我們只選取對元詩的總體評價作為觀察角度，其它從略。

對於元詩，歷來有不同的說法。林傳甲對元代的詩文有如下評

〔註38〕海濱，《論唐代七言古體邊塞詩的聲韻特徵》，《殷都學刊》，2003 年第 4 期。

價：「元之文格日卑，不足比隆唐宋者」〔註39〕，此說顯得過於武斷和籠統，但這種觀點代表了二十世紀初期對元詩和整個元代文學的總體評價。1932 年出版的鄭振鐸《插圖本中國文學史》，對元詩雖只是點到爲止，但卻從社會學角度看到了不同的東西。鄭振鐸認爲，元詩雖沒有散曲那麼光芒萬丈，但也不是很寥落，特別是因爲蒙古人的入主中原，詩詞的風格也頗有不同於前的。所論實際上已經涉及到元代的多元文化背景、元人心態和元詩風格等多方面內容，在當時已屬難得。兩年後，吳梅在《遼金元文學史》中對元詩的評價便有了初步的更新，他認爲，「論者謂元詩不如宋，其實不然……元詩多輕揚，近太白……要亦伯仲娣姒耳……伯常煥然靜修諸公導其先，虞楊範揭鳴其盛，鐵崖玉笥叔能元吉持其亂，颯颯乎亦具一代之音，詎可輕加貶詞哉」〔註40〕，在元代「詩家」一目中，已經列出了耶律楚材、馬祖常、虞集、楊載、范梈、揭傒斯、宋無、吳萊、薩都剌、余闕、周伯琦、迺賢、丁鶴年、楊維楨等大量元代詩人。雖然對他們的介紹都比較簡單，但有如此眾多的詩人介紹，本身便是對元詩的一種肯定。

　　五六十年代對元詩的研究少之又少，幾部重要的文學史中，對元詩都涉及甚少，評價也比之前低得多。以六十年代初游國恩版的文學史爲例，「元詩人在學識的廣博、藝術修養的精深上，實遠不及宋代詩人。……總之，元代詩文無論宗宋或宗唐，大都走模擬因襲道路。因此，在元代最有成就的詩家中，甚至也找不到可以和梅堯臣、元好問並肩的人物。」〔註41〕

　　七十年代大陸基本沒有元詩研究的論著，而日本和臺灣的元詩研究受蒙元史研究的影響有一定的收穫。1976 年，日本人吉川幸次

〔註39〕林傳甲著，《中國文學史》，上海科學書局，1914 年，第 181 頁。
〔註40〕吳梅著，《遼金元文學史》，商務印書館，1934 年，第 99 頁。
〔註41〕游國恩、王起、蕭滌非、季鎮淮等著，《中國文學史》，人民文學出版社，1963 年，第 834～835 頁。

郎所著《元明詩概說》〔註42〕合元明詩而論，對某些現象的觀察細微，頗具啓發性。1978 年，包根弟的《元詩研究》肯定了元詩的成就。他認爲元代建國雖未滿百年，但詩歌在蒙人之漢化政策、北方漢軍將領之重視文教、道教之庇護士子及學術之自由等有利的政治環境中，也盛極一時，毫不遜色。他認爲當時的詩學上繼唐宋二代，下啓明代詩壇，對元詩的這種肯定明顯加入了很多蒙元史研究的成果。

　　八十年代的元詩研究僅限於單篇論文，不過此時對元詩的研究已頗爲重視。1980 年，周惠泉的《元詩淺談》認爲，元詩中出現的諷刺類作品概括生活的廣度和表達思想的深度，在中國詩歌史上都是值得關注的。而元詩中反映民族意識和描寫邊塞風光的作品，尤其使人耳目一新。董國炎的《元詩評價淺析》〔註43〕、劉明浩的《元詩藝術成就之我見》〔註44〕，都對元詩做出了較爲客觀的評價。此外，八十年代對元詩文獻的整理也爲後來的元詩研究提供了重要的參考。1987 年，中華書局整理出版了清代顧嗣立的《元詩選》的初集、二集和三集。上海古籍出版社出版了陳衍所輯的《元詩紀事》。從八十年代起，一些元人別集也陸續被整理出版。這些文獻的整理爲我們研究元代邊塞詩提供了方便，除此外，我們還從四庫全書的元代文人別集等資料中獲益匪淺。

　　進入九十年代以後，元詩逐漸受到重視，研究成就更大，研究力度更深。1990 年，林邦均的《元詩特點概述》〔註45〕對元詩特點進行了分類概括。在作者方面，他認爲「少數民族詩人數量之多，成就之高，堪稱空前」；在題材方面，邊塞詩、題畫詩和隱逸閒適、懷古詠史類的題材較多；在審美風格中，「元詩爲救宋詩末流之弊，走的

〔註42〕吉川幸次郎著，《元明詩概說》，幼獅文化事業，1976 年。
〔註43〕董國炎，《元詩評價淺析》，《晉陽學刊》，1986 年第 6 期。
〔註44〕劉明浩，《元詩藝術成就之我見》，《蘇州大學學報》，1989 年第 2、3 期。
〔註45〕林邦均，《元詩特點概述》，《北京師範大學學報》，1990 年第 3 期。

則是由宋返唐的路子，宗唐尚古成爲元詩的審美取向」。因此，元詩成就雖沒有唐宋詩高，但也自有特點，應該有其在文學史上的地位。鄧紹基的《元代文學史》〔註46〕和張晶的《遼金元詩歌史論》〔註47〕都用大量篇幅描述元詩，這些變化是元詩研究的一個好兆頭，也對後人研究元詩有很大鼓舞和啓發作用。

　　九十年代的元詩研究出現了很多可喜的變化。首先，視野較之前開闊。人們往往可以跳出元詩本身的約束，從更廣闊的元代社會入手。如從元代理學、元代文人心態和蒙元的政治等方面來分析，如上文所說林邦均的《元詩特點概述》即是。其次，不僅僅局限於以往對著名詩人的關注。除了「元詩四大家」外，人們也將視野放到了之前被人忽視的二三流詩人中，對元代詩人個體研究中出現了較爲繁榮的局面。如鄧紹基《元代文學史》中對李孝光、張憲等人也有專節論述。再次，有了考證方面的內容，如劉達科《讀元詩札記》〔註48〕、李佩倫《李庭及其〈寓庵集〉兼爲元詩一辯》〔註49〕，兩文對元詩具體問題的考證使元詩研究開始向縱深方向發展。

　　進入二十一世紀以後，元詩研究趨於多樣化和縱深化。大量的論文和論著出現，從各個方面對元詩進行深入研究。張晶在《元代詩歌發展的歷史進程》〔註50〕中則對元詩的分期進行介紹，突出它對唐宋詩歌的繼承和對明代詩歌的影響，說明元詩是中國詩歌史上不可忽視的重要環節。楊鐮《元詩史》〔註51〕的出版，對元詩的研究有著重要意義，元詩第一次以整體面貌呈現在世人面前，成爲元

〔註46〕鄧紹基，《元代文學史》，人民文學出版社，1991 年。

〔註47〕張晶，《遼金元詩歌史論》，吉林教育出版社，1995 年。

〔註48〕劉達科，《讀元詩札記》，《山西大學師範學院學報》（綜合版），1991 年第 3 期。

〔註49〕李佩倫，《李庭及其〈寓庵集〉兼爲元詩一辯》，《青海民族學院學報》（社科版），1993 年第 2 期。

〔註50〕張晶，《元代詩歌發展的歷史進程》，《吉林大學社會科學學報》，2005 年第 5 期。

〔註51〕楊鐮，《元詩史》，人民文學出版社，2003 年。

代分體文學史中的一面旗幟。書中對蒙古色目詩人的介紹是一個亮點，突出了元代詩壇中成就斐然的少數民族詩人創作。作者對蒙元社會中多民族融合與多元文化交流的背景有所關注，並對其影響下的元代詩人創作有更詳細的解讀，特別是西域詩人群體。這也是對陳垣先生的西域人華化與楊鐮對西域詩人群體研究的一種延續。

　　二十一世紀元詩的多樣化和縱深化研究主要表現在：

　　首先，關注的元詩題材多樣化。如對元代僧詩〔註52〕、元代邊塞詩〔註53〕和題畫詩〔註54〕等題材的關注。

　　其次，越來越多地關注元詩文獻。楊鐮在《元詩文獻研究》〔註55〕和《元詩研究與新世紀的元代文學研究》〔註56〕等文章中都曾多次提出文獻的重要性，元詩文獻與元詩研究互相影響。

　　再次，元詩與元代社會的聯繫也越來越密切。此外，元詩研究和元史研究的新成果相互結合，也促進了元詩整體研究的縱深發展。如蕭啓慶先生對蒙元史研究的系列成果，往往也是元詩研究者們的重要參考，這種詩史互證的方法使元詩的研究有望進入新階段。

（2）元代邊塞詩研究

　　縱觀中國古代邊塞詩研究現狀發現，邊塞詩研究從興起到後來逐漸成爲熱點，從來都是以唐代邊塞詩爲核心。這本無可厚非，唐代是邊塞詩發展過程中的成熟期和高峰期。元代邊塞詩的研究一直處於寥落狀態，這與元代文學受關注程度有關，也不排除研究者的忽視。其實元代邊塞詩有其自身的特點和價值，作爲中國古代邊塞

〔註52〕楊鐮、張頤青，《元僧詩與僧詩文獻研究》，《北京工業大學學報》（社科版），2003年第1期。

〔註53〕田耕，《簡論元代邊塞詩》，《信陽師範學院學報》（哲學社會科學版），2003年第2期。

〔註54〕王韶華，《元代題畫詩的審美追求與題畫模式——以貢氏三代題畫詩爲例》，《中國文化研究》，2010年第1期。

〔註55〕楊鐮，《元詩文獻研究》，《文學遺產》，2002年第1期。

〔註56〕楊鐮，《元詩研究與新世紀的元代文學研究》，《殷都學刊》，2002年第3期。

詩發展史鏈條上的一環，它的承上啓下作用不容忽視。特別是近來清代邊塞詩逐漸受到關注之後，元代邊塞詩的這種紐帶作用便愈加重要。如果要整體把握古代邊塞詩的發展脈絡，正確、客觀的認識元代邊塞詩便成了一種必需。我們從元代邊塞詩的研究現狀入手，探索未來元代邊塞詩研究的發展空間。

元代邊塞詩的研究成果在整個邊塞詩研究中顯得特別單薄，不但成果有限，研究的深度和廣度也都有待提高。我們將現有的研究成果按整體研究、個體研究和影響因素三方面來分類，儘量展示其研究現狀。

1. 對元代邊塞詩的整體研究（包括少數民族邊塞詩研究）

對元代邊塞詩的研究，最先引起關注的是元代少數民族邊塞詩。元代文學中的少數民族詩人因素是個亮點，因此首先引起研究者的注意。九十年代，曾憲森曾撰文概述過元代少數民族邊塞詩的成就和特點。他在《雄篇秀句壯山河——元代少數民族邊塞詩成就初探》〔註 57〕中認爲，「元代是繼唐代之後邊塞詩比較繁榮的一個時代，而且元代邊塞詩的佳作多出自少數民族詩人之手」，他通過分析耶律楚材父子、馬祖常、薩都剌和廼賢等人的邊塞詩，嘗試將元代少數民族邊塞詩展示給世人。他認爲，少數民族詩人們以其特有的生活經歷、開闊的視野、奔放的激情和粗獷的筆調，寫出了很多富有特色的邊塞詩。從一個側面反映了元代的社會生活風貌，繼承和發展了唐代邊塞詩的藝術傳統，豐富了我國古代邊塞詩的藝術。作者通過具體詩歌的分析和對詩人生活經歷及思想的概述，認爲元代少數民族邊塞詩有鮮明的民族特色和濃鬱的地方色彩，並充滿著強烈的生活氣息。元代的邊塞詩也因爲創作主體身份的不同而帶上了很多不同的情感，描寫的側重點也有所變化。之後，曾憲森

〔註57〕曾憲森，《雄篇秀句壯山河——元代少數民族邊塞詩成就初探》，《玉林師範學院學報》，1995 年第 4 期。

在另外一篇《論元代少數民族邊塞詩》〔註 58〕中發表了相似的觀點，並分析了元代少數民族邊塞詩的藝術特色。即第一，內容新穎，民族特色和地方色彩更爲濃烈。第二，通俗自然又「工麗精深」，別開生面。第三，風格質樸剛健、清新爽朗，異彩紛呈。少數民族詩人因其自身經歷和思想的不同，其創作風格又同中有異。少數民族詩人的創作無疑是元代邊塞詩的重要組成部分。這是對元代邊塞詩研究的較早嘗試，很多觀點和論調對後人的研究有啓發作用。

　　隨後，閻福玲對元代邊塞詩有了更深入的研究。他認爲，「遼闊的疆土與蒙古族騎馬游牧的民族特性帶來了元代邊塞防衛狀況和邊塞詩創作的新變化，元代邊塞詩因此成爲邊塞詩史由第一高峰的唐代向第二高峰的清代過渡的橋梁和紐帶」〔註 59〕，他的這一論斷爲元代邊塞詩在古代邊塞詩史上奠定了重要的地位，也使元代邊塞詩逐步爲人關注。接下來作者重點分析了元代邊塞詩創作的特色，從內容上的西征、扈從兩大題材格局入手，到分析元代邊塞詩的題材新變與重心轉移。再到元代邊塞詩的風格特異、形式創新等，作者的觀點時有新意，而且有詩歌文本爲證。從邊塞詩史的角度去觀照元代邊塞詩的創作與發展，讓人有耳目一新之感。如早期詩歌題材新變與重心轉移中，作者提到新變之一表現在「元代邊塞詩抒情重心由前代的征戰戍守帶來的各種矛盾及情感抒發轉向了自然山川、植被物產、民俗風尚等風土民情的表現」，題材上的這種新變使元代邊塞詩成爲唐代邊塞詩向清代邊塞詩過渡的橋梁與紐帶。此外，作者認爲，元代邊塞詩在體裁上突破了傳統邊塞詩的新舊樂府模式，自創了一種七言組詩加注具有竹枝詞情調的新詩體。這是元代邊塞詩研究中的一個新論，並逐漸被人接受，這也是作者多年來研究邊塞詩的成果積纍。

〔註 58〕 曾憲森，《論元代少數民族邊塞詩》，《中央民族大學學報》（哲學社會科學版），1997 年第 2 期。
〔註 59〕 閻福玲，《論元代邊塞詩創作及特色》，《內蒙古社會科學》（漢文版），1998 年第 6 期。

在之後的研究中，對元代邊塞詩的總體研究還是主流。在童鳳暢看來，元代邊塞詩在中國古代邊塞詩中有其獨特的一面。元代邊塞詩「其時的詩人們沒有強烈的建功立業的思想，他們更多的是在感受塞外奇麗的自然風光」〔註61〕；田耕也認為元代的邊塞詩有其鮮明的時代與民族特色：「在古代邊塞詩史上首創以組詩形式描繪同一地域不同景致的嶄新格局；在地域的表現範圍上也做出了前所未有的拓展；其藝術風格趨向於清新質樸、平和自然」〔註62〕，也肯定了它在中國古代邊塞詩發展史上的橋梁作用。鄭家治對北方少數民族邊塞詩歌進行了縱向的分析，發現其嬗變規律為：詩歌藝術逐漸成熟而民族特色逐漸退化。元代邊塞詩在這種變化中所起的作用也不容忽視，作者認為，其發展嬗變的原因在於「外在動因是經濟文化，內因則是少數民族詩人對漢文化、漢語及漢族詩歌的接受程度」〔註63〕。這些研究成果代表了元代邊塞詩研究的較高水平，後人研究多不出此窠臼，少有新論者。

2. 對元代邊塞詩人的個體研究

元代邊塞詩人的個體研究集中在耶律楚材父子、馬祖常和薩都剌等人身上。早在 80 年代，鍾興麒便已對耶律楚材的邊塞詩做了總體研究。他對耶律楚材及其邊塞詩有很高的評價，「耶律楚材吸收契丹、漢、蒙和其它民族文化的優良傳統，用獨特的眼光觀察邊塞風物，自成境界，開闢了邊塞詩新局面。他繼承了唐代岑參等人的邊塞詩的長處，而其廣度和深度又都超過了前輩詩人」〔註64〕。作者從詩歌創作中謳歌西域的自然景觀、留連邊塞的民情風俗、兼濟蒼

〔註61〕童鳳暢，《「白馬秋風塞上」──元代少數民族邊塞詩簡論》，《青海師範大學學報》（哲學社會科學版），2001 年第 3 期。

〔註62〕田耕，《簡論元代邊塞詩》，《信陽師範學院學報》（哲學社會科學版），2003 年第 2 期。

〔註63〕鄭家治，《北方少數民族邊塞詩歌的嬗變及原因初探》，《西南民族大學學報》（人文社科版），2006 年第 10 期。

〔註64〕鍾興麒，《西行萬里亦良圖──簡評耶律楚材及其邊塞詩》，《新疆師範大學學報》（哲學社會科學版），1984 年第 2 期。

民的思鄉情懷和溫潤如玉的藝術風格等方面對耶律楚材的邊塞詩做了整體的把握，充分肯定了詩人的創作和成就。這是早期對元代邊塞詩人的個體研究，有些觀點現在看來雖尚顯粗糙，但已為後人的研究開啟了新窗口，此功不可沒。隨後李中耀﹝註 60﹞、閻福玲、王平﹝註 65﹞等人也都分別撰文對耶律楚材及其子耶律鑄的邊塞詩進行了研究。耶律鑄是蒙元帝國中重要的邊塞詩人，「他歌頌忽必烈安邊定塞的功德業績，讚美出征將帥的強大威勢與英雄氣概，流露出對天下一統疆域遼闊的大元王朝的熱愛之情和自豪之感」﹝註 66﹞。他藝術上開創了七絕組詩加注的邊塞詩體新形式，對後世邊塞詩發展有著直接而重要的影響。

除了耶律父子外，元代受關注的其它邊塞詩人還有馬祖常和薩都剌。馬祖常是元代著名的少數民族作家，他所寫的邊塞詩存世的約有 30 首，數量有限，但成就頗高。「他的詩作不僅富有較強的現實精神，藝術造詣也較高，在邊塞詩史上佔有重要地位」﹝註 67﹞，劉岩、於莉莉在文中主要通過馬祖常的北行扈從詩及其藝術特色去分析把握他的邊塞詩創作成就。龔世俊對薩都剌的研究亦從詩人邊塞詩歌的思想內容和表現手法上去整體觀照，對薩都剌的邊塞詩也給予了很高的評價。薩都剌的邊塞詩「開拓了中國邊塞詩歌的題材和藝術境界」﹝註 68﹞。

3. 元代邊塞詩創作的影響因素

對元代邊塞詩創作的影響因素，目前研究者所論尚少。而有限的研究中關注較多的是元代的兩都制和民族融合等因素，這些確實

﹝註 60﹞李中耀，《耶律楚材和他的西域詩》，《西域研究》，1994 年第 4 期。
﹝註 65﹞王平、楊柳，《耶律楚材及其邊塞詩》，《絲綢之路》，2010 年第 20 期。
﹝註 66﹞閻福玲，《耶律鑄邊塞詩論析》，《河北師院學報》（社會科學版），1997 年第 3 期。
﹝註 67﹞劉岩、於莉莉，《馬祖常邊塞詩論析》，《河北師範大學學報》（哲學社會科學版），2003 年第 4 期。
﹝註 68﹞龔世俊，《試論薩都剌的邊塞詩歌》，《寧夏大學學報》（人文社會科學版），2000 年第 3 期。

與元代邊塞詩有密切關係，但目前的研究仍處於初級階段。在李炳海對民族融合因素的關注中，對邊塞詩的影響只是其中一方面，所論涉及元代邊塞詩的非常有限。作者認爲，「地盡天低之感，是邊塞詩人的共同感受，孤城瀚海境界，是邊塞詩常有的境界。這種感受和境界反映的是人與自然的矛盾和民族融合中的相互碰撞，表現的是自然的崇高和戰爭的崇高」〔註 69〕，這種影響因素是對整個古代邊塞詩而言，而對元代邊塞詩創作眞正起重要影響作用的因素之一便是兩都巡幸制。孔繁敏認爲，爲了適應少數民族的統治需要，元朝建立了上都和大都，「兩都巡幸制確立之後，眾多文人學士扈從聖駕巡幸北方，創造了大量的邊塞詩」〔註 70〕，這些邊塞詩按題材分，可分爲途中紀行詩和上都風情詩，這兩類由兩都巡幸制而產生的邊塞詩題材，的確是元代邊塞詩的重要內容。由此，兩都巡幸制對元代邊塞詩的影響便不言而喻，這也是邊塞詩在元代的特色之一。

縱觀元代邊塞詩的研究現狀，對它的整體研究無非是從內容與藝術特色兩方面而論。即便是對少數民族詩人或元代邊塞詩的新變等較有新意的內容的論述，也難免流於籠統，缺乏更詳細的論述與例證。而對元代邊塞詩人個體研究中，多集中在元詩壇中成就較高的詩人身上。對那些元詩整體成就有限，但元代邊塞詩造詣很高的詩人，如楊允孚等，則缺乏應有的關注。對影響元代邊塞詩創作的因素也應該有更廣泛的關注，若從元代的政治、經濟、文化、宗教等多元文化背景去考慮的話，可供我們挖掘的研究空間還很大。鑒於此，本文的研究主要著眼於元代多元文化背景中的元代邊塞詩，從多元文化中對其發展有重要影響的各因素入手，選取傳統題材、西征詩、扈從詩幾個方面，用繼承與發展的眼光去觀照其在古代邊塞詩發展史上的作用。對元代邊塞詩的題材、特色、詩人隊伍等作

〔註69〕李炳海，《民族融合與古代邊塞詩的戰地風光》，《北方論叢》，1998 年第 1 期。

〔註70〕孔繁敏，《元朝的兩都巡幸及長城邊塞詩》，《北京聯合大學學報》（人文社會科學版），2009 年第 2 期。

較爲詳細的說明，並對元代邊塞詩成就斐然的詩人及作品作詳細解讀，儘量展示其在古代邊塞詩史中的發展因素。

4. 元代邊塞詩研究空間

縱觀元代邊塞詩研究現狀，回顧中國古代邊塞詩研究歷程，我們喜憂參半，個中感受難以言表。在整個中國古代邊塞詩，特別是唐代邊塞詩的研究中，我們看到了百花齊放的繁盛局面，也爲眾多的研究成果感到驕傲。回頭再看寥如晨星的元代邊塞詩研究，鮮明的對比觸目驚心。元代邊塞詩作爲中國古代邊塞詩史上重要的紐帶和橋梁，對它的研究有待加強，未來我們還有很大的研究空間。

首先，在對元代邊塞詩人的個體研究中，期待有更多的詩人詩作受到關注。元代邊塞詩數目眾多，而我們目前的個體研究不過是九牛一毛。對具體詩人和文本的研究和解讀是我們研究元代邊塞詩的基本功課，只有在這些基本的解讀和瞭解基礎上，我們才可能更客觀、更科學地認識整個元代邊塞詩。此外，詩人之間的比較研究以及元代邊塞詩人對前代邊塞詩人的繼承與發展等都應該成爲研究者考慮的內容。

其次，對元代邊塞詩人詩集文獻的整理有待加強。這也是元代邊塞詩研究的基礎工作之一，只有以豐富的文獻資源和原始文本爲依託，我們才可能對元代邊塞詩作更好的研究和解讀。元代的邊塞詩散見於各種元人詩集和筆記中，如果將元代邊塞詩從這些零散的集子中分離出來，集結爲一集，該是件很有意義的事情，也將爲中國古代邊塞詩的研究提供有益的幫助。

再次，對元代邊塞詩所反映的歷史、文化等因素的闡釋和對影響邊塞詩創作的社會、文化等因素的拓展有待加強。元代邊塞詩存在於多元文化背景中，各種文學樣式都受此大環境的影響。因此，如何從政治、經濟、文化、軍事、宗教、民族融合等角度去挖掘影響邊塞詩創作的因素，應該是我們今後的研究方嚮之一。

三、需要說明的

本書不是對元代邊塞詩作全面研究，故而題目沒有取《多元文化背景中的元代邊塞詩研究》，而是在多元文化背景中對元代邊塞詩的發展做系統研究，突出其發展的一面，而這種發展有對前代邊塞詩的繼承，也有其自身的發展因素。而在繼承與發展兩個層面，元代邊塞詩也有其獨特的社會性，元代多元複雜的社會背景爲元代邊塞詩打上了很深的社會烙印，這一點需要寫在前面。

同時，對元代邊塞詩的界定，本文也因元代疆域的遼闊及社會複雜性，採用了以點概面的做法，選取較典型的幾處邊塞爲代表，並不定要作整體全貌之研究，只求能說明問題即可。又因本文的研究重點著眼於元代邊塞詩在邊塞詩史上的承上啓下作用，說明元代邊塞詩的詩歌史意義。因此，對元代邊塞詩範疇也有相應的取捨，不求面面俱到，只欲凸顯其典型性和代表性。

第一章　元代的多元文化背景

　　元朝，是中國歷史上由蒙古人建立的統一多民族王朝。一般史書以元世祖至元十三年（丙子年，1276）滅宋，或以至元十六年（己卯年，1279）統一全國，迄元順帝出亡、明朝建元（1368），稱元朝。本文擬採用廣義上的元朝定義，以韓儒林先生主編《元朝史》時的說法爲準，將成吉思汗建蒙古汗國至元順帝出亡（1206～1368）的整個時期，統稱爲元朝。因爲統治者的民族身份和社會構成的複雜多元，元代的所有文學樣式在生存發展時都要面對同樣多元複雜的文化背景，元代邊塞詩也不例外。元代邊塞詩中的某些發展空間，是由元代特殊的社會環境帶來的，元代的多元文化是我們研究元代邊塞詩需要首先瞭解的。我們對元代的多元文化背景主要從政治、經濟、宗教、文化等方面入手。

第一節　元代的政治與經濟

一、元代的政治

　　元代的政治現象與之前的朝代相比，有很多獨有的特色。我們只選取與本文聯繫緊密的御前奏聞、質子軍和上都分省作爲觀察視角，由點及面地反觀整個元代的政治現狀。御前奏聞是蒙古統治者

將蒙元舊俗與中原朝廷制度相結合的產物，具有典型的游牧民族特色。它對元代邊塞詩相關的西征和兩都制等的決策有著直接決定權，這是我們不能忽視的。質子軍則是元代軍隊中的特殊組成部分，與元代邊塞詩也密切相關。質子軍曾爲蒙古人的西征立下汗馬功勞，元上都也不乏質子軍的身影。上都分省是元代兩都制下的特殊政治機構，它對元代邊塞詩中的扈從詩提供了豐富的養料，由它傳出的一些政令或征伐決定也對元代邊塞詩有重要影響。考慮到行文的詳略和文章的整體結構，此節內容也會酌情有所倚重，相關問題會在下文的相關章節中說明。

（一）御前奏聞

元代政治制度與前代有很大不同，在君臣商議國事問題中採用的方式，亦迥異於漢、唐、兩宋等王朝。有元一代，「雖無漢、唐、兩宋等王朝式的『常朝』，但中書省、樞密院、御史臺等大臣參與的御前奏聞仍然是常見的中央最高決策形式。或者可以說，御前奏聞相當於元代的一種特殊『視朝』。」〔註1〕

根據李治安先生的研究，元代的御前奏聞是元朝朝廷最高決策的主要方式。它沒有固定的時間和地點，參加者也是少數省、院、臺等大臣及怯薛近侍。「時間和場所的不確定性，是蒙古草原習俗給元代御前奏聞帶來的印痕，並不影響其視朝和最高決策的屬性功能」〔註2〕。元代御前奏聞的主要出席者，除了皇帝外，主要由上奏大臣和陪奏怯薛執事兩部分組成。怯薛執事是大蒙古國時期草原游牧官的核心部分，也是蒙古汗廷的基本職官。他們也是元代政治中的特殊現象，在元代社會中始終佔據著重要位置。元代御前奏聞的方式更多的是蒙古族習俗與中原漢地漢法的融合，它帶有蒙古族的游牧民族特點，又融合了漢地漢法的精髓，是具有元代特色的一種政治形式。御前奏聞舉辦的地點可分三類：一是大都皇宮內，如大都

〔註1〕李治安著，《元代政治制度研究》，人民出版社，2003年，第1頁。
〔註2〕李治安著，《元代政治制度研究》，人民出版社，2003年，第8頁。

皇城西殿等。二是上都宮殿及斡耳朵內，如上都斡耳朵火兒赤房子等。三是兩都巡幸途中的納鉢及大都郊外行獵處，如馬家甕納鉢裏火兒赤房子等。「御前奏聞雖然沒有被漢文典章政書作制度上的描述，但它的確普遍存在於元代高層政治活動之中。」〔註3〕御前奏聞在世祖朝前期便已正式成爲朝廷最高決策的主要方式，一直沿用到元朝滅亡。

　　元代御前奏聞的相關內容在元代詩文中多有體現，許有壬在《文過集序》中對御前奏聞的描述有「……軍國機務，一決於中……」〔註4〕由此可見，皇帝在御前奏聞中的最高決策權很突出。「一決於中」，此「中」既可泛指內廷，又可理解爲在御前奏聞中有最高決策權的皇帝。這種做法使皇帝在御前奏聞過程中，牢牢掌握裁決權，對御前奏聞全過程具有主導權，這也基本上滿足了蒙元貴族實行皇帝專制集權的需要。御前奏聞的「視朝」方式帶有草原游牧印痕，是蒙古草原「行國」、「行殿」舊俗在朝廷議政決策方式上的反映和表現。但這既不影響其朝廷最高決策的屬性和功能，也不影響其作爲視朝形態的普遍存在。元朝的御前奏聞從大蒙古國時期到元統一中國後的各個階段都起了很大作用。它的有些儀式和規矩又直接影響到明清的宮廷制度，如御前奏聞時與會上奏大臣是立，還是跪？這是影響到元代乃至明清君臣關係的重要問題。「元代御前奏聞除了一些名儒有皇帝特許賜坐外，大臣一律下跪奏聞，地位和處境比起宋代又大大下降了一步。」〔註5〕元代御前奏聞中的大臣跪奏，似乎深深影響了明清兩代朝見奏聞禮節，也影響到元朝以降君臣關係中越來越強烈的尊卑反差。〔註6〕

〔註3〕李治安著，《元代政治制度研究》，人民出版社，2003年，第5頁。
〔註4〕許有壬，《至正集·文過集序》（卷三五），文津閣四庫全書·集部·別集類，第404冊，第559頁。
〔註5〕李治安著，《元代政治制度研究》，人民出版社，2003年，第19頁。
〔註6〕據《邵氏聞見後錄》記載，「自唐以來，大臣見君，則列坐殿上，然後議所呈事，蓋坐而論道之義。藝祖即位之一日，宰執范質等猶坐，藝祖曰：『吾目昏，可自持文書來看。』質等起進呈罷，欲復位，已

　　元代的御前奏聞是元代政治制度中具有游牧民族特色的特殊政治形式，對元代社會有很深的影響，也是元代社會中很多問題的誘發因素。元代詩人曾描述過御前奏聞的場景和有關情節，如上文許有壬的《文過集序》。元代征伐過程中，很多的決策和戰略傾向都是通過御前奏聞產生的，元代邊塞詩中的西征詩和扈從詩也與御前奏聞關係密切，是元代邊塞詩生長土壤的重要影響因素。

（二）質子軍

　　質子軍，又名禿魯花軍，是元代軍隊的一種。它與怯薛組織中的禿魯花護衛不同，是各自獨立的兩個實體。質子軍主要是由蒙古國時期簽取某些被征服區域的將校及富戶子弟組成的〔註7〕，它與高、中級文武官員子弟入充怯薛護衛（禿魯花）是性質不同的兩回事。

　　有關史料表明，最早的質子軍是成吉思汗西征前建立，而且已開始獨立於怯薛組織之外，主要用於扈從大汗西征。「拜延，河西人。父火奪都，以質子從太祖征河西，太祖立質子軍，號禿金花，遂以火奪都為禿魯花軍百戶。」〔註8〕西夏國原有的中央侍衛軍就是一支部族豪強弟子組成的質子軍，成吉思汗最早在西夏境內組建的質子軍，應是因俗而治之舉。在成吉思汗及其繼承者長期的征伐中，沒落貴族子弟充為質子軍的例子應不在少數。元代質子軍的主要職責是征伐和鎮戍，其中在對高麗、日本等國的征伐中，質子軍也發揮了很重要的鎮戍作用。「十八年正月，命萬戶張珪率麾下往就潭州，還其祖父所鎮亳州士卒，並統之……十月，高麗王並行省皆言，

　　　密令中使去其坐矣，遂為故事。」（邵博撰，《邵氏聞見後錄》卷一，中華書局，2011年，第1頁。）元朝進一步發展為臣下跪著向坐著的皇帝察覆回事，明清沿襲不改。
〔註7〕《元史・兵志一》卷九十八載，「或取諸侯將校之子弟充軍，曰質子軍，又曰禿魯華軍」。（第2508頁）
〔註8〕〔明〕宋濂等撰，《元史・拜延傳》卷一三三，中華書局，1976年，第3224頁。

金州、合浦、固城、全羅州等處，沿海上下，與日本正當衝要，宜
設立鎮邊萬戶府屯鎮，從之。」〔註9〕在元代邊塞詩所涉及到的征
伐內容中，有不少質子軍的身影。鎮戍的邊將中，有很多是來自於
內地的漢軍富戶之子，或失敗的王室貴族之後。他們對家鄉的思念
與故國山河的哀痛都爲元代邊塞詩增添了別樣的風景。

　　「史籍中所見的河西、河北、山東等處的質子軍，是蒙古統治
者從當地諸侯將校和白身富戶子弟中簽充組建的。」〔註10〕他們一
般不入宿衛，而多執行征伐、鎮戍等職責。質子軍有自己的軍籍，
也要履行類似其它軍戶的賦稅義務，編制和管理都與怯薛組織有一
定區別。這些充分說明，質子軍與元代怯薛組織雖有一定聯繫，但
又是性質不同的特殊軍隊。

　　元代邊塞詩與質子軍的聯繫比較緊密，最直接的便是出塞將士
中很多人的身份是質子軍。質子軍在元代的特殊身份和職責，使他
們活躍在元代邊塞詩的各個角落。他們在鎮戍或征伐過程中的種種
表現通過詩歌得以展現，作爲軍隊成員的特殊組成部分，他們有時
還肩負著更多的家國之恨。他們的百味心路歷程，他們的重大社會
作用，他們的軍事成就與政治抱負，我們都希望通過元代邊塞詩中
所流露出的蛛絲馬蹟得窺一二。

（三）上都分省

　　元世祖忽必烈統一南北之後，將國都和政治中心自和林南移。
確定上都、大都兩都制以後，元朝皇帝歲時巡幸，春夏北巡上都，
秋冬南居大都。每年春夏兩季，扈從皇帝於上都的部分中書省官員，
組成了所謂的「上都分省」。留在大都的另一部分中書省官員，又組
成所謂的「留省」。元朝的政治便出現了與眾不同的兩套體系，在大
都自有一套政治體制和領導班子。每年當皇帝巡幸上都之時，在上

〔註9〕〔明〕宋濂等撰，《元史‧兵志二》卷九十九，中華書局，1976年，
　　　　第2542頁。
〔註10〕李治安著，《元代政治制度研究》，人民出版社，2003年，第60頁。

都便有一個臨時的中央領導班子。同時，大都內所留守人員，在某種程度上來說，只是執行從上都皇帝所主宰的「上都分省」中傳出的政令而已。

「上都分省肇始於中統二年（辛酉年，1261）五月開平中書省、燕京行省的並立，正式定制於中統四年（癸亥年，1263）兩都巡幸雛形以後。」〔註11〕關於上都分省的職司，在許有壬的《文過集序》中有記載，「大臣侍帷幄，時陪論奏，退則入省治常事。軍國機務，一決於中。而京師留省，百事所萃，必疑不決暨須上奏者，始咨報。故分省簿書常簡參議左右曹，非有疑稟，不至都堂。」〔註12〕概言之，其一，中書省宰執中的怯薛根腳者，須履行宮廷宿衛服侍義務；其二，參議處理朝廷庶政；其三，參加御前奏聞，協助皇帝處理「軍國政務」，做出最高決策；其四，與扈從上都的樞密院、御史臺等官員集體議政；其五，對大都留省官「必疑不決暨須上奏」的政事，予以議定「咨報」，或轉奏皇帝。上都分省的存在適應了元朝皇帝將蒙古族舊制與封建君主制合二為一的需要，使兼具元朝中樞組織與行政節制機關的中書省，在每年皇帝的巡幸上都之際暫時分為兩部分。分別掌管朝廷機務和大都行政節制兩種職能，成為元朝中書省制度中特殊的一環。上都分省因為有皇帝在，決議更權威，很多政令都由此出，大都的留省官員很多情況下只是執行從上都傳回的命令而已。因此上都分省的權威性更甚於大都留省。

在人們的一般印象中，總覺得元大都高高在上，地位和重要性都遠遠超出位於蒙古草原的元上都，甚至有元大都為正都，上都為陪都的說法。其實不然，在每年皇帝巡幸上都之際，上都分省實際上是元廷中樞組織「都省」的核心部分。而上都分省的官員每年扈從皇帝在上都駐留長達半年，政令從此出，決策從此生，已成為元

〔註11〕李治安著，《元代政治制度研究》，人民出版社，2003 年，第 32 頁。
〔註12〕許有壬，《至正集·文過集序》（卷三五），文津閣四庫全書·集部·別集類，第 404 冊，第 559 頁。

廷的實際政治中心。因此，元代的上都和大都並無主次之分，他們在政治上同等重要。在元代的大量扈從詩與宮詞中，所描述的內容即是每年皇帝巡幸上都的眞實寫照。上都分省及其官員的種種活動，我們也能從詩中略知一二。

二、元代的經濟

元朝的經濟可分爲蒙古汗國時期和元朝建立後兩部分，兩者有繼承發展的關係。在國家的社會經濟管理方面，前後期經歷了曲折的變化。蒙古汗國時期的蒙古貴族主要經營管理的是游牧經濟，而元朝統一全國後，習慣於游牧生活的蒙古貴族們逐漸意識到，中原的管理方式會給他們帶來更大的利益，於是開始學習漢地管理模式。同時，爲了照顧蒙古貴族的特權，大量的蒙古舊俗保留下來，經濟領域中也同樣保留了斡脫〔註 13〕等舊俗。在學習漢法和保留蒙古舊俗的兩級磨合中，統一後的元朝逐漸在經濟領域形成了自己獨特的風格。我們對其中促進元代邊塞詩發展的因素倍加關注，筆者從農業、手工業、牧業和元代經濟的特點等方面對元代經濟作一簡單介紹。

（一）農 業

元朝的農業有一個發展的過程。成吉思汗時代的蒙古人，生活基本上以畜牧業和漁獵爲主，蒙古統治者以弓馬之利取天下，對農業並不重視。在成吉思汗四處征伐的過程中，所到之處，大肆擄掠，對農業生產造成了很大破壞。後來在對攻佔地區人民的管理，特別是對漢地人民的管理中，成吉思汗及其子孫們聽取了耶律楚材等大臣徵收賦稅的建議，因此保留了中原漢地的農業經濟方式，以賦稅的形式爲蒙古汗國聚斂財富，以備攻佔之需，由此拉開了元代農業的序幕。

〔註13〕斡脫，蒙古語 ortoq（意爲合夥）的音譯，蒙古和元朝經營高利貸商業的官商。斡脫商人在蒙元時期有特殊地位。

　　元代農業的眞正發展是在忽必烈即位後,「世祖即位之初,首詔天下,國以民爲本,民以衣食爲本,衣食以農桑爲本。於是頒《農桑輯要》之書於民,俾民崇本抑末。」﹝註14﹞元世祖忽必烈採取多種措施確保農業的發展,首先,明確管理農業是政府的一項職能,並爲此建立了專門的機構。設置勸農官和勸農司,巡行各郡,考察對農業生產的勤惰。「中統元年(庚申年,1260),命各路宣撫司擇通曉農事者,充隨處勸農官。二年(辛酉年,1261),立勸農司……至元七年(庚午年,1270),立司農司……司農司之設,專掌農桑水利。」﹝註15﹞在進攻南宋的過程中,忽必烈也一改以往做法,注意保護南方的農業生產。其次,忽必烈多次下令,禁止軍隊和蒙古牧民破壞農桑,保護農業生產。在《元典章》中有一款軍令是這樣的:「管軍官員嚴切禁治各管軍馬屯駐並出征經過去處,除近裏地面先有聖旨禁治外,但係新附地面,不得牧放頭馬,踏踐田禾,咽咬花果桑樹,不得於百姓家取要酒食,宰殺豬雞鵝鴨,奪百姓一切諸物。」﹝註16﹞這一禁令也安定了「新附地面」(原南宋統治的南方)的農業生產。再次,忽必烈頒發專門的農書以指導農民種植,鼓勵農耕。忽必烈頒發《農桑輯要》,推廣當時先進的農業技術,推動農業的發展。「《農桑輯要》是我國現存最早的官撰農書,成書頒行於至元十年(癸酉年,1273 年)……書中強調精耕細作,提倡在北方推廣苧麻和棉花,詳細記述栽桑和養蠶技術,都是當時農業生產各方面先進水平的總結。」﹝註17﹞除此外,忽必烈還積極提倡開荒屯田,興修水利等,這些農業政策和管理措施,對於北方農業生產的恢復和

﹝註14﹞﹝明﹞宋濂等撰,《元史‧食貨志一‧農桑》,中華書局,1976 年,第 2354 頁。

﹝註15﹞﹝明﹞宋濂等撰,《元史‧食貨志一‧農桑》,中華書局,1976 年,第 2354 頁。

﹝註16﹞《元典章‧兵部一‧正軍‧省諭軍人條畫》,中國廣播電視出版社,1998 年,第 71 頁。

﹝註17﹞陳高華、史衛民著,《中國經濟通史‧元代經濟史》,經濟日報出版社,2000 年,第 184 頁。

發展都起到了很大作用。

　　忽必烈時代，是元朝蒙古貴族由輕視農業到重視農業的過渡階段，他當政時的各種措施為農業的發展提供了很大的便利，也為以後的執政者提供了可供參考的模板。蒙古貴族在攻伐過程中，面對新的、複雜的現狀，改變策略，逐漸從奴隸制向封建中央集權制過渡。在農業方面，同樣也做出了相應的變化，主觀上是為了適應統治階級獲取更大利益的需要，客觀上的確也促進了元朝農業的發展。為元代經濟打下了基礎，也為元代蒙古貴族的四面征戰與元代邊塞戍守與征伐準備了物質基礎。

（二）手工業

　　元代手工業的建立經歷了一個很長的過程，它始於成吉思汗向外擴張時期，到忽必烈時期基本確定下來。

　　起於漠北的蒙古族，習慣於游牧生活，手工業原不發達。在向外擴張過程中，蒙古汗國政府注重搜羅各民族各類型的工匠，組織他們進行生產，為軍事和建設服務。成吉思汗無論是在西征中亞或是滅金過程中，都注意搜集各色工匠，將他們集中安置。在中亞，蒙古軍攻下撒馬爾干（今為烏茲別克加盟共和國撒馬爾罕省的首邑）以後，「清點刀下餘生者，三萬有手藝的人被挑選出來，成吉思汗把他們分給他的諸子和族人」〔註18〕這些在征伐過程中免於一死的工匠，大多被集中轉移到別處，設局生產。這便是早期的官府手工業。這些在戰爭中幸存的工匠，憑藉自己的工藝贏得了生存的機會。同時也為蒙古軍創造了更強大的軍事裝備，這對當時征伐的將士非常重要。

　　元朝統治者以弓馬得天下，因此武器製造業倍受重視。早在成吉思汗時代，便設置了專門製造武器的機構。唐兀人朵羅臺之祖小丑，「太祖既定西夏，括諸色人匠，小丑以業弓進，賜名怯延兀闌，

〔註18〕伊朗·志費尼著，《世界征服者史》（上冊），何高濟譯。內蒙古人民　　　　出版社，1981年，第140頁。

命爲怯憐口行營弓匠百戶，徙居和林」〔註19〕，成吉思汗在征戰過
程中對武器的需求，促成了元朝早期武器製造業的興起和發展。成
吉思汗之後的諸汗，也都很重視武器製造，這與當時蒙古族征戰四
方的現實情況有關，四方征伐的需要促使武器製造業的逐步完善。
到忽必烈時代，已經擁有完整的武器製造體系。武器製造業與征伐
戰爭有直接聯繫，元朝完善的武器製造體系也爲邊塞戰爭和征伐活
動創造了有力的戰備基礎。

　　元代的釀酒業是食品加工類中最興旺的一部分。元代有很多種
酒，主要有馬奶酒、葡萄酒、糧食酒和阿剌吉酒。馬奶酒是蒙古人
的傳統飲品。馬奶酒的製作工藝比較簡單，但由於馬奶的質量和加
工程度的粗細不同，不同階級對馬奶酒的要求也有所不同。雖然一
般百姓的日常生活離不開馬奶酒，可他們所飲與皇帝所飲的黑馬乳
或諸王百官所飲的粗乳是有很大差別的，這也是階級差別在飲食上
的表現。葡萄酒也是元代生活中的流行飲品，葡萄與葡萄酒本是西
域之物，隨著蒙古軍的西征，逐漸被引入蒙古人的生活中，主要產
地是山西的平陽、太原，畏兀兒地區的哈剌火州（今新疆吐魯番），
以及大都、上都等地。糧食酒通常用糧食加酒麴發酵而成。阿剌吉
酒是蒸餾酒，這種技術是從中亞、西南亞傳入的。在元代邊塞詩中，
提及最多的便是馬奶酒和葡萄酒，我們甚至可以從這兩種元代常見
的酒中窺見元代多元文化的縮影。馬奶酒是蒙古舊俗的象徵，而葡
萄酒則是在元代西征過程中，從西域引進的異域文化的見證，再加
上中原漢地的糧食酒，元代多元文化的交融與匯合便在元代釀酒業
中得到很好的體現。

（三）牧　業

　　蒙古貴族從草原大漠走向中原漢地，建立起統一的多民族政
權，習慣於游牧生活的他們很重視畜牧業的發展。元朝建立後，不

〔註19〕　〔明〕宋濂等撰，《元史‧朵羅臺列傳》卷 134，中華書局，1976 年，
　　　　第 3264 頁。

但繼續支持游牧地區的經濟發展，還在各地設立政府直接管理的牧場，並採取一系列的保護措施。

馬、牛、羊是牧業生產的主要產品，也是游牧地區主要的生活資源。在蒙古汗國時期，草原的牧業經濟已經很發達。「韃國地豐水草，宜羊、馬。」〔註20〕在初入蒙古草原的西方人眼中，蒙古人「擁有牲畜極多：駱駝、牛、綿羊、山羊；他們擁有如此之多的公馬和母馬，以致我不相信在世界的其餘地方能有這樣多的馬。」〔註21〕早期發達的畜牧業基礎爲元朝統一後的畜牧業積纍了經驗，忽必烈即位後，採取了一系列措施，以恢復從蒙古侵金以來，在戰爭破壞與政治混亂雙重打擊下，幾近中斷的北方社會生產。在畜牧業方面，元朝政府也實行了很多保護措施。元廷實行屠禁政策，對牲畜的宰殺有嚴格的規定。此外，遇到自然災害，朝廷還隨時頒詔某一地區禁殺牲畜，一併禁止貨賣豬、羊肉等。〔註22〕若在農業區放牧，則不得踐踏莊稼和林木。雖然元廷注意保護牧業的發展，但牧業經濟仍然很容易受自然條件，尤其是氣候的制約，暴風雪、乾旱、火災等都可以使大量牲畜死亡，這也暴露了牧業經濟的脆弱。元朝政府面對這種災害，既安置貧民和流民，又有財政支持，幫助災民度過難關並恢復生產。除此外，元廷還用官養馬匹及市馬、括馬〔註23〕等方法來彌補牧業經濟的缺陷。

元代畜牧業除了官府所扶植的官養方式之外，在元帝國境內，私人牧養之風也很盛行。「這些私人牧羊者包括皇帝、貴族、政府官

〔註20〕〔清〕曹元忠撰，《蒙韃備錄校注》，續修四庫全書・史部・雜史類，第423冊，第524頁。
〔註21〕英・道森編，呂浦譯，周良霄注，《出使蒙古記》，中國社會科學出版社，1983年，第9頁。
〔註22〕《元典章・刑部十九・禁宰殺》卷57，中國廣播電視出版社，1998年，第112頁。
〔註23〕括馬是中國古代管理馬政，實行用馬作爲實物稅賦的，徵收民間馬匹的一種形式，主要流行於宋、遼、金、元時期。

吏、寺院高僧、豪強地主和牧主。」〔註24〕元代畜牧業生產的各種
產品，都是農業、手工業和城市居民不可缺少的生活必需品。而元
代牧業所需要的很多設備同時又需要農業、手工業等部門的支持。
因此，元代牧業與農業、手工業、商業，甚至是軍工業等部門之間
都有千絲萬縷的聯繫。元代的畜牧業生產是整個元代經濟的重要組
成部分，為元代經濟的發展和繁榮做出了很大的貢獻。元代牧業的
發展促進了驛站交通的繁榮，豐富了軍工戰備之需，也為元代邊疆
戍守和海外貿易提供了必要的物質基礎。元代邊塞詩中有大量關於
元代畜牧業及其相關內容的描寫。

（四）元朝經濟特點

元朝經濟在中國古代經濟發展史上有不同於其它朝代的特色，
因其統治階級的民族性和社會構成的複雜性，元朝經濟在自身發展
過程中也呈現出許多與眾不同的因素。我們根據行文需要，從國民
經濟的多元一體性、雙向開放性、多態並存性和交流空前性等方面
對元代經濟的特色作一簡單說明，並由此來交代這些經濟方面的特
性為元代邊塞詩創作帶來的影響。

1. 多元一體性

元代經濟形式多樣化，農業、手工業、畜牧業、漁獵業、軍工
業、商業等並存，呈多元發展趨勢。國家對每一行業都比較重視，
在以往各朝代中出現的「重農抑商」現象，在元代也有了很好的改
善，商業在元代的發展同樣受到政府的關注和保護。在各個行業的
發展過程中，政府所起的作用至關重要，它引導和鼓勵各行業間的
互助互利，使多元經濟在中央集權制政權的統一管理下趨於一體
化。國家通過財政、金融、土地制度和賦役政策等一體化管理，使
各行業間形成了良好的互助格局。而且，行業間也開始相互融合，
如農業、手工業、畜牧業等的商業化，既促進了商業發展，又為本

〔註24〕陳喜忠著，《中國元代經濟史》，人民出版社，1994年，第54頁。

行業提供了更廣闊的空間和利潤。久而久之，元代的國民經濟便呈現出迥異於他朝的多元一體性。

　　元朝是由蒙古人統治的統一多民族國家，它的社會構成複雜，人員成分多樣化。多民族聚居帶來不同的民族經濟形態和習慣，在長期的相互融合與交流過程中，在經濟形態中也必然會形成這樣的多元一體化經濟，這也是元代社會多元化的產物。

2. 雙向開放性

　　元代經濟的獨特性還表現在它的開放性。一般來說，國家統一、國力強盛時，才有可能實行開放政策。歷史上在經濟開放方面被人稱頌最多的便是盛唐，而元代因其疆域的拓展，民族構成的眾多和民族交流的空前頻繁等因素都遠勝唐代，因而在經濟的開放性上也超出了唐代。

　　元代經濟在管理上並不是固步自封，其經濟管理的開放，氣度恢弘，大氣外露，表現在對內對外兩個方面。對國內眾多的經濟類型，如農業、手工業、畜牧業、漁獵業和商業等，任其發展。各行業間並無優劣之分，地位亦無高下之別，工商業者不會再因「重農抑商」政策的影響而自卑，農民也不會為自己的農產品滯銷而發愁，農業、手工業的商業化與商人地位的正常化為元代經濟帶來了深遠影響。政府在鼓勵各行業的自由發展和互惠互利方面，還時有免稅等優惠政策的出臺。南北地區的商人因國家統一、交通便利等條件可以更大範圍的交流互惠，元朝政府在政策上儘量實現對內開放程度最大化。而對外，元廷則「鼓勵中亞、東北亞、南洋、歐洲、非洲等各國商人從海陸兩路與元朝開展廣泛的國際貿易，對來者優惠，甚至可以長期定居貿易。」〔註25〕元朝對外來商人的優待以及對外貿易的繁榮我們在馬克・波羅的遊記中可以看到更多直觀的現實。元朝政府在官員的任用方面也並不排外，如馬克・波羅在元朝的身份除了是斡脫商人外，很有可能還是宮廷侍從，即皇帝的侍衛

〔註25〕陳喜忠著，《中國元代經濟史》，人民出版社，1994年，第21頁。

近臣。爲皇帝搜集情報，充當耳目。換而言之，是一個中層的「視
察員」。〔註26〕元朝經濟的對內對外雙向開放性成爲元代國民經濟的
重要特色，這種開放性爲元代經濟的全方位發展打開了好的局面，
對當時和以後的經濟發展都影響深遠。

3. 多態並存性

此處所言多態並存性主要指生產方式方面。中國古代的生產方
式一般有原始公社制、奴隸制生產方式和封建生產方式三種，在歷
經秦漢帝國統一之後，封建生產方式基本確立。中原漢文化爲主體
的經濟生活中，基本上就沿襲封建生產方式。而且封建化程度日益
提高，只是在邊遠少數民族地區還保留有原始公社制或奴隸制生產
方式。元代吐蕃正式納入疆域版圖時，當地實行的是寺院封建農奴
制生產方式。而雲、貴、川、北方、東北等邊疆少數民族地區，依
然存在原始公社制或奴隸制生產方式。元朝政府對這些地區所採用
的政策非常寬鬆，採用與其地區的封建生產方式並存的措施，只求
政治上服從中央管理，在很多方面還給予不同的優惠。這種靈活的
處理方式使國民經濟協調穩步發展，在政治上更有利於團結和統
一。這種多態並存的生產方式符合當時特定歷史條件下的元代社會
現實，是元朝政府的明智之舉。

元代在經濟上的多態並存性超越了之前朝代在處理同樣問題上
的強制性和短命化，與其用強制手段取得短期內的生產方式統一化
而加速矛盾，還不如根據現實國情採取靈活的處理方式來促進多民
族不同地區的協調發展和穩定團結。元朝在此類問題的處理上也爲
後世的統治者提供了新的視角。

4. 交流空前性

元朝之前的任何朝代都沒有像元朝那樣有如此眾多的民族，也
沒有種類如此龐雜的經濟類型，更不會有從風俗習慣到經濟形態的

〔註26〕李治安著，《元代政治制度研究》，人民出版社，2003 年，第 525～
529 頁。

眾多差異。這樣一個多民族聚居的統一王朝內，各民族、各種文化、各種思想和各種經濟類型之間的相互交流和融合也是空前的。

　　從經濟方面來看，元代是整個游牧經濟和農業經濟的交融時代。游牧文化與農耕文化在元朝疆域內並存，協調發展。中原漢文化影響下的農、工、商經濟與蒙古草原文化影響下的畜牧、漁獵經濟相互影響，互惠互利。中原和沿海發達地區與邊疆少數民族地區經濟也實現了交流互惠，少數民族地區的特色技術傳到中原漢地。如黃道婆從黎族人那裏學會了全套的先進紡織技術，「國初時……黃道婆者……乃教以做造捍彈紡織之具，至於錯紗配色，綜線挈花，各有其法」﹝註 27﹞還把崖州黎族使用的紡織工具帶回家鄉（松江烏泥涇），並逐步加以改進和推廣，為當時松江府的棉紡織業做出了很大貢獻，當時的松江布有「衣被天下」的美稱。這種各民族、各地區、各行業間的相互交流在經濟上起到了互補作用，帶動了整個元朝國民經濟的全面快速發展。

　　元代經濟的多元複雜性是元代社會多元複雜的一個縮影，而經濟領域中的這些特色對元代邊塞詩的創作有直接或間接的影響。

第二節　元代宗教

　　元代是各種宗教繁榮共處的一個朝代，除了蒙古族的原始宗教薩滿教外，元代統治者對佛教、道教、伊斯蘭教、基督教等各種宗教實行寬容的宗教政策。各種宗教在元代自由發展，因此，元代的宗教盛況超前，各種宗教在發展過程中也摩擦不斷。在元代宗教的眾多特點中，我們選其宗教政治化、宗教商業化和宗教多元化等特點說明其對元代邊塞詩發展的影響。而在元代各種宗教中，我們則以全真教、景教、藏傳佛教、伊斯蘭教和薩滿教為例，進行簡單介紹。並將元廷對各種宗教的管理和各宗教間的交流情況作一簡單描

﹝註 27﹞〔元〕陶宗儀撰，《南村輟耕錄》卷二十四，中華書局，1959 年，第297 頁。

述，希望能由此對元代邊塞詩發展背景中的宗教因素進行總體把握。

一、元代宗教特點

　　元代本身在中國古代社會中就極具特色，統治階級的民族身份和元代社會構成的多元複雜，還有很多民族文化交融的因素。多民族間、中西文化間都有很多的衝突和融合，元代宗教也有其自身特點。而在眾多的特點中，以下三點是迥異於其它朝代且具有代表性的。

（一）宗教政治化

　　在封建社會中，以權力爲核心的政治鬥爭始終是上層統治階級的關注點，利用一切手段來達到政治目的也無可厚非。對於宗教而言，元代宗教便具有與以往宗教不同的政治意義。「釋、老之教，行乎中國也，千數百年，而其盛衰，每繫乎時君之好惡。」〔註28〕元代之前的歷代帝王，對宗教推崇者不乏其人，而元代帝王更重視宗教帶來的政治利益。在元代社會中，宗教往往成爲政治的手段和工具。太祖、太宗時期，蒙古貴族認識到道教的影響力，便利用對道教的推崇來穩定中原，成吉思汗與丘處機的故事一時傳爲佳話。成吉思汗「聰明而巧妙地利用各民族的宗教爲他的軍事擴張和政治統治服務」〔註29〕，他甚至不強求其家族成員的宗教信仰。到憲宗、世祖以後，爲征服吐蕃、統一全國，鞏固在全國的長治久安，元廷又竭力抬高佛教的地位。特別是藏傳佛教領袖八思巴被忽必烈尊爲帝師之事更是引人注目，統治階級爲了籠絡藏地人心，對藏傳佛教的推崇和對其教徒的優待可見一斑。

　　元代統治者對元代各種宗教有專門的管理機構，以便其更好地爲政治服務。宗教在其對政治有益的方向可以自由發展，這也是元

〔註28〕〔明〕宋濂等撰，《元史·釋老傳》，中華書局，1976年，第4517頁。
〔註29〕門巋，《從佛道之爭看元代宗教的寬容政策》，《殷都學刊》，2001年第1期。

代宗教政策的基本原則。

（二）宗教商業化

　　在元代，因為對宗教的寬容優禮，宗教人士往往享有眾多特權。包括蠲免各種賦稅、免除各種差役等，很多宗教人士還居高官，享厚俸。因此，宗教界人士從事商業、手工業、高利貸等厚斂財富。在元代經濟領域內，宗教界人士隨處可見，從而使元代的宗教趨於商業化。成吉思汗時代，僧、道、也里可溫、答失蠻等宗教人士，種田出納地稅，買賣出納商稅，其餘差役蠲免。雖然繳納一定商稅，但在賦役方面也還有很多優惠。而「自谷由皇帝至今，僧、道、也里可溫、答失蠻地稅商稅不曾出納」〔註30〕，此處的「谷由皇帝」即貴由帝，而「至今」則指忽必烈在位的中統五年（甲子年），即1264年。換而言之，在貴由帝即位的1246年到忽必烈在位的1264年期間，僧、道、也里可溫、答失蠻等宗教人士從商時不曾繳納商稅，元朝政府對宗教人士的商業活動採取的優待和鼓勵由此可見。既然元朝政府對宗教人士的從商給予如此優厚的待遇，而且從商又能為他們帶來厚利，那麼宗教人士紛紛投入商業活動便不足為奇，元代宗教的商業化傾向也就愈加明顯了。

　　在元代統治者寬容的宗教政策下，元代社會各階層對宗教及其教徒都很優待，宗教人士享有很優越的社會地位。他們不但在民間享有民眾的尊敬，還與皇室、貴族和官僚集團有著廣泛的交往。這又直接對他們從商有很大的方便，他們往往會利用這些關係和特權去牟取暴利。一些和尚、先生、也里可溫、答失蠻等利用特權攜帶違禁品進出口，進行海外貿易，從中獲利，直接影響到國庫收入。這也是元廷對宗教採用寬容政策所付出的代價。

（三）宗教多元化

　　元代宗教的多元並存局面超越歷代，從現有材料來看，元代不

〔註30〕方齡貴校注，《通制條格校注・僧道》卷二十九，中華書局，2001年，第718頁。

僅有蒙古本民族所信仰的薩滿教，還有漢地傳統的佛教、道教，歷史傳承下來的景教、藏傳佛教，還有在西征東進過程中所吸納的伊斯蘭教、摩尼教、猶太教、也里可溫教等，還有民間所信仰的白蓮教、頭陀教等。據葉子奇稱，「眞人邱長春能燒金，佐世祖軍國之用，以功封以金印，主全眞教。其外又有白蓮教、滿摩教、回回教、頭陀教，不合不通，各自有宗。」〔註31〕在元代各種史料筆記中不乏對元代宗教多元並存局面的描述。

　　元代宗教多元化突出表現在宗教種類的繁多。蒙古族的原始宗教薩滿教是崇拜多神的宗教，凡天地日月星辰、風雨雷電山川以及馬牛羊等俱可奉爲神明。蒙古族祈求眾多神靈保祐他們民族發展興旺、人畜健壯、生活富足。薩滿教的多神信仰和蒙古族講求實利的特點，一定程度上促使蒙古貴族接受多種宗教的並存。在他們眼中，只要是能爲其祈福，保祐自己降福免災，並有利於政治的宗教都可以奉行。蒙古貴族的宗教寬容政策下，元代社會中的各種宗教都有了充分的發展。除了原始宗教的繼續繁榮外，在政府的扶植下，佛教中的藏傳佛教、道教中的全眞教、西方世界中的伊斯蘭教和基督教都得到了很大發展。甚至在民間，白蓮教、猶太教、景教、摩尼教、祆教、頭陀教等各種大小宗教都得到了很好的發展。元代宗教的多元並存，一度使元朝在短短的國祚中擁有了繁榮的宗教文化。同時在各種宗教並行的過程中，各宗教間也難免會有摩擦，如佛教與道教的大辯論。藏傳佛教與薩滿教的較量，雖然爲了政治需要，元朝統治者在宮廷中提倡藏傳佛教。八思巴被任命爲帝師，並享有特權，宮廷中的后妃、大臣等無不尊其爲神人。但是，在民間，特別是蒙古人中間，薩滿教仍然很盛行。如此種種，元代宗教伴隨著種類繁多的特點，也帶來了很多由此引發的衝突和爭執，這也導致了後來元廷對宗教政策的某些變化。

〔註31〕葉子奇撰，《草木子‧雜制篇》，中華書局，1959 年，第 61 頁。

二、宗教類型及管理和融合

　　在眾多的宗教中，我們對道教中的全真教、佛教中的藏傳佛教、基督教中的景教、伊斯蘭教和薩滿教作為突破點，對元代宗教類型作大致瞭解。這些宗教在元代社會中最引人注目，也是最能代表元代宗教現狀的。對這些宗教的相應管理，以及各宗教間的相互交流等情況也一併介紹。對佛道大辯論，基督教與道教、伊斯蘭教的衝突等也會有所涉及。在元代邊塞詩中，有很多與宗教相關的內容，通過此處的介紹，希望能對影響元代邊塞詩發展的宗教因素作大致瞭解。

（一）宗教類型

　　全真教是道教的一支，產生於金代，確切說是金朝正隆、大定間。它是形成於中原地區，興盛於元朝的一種新型道教。在某種意義上，它和藏傳佛教一樣，是元代統治者為了鞏固其統治而重點扶持的一種宗教。全真教教義的精華可以概括為：去除人我是非、反對酒色財氣、收束心猿意馬、擺脫名繮利鎖等〔註32〕。這種思想吸引了大批處於社會底層的文人紛紛加入，尤其是全真教對世俗的批判和對閒適境界的追求，更讓處於亂世中的文人有深深的共鳴。他們在自己的創作中絲毫不掩飾這種情懷，他們雖心懷天下，可現實的無情只能讓他們在山林江湖間修身養性，大量此類元曲的湧現正好為此佐證。在金元鼎革之際，全真教儼然成為人們精神上和生活上的一個避難所。

　　藏傳佛教是佛教的一大支派，在我國藏族地區和內蒙古、新疆等部分地區流傳。藏傳佛教雖是佛教的一支，卻與佛教本身有著不同的特質，因其傳播地區的特殊，也帶上了特殊的地域色彩。佛教傳入藏地後，與當地的原始宗教苯教相融合，吸收了很多苯教的因素，成為藏化了的佛教，故稱藏傳佛教，或俗稱喇嘛教。藏傳佛教

〔註32〕申喜萍，《元散曲與全真教》，《四川師範大學學報》（社科版），2008年第5期。

在薩迦班智達手中與蒙古統治者合作，開始了與全國各地的聯繫與發展，而讓藏傳佛教眞正達到鼎盛階段的是八思巴與忽必烈的合作。元朝從確立帝師制後，歷代帝師大多從八思巴所屬的薩迦派中選出，藏傳佛教中的這一支也在元廷的支持下一枝獨秀於其它支派。

景教是我國唐代對基督教的一個支派「聶斯托利派」（Nestorianism）的稱呼，這個支派現在已幾乎不存在了。元代的基督教徒被人稱爲「也里可溫」，而「也里可溫」的涵義則以意大利傳教士孟高維諾來華傳教爲界，前後詞意有所變化。之前的「也里可溫」指的是聶斯托利派教徒，即景教徒，而這裏的景教徒與唐朝的景教徒又未必有直接聯繫；孟高維諾來華後，「也里可溫」則指聶斯托利派教徒和天主教徒。因爲景教既涉及到基督教在唐朝時的傳播，又代指元朝早期的基督徒，故此處以此來代指元朝的基督教。蒙古語「也里可溫」當指「上帝教」，或「有福分的人」、「信奉上帝的人」。景教在蒙古汗國和元朝的傳播中，經歷了興起、興盛和衰敗的過程。最終隨著蒙元帝國的滅亡而宣告結束，這是景教在中國傳教的第二次嘗試。興盛時期的景教活動僅從元代中國內地各處教堂數目可見一斑，而實際上，「元時中國內地聶斯托利派基督教的傳播當不止此」〔註33〕，在短暫的繁榮之後，隨著天主教傳教士孟高維諾的去世和元帝國的衰亡，景教在中國內地也逐漸銷聲匿跡了。但值得注意的是，景教在中國的衰亡，並不意味著基督教在中國的衰亡。

伊斯蘭教是公元七世紀初在亞洲西南部的阿拉伯半島興起的一種宗教，元代隨著成吉思汗及其子孫的西征而大規模入華。因爲穆斯林善於經商和理財，以及遷徙過來的穆斯林所生活的軍事戰略要地，元代政府對這些伊斯蘭教信徒倍加關注。給予他們在政治、經濟等方面很高的待遇，地位較唐宋時期均有明顯提高。元朝統治者在宗教上的寬容政策和他們對宗教的功利心理，使得伊斯蘭教在華

〔註33〕朱謙之著，《中國景教》，東方出版社，1993年，第183頁。

傳播過程中遭遇到與其它各種宗教的共處共生局面，尤其是漢文化的深遠影響。因此，在伊斯蘭教進入中土以後，逐漸與漢文化交流融合，呈現出新特點，也更適於當時社會的新環境。在伊斯蘭教的發展過程中，回回民族的形成也是值得關注的大事。回族的形成一方面是伊斯蘭教傳播過程中，穆斯林與各民族、各宗教人士相互融合的結果，另一方面，也更加促進伊斯蘭教的傳播和發展。

　　薩滿教是一種原始多神教，從古至今一直在我國北方少數民族中廣為流傳。薩滿教的基本觀念是相信萬物有靈，認為天地、日月、雷電、山川、樹木等萬物都有神靈主宰，其中天是主宰宇宙一切萬物的最高神靈，最受蒙古人敬畏。他們每逢有大事，便會請薩滿巫師為其占卜吉凶，向長生天禱告事事順利。蒙古人對天常稱為「長生天」或「騰格裏」，他們對天的崇拜幾乎是一種與生俱來的本性。他們認為長生天是最高主宰，「凡占卜吉凶，進退殺伐，每用羊骨扇，以鐵椎火椎之，看其兆拆，以決大事，類龜卜也。凡飲酒先酹之。其俗最敬天地，每事必稱天，聞雷聲，則恐懼不敢行師，曰天叫也。」〔註34〕他們對長生天的敬畏源於當時生產力的落後，這是一切原始宗教時期人們的共同心理。在他們的風俗習慣中，也充斥著對天的敬畏，「正月一日必拜天，重午亦然」〔註35〕。薩滿教嚴格意義上來說不是宗教，而是一種巫術，但作為蒙古族的原始宗教，在元代宗教信仰中仍有很重要的地位。

（二）宗教管理和融合

　　在元代的眾多宗教中，我們只選取了較有代表性的幾家，全真教是道教在元代的集中體現；伊斯蘭教因其教徒眾多和他們特殊的經商理財本領在元代政治、經濟生活中扮演了重要的角色，加之回

〔註34〕〔清〕曹元忠撰，《蒙韃備錄校注》，續修四庫全書·史部·雜史類，
　　　　第 423 冊，第 529～530 頁。
〔註35〕〔清〕曹元忠撰，《蒙韃備錄校注》，續修四庫全書·史部·雜史類，
　　　　第 423 冊，第 527 頁。

族的形成在元代是多民族共同發展繁榮的一個特例；薩滿教作爲蒙古族的原始宗教，在元代有著特殊的位置，在蒙元各個階層中的影響無處不在。其它如摩尼教、猶太教者，在元朝寬鬆的宗教政策中也多有發展，面對眾多宗教的全面發展，蒙元政府雖然奉行寬鬆的宗教政策，但也相應設立管理機構。如佛教有宣政院，道教有集賢院，基督教有崇福司，伊斯蘭教有回回哈的司來管理等。因爲在寬鬆自由的環境中，在政府的多種優待下，僧、道、也里可溫、答失蠻等宗教人士容易恃寵而驕，滋生事端。如《通制條格》這樣記載：「諸王、駙馬、權豪、勢要、僧、道、也里可溫、答失蠻諸色人等下番博易到物貨，並仰依例抽解。如有隱匿，不行依理抽解，許諸人首告，取問是實，錢物沒官，犯人決杖壹佰七下，有官者罷職，仍於沒官物內一半付首告人充賞。若有執把免抽聖旨懿旨，仰行省、宣慰司、廉訪司就便拒收。」〔註36〕由此可知，宗教人士和權貴勢要往往會因特權而隱匿抽解，中飽私囊，因此需有相關機構對其進行規範和約束。而在具體的管理中，元廷對伊斯蘭教與薩滿教因視其爲「自己人」而多有照顧，蒙元政府所有的宗教政策背後都有一個總的原則，即是否對元廷統治有利。換而言之，政治性在元代統治者的宗教政策中至關重要，他們會爲了政治利益而扶植或打擊某一宗教，這也是他們政治統治的需要。

元代的宗教寬容政策不但帶來了各種宗教的競相發展，共同繁榮，還帶來了多種宗教文化的盛行。宗教文化以其獨有的方式在元代社會中流傳，對元人的思想、生活等有著潛移默化的影響。爲元代文化增添了不少光彩，對此，孫悟湖已經有所說明〔註37〕，我們僅從交流與衝突等方面對各種宗教在元代的融合略論之。

〔註36〕《通制條格・關市》，卷十八，浙江古籍出版社，1986年，第231頁。
〔註37〕孫悟湖，《元代宗教文化的特點》，《中央民族大學學報》（哲學社會科學版），2001年第6期。孫悟湖等，《元代宗教文化略論》，《內蒙古社會科學》（漢文版），2003年第3期。

元代宗教的繁榮僅從宗教類型可見一斑，而各種宗教的自由發展使宗教界熱鬧非常。佛教（包括喇嘛教、禪宗等）、道教（包括全眞教、眞大道教、太一教、正一教等）、薩滿教、伊斯蘭教、基督教、天主教、猶太教、摩尼教等均得到發展。元代蒙古人的原始宗教是薩滿教，崇尚多神信仰，他們並不排斥其它宗教，特別是在元代擴張領土、統一中國的過程中，更是將宗教作爲政治的輔助工具加以利用。薩滿教也在與其它宗教的碰撞交流中發展著，逐漸融入了中原漢地的倫理化色彩，與華夏傳統的國家宗教文化相融相生。華夏傳統的國家宗教基本信仰是「敬天法祖」〔註38〕，此處用它主要是區別於少數民族宗教，當蒙古人入主中原之後，薩滿教在發展進程中吸收了很多華夏傳統宗教的禮樂制度和祭祀傳統，已與華夏傳統的國家宗教相近。到元朝末年，有些蒙古族的宗教禮制（或者說薩滿教文化中的一些成分）已與華夏傳統的宗教禮制有機地融爲一體了，成了元代特有的宗教禮制。如元代在薩滿教的祭天儀式之外，將華夏傳統的郊祭制度、宗廟祭祀制度、社稷祭祀制度、祭孔制度、聖賢功臣祭祀等都有效繼承。薩滿教文化即使是在之後藏傳佛教成爲國教以後，也依然在民間展示它頑強的生命力和深遠的影響力。

元代寬容的宗教政策給各種宗教文化的發展大開方便之門，各種宗教在廣闊的社會天地中自由發展，相融相生。在各宗教各行其道，各自發展的過程中又難免出現交流碰撞，因此多種宗教的交融與衝突也在所難免。蒙元統治者對宗教的管理寄託了很多的政治理想，在民族政策和政治利益的雙重驅使下，他們一直對宗教有所偏重和扶持，標準便是對他們政治利益的最大化。伴隨著元代大小宗教的自由發展和相互交融，各宗教間爲了利益和傳教所需所衍生的衝突也是在所難免的。比較大的衝突集中體現在佛道大辯論中。道教在成吉思汗時代，因爲丘處機的被徵召而獲得了種種特權，全眞

〔註38〕牟鍾鑒，《關於中國宗教史的若干思考》，《中國宗教與文化》，臺灣：唐山出版社，1995年，第139頁。

教也被任命爲掌管天下道教。全眞教藉此開始廣建道院，廣收門徒，與中原佛教發生了激烈的衝突。當全眞教處於全盛時期，全眞教徒大量霸佔寺院以擴充宮觀，逐漸在全國範圍內用「蠶食」手段擴張自己的勢力。教徒們逐漸遠離了儉樸刻苦之旨，建起了不少規模宏大的豪華宮觀。教首們居於京城，結納權貴，道士們一旦佔有了過多的世俗名利，便不免會墮落腐化。泰定元年（甲子年，1324），廷臣張珪上奏二十餘事中，有曰：「比年僧道往往蓄妻子，無異常人，如蔡道泰、班講主之徒，傷人逞欲，壞教干刑者，何可勝數。」〔註39〕全眞道士的類似劣行在很多文人筆下及史料中都有記載。最終由於各種原因迎來了佛道辯論。蒙哥汗時期，佛道進行了大辯論，憲宗五年（乙卯年，1255）八月，蒙哥汗在和林萬安閣下召集佛、道兩家辯論，其結果是佛教勝出，蒙哥汗下令全眞教退還佔據的佛寺，修復佛像，焚毀僞經。此後，全眞教倍受冷落，受挫不小。之後，隨著藏傳佛教的傳入和蒙元統治者的大力扶持，佛道二教的爭端也再次升級，皈依喇嘛教的忽必烈在蒙哥汗時期就曾召集佛、道二教代表進行辯論。結果八思巴舌戰群僧，勇奪魁首。而之後在憲宗八年（戊午年，1258）夏，忽必烈受命在開平主持了以討論《老子化胡經》眞僞爲主的佛道大辯論中，八思巴又發揮了重要作用，最終仍是佛勝道敗，此次辯論使藏傳佛教地位顯著提高，並最終發展到國教地位，道教從此一蹶不振。除此外，基督教與道教和伊斯蘭教的衝突也散見於元代的史料中，在《出使蒙古記》中曾記載了阿里不哥制止穆斯林和基督教徒之間的爭吵一事〔註40〕，而《元典章》中也曾有也里可溫教與道教在成宗時期爲爭奪教權而發生的衝突的記載。

〔註39〕〔明〕宋濂等撰，《元史·張珪傳》卷175，中華書局，1976年，第4082頁。
〔註40〕英·道森，《出使蒙古記·魯不魯乞東遊記》，呂浦譯，周良霄注，中國社會科學出版社，1983年，第205頁。

第三節　元代文化及其對元代詩人創作的諸多影響

　　「文化」一詞歷來有廣義和狹義之分，廣義的文化泛指人類所創造的一切精神和物質成果的總和；狹義的文化則是與政治、經濟等並列的一個定義，側重於精神領域的各種財富。我們所言的元代文化，更多側重於後者。元代文化的總體特點是多元、複雜，歷來對它的評價也是褒貶不一。有人認為，元代文化可稱得上「輝煌」〔註41〕。更多的人認為，元代社會黑暗、元代文化「衰弊」〔註42〕。隨著對元代文學和元史研究成果的不斷湧現，我們可以說，「元代是繼唐、宋之後我國文化的又一個高潮時期。」〔註43〕元代文化是一個發展、興盛時期，很多領域在中國文化史上處於高峰期，並有重大成就。元代文化在中國文化史上仍處於上陞階段，在世界上居於前列。元代是國內多民族文化的發展期，也是中外文化的交流期，文化具有雙向多元化。哲學、史學、文學、醫學、地理學等領域都有很大發展，多樣的發展帶來思想的多種流派和文藝作品中的不同藝術風格。在眾多的元代文化因素中，多元文化共同發展、文人心態等因素似乎在本文的研究中尤其重要。因此，我們便由此作為窺探元代文化的切入點，以期能有以小見大、管中窺豹之效。

一、元代文化概述

　　元代文化與元代文學不同，歷來頗受人重視，元代書畫等更是備受關注。隨著蒙元史研究和元代文學研究的逐步深入，人們對元代文化的認識也越來越客觀。我們從文學（包括元曲、雜劇、俗文學等）、史學、科學（包括農學、醫學、建築、天文、地理、印刷、火炮技術、造船術和航海術等）和藝術（包括歌舞、繪畫、雕塑、

〔註41〕金克木，《元代的輝煌》，《中華讀書報》，1994 年 11 月 28 日。
〔註42〕陳高華、張帆、劉曉著，《元代文化史》，廣東教育出版社，2009 年。第 4 頁。「在相當長的時間內，除了元曲之外，元代社會黑暗、元代文化『衰弊』的看法，是頗為流行的。」
〔註43〕陳高華、張帆、劉曉著，《元代文化史》，廣東教育出版社，2009 年，第 4 頁。

書法）等方面做一個總體的概述，從宏觀上對其進行整體把握。

　　元代文學中成就最高的首推元曲，元曲受人關注最初受益於王國維先生的「一代有一代之文學」的觀點。元曲包括雜劇和散曲，兩者都堪稱元代獨有，是元代文學的代表。元朝建立後，元雜劇進入興盛發展期。各地名家輩出，關漢卿、王實甫、馬致遠、白樸、鄭光祖等堪為元雜劇作家之翹楚。元朝後期鍾嗣成作《錄鬼簿》，記錄了 152 位元曲作家，劇作家和元曲作家皆在其中，可謂一時之盛。雜劇的興盛也離不開職業演員的優秀表演，演員在元朝屬於「係籍正色樂人」，法律身份為賤民，不得婚娶良人，只能自相婚配〔註44〕。夏庭芝的《青樓集》是專門記載元代演員生活的專著，約記有 110 多位演員的生活，大部分是雜劇女演員。元雜劇的興盛與元代日益發達的市民文化關係密切，元朝城鎮經濟的繁榮發展，帶來了娛樂場所「勾欄」、「瓦肆」的更加活躍，而戲曲正是此間演出的重要內容。元雜劇的繁榮自不待言，而元散曲的成就也不容小覷。它是「中國古代繼詩、詞之後出現的一種新興韻文體裁，用於歌唱，起源於宋、金的市井小曲，也深受北方民族音樂的影響，在元前期進入繁榮階段，由俗文學走向雅俗共賞」〔註45〕，隋樹森先生所編《全元散曲》為我們客觀的展示了有元一代元散曲的成就。元散曲與雜劇相比，作家分佈更為廣泛，上至達官貴人，下至書會才人、教坊倡優。他們的風格各異，流派紛呈，共同創造了元散曲的繁榮。隨著元曲的興盛，元代俗文學成為元代文學的主流，在元代社會中興起了一股俗文學熱。雅俗的更替一直是中國古代文學發展的基本特質之一，而俗文學到元代發展成為主流文學有很多社會背景作支撐，也與它自身的發展有關。元代統治者的喜好與元代經濟、政治的發展，以及元代社會人員構成的複雜等因素都為俗文學的發展奠定了

〔註44〕《元典章‧戶部四‧婚姻‧樂人婚‧樂人嫁女體例‧禁娶樂人為妻》卷十八，中國廣播電視出版社，1998 年，第 719 頁。

〔註45〕陳高華、張帆、劉曉著，《元代文化史》，廣東教育出版社，2009 年，第 272 頁。

基礎。俗文學以種種方式體現它的主流地位，元代俗文學的大量湧現、元代俗文學創作隊伍的壯大、元代敘事模式的轉變和發展、元代俗文學的受歡迎程度等等。凡此種種，以元雜劇和散曲爲代表的俗文學，在元代文學中逐漸取代了以詩文爲代表的雅文學，開始成爲元代文學的主角。

　　元代史學方面的成就集中體現在宋、遼、金三史的修撰〔註46〕，宋金遺民所寫的遺民詩和史學性質的著作、馬端臨的《文獻通考》和蒙古本民族的《蒙古秘史》。忽必烈建元以後，元朝繼承前代的修史模式，逐步建立起包括起居注、時政記在內的修史制度。在此基礎上的《實錄》修撰已成爲一種制度〔註47〕，忽必烈時代開始修《實錄》。之後，新即位的皇帝爲已故皇帝修《實錄》成爲元代固定的制度。與《實錄》同時修撰的還有《后妃功臣傳》和《經世大典》。除了官修的史書外，元代的私人修史也頗有成效，最有代表性的便是蘇天爵的《國朝名臣事略》。隨著藏傳佛教的國教地位得以確立，吐蕃地區產生了一部著名的史書《紅史》。這是一部關於元代吐蕃地區政治、宗教教派狀況的史書，具有很高的史料價值，它也是藏族史學中第一部綜合性的通史著作。在宋金遺民中也有很多具有史書性質的著作，如元好問的《中州集》、劉祁的《歸潛志》、王鶚的《汝南遺事》、葉子奇的《草木子》、陶宗儀的《南村輟耕錄》、趙珙〔註48〕的《蒙韃備錄》、彭大雅等的《黑韃事略》和馬端臨的

〔註46〕三史在修撰過程中的原則由主修宋史，遼、金史作爲附錄而變爲三史並行，這一改變本身便融入了多民族融合因素。宋史的編者以南宋遺民爲主，金史的編者以金國遺民爲主，而三史的審核權及最終決定權則在蒙古史官手中。在對待宋金兩國以及相關的戰事描述上，元朝史官態度中立，在人物傳記後會有元人的客觀評價，這也是宋金戰事在兩史中有出入的原因所在。

〔註47〕張帆《元代實錄材料的來源》，載《史學史研究》，1988年第4期。

〔註48〕對於《蒙韃備錄》的作者究竟爲孟珙還是趙珙，現已基本有共識。因文獻中常有「孟珙撰」字眼，在此有必要交代。王國維先生在《蒙韃備錄箋證・跋》中對此已有詳細辯證，認爲，孟珙並未出使蒙古汗國，文中之「珙」當爲趙珙。因此，作者爲南宋趙珙應無誤。

《文獻通考》等。這部分著作內容豐富，形式多樣。或以詩文集的形式出現，或以筆記小說的面目示人，或以史書雜注的樣式展示，林林總總，不一而足。

　　元代科學成就更是燦爛奪目，讓人應接不暇。農學在忽必烈時代被放在重要位置，因而農業大有發展。出現了《農桑輯要》、《農書》和《農桑衣食撮要》三部著作，標誌著農學水平的提高。元代醫學也有很多新成就，金元四大家劉完素、張從正、李杲、朱震亨，以及危亦林的麻醉和骨折復位手術，滑壽在針灸學方面的成就，都是很突出的。元代宮廷中對養生、營養也較爲關注，忽思慧的《飲膳正要》是集大成者。元代的建築藝術吸收了很多民族和多種文化的營養，呈現給世人的是一種中西合璧、多元文化凝聚的藝術品，元大都和永樂宮建築群是其集中代表。尼泊爾建築師阿尼哥修建的大都白塔寺的白塔，更是獨具特色。元代的天文成就以《授時曆》爲代表，標誌著中國古代天文學發展到最高峰。郭守敬、王恂等人在忽必烈的組織下，成立了一支強大的天文隊伍。從事製造儀器，進行測量和編制新曆，在短短的五年時間（1276～1280）取得了極大的成就，將中國古代天文學推向新的高峰。〔註49〕這種成就很多得益於國家的統一。郭守敬對元代水利的貢獻也值得一提，他在中統初年就提出整治華北平原和大都地區水系的全面治理和規劃。郭守敬後來又領導完成開鑿大運河的工程，南起杭州，北至大都。元代利用和改造原有的運河河道，鑿通濟州河、會通河和通惠河。另外對黃河進行治理，使黃河復歸故道。在忽必烈在位期間，元代的另一壯舉便是探求黃河之源。朱思本經過實地考察，參閱前人圖籍，最終完成了《輿地圖》，是中國製圖史上的傑出創造。元代對地理的探求成就顯著，在蒙古汗國時期，隨著成吉思汗及其子孫的西征，扈從的文人便對沿途的地理風物有所記載。如耶律楚材的《西遊

〔註49〕中國大百科全書總編輯委員會，《中國大百科全書・天文卷》，中國大百科全書出版社，1980年，第103～104頁。

錄》、李志常等人的《長春眞人西遊記》和劉郁的《西使記》等都對
西域各地的地理、歷史和社會狀況有所描繪。而忽必烈時期，箚馬
剌丁負責秘書監修地理志的成果便是《元一統志》。這是中國歷史上
首次以「一統」命名的志書，充分反映了元朝所開創的規模空前的
統一多民族國家的特色，此書的學術價值和對後世的影響不容忽
視。元代的印刷術、火炮技術、造船術、航海術、棉紡織術等都取
得了很大成就。

　　元代藝術的成就集中體現在歌舞、繪畫、雕塑和書法上，我們選
取與本文關係緊密的歌舞爲例進行介紹。蒙古人能歌善舞，對歌舞的
偏愛使他們對歌舞的追求也更爲用心。在元代中書禮部內，設有儀鳳
司和教坊司，儀鳳司「章樂工、供奉、祭饗之事」〔註50〕，教坊司「章
承應樂人及管領興和等署五百戶」〔註51〕這兩個部門主管元代宮廷樂
舞及樂工事宜。元代宮廷「宴樂之器」有興隆笙、琵琶、箏、火不思、
胡琴、龍笛、笙、箜篌、羌笛、拍板、水盞等〔註52〕。「燕樂」系統
有文武二舞，亦有蒙古族樂曲，最有名的是《白翎雀》。而在歌舞形
式上，除了繼承宋制外，隊舞依然流行。在歌舞中更融進了很多民族
因素，著名的如《踏歌》、《十六天魔舞》、《八展舞》等。

二、元代文人心態的變化

　　元代文化成果豐富燦爛，在我們撇開眾多的政治、經濟、宗教
等因素帶來的文化成果外，元代文人心態的變化是吸引我們目光的
源頭所在，這一成果對元代詩人，特別是元代邊塞詩人創作帶來的
影響亦是較爲明顯的。

〔註50〕〔明〕宋濂等撰，《元史·百官志》卷 85，中華書局，1976 年，第
　　　　2138 頁。
〔註51〕〔明〕宋濂等撰，《元史·百官志》卷 85，中華書局，1976 年，第
　　　　2139 頁。
〔註52〕〔明〕宋濂等撰，《元史·禮樂志五·宴樂之器》卷 71，中華書局，
　　　　1976 年，第 1771～1773 頁。

　　元代文人心態研究從么書儀之書〔註53〕起，逐漸受人關注，而
成果有限，目前在文人心態史方面只有徐子方〔註54〕一家而已。我
們在言及元代文人心態變化之時，權且借前人研究成果大致概述。
在徐子方先生筆下，將元代文人心態以滅金、滅宋和重開科舉爲三
個契機來作爲觀察點，筆者以爲這實是抓住了元代文人心態變化之
「肯綮」，本文亦從此言開去。

　　欲言元代文人心態變化，必先知元代文人所涉之範圍。元代文
人不單指元代的漢族文人，還包括元代被漢化的少數民族文人。我
們不能忘記民族和地域因素，元代文人不是狹義的原南宋統治地區
的漢族文人。我們所說的元代實際上是從蒙古汗國時期一直到元亡
爲止，因此元代文人的範圍亦應該在這一時期內。早在蒙古汗國時
期，蒙古統治者已經開始了文治的進程。成吉思汗時代已有不少漢
化的少數民族文人爲其服務，如耶律楚材。也有一些歸附的北方文
人，因此這些北方文人和那些被漢化了的契丹人、女眞人、蒙古人、
党項人等便成了元代早期文人的代表。當蒙古人滅金之後，對於在
金朝爲官的漢人和漢化了的少數民族文人而言，便是天崩地陷的時
代，眞正開始了「以夷制夏」的黑暗時代。深受儒家思想薰陶濡染
的他們無論如何也接受不了這樣的現實，面對鼎革之變，不同經歷
的文人也有著不同的心路歷程。面對破碎的山河和變了形的倫理綱
常，一部分文人試圖通過自己的努力去挽救一二，力挽狂瀾，他們
充滿了重振之雄心，可惜得到的卻是無盡之灰心；他們在世人深陷
亂離之苦，無暇顧及精神回歸之際。以精神先驅者的身份嘗試用自
己胸中點墨去實現「用夏變夷」的宏願，在成吉思汗西征途中，曾
有大量扈從文人跟隨左右。面對金、宋的腐敗統治，這部分文人寧
願相信蒙元統治的正統性，而金、宋「氣數已盡」。因此他們在扈從

〔註53〕么書儀著，《元代文人心態》，文化藝術出版社，1993 年。
〔註54〕徐子方著，《挑戰與抉擇——元代文人心態史》，河北教育出版社，
　　　　2001 年。

途中一方面有建功立業的雄心，一方面隨著西征的進程，他們也久
居成鄉，將沿途各地——西域和中亞——當成了自己的故鄉。在詩
文中盡力表達自己的喜愛之情，我們在前期的邊塞詩中能體會到這
種情感的變化，這也是元代邊塞詩不同於前的特別之處。不管是耶
律楚材躊躇滿志的一生，還是金蓮川藩府文人的積極嘗試，他們確
實付出了很多。可惜他們的影響有限，在蒙古權貴排擠與提防的夾
縫中，他們是一路獨行的孤獨者。

　　在滅金過程中親歷過戰爭之難之亂的文人，對元朝統治者的殘
忍和野蠻心有餘悸。對新王朝敬而遠之，始終游離於元代世俗社會，
與中下層百姓為伍。他們在社會和個人的挫折感中開始了反傳統的
鬥爭，他們順應社會趨勢，在新舊交替中最大限度地尋求自己的生
存空間。他們用自己的才華去抒寫特殊時代的特殊人生，用任性而
狂傲的個性去展示其全新的價值觀。這類文人的代表是白樸和關漢
卿。白樸因少經離喪，元滅金時，七歲的他與母親淪陷城中，在戰
亂中喪母，後經元好問的幫助才得以度過難關。可是蒙古人用武力
征服漢地，統一中原，由此所帶來的綱常毀壞，五倫成灰的文化淪
喪後果，給白樸造成的心理陰影是永生難滅的。他年少的記憶如此
慘痛，以致於影響了他一生的價值取向，他懷著畢生的才華一直走
在反傳統的路上。關漢卿更是這方面的鬥士和大師。關漢卿藝術心
態的反傳統表象更是鮮明，世人給他的評價是浪子與鬥士的二位一
體。他擁有浪子心性，這從他為自己塑造的那枚「銅豌豆」形象可
見一斑，更具有鬥士精神，關漢卿的人生也代表了有元一代失意文
人所尋找新出路的人生歷程。在盡力實行「文治」而不得，或嘗試
走反傳統之路而不順的同時，還存在第三種文人完全放棄了這兩種
嘗試。他們面對蒙古鐵騎只是就那麼呆著，就那麼在山莽田野裏呆
著，做他們的隱士，他們醉心於藝術，無關政治。

　　在蒙古人滅金之時，中原文人已經有了很大的震動。而當忽必烈
滅南宋統一全國，真正建元之時，元代文人又集體開始了再抉擇。是

在忽必烈的實施漢法，大興文治的大潮中施展平生願，還是在蒙古人
的種族特權和民族歧視中退隱江湖。亦或是不問政治，於風雨飄搖中
求得一己之安身立命之所，元代文人在蒙元貴族一統天下之際開始了
集體思考。有的人比較幸運，在亂世中遇到了賞識自己的「貴人」，
如趙孟頫以宋代王室身份而事新朝。有的人比較不幸，處處碰壁之
下，選擇另一種生活，如馬致遠始終徘徊在功名不遂的痛苦與避世退
隱的不甘之間。更有一些文人想求歸隱而不得，如仇遠、袁易等。在
如許的抉擇中，每一個元代文人都經歷了痛苦的心理掙扎，居高位者
未必無憂，處江湖遠者必定不甘，但在時代的大潮中，他們無力做掌
握自己命運的弄潮兒。

　　在蒙元統治者滅金、滅宋一統天下的進程中，科舉制一直在決
策階層被討論，遲遲不行科舉也是元代文人集體失落的重要癥結所
在。仁宗時的重開科舉，實在是元王朝的一件大事。皇慶二年（癸
丑年，1313）十一月，仁宗頒佈詔書，宣佈「行科舉」，「詔天下以
皇慶三年（即延祐元年，甲寅年，1314）八月，天下郡縣興其賢者、
能者，充貢有司。次年二月，會議京師。中選者親試於廷，賜及第、
出身有差。」〔註55〕同時還確定了選舉的基本原則：「取士以德行爲
本，試藝以經術爲先」〔註56〕。元代文人在科舉重興之時，又重新
燃起了希望。他們都渴望修齊治平的人生願望能實現，在元廷爲他
們重開進身之階之時，他們中的很多人都開始了積極地嘗試，以虞
集爲代表的奎章閣文人是他們的代表。可是在蒙元貴族始終支持的
種族特權和民族歧視政策下，科舉和「文治」等都有很大的局限性。
我們只要從《元史·選舉志》中所規定的種種，便可知道當時的科
舉制中因種族所存在的諸多不平等。在希望與幻滅中，元代後期的
文人呈現出二重性心態，這種矛盾使他們時刻掙扎在傳統與現實之

〔註55〕〔明〕宋濂等撰，《元史·仁宗紀》卷 24，中華書局，1976 年，第
　　　　558 頁。
〔註56〕〔明〕宋濂等撰，《元史·選舉志》卷 81，中華書局，1976 年，第
　　　　2015 頁。

間。在元代後期，社會矛盾激化，農民運動風起雲湧之際，他們開始分化。一部分文人已經開始準備迎接新王朝，如宋濂、劉基；一部分文人則只求避禍自適，他們迴避官場爭鬥，也避免人世紛擾。只求在動亂的年代尋找屬於自己的世外桃源或精神家園，如王冕等人沉迷於藝術，元代文人的心路歷程也隨著元王朝的最終滅亡而畫上了句號。

　　瞭解元代文人不同時期的心理變化，對我們掌握其不同時期的創作心理大有幫助。對我們更好地解讀元代文人筆下的文學作品也更有益處，對邊塞詩也不例外。在這些作品中隱含著他們的心理起伏和情感變化，我們從蒙古汗國時期文人的邊塞生活和扈從經歷，從忽必烈金蓮川幕府時期文人的活動，從奎章閣文人集團對恢復漢制的努力，從元代每一個階段中元代文人作品中都能讀到他們與眾不同卻又集體失落的心靈寫照，這也是元代文人心態史研究給予我們的豐厚營養。除此外，元代教育文化中天文曆法、貿易宦遊、地理交通，特別是驛站文化等都是元代文人邊塞詩創作不容忽視的因素，它們所帶來的人事變遷和種種便利對邊塞詩創作都影響深遠。

三、多元文化共同發展

　　元代文化不同於其它朝代的突出表現就是多元複雜性，在複雜的社會構成和多元並存的文化因素中，元代表現出了獨有的包容性和開放性。在這裏，蒙古人入主中原帶來了草原游牧文化的氣息，與中原原有的農耕文化交流碰撞，共同發展；蒙古人執政所採取的多種文字、多種語言並存的政策，也帶來了語言文字的大發展。

（一）多元文化的共同繁榮

　　元代文化的多元複雜性除了上文所提到的宗教文化的交融外，同樣體現在中西方文化、草原游牧文化與中原農耕文化的相融共生上。

1. 中西方文化交融

中國在古代歷史上對外開放的朝代並不很多，漢、唐的開放在

某種程度上來說，是以中國本土內部的多民族之間的互相開放。漢唐時代中原與匈奴等民族的交戰和融合，都是中華民族內部的一種交流融合過程。唐代雖然也有與日本等國的佛教文化交流，但不占主流。而元代的開放卻是中西方文化充分碰撞交流的嘗試，成吉思汗及其子孫的三次西征，給西方世界帶去的是蒙古鐵騎的噩夢，也給東方中國帶來了一次中西文化交流的機會。隨著蒙古鐵騎軍的東征西討，「中國與中亞、西亞和東歐等西域廣闊的大陸在同一政權下統一起來，這時，一切阻礙中西交通之人為因素均被清除，從而使得元代中西交往具有完全不同於前代的嶄新環境。」〔註 57〕蒙元時代西域人的大量東遷，使亞歐陸地民族關係和民族結構發生了巨變，從這一時期西域人來華的頻繁和規模來看，它遠遠超出了以往任何朝代。他們進入中土後，對中國本土文化的衝擊也是巨大的。西域人東遷以後，散居於中國大陸各個地區。他們以軍士、官吏、工匠、商賈、教士、使節、驅口〔註 58〕等各種身份活躍於元朝社會的各個階層，西域大量的技術與文化也隨之而來，為元代社會的發展帶來了一股新鮮血液。在東遷的西域人中，族類繁多，回回、哈剌魯、阿兒渾、康里、欽察、斡羅思等不同部族共同營造了元代西域人東遷之後的多元文化氛圍。在蒙元社會的歷史背景中，東遷的西域人在各個領域都顯示出了他們的魅力。元代在天文曆算方面，有回回天文書籍、西域天文儀器和回回曆，有「0」空位及阿拉伯數碼的傳入、有弧三角學和回回數學；在繪圖法與地理學方面，有箚馬剌丁的《元大一統志》，有地球儀、航海地理學和回回地理書籍；在藥物和醫學方面，有西域藥物和醫藥著作，有專門設置的西域醫療機構——京師醫藥院；在音樂與文字方面，有火不思、興隆笙等樂器，也有回回樂人與樂曲，有亦思替非文與回回文；在建築工程技術和製炮術方面，有回回建築大

〔註57〕馬建春著，《元代東遷西域人及其文化研究》，民族出版社，2003 年，第 1 頁。
〔註58〕驅口，願意為被俘獲驅使之人，即戰爭中被俘獲強逼為奴、供人驅使的人。

師亦黑疊兒丁與他的大都建築，也有回回炮；在手工技術和飲食方面，則有「大食窯」和葡萄酒、馬奶酒等的製作與流傳。凡此種種，西方文化進入中國本土後，與傳統的中原文化交流融合，使元代文化體現出中西交融、中西合璧的特色，這也是元代特有的文化特質。

2. 草原游牧文化與中原農耕文化〔註59〕

蒙古人的鐵騎橫掃亞歐大陸時，隨著武力征服的推進，同時帶去的是草原游牧文化的傳播。當蒙古人入主中原後，中華大地便面臨著草原游牧文化與中原農耕文化的衝突與融合。在兩者互相交融的過程中，中華文化也在經歷著考驗和磨合，而元代正是這兩種文化交流匯合的集中時期。草原游牧文化是以牧場和牲畜為主要生產、生活資料的一種文化，他們對自然條件的要求比農耕文化更加嚴格，這種文化所包含的尚武、豪放與寬容胸懷也是與農耕文化中長期形成的儒家倫理思想不同的方面。農耕文化則是以農耕為主要生產方式的文化，這種文化下的人們對土地的依戀如同草原游牧文化中人們對牧場的依戀。他們安土重遷，在長期的儒家思想薰陶下形成了穩定的綱常倫理思想。這種文化所培養出來的溫和、愛好和平等特性在面對蒙古人的鐵騎時，難免會表現出無力與無奈。兩種文化的迥異使元初的蒙古統治者在一統天下的進程中並不那麼順利。早在窩闊台汗時代，便有人提出要將金朝北部地區變成蒙古人的牧場。「漢人無補於國，可悉空其人以為牧地。」〔註60〕幸在耶律楚材的阻止下才未成行。但局部地改農為牧的事件卻頻頻發生。或在京師和大城市周圍開闢牧場，如元世祖中統二年（辛酉年，1261）七月，「諭河南管軍官於近城地量存牧場，餘聽民耕」〔註61〕。

〔註59〕關於草原文化與游牧文化的具體區分，這裏權且不論。因為在元代，蒙古族同時具有了草原文化與游牧文化的特點，我們暫且將其放在一個概念下去討論，只取其與農耕文化相對的因素。

〔註60〕〔明〕宋濂等撰，《元史‧耶律楚材傳》卷146，中華書局，1976年，第3458頁。

〔註61〕〔明〕宋濂等撰，《元史‧世祖紀》卷4，中華書局，1976年，第72頁。

或在蒙古軍駐地周圍多占民田爲牧田。「蒙古軍取民田牧，久不歸」〔註62〕。或蒙古貴族強佔民田，有的圈佔農田爲牧場，面積之大，達十餘萬頃，如山東沿海登、萊一帶，都成了「廣袤千里」的牧場〔註63〕。此外，還有蒙古人的「括馬」政策也給農耕文化下的中原人民帶來了不少災難。「括馬」，又稱「刷馬」，即強行無代價的從民間搜刮馬匹。這種政策給中原漢地人民的生產帶來了很大的破壞，據統計，有元一代，中原漢人地區被括馬匹應在百萬匹以上〔註64〕。由此可見蒙元入主中原之初，草原游牧文化對中原農耕文化的破壞之嚴重，此時兩種文化的衝突是主要的。隨著蒙古人漢化進程的推進，草原游牧文化開始傾向於與農耕文化的融合，游牧文化所帶來的新鮮草原氣息對中原固有的倫理綱常是一種衝擊，元代文化開始了從以儒家文化爲中心向多元一體文化過渡的演變。「農耕與游牧作爲東亞大陸兩種基本的經濟類型，是中華文化的兩個彼此不斷交流的源泉。在一定意義上可以說，中華文化是農耕人與游牧人的共同創造，中華文化是農耕人與游牧人在長期既相衝突又相融彙的過程中整合而成的。」〔註65〕元代正是中華文化融合草原游牧文化與中原農耕文化的一個特定時期，這個過程中，蒙古人的種族特權和民族歧視政策是一把雙刃劍，它既是促使文化交融的催化劑，又是導致元朝滅亡的重要原因。

（二）多種語言文字的並存

元代遼闊的疆域上生活著多民族人民，他們聚居一處，一邊操本民族的民族語，一邊又爲了交流之便開始接受其它民族語言。在

〔註62〕〔明〕宋濂等撰，《元史·奧頓世英傳》卷151，中華書局，1976年，第3579頁。
〔註63〕《中國史稿》編寫組，《中國史稿》，第五冊，人民出版社，1983年，第434頁。
〔註64〕楊志玖著，《元史三論》，人民出版社，1985年，第140頁。
〔註65〕馮天瑜，何曉明，周積明著，《中華文化史》，上海人民出版社，1990年，第125頁。

漢文化的主流影響下，漢語和漢字是他們爲了融入主流生活和進入
仕途必須要掌握的語言文字；元代又是蒙古人統治的朝代，蒙古語
和蒙古新字是國語之一，也是需要學習和掌握的；隨著大量西域人
的東遷，伊斯蘭教隨之東移，在廣大的穆斯林中，「回回語」〔註66〕
自有其通用市場；在漢語、蒙語和回回語大行其道之時，在西南少
數民族地區還流行著他們本民族的民族語，而在元代各地也都存在
著方言俗語。有元一代，在多元文化中，多種語言的並存也是很突
出的因素。

1. 漢語、蒙古語及其相互融合

　　元朝雖是蒙元貴族統治的朝代，但是漢文化的深遠影響和一部
分開明的蒙元貴族的提倡漢法、漢制，使漢語、漢字在元代很流行。
特別是蒙古人入主中原之後，爲了統治人數比蒙古人要多得多的漢
族，也爲了用先進的文明去一統天下人心，蒙元朝廷開始「興漢制」，
用「文治」。即便是早期的燕京國學中，漢族的儒家經典也在全眞道
士的潛移默化中影響著蒙古貴胄子弟。等仁宗朝重開科舉後，所考
科目關涉四書五經等儒家經典，「考試程序：蒙古、色目人，第一場
經問五條，《大學》、《論語》、《孟子》、《中庸》內設問，用朱氏章句
集注。其義理精明，文辭典雅者爲中選」〔註67〕，所以學習漢字和
漢文化也是進入仕途的必修課。漢語與漢字在元代文人生活中的重
要性自不待言，即便是在元代普通人生活中，漢語也是必須掌握的
生存技能之一。

　　蒙古語在蒙元貴族的征戰過程中一直受到提倡，在早期窩闊台
汗所設置的燕京國學中，規定所教內容用蒙古語教授。後來在忽必
烈命帝師八思巴創制蒙古新字後，又有專門教習八思巴字的蒙古字

〔註66〕「回回」是元代對回族人的一種稱呼。雖然現在一般都稱回族，但
　　　　爲了尊重古籍，我們仍沿用「回回」這一說法，對其語言也仍稱爲
　　　　「回回語」。下同，不再另注。
〔註67〕〔明〕宋濂等撰，《元史·選舉志》卷81，中華書局，1976年，第
　　　　2019頁。

學。元廷曾下令：「蒙古文字，不揀那裏文字根底爲上交寬行者。各路分官人每，與按察司官人每一處提調者，好生的交學者。各路裏教授、各衙門裏必闍赤委付呵，翰林院官人每委付者。」〔註68〕蒙古族作爲統治民族，它的語言和文字在元代自有其專權和便利之處，由此所帶來的實惠也刺激著人們去學習和使用。

在元代的蒙漢文化交流中，漢語與蒙古語之間的相互影響是很明顯的。在現在的漢語詞彙中，「站」即源於蒙古語。「站」是蒙古語的音譯詞，元以前叫「驛」，元代曾用「站」，元代漢文文獻中也稱「驛站」。在陶宗儀的《南村輟耕錄》中曾多次出現，「嘗因公差抵一站，日已暮矣，站吏告曰，今夜……」〔註69〕。很多蒙古語藉詞都隨著元朝的滅亡而消失不用，而「站」卻表現出了頑強的生命力，成了漢語的一個基本構詞語素。另外，如「胡同」等詞都是漢語在蒙元時期的語言融合結果。同樣的，在蒙古語中也有被漢化的情況。在元代漢語中，「娘」爲婦女通稱，如「老娘」、「師娘」、「婆娘」等，其中「娼婦曰花娘，達旦又謂草娘。」〔註70〕此處「達旦」即「韃靼」，指蒙古人，而「草娘」當爲漢化的蒙古語。

元代的多民族共存情況下，多種語言和文字之間也相互交流，互相影響。在語言上的交融現象不但表現在蒙漢文化交流中，在其它語言和文字中也存在著融合現象。如漢語與回回語，回回語與蒙古語等。這應該是元代多民族融合的大背景下必然產生的一種語言現象，也是元代文化多元化的一種表現。

2. 回回語與其它民族語言

元朝是統一的多民族國家，元朝境內的民族除了漢族和蒙古族

〔註68〕 《通制條格・學令・蒙古字學》，卷五，浙江古籍出版社，1986年，第78頁。

〔註69〕 〔元〕陶宗儀著，《南村輟耕錄・馬判》卷十，中華書局，1959年，第120頁。

〔註70〕 〔元〕陶宗儀著，《南村輟耕錄・婦女曰娘》卷十四，中華書局，1959年，第174頁。

外，還有「畏兀兒、回回、吐蕃、党項、契丹、女眞、傜、苗、僮、白人、羅羅、金齒百夷等」﹝註71﹞。每個民族都有自己的語言，有的民族還有自己的文字。

畏兀兒人是今天維吾爾族的先民，在唐、宋時期被稱爲回鶻。畏兀兒文就是回鶻文，這種文字是根據中亞粟特文創制的。在畏兀兒人聚居地區和臨近地區廣泛使用。現在還有流傳下來的元代畏兀兒文碑銘、佛經等。元代大量的回回人是來自中亞和西南亞的伊斯蘭教信徒。回回人說的語言各不相同，他們使用的是波斯文和阿拉伯文。元代回回人還使用一種「亦思替非文字」，元朝曾設立專門機構，教授這種文字。「至元二十四年（丁亥年，1287）正月初八日，總制院使桑哥、帖木兒左丞等奏：前者木術丁說有來，『亦思替非文書學的人少有。這裏一兩個人好生的理會得有……』奏呵，木術丁根底說者，交教者。麼道聖旨了也。」﹝註72﹞亦思替非文字是古代波斯爲稅收、理財而創制的一種特有的文字符號。在現有的元代史料中也保留了很多的回回語詞，如「麻答把歷」（回回曆名）、「火失剌把都」（一種回回田地所產之藥的名稱）、「鎖鎖」（一種回回田地所產的樹木名）、「康里」（部族名）。元代還有來自中亞、西南亞及以西地區的也里可溫，有人使用拉丁文、敘利亞文。現在保存下來的元代大量各種文字墓碑，也充分顯示了元代多語並存的事實。

西夏是党項人建立的王朝，在蒙古滅西夏之後，元代的党項人依然使用西夏時期的西夏字，刊刻佛經等，這種文字在一定時期內還是流行於西夏遺民中。元代吐蕃地區的吐蕃文字，是仿照梵文的一些文字體系，結合藏語實際創制的一種拼音文字。當元朝將吐蕃納入版圖、藏傳佛教得到重點扶持時，吐蕃文字也隨之在元朝境內廣爲流傳，有一定的影響。契丹民族所建立的遼朝，使用的是契丹

﹝註71﹞陳高華、張帆、劉曉著，《元代文化史》，廣東教育出版社，2009年，第575頁。

﹝註72﹞《通制條格・學令・亦思替非文書》卷五，浙江古籍出版社，1986年，第80頁。

字和契丹語。在遼亡金興時，契丹文字和語言仍在一定範圍內使用。到元朝時，卻很少有人使用，即便是博學的耶律楚材也不識契丹文。元代社會中所存在的多種語言並存現象是元代的一大特色，而這種語言並存現象不僅存在於有影響的民族和地區，也同樣適用於西南一些少數民族地區和人口較少民族中，而且還有各種方言的存在。

3. 西南少數民族語言和各地方言（吳方言）

元代的南方地區有很多少數民族，他們的經濟文化水平差別很大，發展不平衡。他們雖然人口有限，但一般都有自己的語言，除少數民族外，多數沒有自己的文字。金齒百夷是傣族的先民，元代的記載說金齒百夷「記識無文字，刻木為約」〔註73〕，但據現代研究表明，他們使用的應是老傣文〔註74〕。「羅羅是彝族的先民，使用彝文」〔註75〕。其它民族有的使用漢語和漢文，有的還停留在原始的刻木、結繩記事的階段。對於元代的西南少數民族語言，陶宗儀在《南村輟耕錄》中有相關記載，「……站吏驚曰，是何麻線，大膽若是耶。公問此為何物，始敢言曰，馬螨精也。麻線，方言曰官人……」〔註76〕此處的「麻線」是西南少數民族語言，是對人的尊稱，謂官人。元代是一個多語並存並相互交融的朝代，生活其中的人們對語言的交融和理解應該更加敏感，陶宗儀從小就生活在南方，因此，對於西南諸少數民族語言有著許多別人所未曾經歷的感悟和理解。在他的筆下，對西南少數民族語言的記載為現代語言學的研究也提供了不少語料。

〔註73〕〔元〕李京著，王叔武校注，《雲南志略輯校》，雲南民族出版社，1986年，第91頁。
〔註74〕老傣文在西雙版納已經有千年左右的使用歷史。
〔註75〕陳高華、張帆、劉曉著，《元代文化史》，廣東教育出版社，2009年，第579頁。
〔註76〕〔元〕陶宗儀著，《南村輟耕錄·馬判》卷十，中華書局，1959年，第120頁。

　　除了各民族語言外，元代在每個地區也盛行各地方言。如吳方言，僅陶宗儀的《南村輟耕錄》中就有不少相關記載。「陶宗儀是吳方言區南部的浙江黃岩人，中年以後定居於吳方言區北部的松江，直至老死，除了在元時到過江漢和大都，入明後去過都城（今南京）外，其生平行蹤基本不出吳方言區。」〔註77〕目前在這方面的研究成果有魯國堯的《陶宗儀〈南村輟耕錄〉等著作與元代語言》〔註78〕等，元代各地方言與各民族語言共同營造了元代多種語言文化繁榮的局面。

〔註77〕侯水霞，《〈南村輟耕錄〉詞彙及語料價值研究》，暨南大學碩士論文，2007年。

〔註78〕魯國堯，《陶宗儀〈南村輟耕錄〉等著作與元代語言》，《南京大學學報》（哲學·人文·社會科學），1996年第4期。

第二章 元代邊塞詩及其傳統題材

在瞭解了元代社會背景後，我們將著重對元代邊塞詩進行介紹。元代邊塞詩不同於之前的歷代邊塞詩，它有著鮮明特點。在關注它之前，有必要澄清邊塞詩與元代邊塞詩兩個概念。對元代邊塞詩有所界定之後，我們將著重對其傳統題材中的元代特色加以描述。漢唐邊塞詩中出現過的諸如征夫思婦、功業意識、邊塞風光以及搗衣、雁意象等題材，在元代邊塞詩人筆下，卻有著不同的特色，這些詩歌所展現的時代因素是我們關注的重點。

第一節 邊塞詩與元代邊塞詩

邊塞詩是中國古代詩壇中的一朵奇葩，是古典詩歌題材中不容忽視的一類，從它在文學殿堂中嶄露頭角開始，歷來對它的關注便連綿不斷。邊塞詩也歷來有廣義和狹義之分，廣義的邊塞詩指和邊塞相關的詩歌。它包括邊塞戰爭、邊塞生活、邊塞風光等。在不同時期，對邊塞詩的時空界限也有一定的限制；狹義的邊塞詩則特指唐代，甚至是盛唐邊塞詩，對邊塞詩涵義有更嚴格的限定。隨著時間的推進和研究的深入，更多學者傾向於對邊塞詩採取廣義的界定。但這種界定又在地域、內容等方面有一定的限制，這種對邊塞詩的界定已經比較科學和客觀。結合對中國古代邊塞詩的淵源研

究，更多人已經開始對邊塞詩採取詩歌史的視角進行觀照，邊塞詩的發生、發展和成熟的成長軌跡在人們面前越來越清晰了。

一、有關邊塞詩

邊塞詩作爲古代詩歌題材的一大類，它的發展也經歷了萌芽、發生、發展、成熟等過程。雖然在唐代發展到鼎盛時期，但在唐代之前，邊塞詩也開始了它的萌芽和發展時期。邊塞詩在產生和發展過程中所依賴的因素多有變化，邊塞、邊塞觀念等是先民們在與人文和自然環境的長期鬥爭中逐步形成的。因此我們探討和研究邊塞詩發展的源流顯得很有必要。

邊塞詩，顧名思義便是與邊塞相關的詩歌。古代的「邊」和「塞」又根據各個朝代邊疆的變化而有所不同。「雖然『邊塞』這一特定名詞在漢代才出現，但在性質和功能上，『邊塞』之源實可溯至遠古城邦時代，『邊』起自『封疆』，『塞』源於『城邑』。」〔註1〕古代的邊塞總是與國家、民族之間的戰爭有關，而在秦以前的漫長歷史時期內，那些各部落和「國家」之間因「邊塞」而引起的矛盾，主要是中華民族〔註2〕的內部矛盾，是中華民族在長期鬥爭與融合過程中難以避免的成長歷程。隨著秦統一全國，這一矛盾也隨之消失。在這一進程中，北方游牧民族始終與中原各部落矛盾不斷。但在中華民族內部矛盾的衝突下，始終處於次要地位。秦帝國統一全國後，中原的秦漢王朝與北方的游牧民族代表——匈奴的矛盾上陞爲主要矛盾。秦漢時期也是人們邊塞觀念完全確立的時期。經過秦之前的長久民族鬥爭與融合，人們在長期的實踐中，對「邊塞」防禦功能的認識逐步提高。因此，面對北方游牧民族的經常騷擾，秦漢時代終於修築了舉世矚目的萬里長城。這一工程的結束，「意味著國家邊

〔註1〕余正松著，《中國邊塞詩史論——先秦至隋唐》，四川大學博士論文，2005年，第2頁。

〔註2〕此處的「中華民族」與現在中華民族的意義稍有區別，主要是相對於當時北方游牧少數民族而言。

塞防禦體系的基本成形、人們邊塞觀念的完全確立」〔註 3〕，意義重大。邊塞與邊塞觀念的確立爲邊塞詩的發展奠定了基礎，關於邊塞防禦和邊疆戰爭等相關內容的詩歌創作也成了各個朝代永恒的主題。我們瞭解邊塞詩在各個朝代的發展，有利於正確認識邊塞詩的發展脈絡和元代邊塞詩在邊塞詩發展史上的承上啓下作用。而有關邊塞詩發展脈絡問題，前人已經做出過較爲詳細的介紹〔註 4〕，本文只對其發展脈絡作簡單梳理，以能說明問題爲要。

　　唐之前的邊塞詩，一般認爲是邊塞詩的萌芽發生期，處於爲唐代邊塞詩蓄勢階段。我們分爲先秦、秦漢、魏晉南北朝、隋代三個階段簡論之。先秦邊塞詩集中反映在《詩經》中，它記載了邊塞詩早期的多種形態和內容。先秦邊塞詩開創了後世邊塞詩的基本模式，已經初具後世邊塞詩的雛形，各種要素也初露端倪。秦代修築長城，築城爲塞、以塞固邊、「嚴華夷之辨」的軍事策略，客觀上爲後世邊塞觀念及邊塞詩的創作提供了必要條件。長城從此成爲胡漢分界，成爲全國統一的陸地邊境線。長城沿線蒼茫遼闊的大地所特有的自然風貌、嚴酷的生活條件和胡漢兩地迥異的民俗風情，以及頻繁激烈的征伐，戍邊戰士的艱苦生活以及由此生發的各種社會現象及人文關懷等，最終形成了邊塞現象。圍繞此現象所產生的多方面的思想情緒和理想理念等就成爲歷代邊塞詩人樂此不疲的永恒話題，邊塞詩也在此種氛圍中發展起來。隨後的魏晉南北朝邊塞詩則拓展了新的表現領域，摸索了新的表現手法，爲後世邊塞詩的繁榮奠定了基礎。隋代邊塞詩成就不高，差可爲唐代邊塞詩拉開序幕而已。

　　唐代邊塞詩在唐詩中成就頗高，在經歷了之前歷代邊塞詩的準備之後，它以強勁的勢頭登上了古代邊塞詩壇的頂峰。而它本身的發展亦經歷了發展、高潮、衰退等階段，我們以初唐、盛唐和中晚

〔註 3〕佘正松著，《中國邊塞詩史論——先秦至隋唐》，四川大學博士論文，2005 年，第 9 頁。
〔註 4〕以佘正松著《中國邊塞詩史論——先秦至隋唐》爲代表。

唐三階段來描述。初唐邊塞詩反映的時代特色爲唐代邊塞詩奠定了良好的基礎，在「四傑」與陳子昂等人的努力下，它爲盛唐邊塞詩帶來了剛健清新的空氣，推動了盛唐邊塞詩走向輝煌。盛唐邊塞詩在盛唐強盛的國力與繁榮的經濟中，有了堅實的物質基礎。燦若群星的邊塞詩人爲盛唐邊塞詩的繁榮準備了強勁的創作隊伍，以高適、岑參爲代表的詩人群體帶著盛唐特有的精神氣象，在遊邊成風的時代，積極創造了屬於他們的邊塞時代。盛唐邊塞詩的總體風貌爲氣勢雄渾、豪邁遒勁、慷慨悲壯，有對建功立業的昂揚進取，也有對厭戰思鄉的強烈渴望，盛唐邊塞詩的繁榮集中體現在邊塞詩派的形成。中晚唐邊塞詩隨著「安史之亂」的分界，也成了邊塞詩發展的轉折點。中唐邊塞詩人用蒼涼、沉鬱的筆調，勾畫出中唐邊塞生活的全貌。中晚唐詩人的創作雖有盛唐餘風，畢竟已不占主流。在李益、盧綸、馬戴等人的引領下，中晚唐邊塞詩盡力展示著它僅有的餘輝，但唐代邊塞詩的鼎盛時期也一去不返了。

唐代之後的宋元、明清及近代邊塞詩依然向前發展，且各有特色，經過了宋、元、明的準備之後，迎來了清代邊塞詩的又一次高峰。宋代邊塞詩在唐代邊塞詩之後，少有可觀者，倒是宋代邊塞詞成了邊塞題材中的一個亮點。元代邊塞詩在蒙元多元文化背景中出現了很多新因素，且爲之後的邊塞詩做了很好的鋪墊，我們下文詳論。明代邊塞詩繼承了很多元代邊塞詩的因素，並發揚光大之，如海外征伐題材的邊塞詩。清代由於疆域遼闊且與邊疆少數民族政權及邊界間的摩擦不斷，在邊塞也戰事不斷。清代邊塞詩獨具特色，邊疆詩與海外詩在元代邊塞詩所開創的模式上繼續向前發展，並呈現出繼唐代邊塞詩之後的又一次邊塞詩發展高峰。近代邊塞詩由於近代特殊的社會現實，邊塞詩主要體現在中國的反侵略活動中，對海外列強的抵抗與保家衛國運動成了近代邊塞詩的主流。

在古代邊塞詩發展史上，我們很容易看到元代邊塞詩所處的位置，而它承上啓下的連接作用也在邊塞詩發展的兩次高峰間顯得尤其

重要。爲了對此有更好地認識，我們先從元代邊塞詩的界定及分類標準說起。

二、元代邊塞詩及其分類標準

　　元代邊塞詩上承唐代邊塞詩，下啓清代邊塞詩，使中國古代邊塞詩的發展不至於脫節，而明清及近代邊塞詩中出現的很多新因素在元代邊塞詩中已初露端倪。元代邊塞詩在詩歌發展史上的承上啓下作用是不容也不該忽視的。元代邊塞詩又的確不像之前的各代邊塞詩，它因元代統治階級的民族性和社會構成的複雜性，自然有它的特性。

　　邊塞詩是根據題材來分的一種詩歌類型，它的主要描寫對象是與邊塞相關的題材，因其「邊塞」的限定性，那麼，「邊塞詩的表現範圍在地理方位上應限定在邊塞之地」〔註5〕，而各個朝代因爲疆域的不同，邊塞詩的地理範圍也有所變化。總而言之，凡是表現東、南、西、北四方邊塞題材的詩都可算入邊塞詩內。但是要確定元代的邊塞卻有一定的難度，曾有「元代無邊塞」的觀點，因爲元代蒙古人的鐵騎所到之處皆可謂元代國土，而遠在本土之外的四大汗國更是蒙元帝國的重要組成部分。而從現在的版圖看來，四大汗國中有的儼然已不是中國領土，此爲難度之一；另外元代版圖之大空前絕後，元代的邊塞若按傳統意義來說，已遠非昔日漢唐邊塞可比，藏地、西南和沿海一帶等都要劃入元代邊塞之內，而描寫這些地區的詩歌和傳統意義上的邊塞詩有很大不同，此爲難度之二；若按傳統意義上的邊塞來劃分，元代的邊塞的確很難確定，空前遼闊的行政版圖使元代的邊塞遠遠超越漢唐時代，邊界線的延伸使元代邊塞很難有統一的風格，東西南北四邊都可以劃定一個區域，這與之前的漢唐邊塞側重於西北、北部與少數民族交界之處有很大不同，此

　　〔註5〕閻福玲，《邊塞詩及其特質新論》，《河北師範大學學報》（社會科學版），1999年第1期。

其一；即便眞的在地域上爲元代邊塞劃定區域，反映元代邊塞的詩歌內容也迥異於之前歷代的邊塞詩，這樣似乎便離傳統意義上的邊塞詩相去甚遠，此其二，這兩點共同構成了確定元代邊塞的難度之三。由此，我們對元代邊塞的界定便要區別於傳統的說法。首先，元代疆域遼闊，若要準確地確定元朝東、南、西、北四方的邊塞沿線的話，不但會疲於考證，而且即便有所收穫，也會與傳統意義上的邊塞相去甚遠。因此，我們不欲全面考證元代的邊塞到底爲何，而僅僅選取與漢唐邊塞相近的西北、北部等長城以北沿線的邊塞地區作爲重點考察對象。因爲描寫這一地區的邊塞詩相對集中，而且與之前的邊塞詩在詩歌史上有延續和繼承。其次，成吉思汗及其子孫的西征直接或間接促成了四大汗國的建立，這是大元帝國的重要組成部分。四大汗國既是元朝的宗屬國，又是相對獨立的王國，其與元朝中央轄區也有相應的邊境線，從某種意義上來說，四大汗國亦屬於元朝宗主國的邊塞之地。那些迥異於中國本土的各種物產與人文景觀，也可看作元代邊塞詩的重要組成部分。再次，自從元代實行兩都制開始，元上都便成了元朝的重要政治中心，每年扈從上都的各界人士都有大量描寫元上都的詩歌。元上都雖然在蒙元時期幾乎是國家的中心地帶，可在漢唐時期，它便是實實在在的邊塞大漠，因此，我們將這部分描寫上都的詩歌也歸於元代邊塞詩範疇，以便和之前的邊塞詩進行對比。所以，我們所說的元代邊塞實際上包括三部分，一爲長城以北沿線傳統意義上的邊塞；一爲成吉思汗西征途中所建四大汗國中如今不屬於中國的那部分，本文重點指伊兒汗國與察合臺汗國；一爲元上都及扈從文人來往於大都、上都的沿路各地。

（一）元代邊塞詩的地域範圍

1. 元代的邊塞

我們所說的元朝實際上包括了蒙古汗國時期（1206～1271）和忽

必烈建元（1271～1368）兩個階段。成吉思汗建立蒙古汗國以後，便
不斷地東征西討，向四面擴張領土，先是統一了漠北草原，然後制定
「先西北、後中原」〔註6〕的戰略方針，立足於剛統一起來的漠北草
原，開始逐步向西北地區挺進。幾番征戰後，基本完成控制西北地區
局面的既定目標。進而揮師南下，開始進攻金朝。在蒙金戰爭告一段
落後，開始拉開了西征的序幕。蒙古軍征服吉利吉思、平定禿麻部、
降附畏兀兒和哈剌魯、滅西遼，擴大了蒙古國的疆土。進而平西夏，
再滅女眞，降高麗，定南詔，最後滅南宋，統一全國。而蒙元統治者
起自大漠，他們所興起之地在之前便是「邊塞」之地，因而大蒙古國
時期的一些描寫蒙古族本土的風物、戰爭等也都帶有邊塞詩的色彩。
伴隨著成吉思汗及其子孫的征討，沿著西征路線一路走、一路寫的臣
僚文人們，記下了很多不同於內地的大漠風光與異域風情。如耶律楚
材在跟隨成吉思汗西征途中所寫下的描寫西域、絲綢之路沿線風物的
詩歌，像《西域河中十詠》、《壬午西域河中游春十首》、《過金山用人
韻》等雖多爲中國境外之景，但亦是蒙古西征軍沿途所見之景，屬於
元代邊塞沿線的風物，都應算入元代邊塞詩之列。因此，在蒙元統治
者未統一全國之前，他們沿著征討路線走過的西域、西亞、中亞等地
都是元代邊塞詩產生的搖籃。當忽必烈統一全國之後，元朝擁有遼闊
的疆域，「其地北踰陰山，西極流沙，東盡遼左，南越海表。蓋漢東
西九千三百二里，南北一萬三千三百六十八里，唐東西九千五百一十
一里，南北一萬六千九百一十八里，元東南所至不下漢、唐，而西北
則過之，有難以里數限者矣。」〔註7〕統一後的元朝，不但有欽察汗
國、窩闊台汗國、察合臺汗國和伊兒汗國四大汗國，而且在中國本土
還擁有大片領土。我們僅以至元十七年（庚辰年，1280）的疆域圖爲
例，西北邊境直到額爾齊斯河以東，北部邊疆包括原蘇聯的部分領

〔註6〕《中國軍事通史・元代軍事史》，第 14 卷，軍事科學出版社，2005
　　　年，第34頁。
〔註7〕〔明〕宋濂等撰，《元史・地理志》卷五十八，中華書局，1976 年，
　　　第 1345 頁。

土，西部到蔥嶺以東，東部海域則遠至庫頁島。朝鮮半島上的高麗又處於臣服狀態，而南部邊境到海南島等，與越南、老撾、緬甸接壤。〔註8〕元朝擁有如此綿延不絕的邊界線，元代邊塞也定有更多不同的特色有待發掘和描述。我們所言的元代邊塞不可能面面俱到，因此我們僅從元代的西北、東北等北部邊塞入手，以元代長城以北的邊塞及其相關的邊塞詩為突破口，由點及面地對元代邊塞詩進行分析，具體地域以今天所見的長城為界〔註9〕，西起嘉峪關，東至鴨綠江，包括甘肅北部、內蒙古大部分、山西北部、河北北部等地區及其以北地區。成吉思汗及其子孫的西征沿線所經過的西域、中亞、西亞等絲綢之路沿線地域也包括在內。

2. 四大汗國與元代邊塞

四大汗國是蒙古人實行分封制的結果，蒙古人實行的是幼子繼承制，在中國的元朝帝國為大汗轄區外，還有四個服從於大汗宗主權的相對獨立的國家，即欽察汗國、察合臺汗國、窩闊台汗國和伊兒汗國，號稱「四大汗國」〔註10〕。四大汗國的統治者在血統上均出自成吉思汗的「黃金家族」，彼此血脈相連，因而共同奉入主中原的元朝為宗主，是大元王朝的重要組成部分。

欽察汗國是元朝西北的宗藩國，亦稱為金帳汗國或術赤兀魯思，是成吉思汗長子術赤的封地，主要轄區包括東起額爾齊斯河，西至多瑙河，南起高加索山的廣大地區。1236～1240年，術赤之子拔都征服了烏拉爾河以西伏爾加河流域欽察、不里阿耳等部族，並

〔註8〕 此地所言的元代四境邊界以至元十七年（1280）元時期全圖為據，見譚其驤主編，《中國歷史地圖集·元明時期》，第七冊，中國地圖出版社出版，1996年。

〔註9〕 元代長城基本上沿襲了金長城，而金長城基本上又都在今內蒙境內，若以元代長城為界，則不足以包括我們所言的邊塞詩區域，因此，此處以現在長城為界，即基本上以明長城為原型。

〔註10〕 成吉思汗時代所分封的汗國並不止這四大汗國，我們為了行文方便，且考慮得到四大汗國的重要地位，權且以他們為例，來說明蒙元帝國除了本土以外的其它分封國與中央的關係。

征服了斡羅思，迫使斡羅思各公國稱藩納貢。1243 年，拔都結束西征後，建立了東起葉兒的是河，西到斡羅思，南起巴爾喀什湖、里海、黑海，北到北極圈附近的遼闊的欽察汗國。自建立起，欽察汗國擁有長期的穩定局面，而原本隸屬於欽察汗國的羅斯各公國，在伊凡四世的帶領下，發展成了一個新的國家，並逐漸強大起來。欽察汗國的中央權力卻日漸式微，開始分裂為喀山汗國、克里米亞汗國、西伯利亞汗國、阿斯特拉罕汗國等小汗國，後來崛起的俄羅斯先後征服了這些小汗國，欽察汗國也隨之滅亡。

　　察合臺汗國是成吉思汗次子察合臺的封地，主要轄區在天山南北。1314 年，怯伯復位，將國都從阿力麻里遷至撒馬爾罕，在河中地區發展農業，實行改革，而怯伯之兄也先不花汗則堅持游牧傳統，汗國開始分裂為東西兩部。東部以阿力麻里為中心，包括喀什、吐魯番一代；西部以撒馬爾罕為中心，統治河中地區，今新疆絕大部分地區在東察合臺汗國統治之下。也先不花為東部汗，怯伯為西部汗。二人死後，西域蒙古各部各自為政，互相攻殺。1348 年禿黑魯帖木兒為東察合臺汗，他是第一個信奉伊斯蘭教的蒙古大汗，他用強迫手段使天山以北十六萬蒙古人改信伊斯蘭教。1363 年，禿黑魯帖木兒死後，東察合臺汗國發生內亂，卡瑪魯丁奪取了政權。1389 年，當年幸存的禿黑魯帖木兒的幼子黑的兒火者即汗位，建都別失八里。後又陸續遷都至亦力把里（今新疆伊寧市），1514 年被葉爾羌汗國取代，東察合臺汗國自 1348 年建國，共計立國 166 年。西察合臺汗國在禿黑魯帖木兒死後不久，便被自己的將軍鐵木爾奪取了政權。

　　窩闊台汗國是成吉思汗第三子窩闊台的封地，擁有額爾齊斯河上游和巴爾喀什湖以東地區，建都葉密立（今新疆額敏縣）。1229 午窩闊台繼位後，將其封地賜給其子貴由。1251 年，蒙哥汗即位後，將窩闊台汗國領土分封給諸王，以去其勢。窩闊台子合丹領別失八里（今新疆吉木薩爾北破城子），滅里領額爾齊斯河之地，窩闊台孫脫脫領葉密立，海都領海押立（今伊犁西）。忽必烈稱帝（1260 年）

後，海都聯合阿里不哥、乃顏爭帝位，1301 年戰敗而亡，汗國衰微。至大三年（庚戌年，1310 年）海都子察八兒爲怯伯所敗，封地併入察合臺汗國。

伊兒汗國，又稱伊利汗國，是成吉思汗之孫旭烈兀西征後建立，東鄰阿姆河，西臨地中海，北至里海、黑海、高加索，南至波斯灣。領土包括今伊朗、伊拉克、南高加索的阿塞拜疆、格魯吉亞、亞美尼亞和中亞的土庫曼斯坦等大部分土地。是歐亞文化的彙集之地，也是重要的交通樞紐。居民民族成分複雜，語言主要以波斯語和阿拉伯語爲主，居民大多信奉伊斯蘭教，部分崇奉基督教，建都於帖必力思（今伊朗阿塞拜疆省的大不里士），境內農業、手工業和商業都很發達，與元朝關係密切。合贊汗在位時，儼然將伊兒汗國發展成爲一個伊斯蘭國家。合贊汗死後不久，國內陷入混亂，終於在 1380 年被鐵木爾帝國所滅。

四大汗國雖共奉元朝爲宗主國，但實際上亦是獨立王國，他們所轄範圍內，現在有相當一部分已不是中國領土，而在元代，這四大汗國都處於元朝的西北部，從現在的中國疆域圖來看，當時的四大汗國中伊兒汗國和察合臺汗國基本處於元代的邊塞附近，從蒙元帝國的角度來看，也屬於元代的邊塞，因此描寫這些地區相關事物的詩歌也完全可以劃入元代邊塞詩範疇，我們將成吉思汗西征途中描寫此類地區的詩歌權且稱爲西征詩，作爲元代邊塞詩的一部分。

（二）元代邊塞詩的題材範圍

面對遼闊的元代邊界線，面對有元一代幾乎從未停止過的邊塞、海疆戰事，面對悠長的邊塞沿線的風俗人情、邊塞風光，再加上空前繁榮的民族文化交融，元代邊塞詩所表現的內容顯得異常豐富。

首先，對邊塞、海疆等戰事的描寫。元代的大小戰爭不斷，我們稍微關注一下元代軍事史便可以發現，蒙元貴族從成吉思汗統一漠北草原開始，便與周邊部落和民族衝突不斷，從最初的防禦到後來的逐

漸擴張，在這些戰爭中，有很多發生在邊塞地區。而隨征的很多文人
對邊塞戰爭的記載中，很多成了元代邊塞詩的重要內容。如耶律楚材
父子、丘處機、劉秉忠等人對西征中戰事的描寫。耶律楚材在五年時
間內（1219～1224）寫了大量西征詩，內容豐富，其中對西征戰事的
描述也是重要內容。對西征大軍的神威勇武，「寫得氣象崢嶸，酣暢
淋漓」〔註11〕。還有很多邊塞戰爭是後世詩人對蒙元帝國建國之初的
那些有功將士的回憶與懷念，如對邊將的歌頌、對邊塞戰爭的回憶
等，與傳統邊塞詩中描寫戰爭的詩歌一脈相承。邊塞戰事是元代邊塞
詩中的重要內容，它雖然以不同的面目出現在讀者面前，但總體上對
元軍與邊將的歌頌，對邊塞戰爭艱苦生活的描寫，對將士的同情等是
詩歌的表達重點。

　　其次，對邊塞風光的描寫。這裏包括自然景觀和人文景觀，自然
景觀主要指邊塞不同於內地的大漠邊塞風光，遼闊的場景，奇特的畫
面，迥異於中原的氣候條件等，主要以雄壯、淒涼、遼遠、空曠等為
特色。人文景觀則主要包括邊塞地區不同的風俗習慣、風土人情，如
生活習俗、婚喪嫁娶、時令節氣等的不同，其中不乏有不同民族的民
族特色和各民族交融後的奇特現象。特別是在扈從詩中，我們能看到
很多元上都的風物人情，與之前歷代的邊塞詩相比，元代邊塞詩的此
類內容是頗具特色的。另外，西征詩中對西域各國不同於中原地區的
物產與生活等的描寫，也是一道別樣的風景。

　　再次，對邊塞所產所見物產、風俗的描寫。這類內容與上面的邊
塞風光共同構成了邊塞生活的重要內容。元代邊塞不但是漢民族的聚
居地，更是很多少數民族的生活區，他們在元代統一多民族國家的大
環境下，共同生活，彼此間的文化與物產相互交流，形成了豐富多彩
的邊塞文化，也構成了他們多樣的生活場景，我們僅從元代邊塞詩中
便能看到包括邊塞動植物在內的諸多生物，如黃羊、黃鼠、金蓮、金

〔註11〕閻福玲，《邊塞詩及其特質新論》，《河北師範大學學報》（社會科學
　　　　版），1999 年第 1 期。

菊等，還可以看到如詐馬筵、結羊腸等民族風俗與娛樂，還有諸如十
六天魔舞等飽含各宗教因素的民族舞蹈等，凡此種種，都是元代邊塞
詩的重要組成內容。

　　最後，對多民族文化融合現象的描寫。元代是由蒙古族統治的
統一多民族國家，它特殊的國家性質和複雜的社會構成決定了元代
是一個民族交融的繁榮期，由於元廷採用相對寬鬆的民族政策和宗
教政策等，元代邊塞之地也出現了眾多民族、文化互相融合，並欣
欣向榮的繁榮局面，表現在邊塞詩中便是出現了很多融合現象與奇
特的多民族化場面。僅從飲食來看，邊塞生活中的飲食製作方法中
即出現了多種民族做法的融合，如《飲膳正要》〔註12〕中記載了元
代宮廷飲食的諸多內容，其中飲食中出現的民族融合現象是突出表
現，如蒙古族草原飲食文化對中原漢族飲食習慣的衝擊，西域、東
亞各民族飲食文化的滲透等，在具體的食物製作過程中也能體現出多
種文化的交融，如「脫脫麻食」的做法便吸收了回回人的飲食習慣。

　　元代邊塞詩的內容大體可概括為與元代邊塞相關的題材。包括邊
塞戰事，邊塞沿線的風俗人情，邊塞自然與人文景觀等。元代的邊塞
詩因其邊塞的遼闊與包含因素的豐富，展示在世人面前的是內涵豐富
的多面形象。對長城以北沿線地區的描寫中，除了傳統題材的描寫
外，成吉思汗及其子孫的西征途中留下的許多邊塞詩以及耶律楚材等
扈從文人筆下描繪出的諸多西域、中亞、西亞等地的風俗，兩都制下
元上都的風俗人情、諸多民族交融痕跡、特殊的宮詞等都是元代邊塞
詩的重要組成部分。因其組成的多樣化，元代邊塞詩展示出了不同以
往的特色。

（三）元代邊塞詩與相關概念辨析

　　元代邊塞詩因其內容的豐富與複雜，往往與其它類型的詩歌有
交叉內容，這裏需作簡單說明。

〔註12〕〔元〕胡思慧著，尚衍斌，孫立慧，林歡注釋，《〈飲膳正要〉注釋》，
　　　　中央民族大學出版社，2009年。

1. 元代邊塞詩與戰爭詩

邊塞詩不能與軍事題材的詩劃等號，同樣，元代邊塞詩也不能等同於元代戰爭詩。戰爭詩是描寫戰爭題材的詩，它並沒有邊塞地域的限制，只要描寫戰爭便可算作戰爭詩。而只有描寫邊塞戰爭題材的詩才可以算作邊塞詩，換而言之，只有描寫發生在邊塞之地的戰爭才能被稱爲邊塞詩。因此元代邊塞詩包括那些描寫元代邊塞一代所發生的大小戰事等內容的詩歌，而其它戰爭，如元朝統一後的本土內部戰事，或發生在國內的叛亂與平亂之戰等戰爭，都不在元代邊塞詩範疇。辨別的關鍵便是是否發生在邊塞之地，而這種對邊塞戰爭的描寫無論實寫還是虛構都可以算作邊塞詩。因此，元代邊塞詩是那些描寫元代邊塞戰爭或與戰爭相關的詩歌，「邊塞詩包含戰爭詩中邊塞戰爭詩部分，但軍事題材的詩（戰爭詩）並不一定全是邊塞詩」〔註13〕。元代邊塞詩也包含元代戰爭詩中邊塞戰爭詩部分，但並不是全部。

2. 元代邊塞詩與扈從詩

元代邊塞詩中有一類特殊題材，即扈從詩，扈從詩特指元代實行兩都制後，每年扈從聖駕的文人所寫的描寫大都、上都風物人情的詩歌，其中描寫上都部分的扈從詩是元代邊塞詩的一部分，但並不是所有的扈從詩都能歸入元代邊塞詩，那些描寫大都的扈從詩便不在其列。因此，我們說，元代邊塞詩包括扈從詩的一部分，但並非全部。兩者之間有聯繫也有區別，我們分辨的關鍵還是看其是否發生在邊塞一代。

3. 元代邊塞詩與山水詩

元代邊塞詩中有一部分描寫邊塞風光，特別是邊塞山水內容的詩歌，但並不等於元代所有的山水詩都可納入元代邊塞詩範圍。山水詩是中國古代詩歌中的一大類，在曹操手中便已煞有可觀，魏晉至唐代山水詩的盛行，以山水風景爲描寫對象的詩詞在每個朝代的

〔註13〕閻福玲，《邊塞詩及其特質新論》，《河北師範大學學報》（社會科學版），1999 年第 1 期。

文人筆下都不少見，元代詩歌亦然。元代詩歌中，只有那些描寫邊塞山水、邊疆自然風光、西征途中或沿路各國的山水詩才算作元代邊塞詩，其它地方的山水描寫則不在其內。我們區別的關鍵依然是是否為我們所言的邊疆、邊塞範圍內的山水。

4. 元代邊塞詩與邊疆詩

元代邊塞詩與元代邊疆詩也不是一個概念，元代邊塞詩中雖然有一部分是描寫元代邊疆的詩歌，但也不是所有的邊疆詩都能算入邊塞詩範圍內。邊塞詩畢竟還有與邊疆防衛相關的這層含義，元代邊疆詩中凡是與邊塞防衛、邊塞風物、邊塞人情（如邊疆各民族人民交流情況等）等相關的則屬於元代邊塞詩，除此外，對元代邊疆其它內容的描寫則不算，如對邊疆等地的經濟、商業等描寫則不算，除非是其中包含有邊疆民族間的交流與邊疆防衛等內容的描寫。因此，元代邊塞詩包含那些描寫元代邊疆的邊塞防衛、風物、人情等內容的邊疆詩，但並不是所有的邊疆詩都可歸入元代邊塞詩。

（四）元代邊塞詩的分類標準

元代邊塞詩是中國古代邊塞詩發展史上的重要一環，它上承唐代邊塞詩的輝煌成就，下啟清代邊塞詩的又一次發展高峰。本文並不奢求呈現出元代邊塞詩發展的全貌，只想通過它承上啟下的連接作用，突出其在邊塞詩發展史上的重要地位。通過元代邊塞詩本身所具有的特色，去解讀和詮釋它在詩歌史上所起的重要作用。因此，本文在行文過程中有一定的側重，在行文章節上也有一定的分類標準。為了突出元代邊塞詩在中國古代邊塞詩發展史上的承上啟下作用，我們重點從繼承和發展兩個方面介紹元代邊塞詩。在介紹其發展過程中，我們則重點從西征詩與扈從詩兩個方面來說明元代邊塞詩的特點。希望通過傳統題材的邊塞詩、西征詩與扈從詩三方面的內容，將元代邊塞詩的特色及價值加以說明。

1. 傳統題材下的時代特色

邊塞詩發展到元代已經具有了很多傳統題材，描寫對象中出現

了很多固定的意象，很多常見的內容表達的甚至是相似的感情。元代邊塞詩在表現這些傳統題材時重點體現了它對前代邊塞詩的繼承，幾乎前代所有的邊塞題材和邊塞詩所表現的感情基調等在元代邊塞詩中都能找到，而且，在元代特殊的社會環境與複雜的社會構成因素中，元代邊塞詩即便是在表現傳統題材方面也會出現與之前不同的地方，這是我們描寫的關鍵。

　　邊塞戰爭一直是邊塞詩描寫的重要內容，元代邊塞詩也不例外。在古代邊塞詩中，描寫邊塞戰爭無外乎兩大主題：報國殺敵的功業意識與征夫思婦的邊愁思緒。元代邊塞詩在這兩方面的描寫也佔了相當分量，在邊關將士的廝殺聲中總是隱約伴隨著遙遠鄉關閨中人淺淺的抽泣，這是歷代邊塞詩中都能看到的邊塞情結。元代邊塞詩絲毫不吝嗇對這部分內容的描繪，只是在這些詩歌中總有一些元代社會的特殊因子，如元代特殊的兵制、元代蒙古族的尚武性格、元代政治事件對邊塞詩意象的內涵拓展等，都是其它朝代不曾出現的新情況，這也是元代邊塞詩在同類題材中所表現出來的不同之處。

　　伴隨著邊塞戰爭的號角聲與廝殺聲，邊地所常見的雁、胡笳聲、搗衣聲等也都是歷代邊塞詩中的常見題材。在元代邊塞詩中它們依然常見，邊地常見的雁不但能引起旅人的思鄉之情，也能讓人在孤寒遼遠的邊地感覺到深深的孤獨。「雁」有時候已經成了思鄉懷遠的代名詞或一種文化符號，元代的邊塞詩人們在「雁」那孤高的影子下獨自沉吟著自己的心事。特別是元代扈從文人中的南方士子為了生計或仕途前程等，每年跟隨蒙古大汗的車駕，往來於漠北大漠之間。縱是能很快適應，縱是能久居成鄉，但每當看到「雁」影，聽到「雁」聲，由來已久的思鄉情緒難免再次升起。而且，在元代邊塞詩中常常出現的「白雁」，有時候則是一種隱含政治涵義的代號。同是邊地常見之物，但在元代邊塞詩人筆下卻時有不同的內涵。

　　邊塞的自然風光是歷代邊塞詩中必現的一道風景，在元代，因其疆域的遼闊與邊境線的綿長，往往出現新景觀，而在元代邊塞詩

的描寫中，對邊塞的人文景觀的描寫則有所加重，從某種意義上來說，這是元代邊塞詩的重要組成部分。元代邊塞詩對自然風光的描寫，從單純的景物描寫向濃厚的人文景觀、風土人情的過渡，這與元代特殊的社會構成有關。元代少數民族統治的統一多民族國家性質決定了元代邊塞生活居民的多民族化與交流的多面化，在這樣的背景中，元代邊塞詩勢必會有很多民族交融的內容，這也是元代邊塞詩中邊地風物描寫的特色。

　　元代邊塞詩在傳統題材的描寫中，時時流露出對元代特殊社會及國情的反映。在相似的邊塞題材中，元代邊塞詩人們總能融入元代社會的時代特色，展示元代社會方方面面的社會現實。它在繼承前代邊塞詩創作成就的同時，也為元代特殊而獨有的社會現狀做了宣傳和展示。

2. 蒙古人西征與西征詩

　　成吉思汗及其子孫的西征給蒙元帝國帶來了廣闊的國土，也給整個西方世界帶去了巨大影響。甚至改寫了某些地區的歷史，蒙古人的鐵騎成了很多人的噩夢。成吉思汗時代開始，征伐戰爭貫穿蒙元帝國的始終，從建立蒙古汗國開始，到逐漸向西域、中亞、西亞、歐洲等地區的逐步推進，蒙古大軍在邊塞沿線一代所進行的征伐戰爭有很多都體現在元代的邊塞詩中。蒙古人的西征更是直接開啟了元代邊塞詩中西征詩的繁盛。

　　蒙古人的西征在世界軍事史上留下了濃墨重彩的一筆，它所帶來的影響是深遠的。文學是反映一切社會現象的窗口，蒙古人的西征在元代文學中也得到了相應的反映，元代邊塞詩將西征過程中所作的相關詩歌納入其中是有一定依據的。我們之前說過，元代的邊塞與其它朝代不同，蒙古族的驍勇善戰使元代的邊塞有很大的遊動性，西征途中蒙古人所走過的地方有很多最後都被納入了蒙元帝國所分封的諸汗國內。如成吉思汗第一次西征所征服的地區撒馬爾干等地，直接成了察合臺汗國的領地。而當年東察合臺汗國的亦力把

里，則是現在的新疆伊寧市，亦屬於邊塞之地。因此元代蒙古人的西征之地，從某種意義上說，也是元代的邊塞之地，西征途中所創作的相關詩歌亦能納入元代邊塞詩範疇。另外，元代西征過程中所產生的相關詩歌，與中原內地詩歌和其它邊塞詩相比都具有鮮明的特色，因此，也是元代邊塞詩中較突出的一部分。從整個詩歌發展史角度來講，元代邊塞詩中的西征詩也具有很多發展因素，是元代邊塞詩區別於其它朝代邊塞詩的重要部分。

元代的蒙古人西征包含廣闊的社會文化內涵，三次西征前後相繼，聲勢浩大，給蒙元歷史和世界史帶來的影響難以估量。我們實在難以說盡西征對元代邊塞詩的影響與意義，只能選取較有代表性的第一次西征，以及在此過程中所產生的典型詩歌進行分析。試圖以點帶面地對西征詩作一瞭解，進而對西征詩對元代邊塞詩的發展因素作一管窺。

3. 兩都制與扈從詩

蒙元統治者起自漠北草原，對草原游牧生活情有獨鍾。當忽必烈統一全國後，為了紀念先祖創業之功，為了告誡子孫勤儉之習，曾在大都陛下種「誓儉草」明志〔註14〕。並實行大都、上都兩都制，每年初夏，皇帝、大臣、后妃均往上都處理政務和避暑，留居約半年，所以上都又被稱作「夏都」。兩都制的重要意義在於，上都北控大漠，聯絡蒙古諸王，也是當時國際交流的窗口。以上都作為避暑的夏都，保持了蒙古舊俗，便於聯繫和監督蒙古宗王和貴族，便於蒙古草原帝國內部的統治和發展；大都南平燕薊，統治中原大片土地，客觀上使漢族中原文化與西域、游牧民族文化相互交融。將大都定為正都，不但可以加強蒙古政權在中原的統治，還為實現全國的統一準備了條件。兩都制建立後，忽必烈基本上遵循了游牧生活冬夏營地遷徙的風

〔註14〕〔明〕葉子奇，《草木子・談藪篇》卷四上，中華書局，1959 年，第72 頁。

俗，也沿襲了遼、金的「四時捺缽」制度〔註15〕，並將它與中原王朝曾有的輔京、陪都傳統相結合，逐漸形成了一套兩都巡幸制度。兩都制對元代的政治影響意義深遠，它在文學與詩歌創作方面同樣有不容忽視的影響，從某種意義上來說，元代扈從詩的繁盛是元代兩都制的直接產物。

元代扈從詩的主要創作人員是那些跟隨蒙古大汗，往來於各地的官員。他們來自不同的民族和地區，有的還有特殊的宗教信仰。由於身份、地位、民族、文化等差異，他們所創作的扈從詩也各有不同。除了描寫上都特有的物產、風俗外，扈從詩中還滲透著很多創作者的思想與文化內涵。如耶律楚材作為遼代皇族的後代，生長在一個漢化的貴族家庭中，受到儒釋兩種文化的薰陶。在他身上集中體現了多民族文化的融合，因此他在詩中所描繪的不單是邊塞生活的簡單重現，而且還蘊含著多種文化交融的成果。統一全國的元朝，在兩都制下，元上都成為重要的政治活動中心，后妃、大臣與皇帝同往。因此，元上都也儼然有一套類似於大都的宮殿與行宮制度，宮詞是這一時期扈從詩中較有特色的內容，元代的宮詞同時也是邊塞詩。這部分內容具有特殊的元代社會特點和濃厚的草原游牧氣息，是中原漢文化與草原游牧文化融合的新產物。

元代邊塞詩對前代邊塞詩的繼承主要體現在傳統題材中，在元代的西征詩與扈從詩中則重點突出了元代邊塞詩自身的特點和發展，我們選取這三方面作為元代邊塞詩在邊塞詩發展史上的重點。重點突出其在邊塞詩發展歷史中的承上啟下作用，它的發展為以後的明清及近代邊塞詩發展提供了很多有益的借鑒。

第二節　征夫思婦之苦悲

邊塞詩在它的萌芽階段便與邊塞戰爭結下了不解之緣，與邊塞

〔註15〕遼代開創的中央政府和皇城的遷徙流動制度。

戰爭相關的征夫、戍婦形象也早已在邊塞詩中成為常見題材。故而在元代邊塞詩中，描寫征夫之苦與思婦之悲的內容在邊塞戰爭題材中隨處可見。無論是哪一種，我們都能感受到邊塞戰爭給古代人民帶來的苦難。換而言之，征夫之苦與思婦之悲可以說是表達邊塞戰爭之苦的兩翼。我們從具體詩歌中來體會邊塞詩的這個永恆話題。

一、征夫之思鄉

　　邊塞戰爭在每個朝代都或多或少的存在著，征夫也永遠是邊塞詩中的重要元素之一。只要有戰爭就必定會有傷亡，只要有傷亡便必定會有對戰爭的怨恨與厭惡。元代的邊塞戰爭與其它朝代相比則更加集中，這與蒙古人的尚武精神和游牧民族的生活特性有密切關係。從蒙古汗國時期到元朝統一全國，軍事戰爭幾乎從未間斷過，邊塞戰爭在有元一代也是貫穿始終。這樣的社會背景為元代邊塞詩中的征夫思婦題材提供了豐厚的營養。

　　邊塞戰爭是統治階級意志的一種延伸，戰爭的勝負也往往是他們政治願望實現與否的一種衡量標準。而戰爭所帶給征夫的苦難則常被人忽略，固然有很多人通過戰爭中的英勇表現而封侯拜相，光宗耀祖。可更多的苦難卻背負在芸芸征夫身上，所謂「一將功成萬骨枯」，眾多征夫的累累白骨鑄成了邊將榮耀的進身之階。在征夫的苦難歷程中，對家鄉的思念應該是永恆的話題，也是古代邊塞詩的抒情重心之一。因為中國人故土難離的鄉戀情結和安土重遷的傳統觀念，始終伴隨著征夫的征戍歷程。一直以來，人們總認為安土重遷等情感是農耕文化為主的漢民族所具有的重要特徵。其實不然，在游牧民族心中同樣也存在著故土難離的戀鄉情結。「依戀故土的桑梓情結是由人的角色意識決定的，其終極根源是人的歸屬感和精神歸宿的需要。」〔註16〕無論是農耕文化影響下的漢人，還是游牧文

〔註16〕閻福玲，《漢唐邊塞詩主題研究》，南京師範大學，博士論文，2004年，第102頁。

化薰陶出來的蒙古人，亦或是其它文化中的少數民族。從人的角色歸屬感角度來說，他們對於家鄉的留戀和思念都是一樣的。那麼，在元代邊塞戰爭中的各民族人民，對家鄉的思念之情也應該是相同的情愫，因而，思鄉成了戍邊的征夫們最大的一種心理渴求。元好問有《望歸吟》能很好的表達這種共同的思鄉之情：

> 塞雲一抹平如截，塞草離離臥榆葉。
> 長城窟深戰骨寒，萬古牛羊飲冤血。
> 少年錦帶佩吳鉤，獨騎匹馬覓封侯。
> 去時只道從軍樂，不道關山空白頭。
> 北風吹沙雜飛雪，弓弦有聲凍欲折。
> 寒衣昨夜洛陽來，腸斷空閨搗秋月。
> 年年歲歲望還家，此日歸期轉未涯。
> 誰與南州問消息，幾時重拜李輕車？〔註17〕

塞外寒草萋萋，飛沙吹面，長城窟深，白骨森森。從軍的征夫們，有少年意氣匹馬覓封侯，帶著建功立業之志與報效國家的滿腔熱情奔赴前線。可在長年累月的征戰殺伐中，在長夜難耐的思鄉望遠情結下。「年年歲歲望還家，此日歸期轉未涯」，望不盡的塞外征戰生涯與剪不斷的濃濃思鄉情，成了他們生活中永恒的話題。如果說這樣的思鄉情是古代邊塞戰爭中征夫的共同情感的話，那麼在元代邊塞詩中的征夫還有與眾不同的另一面。

元代邊塞詩中的征夫思鄉主題，因爲元代特殊的社會現實而尤其引人注目。元朝是蒙古族統治的統一多民族國家，游牧生活中蒙古人的游牧民族心態和尚武等民族性格，爲元代的邊塞詩注入了更多的獨特性。在以往的邊塞詩中，邊塞戰爭大多是以漢族主體民族反對邊塞游牧民族的侵略。而在蒙元帝國內，統治民族本身便是游牧民族。在他們的邊塞戰爭中很多不是反侵略戰爭，而是爲了擴張領土而進行的

〔註17〕〔元〕元好問著，《遺山集·望歸吟》，吉林出版有限責任公司，2005年，第49頁。注：此處涉及到元好問是該歸入金還是歸入元的問題，因《元詩選》初集中開篇除了文宗、順帝外，第一人便是元好問，因此，此處權且將其放入元詩範疇來論，拿來做一例用。

拓邊戰爭，如成吉思汗及其子孫的征伐戰爭等。在這種邊塞戰爭中，征夫隊伍中有很多是蒙古人的質子軍，「有關史料均表明，最早的質子軍是在成吉思汗西征前建立，而且已開始獨立於怯薛組織之外，主要用於扈從大汗西征」〔註18〕。或者是被征服地區人民組成的隊伍，他們往往受制於蒙古人而被迫衝在戰鬥的最前列，是首當其衝的一部分。據《史集》記載，成吉思汗西征途中，在攻佔不花剌城和撒馬爾干城時，曾有「哈沙兒」隊，這部分士兵便多是由被征服地區的壯丁組成，他們協助蒙古人攻城，而「編入『哈沙兒』隊的人活命的不多，因此那個地區就完全荒無人煙了。」〔註19〕這樣的征夫，一旦離開家鄉作戰，他們對家鄉的思念，對戰爭的痛恨等情感都是遠勝於前代的。

　　許有壬曾有詩《喜逢口》，在序文中，作者稱「灤陽驛東北四十里有雙冢，世傳昔有久戍不歸者，其父求之。適相遇此山下，相抱大笑，喜極而死，遂葬於是。因謂之喜逢口，亦猶望夫之有石也。雖莫究其世代、姓氏，而其言有足感人者，故作是以紀之。」〔註20〕喜逢口成了征夫與家人相思的一種見證，詩中言作爲征夫的兒子「長成與國遠負戈，一去不返當如何」〔註21〕，當老父親與返家的兒子在喜峰口相逢之時，兩人「笑疲樂極俱殞身，誰謂情鍾遽如此」。這是多大的諷刺，又是怎樣的悲哀！邊塞戰爭給無數征夫與他們的家人帶來的生不相見死不聞的悲哀，是一旦生離便可能成爲死別的一種戰爭恐懼。詩中的「官家開邊方未已，同生又別寧同死。山雲漠漠風颸颸，山頭雙冢知幾秋？」〔註22〕則道出了他們悲劇的根源所在——「官家

〔註18〕李治安著，《元代政治制度研究》，人民出版社，2003年，第59頁。
〔註19〕拉施特主編，余大均，周建奇譯，《史集》第一卷，第二分冊，商務印書館，1983年，第287頁。
〔註20〕〔清〕顧嗣立編，《元詩選‧初集上‧許有壬‧喜逢口》，中華書局，1987年，第793頁。
〔註21〕〔清〕顧嗣立編，《元詩選‧初集上‧許有壬‧喜逢口》，中華書局，1987年，第793頁。
〔註22〕〔清〕顧嗣立編，《元詩選‧初集上‧許有壬‧喜逢口》，中華書局，1987年，第793頁。

開邊」。這樣的開邊工程在其它朝代或許是偶一爲之，而在蒙元帝國則貫穿始終。從大蒙古國時期到統一後的元朝，蒙古統治者的「開邊」政策從未中斷過。即使在忽必烈時代，爲了實現蒙古人的「世界征服者」夢想，蒙元皇帝對海外各國的招諭，不惜以形式的臣服來滿足自己一時的統一願望。更遑論有元一代，在他們的能力範圍之內對周邊民族和政權的征服。在四大汗國的建立及之後的東征西討，國內海外的征服活動等過程中，在蒙元帝國的拓邊政策背後，又有多少征夫的鄉愁與思婦的眼淚。

二、思婦之思夫

征夫與思婦是構成邊塞戰爭苦難題材的兩大意象，通過對他們的描寫，我們才能對古代邊塞戰爭給人民帶來的苦難有最直觀的瞭解。思婦作爲古代閨怨詩中的主要角色在邊塞閨怨詩中有著特殊的意義，與其它類型的閨怨詩〔註23〕不同，邊塞閨怨詩中的思婦背負著更多的悲哀，他們思念的「良人」時刻面臨著死亡的威脅，在元代邊塞戰爭中出征的征夫也面臨著與其它朝代不同的邊塞現實。

思婦作爲邊塞詩的重要題材已經不是元代邊塞詩的獨創，在歷代邊塞詩中，我們總能看到很多不同類型的思婦形象。她們爲遠方戍邊的親人們或送寒衣，或寄相思；或獨自垂淚，肝腸寸斷，或勇敢赴邊，千里送情，她們可愛的形象一直活躍在古代邊塞詩的字裏行間，元代邊塞詩中同樣也不時閃現著這些女性形象。

1. 遙寄相思型

邊塞閨怨詩中的思婦大多數屬於遙寄相思型，她們面對無盡的相思，或直抒胸臆，直言相思；或借製寒衣、送寒衣等舉動將綿綿相思寄託於此；或借景抒情、借物表意，以風景或燕雀等物遙寄相

〔註23〕 在古代閨怨詩中，根據思婦思念對象的身份不同，可分爲商人之婦的閨怨，或遊子之婦的閨怨，或官宦之婦的閨怨等，爲了區別於這些閨怨詩，邊塞詩中的閨怨題材我們權且成爲邊塞閨怨詩。此處所言的思婦也主要指邊塞閨怨詩中的思婦。

思。無論以何種形式，她們都是要對遠方的親人表達自己的相思之情，表達分居兩地的無限惆悵與無奈。邊塞閨怨詩成爲邊塞詩中比較特殊的一類，它往往通過女性視角來看古代邊塞戰爭，在中國古代封建社會中，女性世界中最重要的莫過於丈夫與夫婦感情，所謂「既嫁從夫」〔註24〕，她們最大的現實和精神支柱幾乎都來自於丈夫。而邊塞閨怨詩中的思婦大多飽受思夫之痛與分離之苦，丈夫從軍後，一方面是生活的壓力，她們要獨自承擔照顧家中翁姑幼子的全部生活重擔；一方面是情感的無依，原本應該陪伴左右的丈夫嚴重缺席，生活的重負已使她們難以承受，精神上的孤獨無依更讓她們未老先衰。她們通過不同的方式表達著相似的相思之苦。

在元代邊塞閨怨詩中，有的直抒胸臆，表達思婦對征夫的思念。如「君久戍遠磧，妾愁在空帷。不得如春草，隨春上君衣。」〔註25〕夫君久戍難歸，深閨中的妻子通過對春草的嫉妒來表達自己的思夫之情，春草尚可「隨春上君衣」，而自己還不如春草，只能獨自在空幃垂淚。再如宋無的《寄衣曲》：

> 聞有宮袍賜，翻令閨意傷。良人在行伍，只待妾衣裳。
>
> 征衣須早寄，遙憶葉砧寒。莫訝啼痕少，相思淚已乾。
>
> 〔註26〕

歷代的兵制中都有爲征夫配置寒衣的內容，這本是政府爲征夫所做的最起碼的物資保障。而在元代思婦眼中卻變成了讓人傷感之事，因爲「良人在行伍，只待妾衣裳」，官家的賜予似乎妨礙了思婦表達相思之情。因此她要趕在官制寒衣未到之前，早早地寄去自己的一片愛心，「莫訝啼痕少，相思淚已乾」，這麼直白的表達，恰恰透露出思婦表達感情的急切與強烈。

〔註24〕楊天宇著，《儀禮譯注·喪服第十一》，上海古籍出版社，2004年，第308頁。

〔註25〕〔清〕顧嗣立編，《元詩選·二集下·郭翼·征婦怨》，中華書局，1987年，第1018頁。

〔註26〕〔清〕顧嗣立編，《元詩選·初集中·宋無·寄衣曲》，中華書局，1987年，第1271頁。

　　其實，在元代邊塞閨怨詩中，更多的是託物言志，製作和寄送寒衣成了思婦表達感情的最直接也是最便利的方法。征夫戍邊與思婦送衣的故事可謂源遠流長，從秦始皇時代孟姜女萬里尋夫送寒衣的傳說開始，這一題材在歷代文學作品中便不曾斷絕。思婦搗衣、送衣等題材更隱含了勞動之外的相思因素，製作寒衣的過程中，思婦將對遠方夫君的綿綿相思之情寄託於密密縫製的針線，寒衣同時也是她們愛的見證物。因此，官家的寒衣雖可禦寒，可並不會引起征夫感情上的共鳴。而出自閨閣妻子之手的寒衣不但能溫暖身體，更能溫暖征夫的心。面對邊塞嚴峻的自然環境，征夫對寒衣的期盼同時也是對家和親人的無限嚮往與深望。征夫與思婦的相思通過寒衣的連結而有所寄託，因此，思婦在趕製寒衣時都是小心翼翼，並寄託深情。陳基的《裁衣曲》生動地表達了這一心理過程：

> 殷勤織紈綺，寸寸成文理。
> 裁作遠人衣，縫縫不敢遲。
> 裁衣不怕剪刀寒，寄遠惟憂行路難。
> 臨裁更憶身長短，只恐邊城衣帶緩。
> 銀燈照壁忽垂花，萬一衣成人到家。〔註27〕

思婦的相思總是伴隨著裁衣之曲與搗衣的砧聲響徹在古代邊塞的歷史上空，砧聲不斷思綿綿，欲語未語令人嗟。情到濃時，語言便顯得蒼白無力，因此在邊塞閨怨詩中經常會見到借景抒情或託物言志的手法。思婦對遠方的濃濃相思之情往往寄託於風月雁聲，或借一聲聲的搗衣砧聲來表達。或如陳高的「朝朝倚樓望，只見雁南飛」〔註28〕，結句以「雁南飛」之景來表達思婦無法言說的思念。或如周巽的「砧聲敲杵急，燈燼落花微。今夜思君夢，應隨黃鵠飛」〔註29〕，伴隨著

〔註27〕〔清〕顧嗣立編，《元詩選・初集下・陳基・裁衣曲》，中華書局，1987 年，第 1880 頁。

〔註28〕〔清〕顧嗣立編，《元詩選・初集下・陳高・征婦怨》，中華書局，1987 年，第 1775 頁。

〔註29〕〔元〕周巽，《性情集・風月守空閨》，文津閣四庫全書・集部・別

急促的砧聲，思婦的思緒早已飛遠，「燈燼」與「落花」兩個意象難免讓人想到獨守空閨的女子孤寂的心境，猶如熬得將燼的枯燈一般，而「落花人獨立，微雨燕雙飛」的場景對孤單的閨中思婦又是多麼惹人傷感。由此，對遠方夫君的思念更甚，或者心可以隨著飛翔的黃鵠去追隨遠在邊塞的他吧。詩人往往將難以言傳的情思用景或物來傳達，情與景水乳交融，言景即是抒情，卻又不爲抒情，彷彿就那麼輕描淡寫的一筆帶過，卻又飽含了無盡的情思。

2. 盼君封侯型

在元代邊塞詩中，除了傳統的思婦形象外，還出現了一些特殊的女子形象，這些形象與之前邊塞閨怨詩中的思婦形象有著很大的不同。從某種意義上來說，是元代社會投射在詩歌創作中的新元素。宋無的《戍婦言》云：

> 姑嫜有妾奉，征戰盡郎行。
> 早取封侯去，封侯妾亦榮。〔註30〕

詩中女子對戍守邊塞的丈夫臨行時的囑託迥異於之前的閨中人，她並沒有依依不捨地勸丈夫早日還鄉，勿戀功名；也沒有叮囑丈夫勿忘舊人，而是寬慰丈夫，家中一切有她，要安心爲國家效力，希望丈夫能早日封侯，自己也能妻憑夫貴。這種感情我們固然可以理解爲淑德賢良的妻子爲了讓遠行的丈夫沒有後顧之憂而故意違心的如此安慰。但聯繫元代的社會現實，我們也可以理解爲這或許眞是她的願望所歸，是她對丈夫前程的眞心祝願。元朝是蒙古人統治的統一多民族國家，蒙古人的尚武習俗與質樸豪爽的性格同樣體現在女子身上。馬背上的民族所培養出來的女子自有一股不同於中原儒家文化薰陶下女子的溫雅，更多了一份游牧民族颯爽英姿的豪氣和魄力，這種豪氣與魄力也會影響到身邊的其它女子，她們對遠戍邊塞

集類，第 408 冊，第 10 頁。

〔註30〕〔元〕宋無，《翠寒集·戍婦言》，文津閣四庫全書·集部·別集類，第 403 冊，第 649 頁。

的看法，對疆場殺敵的厚望等都有可能迥異於中原女子。宋無筆下的女子不管是不是蒙古女子，在這種游牧民族心態的影響下，我們不排除詩中女子有想要夫君建功立業的真心。無獨有偶，胡天遊《傲軒吟稿》中的《女從軍》讓我們真切地感受到迎面而來的颯爽英姿：

> 二八女兒紅繡靴，朝朝馬上畫雙蛾。
>
> 採蓮曲調都忘卻，學得軍中唱凱歌。
>
> 從軍裝束效男兒，短製衣衫淡掃眉。
>
> 眾裏倩人扶上馬，嬌羞不似在家時。
>
> 柳營清曉促征期，女伴相呼看祭旗。
>
> 壯士指僵霜氣重，將軍莫訝鼓聲催。〔註31〕

在前代邊塞詩中，我們很少能看到女軍的形象。邊塞詩中的女性多是以思婦或帳前歌姬的形象出現，「戰士軍前半死生，美人帳下猶歌舞」〔註32〕，元代邊塞詩中的女軍形象讓我們耳目一新。迎面撲來的不單是青春少女的蓬勃朝氣，更多的是讓人稱奇的英氣與硬氣。她們不再吟唱江南的採蓮曲，而學得軍中凱歌；她們不再嬌羞無限，而爭獻馬上英姿；她們是元代軍隊中的又一支生力軍。我們從詩歌中並不一定要看出她們是何種民族，來自哪裏，我們只需要知道在元代社會中曾經活躍著這麼一個特殊的群體。雖然元代之前也有如花木蘭之類的女將，但是描寫女兵集體形象的作品卻很罕見，我們在元代邊塞詩中所見到的此類場景或許也和元代特殊的社會背景有關。蒙古人所帶來的游牧民族氣息以及在此民族性格的影響下，在多民族交融的大趨勢下，元代女子中有此不愛紅裝愛武裝的女兵形象也不足為奇。這種描寫與元代邊塞閨怨詩中盼望夫君封侯拜相的思婦形象正好有某種相通之處，這或許也是元代蒙古人尚武習俗與整體社會風氣使然。

〔註31〕 〔清〕顧嗣立編，《元詩選・初集下・胡天遊・女從軍》，中華書局，1987年，第1821頁。

〔註32〕 〔清〕彭定求等編，《全唐詩・高適・燕歌行》卷二百一十三，中華書局，1980年，第2217頁。

3. 控訴戰爭型

　　邊塞戰爭總是會給人帶來無盡的災難和痛苦，戰場上的大量傷亡與征夫從軍的背井離鄉等都成爲邊塞詩中厭戰情緒的根源。元代邊塞詩中的思婦形象便有控訴戰爭的一類，她們或因長年相思而怨恨戰爭，或因親人戰死沙場而控訴戰爭，戰爭給她們帶來的是無盡的傷害與遺憾。馬玉麟有《嫠婦詞》一首描繪了戰爭給思婦所帶來的災難：

> 玉繩低垂明月落，砧杵秋聲滿城郭。
> 夫君戰死閻門西，妾有征衣寄誰著。
> 鄰家燈火縫秋衣，辛勤準備征人歸。
> 妾身憔悴妾心苦，含情忍見孤鴻飛。
> 孤鴻哀哀妾欲死，妾死何人奉甘旨。
> 阿翁九十阿姑病，夫也還知妾如此。
> 妾心不似楊柳花，陌上因風又吹起。〔註33〕

征人在邊塞，思婦遙寄相思，砧聲不斷，思念不絕。夫君戰死邊關，思婦有衣難寄，以前爲征夫送寒衣寄情已覺悲傷，而此時看到鄰人燈下爲親人趕製寒衣，自己卻已經斷了遠方的牽掛，更覺淒涼。「可憐無定河邊骨，猶是春閨夢裏人」〔註34〕，戰爭使無數人奔赴前線，使無數人血濺沙場，也使無數閨中人背負著相思與痛失親人兩重苦難。「妾身憔悴妾心苦，含情忍見孤鴻飛」，失去了至親的夫君，面對生活的重負，她們還要承擔起照顧老小的責任，邊塞戰爭對於思婦而言有著難言的殘酷。戰爭在元代尤其頻繁，由此引起的災難也更加深重。翻開蒙元歷史，我們幾乎可以說蒙元帝國的建立過程就是一部蒙元征戰錄〔註35〕。元代邊塞詩的繁榮與元代頻繁的邊塞戰爭有密切關

〔註33〕馬玉麟，《東臬先生詩集·嫠婦詞》，續修四庫全書本·集部·別集類，第1324冊，第464頁。
〔註34〕〔清〕彭定求等編，《全唐詩·陳陶·隴西行》卷七百四十六，中華書局，1980年，第8492頁。
〔註35〕關於元代征戰歷史，可參看陳西進編著的《蒙元王朝征戰錄》（崑崙出版社，2007年）或羅旺扎布等人合著的《蒙古族古代戰爭史》（民

係，而元代邊塞詩中思婦怨恨戰爭的情緒也尤其高漲。薩都剌詩中直言「有女切勿歸征人」〔註36〕，陳基也曾告誡世人「人生莫作征人婦，夜夜孤驚淚如雨」〔註37〕。思婦背負著戰爭帶給她們的太多苦難與悲傷，她們的怨恨與悲憤在歷代邊塞詩中都顯得那麼沉重。

　　元代邊塞詩中的思婦形象在思夫的前提下又衍生出各種不同的表現形式，她們或深情款款地表達相思，或深明大義地勸慰夫君，或直言不諱地痛斥戰爭。她們無論是相思，或是抱怨。無論是期盼，或是控訴，我們都在詩歌的背後看到了戰爭的殘酷，征夫與思婦用他們不同的視角向我們訴說著戰爭帶給元代人民的災難。

三、戰爭之怨

　　邊塞詩中對邊塞戰爭的怨恨往往體現在很多方面，其中怨恨之源無非來自戰爭之苦。戰爭，無論在哪個朝代都是伴隨著死亡而來的，而遠在邊塞的戰爭尤其磨難重重。邊塞戰爭帶給征夫與思婦的苦難是雙重的，而戰爭本身所帶來的殘酷又是非常現實的。我們首先從戰爭之苦中瞭解征夫、思婦對於戰爭的怨恨。

（一）戰爭生活之苦

　　邊塞戰爭因其發生地點在邊塞苦寒之地，因此與一般的戰爭相比有了更多的磨難。元代的邊塞也依然是並不太發達的遠漠荒涼之地，「塞北風沙，數日輒一作，作或連日，塵幾撲窗，至不辨物色。」〔註38〕塞外氣候之惡劣而使行軍打仗亦變得更為艱難。馬祖常之「朔雪埋山鐵甲澀」〔註39〕使我們知大雪封山、作戰艱難之狀。「萬

族出版社，1992年）。

〔註36〕〔清〕顧嗣立編，《元詩選·初集中·薩都剌·征婦怨》，中華書局，1987年，第1242頁。

〔註37〕〔元〕陳基，《夷白齋稿·征婦怨》，文津閣四庫全書·集部·別集類，第408冊，第300頁。

〔註38〕〔明〕葉盛撰，《水東日記》，中華書局，1980年，第305頁。

〔註39〕〔清〕顧嗣立編，《元詩選·初集上·馬祖常·古樂府》，中華書局，1987年，第716頁。

里盡風沙，征人念歲華。角聲悲自語，誰見落梅花」〔註40〕讓我們瞭解征夫在邊塞萬里風沙之地，遙念家鄉思親之情。而「朔風西北來，驚沙對面起。人馬暗相失，咫尺已千里」〔註41〕，更為我們展示了一副荒涼的塞外風沙圖。朔風吹面，驚沙撲面，征人與戰馬處於此中，竟已是咫尺千里之感。元代疆域遼闊，邊塞之地自也比別朝更廣。在「西極流沙」〔註42〕之塞外，氣候與地理環境的險要等都為邊塞戰爭帶來了阻力，也自然為征夫的征伐生活帶來了更多的苦難。因此，征夫與思婦對戰爭之怨的根源之一便是塞外惡劣的自然條件，它為征夫帶來了除征戰之外更多的苦難。

　　元代邊塞戰爭之苦還表現在兵制與兵役的特殊。元代兵志，「其法，家有男子，十五以上、七十以下，無眾寡盡簽為兵。十人為一牌，設牌頭，上馬則備戰鬥，下馬則屯聚牧養。孩幼稍長，又籍之，曰漸丁軍。既平中原，發民為卒，是為漢軍。」〔註43〕頻繁的徵兵與嚴格的兵制使元人無從逃避，而各類名目的兵種猶如一張無形的大網，使社會各階層的人都無法避免被徵為兵的命運。元代還有專門的軍戶，甚至是富商大賈也有餘丁軍、質子軍之目，遑論普通百姓家的子弟。元代兵志與徵兵之制已經使元人徒增了很多的無奈，而邊塞戰爭中死亡的威脅更讓人滿懷淒涼。

　　　丁督護，為我行。去時馬上郎，今作野外殤。男兒肯斷頭，
　　　歸兒空斷腸。丁督護，聽我語。欲從軍，臂不羽。嫁時所
　　　結髮，剪之隨君去。丁督護，念我苦。未亡人，殤鬼婦。
　　　古若無銜冤，乾坤無風雨。〔註44〕

〔註40〕〔元〕張昱，《廬陵集·邊思》，文津閣四庫全書·集部·別集類，第408冊，第418頁。

〔註41〕〔元〕張昱，《廬陵集·塞上》，文津閣四庫全書·集部·別集類，第408冊，第418頁。

〔註42〕〔明〕宋濂等撰，《元史·地理志》卷五十八，中華書局，1976年，第1345頁。

〔註43〕〔明〕宋濂等撰，《元史·兵志一》卷九十八，中華書局，1976年，第2508頁。

〔註44〕〔清〕顧嗣立編，《元詩選·二集上·趙文·丁都護》，中華書局，

《丁都護》是樂府舊題，屬《清商曲辭・吳聲歌曲》。據傳「《都護哥》者，彭城內史徐逵之為魯軌所殺，宋高祖使府內直都護丁旿收斂殯埋之。逵之妻，高祖長女也，胡旿至閣下，自問斂送之事，每問，輒歎息曰：『丁督護！』其聲哀切，後人因其聲，廣其曲焉。」〔註45〕《丁都護》樂府本就有哀傷悲戚之義，詩人以此來寫邊塞之事，實是「未成曲調先有情」。詩中所言邊塞戰爭給征夫思婦帶來的是難以撫平的創傷，「去時馬上郎，今作野外殤」，戰爭的殘酷又不僅僅在此。死者已逝，生者的處境更加艱難。「未亡人，殤鬼婦」，在元代曾因征戍之人久戍不歸，出現過家中父母將軍妻另嫁他人的現象。因其一度盛行，蒙元政府不得不下令禁止〔註46〕，這也從側面反映了元代征伐戰爭給人民帶來的深重災難。

（二）戰爭場面之慘

　　征夫、思婦對戰爭之怨的另一根源則來源於戰爭場面之慘，即戰爭帶來的災難性後果。每一場邊塞戰爭背後都有數不清的累累白骨，成功邊將的背後是無數士卒的流血犧牲。每一個犧牲的征夫背後又係著一個苦難的家庭，邊塞戰爭往往伴隨著生靈塗炭，元代頻繁的征伐戰爭更是如此。

　　自成吉思汗崛起於漠北大漠開始，蒙元帝國的建立便是伴隨著蒙古大軍的逐步征伐開始的。蒙古草原上的大小部落之戰奠定了成吉思汗在草原的地位，成立大蒙古國。滅西夏、滅金、滅宋之戰又逐步奠定了元朝一統天下的基礎，蒙古人的三次西征更是大大拓展了元朝的疆域。在此過程中的無數次邊塞戰爭也給元人帶來了無盡的災難。郝經有「君不見，城頭落日風沙黃，北人常笑南人哭。為告後人休築城，三代有道無長城」〔註47〕，蒙古鐵騎橫掃長城內外，

1987年，第100頁。
〔註45〕梁・沈約撰，《宋書・樂志》，中華書局，1974年，第550頁。
〔註46〕《元典章・婚姻・軍民婚・出征軍妻不得改嫁》，中國廣播電視出版社，1998年，第692頁。
〔註47〕〔元〕郝經，《陵川集・古長城吟》，文津閣四庫全書・集部・別集

遍踏歐亞大陸。在征討過程中的民族歧視政策給漢人和南人帶來的苦難，尤勝於其它民族，「北人常笑南人哭」正是民族歧視政策下人民血淚歷史的真實反映。每一場戰爭又都伴隨著白骨森森，血流成河的現實。「居庸古北接陰山，照見長城多白骨」〔註48〕，居庸關一向是邊塞重地，在此發生的邊塞戰爭數不勝數。長城自秦代修建以來也一直是邊塞的戰場之一，長城內外，生民之淚與征夫之骨難以數計。元代邊塞詩中這兩地也是常見的邊塞征戰區域，是繼承前代邊塞詩發展的表現之一。

戰爭所帶來的殺戮與死亡是它最具有摧殘性與毀滅性的特質，也正因如此，它對每個朝代的征夫和思婦來說都是噩夢一般。因此，戰爭詩歷來都帶著濃濃的殺氣，也充溢著深深的淒涼。歷代邊塞詩中與邊塞戰爭相關的內容，也同樣帶有戰爭詩的這種特徵。邊塞戰爭的慘烈場面是征人思婦的傷痛根源，戰爭的殘酷無情與他們嚮往和平的心願形成鮮明的對比，是兩個對立的極端。在戰爭與和平的較量中，元代邊塞詩中的征人與思婦很多時候只能無奈的流淚。

元代的邊塞戰爭因為蒙元貴族的拓邊理想與世界征服者的宏願遠甚於其它朝代，而征戰過程中的民族歧視政策與特殊的徵兵制度等都給元代的征夫增加了更多的重負，也帶給他們更多更深的思鄉情結；元代邊塞閨怨詩中的思婦在思夫的主題下又表現出不同的面孔，她們或遙寄相思，或盼君封侯，或控訴戰爭。邊塞戰爭的苦難與慘狀是征人與思婦傷痛的根源，他們對戰爭的怨恨也由此生發。有元一代，征伐戰爭貫穿始終，元代的兵制與各類名目的軍種為元代的邊塞戰爭增添了很多新的因素，因而，在元代邊塞詩中也出現了元代特有的現象，如質子軍、怯薛軍等，這也為元代邊塞詩中的征夫思婦增添了更多的感傷。

類，第 398 冊，第 272 頁。

〔註48〕〔清〕顧嗣立編，《元詩選‧補遺‧周巽‧關山月》，中華書局，2002年，第 775 頁。

第三節　功業意識之彰顯

　　與邊塞詩中征夫、思婦的怨戰情緒相對立的，是希望在邊塞建功立業與報效國家的宏願。歷代邊塞詩，特別是盛唐邊塞詩中，這種感情曾具有壓倒性優勢。功業意識的強弱與國勢的強弱有時成正比，盛唐邊塞詩中詩人強烈的功業意識與報效朝廷的渴望，與盛唐國富民強的現實和文學創作中的盛唐氣象有密切聯繫，元代邊塞詩中的此種傾向也與元代特殊的社會現實密不可分。

　　蒙古人的尚武習俗與強烈的征服願望，在早期邊塞戰爭中的表現便是「唯武獨尊」。武力是解決一切問題的關鍵，也是蒙古人在征伐戰爭中的主要武器。在邊塞戰爭中表現勇猛的他們帶有征服者的快感，而且戰功也是他們晉級的重要籌碼。據《元史》等資料記載，戰功卓著如博爾忽、博爾術、木華黎、赤老溫者，被成吉思汗封爲「四傑」。「太祖命其世領怯薛之長」〔註49〕，怯薛在蒙元帝國中的重要地位自不待言，「其後怯薛常以右丞相領之」〔註50〕。因此，在元代邊塞戰爭中若能立功，自有報效國家的機會，也能成就自己的功業，元代邊塞詩中的功業意識與歷代並無二致。不同的是，元代因特殊的社會組成與多元的民族成分，加之蒙元朝廷實行的種族特權與民族歧視政策，元代社會流行一種歸隱情結，即便是居廟堂之高的高官，也時有林泉之念〔註51〕。因此，元代邊塞詩中在功業意識與報效國家的情感背後還隱藏著詩人的歸隱理想，這是與歷代不同之處。

一、贊邊將，寄厚望，表忠心

　　邊將是邊塞戰爭中的主要人物，所謂「千兵易得，一將難求」，

〔註49〕〔明〕宋濂等撰，《元史‧兵志二》卷九十九，中華書局，1976年，第2524頁。

〔註50〕〔明〕宋濂等撰，《元史‧兵志二》卷九十九，中華書局，1976年，第2524頁。

〔註51〕郭小轉，《重論元散曲中的隱逸情結——從民族文化交融角度說開去》，《貴州師範大學學報》（社科版），2011年第2期。

邊將的強弱直接關乎戰爭的勝負。對邊將的稱讚和歌頌歷來是邊塞詩中的主要內容，元代邊塞詩中也不例外。在邊塞詩人的功業意識支配下，對邊將的描寫也是元代邊塞詩中常見題材。只是因為元代特殊的社會現實與元代文人的心理取向不同，在歌頌邊將功績，寄予報效厚望的同時，也隱隱有勸人歸隱之念。

　　元代早期的邊塞詩對邊將的吟詠多出自遺民之手，他們對邊將的勇猛與才華稱讚不已。也對他們報效國家寄予厚望，只是因為他們的遺民身份，對新朝還心有餘悸。因此雖然對邊將抱有衣錦還鄉之願，但總掩不住勸其歸隱的理想。李俊民有《送郡侯段正卿北行二首》：

> 征途萬里朔風寒，過盡陰山復有山。
> 歲既在於辰巳後，星多客向斗牛間。
> 漫漫積雪無冬夏，劫劫飛鴻自往還。
> 若到龍庭試回首，太行一片白雲閒。
>
> 獵獵霜風墮指寒，一鞭行色抵天山。
> 馬嘶衰草孤煙外，雁沒長空落照間。
> 入塞盡穿氈帳過，去鄉須待錦衣還。
> 功名大抵黃粱夢，薄有田園便好閒。〔註52〕

李俊民（1176～1260），金元著名學者、文學家和教育家。字用章，自號鶴鳴老人，金末元初澤州（今山西晉城市澤州縣金村鎮崔莊人）。唐高祖李淵第二十二子韓王元嘉之後。「少通程氏之學，金承安中，以經義舉進士第一，應奉翰林文字。未幾，棄官教授。南遷後，隱於嵩山。元世祖在藩邸，劉秉忠盛稱之，以安車召見，延訪無虛日，遂乞還山。卒，賜諡莊靜先生（集作莊靖）」〔註53〕。李俊民雖為金朝遺老，且不仕新朝，終生以教書授徒為業。然因其聲名遠播，倍受忽

〔註52〕〔清〕顧嗣立編，《元詩選·初集上·李俊民·送郡侯段正卿北行二首》，中華書局，1987年，第114頁。

〔註53〕〔清〕顧嗣立編，《元詩選·初集上》，中華書局，1987年，第99頁。《元史·李俊民傳》，3733頁。

必烈青睞。雖然徵召不至，亦甚爲看重。世祖嘗曰：「朕求賢三十年，
惟得竇漢卿及李俊民二人」〔註54〕。李俊民淡泊名利、悉心向學，有
超然出世之易數道家思想。他的好友段正卿也是當時澤州的名士，段
直（約1190～1254），字正卿，金末元初澤州人，唐末五代段思恭之
後。青年時代就器宇軒昂，卓有見識。蒙古大軍攻破澤州城後，天下
大亂，民不聊生。華北一帶盜賊充斥，風聲鶴唳，段正卿曾帶領鄉民
奮然興起，結壘自保，四方響應。他在治理澤州之時曾延請儒士李俊
民爲師，以招延四方來學者。五六年間，學子中以通經被選者，百二
十有二人。在官多年，多有惠政，而段、李二人也成爲忘年好友。李
俊民在爲段正卿北行所寫的這首送別詩中對其寄予厚望。從詩中看，
段直行將到處是塞外朔漠之地。「征途萬里朔風寒」、「馬嘶衰草孤煙
外，雁沒長空落照間」，段直此行也似乎是爲國效力、建功立業之舉。
武將出身的段正卿此次北行或許便是爲邊塞戰事。一戰成名也不是沒
有可能，而李俊民面對好友的出行，當然希望他能功成名就、衣錦還
鄉。但是身爲遺民，又希望好友能夠急流勇退，退隱田園。「功名大
抵黃粱夢，薄有田園便好閒」，這也是元代早期邊塞詩中常見的現象，
建功立業的功名意識總是與退隱江湖的隱逸情結相糾結。耶律楚材也
曾對將要西征的王君玉有同樣的寄託：「功成莫戀聲利場，便好回頭
樂玄寂。」〔註55〕元代邊塞詩中的功業意識與隱逸情結對邊塞詩人的
影響是相互的，他們既有將要出塞殺敵的雄心壯志，有報國殺敵的激
情。又因爲受當時社會風氣所影響，有退隱江湖的林泉之念。這或許
便是元代邊塞詩在時代背景影響下的一種表現。

　　彰顯功名意識是邊塞詩中常見的一種感情，元代邊塞詩中亦不
少見。或直抒胸臆，表達爲國效力的願望；或先抑後揚，用邊塞戰

〔註54〕〔清〕顧嗣立編，《元詩選·初集上》，中華書局，1987年，第99頁。
　　　　（此處查找《元史》4364等一手材料補充。）
〔註55〕〔元〕耶律楚材，《湛然居士文集·用前韻送王君玉西征二首》，商
　　　　務印書館，1939年，第16頁。

爭之苦襯詫爲國效命心願之堅定；元代邊塞詩在表達這種報效國家的忠誠時，與歷代邊塞詩的表達方式大致相同，也經常採用傳統的樂府體裁，往往以「行」、「曲」等命名，如王中的《從軍行》、《臨洮曲》：

> 十年從召募，萬里逐樓蘭。月黑巡城早，風高度磧難。
> 枕戈天外宿，握雪海頭飡。戰苦誰爲奏，朝臣頌治安。
>
> ──《從軍行》
>
> 萬馬出臨洮，寒光照鐵袍。彎弓明月滿，拂箭白猿號。
> 塞前傳烽暗，邊雲列陣高。君恩殊未報，百戰不辭勞。
>
> ──《臨洮曲》〔註56〕

這裏詩人往往用邊塞詩中常見意象，如沙磧、樓蘭、烽火、彎弓等，或表達邊塞從軍之苦，或表達邊塞戰爭之酷。但艱難的環境和慘烈的戰事，都爲了表達詩人對朝廷的忠誠。「戰苦誰爲奏，朝臣頌治安」，邊將在邊塞的努力可以換來廟堂之高的朝臣們的安享太平，也是爲國家社稷確保一方安寧。如此，從軍便也不虛行，「萬里逐樓蘭」之舉也便沒有白費。邊塞將士的奮戰是他們忠君愛國的最直接的表達，「君恩殊未報，百戰不辭勞」，詩人用詩歌直接表達對朝廷和君王的忠誠與報效之心。

元代邊塞詩對此的另一種表達方法是用邊塞戰爭之苦襯托報效國家之願的堅決。詩人往往將邊塞詩中的諸因素都展現出來，征夫之苦與思婦之悲，氣候之劣與行軍之難，邊塞戰爭之苦與報國之心彌堅，凡此種種對比鮮明的一組組意象，在一首邊塞詩中逐一體現，而最終落筆在報效國家之願上。如劉詵的《征夫歎》：

> 六月征廣徭，塗埃千丈高。渡水波沸骨，登山汗流刀。
> 斜虎攬病馬，荊棘破長橐。賊來多如雲，石洞穿千鑿。
> 鐵甲日曬火，大旗煙漲濤。惡溪塞斷骨，亂礫紛流膏。
> 前年過流沙，苦寒脫髦毛。風裂壯士冑，雪積將軍旄。

〔註56〕〔清〕顧嗣立編，《元詩選‧補遺》，中華書局，1987年，第857頁。

人生莫作軍，寒暑相戰塵。人生莫作軍，性命如蓬蒿。
君王方神武，狐鼠何足蹯。但願四郊靜，微軀敢辭勞。
〔註57〕

詩中將邊塞戰爭中徵募士兵、跋山涉水、艱苦殺敵、塞外苦寒等情節都一一描述，述說邊戰的來龍去脈，將一幕邊塞戰事活生生展現在讀者眼前。詩歌隨即感慨道：「人生莫作軍，寒暑相戰塵。人生莫作軍，性命如蓬蒿。」邊塞從軍生活之苦滲透在這短短二十個字中，而征夫生活的個中滋味或許也只有他們自己懂得。如此艱難卻義無反顧，「但願四郊靜，微軀敢辭勞。」征夫歎歸歎，但最終的願望卻只是希望天下太平，百姓能安居樂業。此種境界大有與杜甫之茅屋歎〔註58〕相媲美的勢頭，而這也正是報效國家社稷的最高境界了。

二、懷古人，憶往事，抒己懷

元代邊塞詩中彰顯功業意識的題材還集中表現在數量可觀的詠史詩中。詠史詩是我國古代詩歌中的重要內容，大多是針對具體的歷史事件或歷史人物有感而發，是以歷史爲載體來抒寫詩人情志的詩歌。元代詩歌中涉及邊塞題材的詠史詩很多是以懷故人、憶往事、抒己懷的形式去表達心志。元代邊塞題材詠史詩中的歷史事件主要是蒙元建國歷史與歷朝的典故，而漢代尤眾，數量最多的是蘇李、昭君、飛將軍李廣等題材。這些題材在元代詠史詩中的盛行，與元代的社會基礎和元上都傳統的游牧駐地相疊加的獨特文化背景有密切關係，爲人熟知又能被元朝邊塞詩所用的歷史人物與歷史事件是有限的。這些題材的流行也是各民族詠史詩人對這些歷史人物的傳統價值觀認定的一種反映。並沒有因爲統治階級的民族身份而發生

〔註57〕〔清〕顧嗣立編，《元詩選・二集下・劉詵・征婦歎》，中華書局，1987年，第770頁。
〔註58〕杜甫《茅屋爲秋風所破歌》中有「安得廣廈千萬間，大庇天下寒士俱歡顏，風雨不動安如山。嗚呼！何時眼前突兀見此屋，吾廬獨破受凍死亦足！」之句，此詩之境界與此同。

變化，這也是元代文化政策寬鬆、開放的體現，是元代多元文化和諧共處的生動例證。詠史詩中所引發的國家強大的自豪感，是中華民族凝聚力、向心力在元代生動而具體的寫照，中華民族的共同認知感在元代已逐漸形成。

在元代詩人筆下，對蒙元帝國的功臣良將總是忍不住多書幾筆。在元代邊塞詩的眾多懷古題材中，對蒙元帝國建立及其鞏固過程中有突出貢獻的人，也總是格外關注。如對成吉思汗時代的名將奈曼・抄思，又號答祿將軍等人的歌頌。

蘇武、李陵、李廣意象歷來是古代邊塞詩中常用的典故，他們在各朝所具有的代表意義各有差異。但世人對他們的評判又基本相似，元代邊塞詩中對此類形象的解讀，也與元代特殊的社會背景和文化氛圍有密切關係。元人用他們作為自己的詠歎對象，也自有其用意。「蘇武李陵得到詩人的關照，成為一個時代詩歌創作相對集中的詠歎題材，是在元代這一特定的時代環境下形成的。元王朝作為中國歷史上第一個非漢族建立起來的封建統一政權，在民族文化史上有著不同尋常的意義。」〔註59〕我們權且不論蘇李形象在元代盛行的種種緣由，只就蘇李現象與元代邊塞詩中所論的忠君愛國與報效朝廷等的關係，對元代詩人筆下的蘇李形象作一簡單分析。

蘇武與李陵同為漢武帝時人，一文一武，在歷史上，他們也往往被史家文人相提並論。一為氣節的標杆，一為降將的代表。在元代文人心中，歷代對蘇李的評價也基本上被認同。只是在不同詩人眼中，對他們事跡的著眼點並不相同。對蘇武十九年忠於漢廷的氣節大肆宣揚正是元朝統一過程中出現的文人氣節缺失的一種反映，而對李陵事件的另一種解讀則是元人對朝廷的一種委婉批評和寄予厚望的表現。廼賢的《李陵臺》頗值得玩味：

落日關塞黑，蒼茫路多歧。荒煙淡暮色，高臺獨巍巍。

〔註59〕丁國祥，《論元詩對蘇武李陵的解析》，《榆林學院學報》，2006 年第 1 期。

嗚呼李將軍，力戰陷敵圍。豈不念鄉國，奮身或來歸。
漢家少恩信，竟使臣節污。所愧在一死，永爲來者悲。
千載撫遺跡，憑高起遐思。褰裳覽八極，茫茫白雲飛。
〔註60〕

身爲突厥葛邏祿氏後人的廼賢，當然希望有更多的李陵式人物蒙古化。對李陵的投降行爲並未有太多的非議，只是感到深深的遺憾與悲哀。「漢家少恩信，竟使臣節污」，李陵的投降，漢廷有不可推卸的責任。「陵軍五千人，兵矢既盡，士死者過半，而所殺傷匈奴亦萬餘人。且引且戰，連鬥八日，還未到居延百餘里，匈奴遮狹絕道，陵食乏而救兵不到」〔註61〕。而僅在百里外，就是貳師將軍李廣利裝備精良，補給充裕，一日可到的數萬大軍。明知李陵陷入困境，卻坐視不理，李陵之降實在是心寒而無奈之舉。相對於漢家的寡恩，匈奴單于則對李陵不薄。「單于既得陵，素聞其家聲，及戰又壯，乃以其女妻陵而貴之」〔註62〕。結合元代社會現實，對李陵事件的評價與反思也不難理解。歷來對蘇武之氣節讚譽良多，而對李陵降胡也詬病不少。在元代詩人眼中，則對李陵的投降多了很多寬容與理解。蒙元帝國有眾多的漢族文人爲之效力，特別是忽必烈及其子孫的提倡漢法，重用漢人等舉措使漢人對蒙元朝廷有了更多的認同感。李陵事件中，漢廷的冷酷也爲更多效命於新朝的文人找到了歷史依據。對李陵的寬容與理解，實際上也是對自己的一種安慰。詩歌中對漢廷的批評又何嘗不是對當政者的一種委婉勸諫，一種寄予厚望的期盼。畢竟李陵事件給歷代文人帶來了不小的衝擊：李家世代忠良，爲漢家守邊抗敵，卻枉死兩代，無人理解；司馬遷據理力爭，客觀評價，得到的卻是殘酷的宮刑。廼賢「漢家少恩信」的譴責，並不是沒有根據。馬祖常的《李陵

〔註60〕 〔清〕顧嗣立編，《元詩選・初集中・廼賢・李陵臺》，中華書局，
　　　　 1987 年，第 1458 頁。
〔註61〕 〔漢〕司馬遷撰，《史記・李將軍列傳》卷 109，中華書局，第 2878
　　　　 頁。
〔註62〕 〔漢〕司馬遷撰，《史記・李將軍列傳》卷 109，中華書局，第 2878
　　　　 頁。

臺》則更是不露痕跡：

　　故國關河遠，高臺日月荒。頗聞蘇屬國，海上牧羝羊。
　　蹄林聞野祭，漢室議門誅。辛苦樓蘭將，淒涼太史書。
　　〔註63〕

蘇武牧羊守節，李陵失節望鄉；匈奴爲李陵家祭祀招魂，而漢室則在討論誅殺滿門；勞苦功高的邊將遭滅門之禍，秉筆直書的太史公逢奇恥大辱；凡此種種，馬祖常用客觀的敘述將歷史重現於讀者眼前，而絲毫不加以評判，功過自在人心。

　　無論是廼賢的直言不諱——「漢家少恩信」，還是馬祖常無言的譴責。歷史留給元人的思考畢竟都帶有時代的烙印，蒙元帝國本就不同於之前的歷朝。元代詩人又因爲各自身份與經歷的不同而各有懷抱，對於蘇武、李陵事件中透露出來的寬容與譴責。我們站在邊塞詩立場上，他們無非是想借古諷今，無非是以史明鑒，批判與寬容的背後都是對當政者的厚望與入仕新朝者的鼓勵。可以說是對元代邊塞詩中報效朝廷的另一種曲折表達。

　　昭君出塞的故事本出自史傳，經過幾千年的演變與流傳，歷來是文人墨客筆下的永恒話題。到了元代文人手中，昭君形象不僅承載著元代以前文人所賦予的歷史意義，更增添了元代特殊社會環境下的社會文化因素。元代邊塞詩中屢次出現的昭君題材，與元代題畫詩中的昭君題材以及元代劇作家的昭君戲一起，構成了元代文學中昭君現象的繁盛。元代邊塞詩中的昭君題材具體又有著怎樣的意蘊，承載著怎樣的社會文化因素呢？我們通過具體的詩歌進行解讀。

　　劉因的《明妃曲》寫道：

　　初聞丹青寫明眸，明妃私喜六宮羞。
　　再聞北使選絕色，六宮無慮明妃愁。
　　妾身只有愁可必，萬里今從漢宮出。
　　悔不別君未識時，免使君心憐玉質。

> 君心有憂在遠方，但恨妾身是女郎。
> 飛鴻不解琵琶語，只帶離愁歸故鄉。
> 故鄉休嗟妾薄命，此身雖死君恩重。
> 來時無數後宮花，明日飄零成底用。
> 宮花無用妾如何？傳去哀弦幽思多。
> 君王要聽新聲譜，寫譜高皇猛士歌。〔註64〕

劉因是元代著名的詩人和理學家，他的這首《明妃曲》在眾多的昭君題材中倍受後人關注。他對昭君形象的描寫傾向，代表了元人對這一歷史題材的態度。一直以來，昭君不遇在元代之前的詩人筆下無非是悲怨或唏噓，如王安石的「低徊顧影無顏色，尚得君王不自持」〔註65〕。詩人對君王的識人能力有很大的懷疑，詩歌也只是從昭君美貌的角度，哀歎命運，怨恨君王，這是元代之前昭君詩的基調。而元初的劉因也發出了類似的感慨，「恨不別君未識時，免使君心憐玉質」。歷代文人之所以對昭君命運有如此相似的同情，也是歷來美人不遇與士之不遇引起的共鳴。昭君出塞的故事之所以動人心弦，也正說明了士之不遇是歷史的普遍現象。佳人不再得時方知珍惜，國家危亡之際方顯賢才之難覓，佳人與賢士從來就是考較君王的一把尺子。昭君故事背後是國家選賢任能中君王的關鍵作用，而詩歌後面的「君王要聽新聲譜，寫譜高皇猛士歌」，則又一次對君王敲響了警鐘，泱泱大國面對邊患，唯一能做的是用弱女子和親。這是怎樣的一種諷刺與羞辱，君王若要聽聞新曲，最好還是譜成漢高祖時候的猛士歌，或許還能激起其奮發向上的心志。詩中的昭君只愁自己不能身為男兒，以解君國之憂。她不嗟歎自己的遠赴塞外，只圖以身報君恩。她犧牲小我成就國家民族大志的心胸，在以往昭君詩中很少見。「君心有憂在遠方，但恨妾身是女郎。飛

〔註64〕〔清〕顧嗣立編，《元詩選‧初集上‧劉因‧明妃曲》，中華書局，1983年，第137頁。

〔註65〕傅璇琮等人主編，《全宋詩‧王安石‧明妃曲》卷五四一，北京大學出版社，1991年，第6503頁。

鴻不解琵琶語，只帶離愁歸故鄉」，琵琶聲中的明妃，滿帶愁容與無奈走在和親的路上。在她背後，空站著大漢王朝。如果說劉因只是對昭君故事中的君王語帶埋怨的話，那麼耶律楚材則不僅僅是怨，而且帶怒了。「唐宋的昭君詩以淒婉的幽怨暗示詩人的怨艾，元代昭君詩則大膽地怨而怒了，這似乎有悖於儒家溫柔敦厚的詩教原則。」〔註66〕耶律楚材有《過青冢用先君文獻公韻》：

　　漢室空成一土丘，至今仍未雪前羞。〔註67〕
　　不禁出塞涉沙磧，最恨臨軒辭冕旒。
　　幽怨半和青冢月，閒雲常鎖黑河秋。
　　滔滔天塹東流水，不盡明妃萬古愁。〔註68〕

耶律楚材雖說是契丹貴族，在蒙元初期也倍受重視，但亡國之痛與不能真正實現自己的平生抱負，使他一直也有懷才不遇之感。詩歌開篇兩句「漢室空成一土丘，至今仍未雪前羞」，一個「羞」字道出了耶律楚材在昭君出塞故事中的基本感情傾向。以往文人筆下的怨，在他這裏帶上了一絲怒意。下面的「最恨」則將這絲怒意擴大了許多，「幽怨半和青冢月」透露出的滿腔幽怨承繼著千百年來文人的昭君怨。結合元代實際的政治、社會現實，他空有滿腹才華卻無施展之處，一直是元朝社會中的一個孤獨者；而又有那麼多胸無點墨的人居高位。耶律楚材的怨恨與不平只能借「滔滔天塹東流水，不盡明妃萬古愁」來表達，他筆下的明妃儼然已是自己的化身，訴說著千古以來的幽怨與悲哀。

　　無論是劉因《明妃曲》中的諷刺，還是耶律楚材筆下的怨怒。他們在昭君題材的背後都寄予了自己的政治理想，即希望君王識才、惜才。這種期盼在元代社會中尚武輕文與民族特權、民族歧視政策中又

〔註66〕丁國祥，《王昭君：元代詩人比照的特殊坐標》，《蘇州科技學院學報》（社科版），2008年第1期。
〔註67〕一作「可惜冰姿瘞古丘，佳人猶自夢中羞。」
〔註68〕〔清〕顧嗣立編，《元詩選・初集上・耶律楚材・過青冢用先君文獻公韻》，中華書局，1983年，第349頁。

顯得那麼的孱弱。他們借古諷今的勸諫中也隱含了自己渴望為國效力的願望，元詩中的昭君題材由此看來，也是元人表達功業意識與報效願望的一種別樣表達。

　　另外，元代邊塞詩中昭君題材的盛行與當時昭君戲的同樣流行並非偶然，二者應是相輔相成的。昭君出塞是一個來源於史傳又流傳久遠的故事，但在元代以前，對其講述基本上側重於故事所引發的情感的抒發，稱不上真正的「故事」。元代的昭君故事在敘事領域的蓬勃發展，使其真正進入「故事講述」的範疇，也在元代基本定型為一種敘事文學。〔註69〕馬致遠的《漢宮秋》奠定了昭君故事中的「毛氏醜圖」的敘事模式，俗文學領域中昭君故事的流傳勢必會影響詩歌創作。昭君詩側重於借古人故事，抒自己塊壘，而昭君戲則更注重昭君故事流傳的完整性與故事模式。完整詳細的故事模式為詩人的創作提供了可供參考的資料，詩人們可以各取所需，元代邊塞詩中所出現的眾多昭君詩也便有了更多與之前不同的社會文化因素。如徐履方的《明妃曲》：

> 漢家威德弦八曲，槁街數致窮單于。
> 材官騶發一當百，郅支枭點千先誅。
> 呼韓生全恩已殊，翻令畫使圖名妹。
> 佳人飲恨心語口，事有倒置令人籲。
> 冀涸飛花尚可惜，久矣胡人輕漢室。
> 肯援骨肉餒餓狼，長主幸存儌姥力。
> 當時隆準豈屏主，忍許婿郎開下策。
> 賂遺犬馬古有之，責貢何嘗及顏色。
> 殷勤為託舅甥恩，不見頭曼斃鳴鏑。〔註70〕

徐履方在抒發對畫工之憤恨的同時，對「漢家短拙」的和戎政策，

〔註69〕陳思路，《「昭君出塞」在元明清時期的文學講述》，湖南師範大學碩士論文，2010年5月。

〔註70〕〔清〕顧嗣立，席世臣編，《元詩選・癸集上・徐履方》，中華書局，2001年，第696頁。

以及由此導致的嚴重後果和皇室的昏庸無能，都作了辛辣的諷刺和無情的批判。「翻令畫使圖名姝。佳人飲恨心語口」，此處與馬致遠《漢宮秋》中情節一致。敘事文學中的昭君戲，爲意在抒情的昭君詩提供了可供借鑒的藍本。而詩人對漢廷的和親政策更是憤恨，泱泱大國卻無法認清政治局勢。竟欲接受匈奴和親的辱國請求，「事有倒置」實爲不該。詩人由此質疑：「賂遺犬馬古有之，責貢何嘗及顏色。」財物的往來尚可忍受，以漢室女子和番則實爲不妥。詩中念及漢初，感歎漢室在元帝之時淪落至此，竟出此下策，以「顏色」賂遺匈奴！漢室無能，以致花入糞溷，而昭君和親則無異於「肯援骨肉餧餓狼」。對比上面劉因與耶律楚材的昭君詩，我們可以發現同樣是昭君故事，詩人們爲了抒情的需要各有側重。因此，元代逐漸定型的昭君故事模式，也對元代邊塞詩中的昭君題材大有影響。

　　此外，元代邊塞詩中的昭君題材還與元代民族文化交融的大環境有關，蒙漢文化的交融並生以及昭君形象所帶來的「和合」文化異曲同工，都與元廷所追求的多民族共榮、多元文化共同發展的境界相合。因此，對昭君故事中的和親價值予以肯定，也成了元代昭君詩的突出特點。由正史記載可知，昭君和親的確起到了維持漢朝與匈奴兩國和平共處的成效，肯定昭君和番之功也成了昭君詩中的主題之一，元代尤其如此。但是這種肯定只限於對昭君個人，並不及於元帝與漢廷，詩人甚至也由此引起對將領與朝廷的辛辣嘲諷，如楊奐的《酬昭君怨》：

　　　　玉貌辭金闕，貂裘擁繡鞍。

　　　　將軍休出戰，塞上雪偏寒。〔註71〕

楊奐以昭君口吻道出：將軍休出戰，塞上雪偏寒。寫出了昭君對於將士的體貼，塞外氣候酷寒，將軍無須出戰，昭君一人奔赴異域即可換取兩國的和平。紅粉一人可敵將士千萬！這固然可以看作是對昭君和

〔註71〕〔清〕顧嗣立編，《元詩選・二集上・楊奐・酬昭君怨》，中華書局，
　　　　1987 年，第 163 頁。

番價值的肯定，亦是詩人對漢室將領及漢廷的辛辣嘲諷！

　　值得注意的是，在蒙元帝國多元文化交流、多民族並存的大環境中，民族融合是社會發展的主流趨勢，對歷史上的民族文化交流基本予以肯定。元詩中對昭君和番的價值縱然肯定，「國家和親四海樂」〔註 72〕，但隨之而來的往往是對和親政策及昭君出塞的幽怨。以及對漢廷與將領軟弱的嘲諷，人們在享受著昭君出塞所帶來的和平的同時，亦不忘借昭君之不遇來抒發自己的一己懷抱。要想改變文人在昭君詩中一貫寄託的情思，並不是強硬的政治、民族政策所能做到的。而隨著民族融合程度與力度的加大，到了明清兩代，昭君詩則沿著元代肯定和親價值的路線一直走下去，對昭君和親有了更多的肯定。特別是清代，詩人一改歷來的民族偏見與悲戚基調，對昭君和親與昭君的品質風貌都予以高歌，如清人吳雯的《明妃》：

　　　　不把黃金買畫工，進身羞與自媒同。
　　　　始知絕代佳人意，即有千秋國士風。
　　　　環佩幾曾歸夜月，琵琶唯許託賓鴻。
　　　　天心特爲留青冢，青草年年似漢宮。〔註 73〕

詩人從不賂畫工、羞於自媒入手，昭君不恃美貌、不屑心計的內美品質躍然紙上。接著詩人寫昭君自請出塞，使邊塞安定、民族和睦，小女子之舉儼然具有千秋國士之風。接著反用杜甫典故，尾聯的「天心」即天意，順天意、合民心。讓昭君在北方留下青冢一方，冢上萋萋青草則如昭君流芳千古，亦寄意胡漢兩地民族和睦之誼。我們權且不論明清兩代昭君詩如何變幻，僅就對昭君和親價值的肯定一點，明清兩代的轉變實始於元代。只不過元代在轉變之始還伴隨著別的情緒，顯得不那麼明顯，但這種開創之功實不可沒。

〔註72〕　〔元〕劉詵《桂隱集・明妃曲》，文津閣四庫全書・集部・別集類，
　　　　　第 399 冊，第 348 頁。
〔註73〕　〔清〕沈德潛等選編，《清詩別裁集・吳雯・明妃》，河北人民出版
　　　　　社，1997 年，第 281 頁。

第四節　傳統意象之繼承

　　元代邊塞詩在繼承前代邊塞詩寫作成就中，不但將邊塞詩中常見的思想內容與情感等延續下來，而且對歷代邊塞詩中的特定情境和常見的意象也有所繼承。在眾多的邊塞情景與意象中我們選取搗衣與雁來分別解讀，元代邊塞詩在這兩方面對前代有繼承，也有自己獨有的特點。

一、搗衣及其它

（一）「搗衣」源流考

　　邊塞閨怨詩中常有思婦搗衣的描寫，這看似普通的家庭女性勞動，卻蘊涵了深廣的社會內容和文化意義，元代邊塞詩亦不例外。在追溯搗衣的源頭時，我們將目光停留在了《詩經·周南·葛覃》上：「葛之覃兮，施於中谷，維葉莫莫。是刈是濩，爲絺爲綌。」「葛」，即製衣的原料苧麻，我們從詩中看到的是，苧麻在製衣之前須經過「濩」（即煮）的工序。其實詩中還隱含了另一道工序，即「搗衣」。苧麻在煮爛之後，須經過「搗」的過程，使之平服、柔軟，方可製衣。搗衣砧即搗衣時的墊石，搗衣是衣服縫製之前的一種特殊勞作方式，類似「舂米」的動作。《詩經·豳風·七月》亦有「七月流火，九月授衣」等趕製寒衣的記載。此外，《荊州記》文獻又有記載言：「秭歸縣今有屈原宅，女嬃廟，搗衣石猶存。」〔註74〕《詩經》多採春秋諸國之風，而屈原、女嬃則爲戰國時期人物。因此我們可以推斷：搗衣之俗早在春秋戰國時期已有。

　　我們在中國古代文壇中，最先見到的有關搗衣的記載是西漢班婕妤的《搗素賦》。其「於是投香杵，扣玟砧，擇鸞聲，爭鳳音……」〔註75〕給讀者清晰地描繪了一幅當年姑娘們的搗衣圖。而搗衣詩在

〔註74〕〔宋〕李昉，《太平御覽》（第七冊），上海古籍出版社，1994年，第728頁。

〔註75〕費振剛等輯校，《全漢賦·班婕妤·搗素賦》，北京大學出版社，1993

文壇的「初盛則在六朝」〔註76〕，六朝處於動亂時期，割據政權並立，天下難以統一，生活其間的文人們借擣衣寫閨怨、懷遠人，擣衣也開始與閨怨詩和思鄉懷遠類的詩歌聯繫起來。曹毗的「纖手疊輕素，朗杵叩砧鳴」〔註77〕寫的是冬夜月下的擣衣情景；謝惠連的「簷高砧響發，楹長杵聲哀」〔註78〕則寫秋夜廊簷下的擣衣細節；甚至是僧人也爲思婦代言：「非是無人助，意欲自鳴杵。照月斂孤影，乘風送回音。言擣雙絲練，似奏一弦琴。令君聞獨杵，知妾有專心。」〔註79〕在六朝民歌中亦有砧聲不斷，如流行於太湖流域的吳歌《子夜四時歌》中的「當暑理絺服，持寄與行人」〔註80〕洋溢著佳人的綿綿情意。文人的詩賦與民歌中都活躍著擣衣者的身影，而響亮的砧聲也一直回響在六朝的歷史天空。

　　「擣衣」成爲詩歌中的常見意象主要發生在唐朝，這與唐朝的兵制有關。唐朝沿用了西魏時期的府兵制，「府兵之制，起自西魏、後周，而備於隋，唐興因之。」〔註81〕府兵制的一大特點就是應徵人員的衣服武器等俱得自備。史書記載，「太宗貞觀十年……人具弓一，矢三十，胡祿、橫刀、礪石、大觿、氈帽、氈裝、行縢皆一，麥飯九斗，米二斗，皆自備……」〔註82〕尤其在中晚唐時期，戰爭

　　　　年，第 244 頁。
〔註76〕 李暉，《唐詩「擣衣」事象源流考》，《華東師範大學學報》（哲學社會科學版），2000，2.
〔註77〕 逯欽立輯校，《先秦漢魏晉南北朝詩・曹毗・夜聽擣衣詩》，中華書局，1983 年，第 889 頁。
〔註78〕 逯欽立輯校，《先秦漢魏晉南北朝詩・謝惠連・擣衣詩》，中華書局，1983 年，第 1195 頁。
〔註79〕 逯欽立輯校，《先秦漢魏晉南北朝詩・惠侃・詠獨杵擣衣詩》，中華書局，1983 年，第 2191 頁。
〔註80〕 商禮群選注，《古代民歌一百首・子夜四時歌》，上海古籍出版社，1979 年，第 70 頁。
〔註81〕 〔宋〕歐陽修，宋祁撰，《新唐書・兵志》卷五十，中華書局，1975 年，第 1324 頁。
〔註82〕 〔宋〕歐陽修，宋祁撰，《新唐書・兵志》卷五十，中華書局，1975 年，第 1325 頁。

不斷，征戍連綿，征人之戶年年都要承受趕製戎衣的沉重負擔。征人之妻，不僅要承受征夫常年不歸的情感煎熬，還要倍受繁重的「搗衣」勞作之折磨。這種身體與精神上的雙重苦難，往往伴隨著思婦的「搗衣」活動而有所流露。因此，在文人筆下也出現了大量的「搗衣詩」。李白的《子夜吳歌四首》（其三）最具代表性：

> 長安一片月，萬戶搗衣聲。秋風吹不盡，總是玉關情。
> 何日平胡虜，良人罷遠征？〔註83〕

李白用幾乎是白描的手法營造了月光下的長安城，萬戶搗衣的氛圍。家家戶戶搗衣的砧聲此起彼伏，猶如一曲交響樂。視覺上的空明遼闊與聽覺上的通感共鳴，共同訴說著思婦趕製寒衣的綿綿情思。整日辛勞的思婦們有一種共同的心聲——「何日平胡虜，良人罷遠征？」李白用蕭瑟的秋風、朦朧的月色和淒清的砧聲所塑造的這種淒美的藝術境界，成了千古以來思婦懷念遠方征夫的最經典畫面。後世的詩人們也往往借用這樣的表達，用「搗衣」這樣的一個特定情境或「搗衣砧」這樣的特殊意象去表達思婦的愁思。隨著「搗衣」情景運用的盛行，它的表達方式也越來越多。唐代還曾出現過描寫搗衣內容的詞，形成專有詞牌——〈搗練子〉，同時還出現了音樂中獨有的「搗衣曲」。凡此種種，搗衣詩在發展過程中逐漸簡化。原來繁複的鋪敘搗衣過程的描寫轉變成了簡潔的搗衣意象，「搗衣」成了表達思婦思夫的愁苦哀情的代名詞。進而搗衣詩發展為思婦詩，而「搗衣」也成了思婦詩中的重要意象。雖然它也廣泛的出現在遊子思婦詩、懷友詩和思鄉詩中，但因其與征夫的寒衣聯繫緊密，則更多的被用在邊塞閨怨詩中，「搗衣」意象也與邊塞詩結下了不解之緣。

（二）元代邊塞詩之「搗衣」及其它

　　唐以後，五代政局動蕩不安。至宋代立國，府兵制依舊在實行，征人的寒衣依然需要自備。蒙古人建立的蒙元帝國，軍事上依然繼承

〔註83〕〔清〕彭定求等編，《全唐詩·李白·子夜吳歌四首》卷一百六十五，中華書局，1980 年，第 1711 頁。

了唐朝的「軍事皆務進取」的思想，因而征戍不斷。且元代兵制中依然盛行府兵制，《元史》記載，「十四年正月，詔：『上都、隆興、西京、北京四路編民捕獵等戶，簽選丁壯軍二千人，防守上都。』中書省議：『從各路搭配，二十五戶內取軍一名，選善騎射者充，官給行資中統鈔一錠，仍自備鞍馬衣裝器仗，編立牌甲，差官部領，前來赴役。』」〔註84〕府兵制延續至元代的直接後果，便是元代征夫依然需要自備征衣，因而「搗衣」亦風行，這種風行大多反映在元詩和元曲裏。如張端的《搗衣》：

> 爲搗清砧素，令人念槁砧。近寒將雁至，入夜正蛩吟。
> 霜月三更杵，關山萬里心。金風何太弱，不與送餘音。
> 〔註85〕

詩人以思婦搗衣場景入手，「槁砧」本是農村常用的鍘草工具。槁指稻草，砧指墊在下面的砧板。有槁有砧，卻沒有提及鍘草刀——鈇。「鈇」與「夫」諧音，隱喻丈夫不在之義。後在「搗衣」意象的逐漸盛行中，「槁砧」成了思婦代指丈夫的一個專有名詞。有此意的最早詩歌始見於《古絕句·槁砧今何在》：「槁砧今何在？山上復有山。何當大刀頭？破鏡飛上天。」〔註86〕思婦在秋霜漫天的寒夜裏，爲遠方的征夫搗衣勞作，秋蟲陣陣鳴叫聲與寒夜中的砧聲在寂靜的夜空交響著。「關山萬裏心」與李白的「秋風吹不盡，總是玉關情」表達著相同的情愫，而結句在埋怨秋風中更顯思婦相思之深。

元代搗衣之砧杵與前代相比已有了很大的改進，由原來的「直杵」改爲「臥杵」。元人王禎在《農書》的「農器圖譜·織紉門」中，對砧杵曾作了詳細的解釋，並附有圖案。「砧杵，搗練具也……蓋古之女子對立各執一杵，上下搗練於砧，其丁東之聲，互相應答。今

〔註84〕〔明〕宋濂等撰，《元史·兵制》卷九十八，中華書局，1976年，第2516頁。

〔註85〕〔清〕顧嗣立編，《元詩選·初集中·張端·搗衣》，中華書局，1987年，第1724頁。

〔註86〕梁·徐陵，《玉臺新詠》卷十，文學古籍刊行社出版，1955年，第138頁。

易作臥杵，對坐搗之，又便且速，易成帛也。」〔註87〕元代的「搗
練」依然是女性的一項重要工作，只是由立改坐，由「直杵」改爲
「臥杵」，辛苦程度降低了，而工作效率卻提高了。因此，元人趙明
道套曲中已將這種「臥杵」動作稱爲「敲」，而不再用「搗」〔註88〕。
元代搗衣工具的改進以及詩人筆下對其稱呼的改變，無論在農具的
進化發展還是「搗衣詩」的發展中，元代都是一個不容忽視的階段，
起著承上啓下的作用。元代邊塞詩中的「搗衣詩」在繼承了前代的
成就之時，也具有元代特色，如趙孟頫的《聞搗衣》：

> 露下碧梧秋滿天，砧聲不斷思綿綿。
> 北來風俗猶存古，南渡衣冠不及前。
> 苜蓿總肥宛騕褭，枇杷曾泣漢嬋娟。
> 人間俯仰成今古，何待他年始悯然。〔註89〕

同樣的搗衣題材，在亡國皇室趙孟頫的筆下則充滿了別樣的情調。
在秋天的陣陣砧聲中，詩人感慨「北來風俗猶存古，南渡衣冠不及
前」。作爲亡國之人，念及舊日的搗衣風俗，再想到眼下自己南渡的
窘境，不免唏噓。接下來兩句充滿了邊地情懷，「苜蓿總肥宛騕褭，
枇杷曾泣漢嬋娟」，此處的「苜蓿」、「騕褭」等都是元代邊塞中常常
提及的意象。「苜蓿」爲漢地少有，而邊塞常見的植物。「騕褭」則
爲良駒的代指，元朝時經常會有進貢的好馬良駒；「枇杷」即「琵琶」，
此句則化用了昭君出塞的典故，也奠定了詩歌的抒情基調。最後兩
句則明顯帶有詩人的情感傾向，趙孟頫以特殊的身份降元，縱然得
到了元廷的重視，但也遭到了時人的不少非議，他的這種感慨與他
所處的元代社會有著密不可分的聯繫。錢基博的《中國文學史》對
此詩的評價爲：「憔悴行吟，刻意唐音，而參晉韻；筆性柔和，雖未

〔註87〕〔元〕王禎著，干毓瑚校，《王禎農書·農器圖譜·織紝門·砧杵》，
　　　　農業出版社，1966年，第410頁。
〔註88〕隋樹森編，《全元散曲·趙明道·〔鬥鵪鶉·題情〕》，中華書局，1964
　　　　年，第333頁。
〔註89〕〔元〕趙孟頫，《松雪齋集·聞搗衣》，文津閣四庫全書·集部·別
　　　　集類，第399冊，第735頁。

雄渾；然一唱再歎，開闔動宕，宋人粗獷之習，蓋知免矣。」〔註90〕

　　我們在元代邊塞詩的此類題材中還發現，除了聲聲不斷的「砧聲」外，聞角、聞笳等各類邊地之聲也總能勾起征人或思婦的很多思念。如張觀光的《聞角》：

　　　　譙角咿鳴到枕邊，邊情似向曲中傳。
　　　　梅花三弄月將晚，楡塞一聲霜滿天。
　　　　織錦佳人應有恨，枕戈老將想無眠。
　　　　爭如二月春風似，賣酒樓頭聽管絃。〔註91〕

　　譙角，即譙樓的鼓角聲。這是邊地特有的風景，譙角聲聲，似乎在傳說著遠地的邊情。此處的「梅花三弄」是「樂府鼓角橫吹曲中以《梅花落》爲主的一系列梅花主題樂曲的別稱。更確切地說，它只是一個通行的說法而已，從北宋開始流行，所指既是笛曲《梅花落》，也包括入宋後普遍用於城關戍樓守更報時的角曲《小梅花》。」〔註92〕我們將此處的「梅花三弄」理解爲《小梅花》可能更爲貼切，下面的「織錦佳人應有恨，枕戈老將想無眠」，則將譙角聲聲所帶來的愁緒找到了合適的主人，深閨中的織錦佳人與枕戈待旦的老將，在這鼓角聲中應該都各有牽掛。邊地特有的鼓角聲、樂曲聲等都會引起征夫與思婦的愁緒，胡笳的嗚咽聲更是如此。范梈曾有《聞笳》詩寫道：

　　　　何處聞笳最是悲，京門獨立晚晴時。
　　　　鸝庚一去荒郊遠，借問春光有底遲。〔註93〕

胡笳之聲最是悲情，詩人獨立京門時遠遠聽到的胡笳聲亦將他的思緒帶到了遼遠的邊地荒郊。

〔註90〕錢基博著，《中國文學史》，中華書局，1993年，第794頁。
〔註91〕〔元〕張觀光，《屏岩小稿‧聞角》，文津閣四庫全書‧集部‧別集類，第399冊，第467頁。此詩與黃庚的《月屋漫稿‧聞角》一模一樣，作者到底爲誰，待考。
〔註92〕程傑，《梅文化論叢》，中華書局，2007年，第129頁。
〔註93〕〔元〕范梈，《范德機詩集‧聞笳》，文津閣四庫全書‧集部‧別集類，第403冊，第587頁。

此外，我們在元代邊塞詩的砧聲、鼓角聲與胡笳聲中往往還能看到雁的影子，這些意象經常會同時出現在詩人的筆下，如薩都剌的《寒夜聞角》中有「白雁叫破江南煙」〔註94〕，張端的《搗衣》有「近寒將雁至，入夜正蛩吟」〔註95〕，陳宜甫的《聞笛塞有懷趙詹澤廉使》亦有「雁聲沉遠漠，牛背送斜陽」〔註96〕。雁作爲邊塞詩中的常見意象有什麼特殊的涵義，具體到元代常見的「白雁」意象，又有哪些獨特之處？我們通過下面的具體分析來窺探一二。

二、雁

（一）雁意象

「雁」在《古代漢語大辭典》中的解釋爲：「鳥名。形狀略似鵝。群居水邊。每年春分後往北方飛，秋分後飛回南方，爲候鳥的一種。飛時排成『一』字或『人』字」〔註97〕。這裏將雁的生理特徵大致做了介紹，並列出來很多相關的專有詞彙。如「雁奴」、「雁行」、「雁字」、「雁陣」、「雁序」等，由此我們可以對雁的相關知識有所瞭解。而古代文學中對雁的關注卻要早得多，《詩經》中便有對雁的記載。《詩經・邶風・匏有苦葉》中稱「雝雝鳴雁，旭日始旦。」〔註98〕《詩經・鄭風・大叔于田》則有「叔于田，乘乘黃。兩服上襄，兩驂雁行。」〔註99〕《詩經・鄭風・女曰雞鳴》稱「將翱將翔，弋鳧與雁」〔註100〕，《詩經・小雅・鴻雁之什・鴻雁》每章皆以「鴻雁

〔註94〕〔清〕顧嗣立編，《元詩選・初集中・薩都剌・寒夜聞角》，中華書局，1987年，第1207頁。

〔註95〕〔清〕顧嗣立編，《元詩選・初集中・張端・搗衣》，中華書局，1987年，第1724頁。

〔註96〕〔清〕顧嗣立編，《元詩選・補遺・陳宜甫・聞笛塞有懷趙詹澤廉使》，中華書局，2002年，第167頁。

〔註97〕《古代漢語大辭典》，上海此書出版社，2007年，第152頁。

〔註98〕高亨注，《詩經今注・匏有苦葉》，上海古籍出版社，1980年，第46頁。

〔註99〕高亨注，《詩經今注・大叔于田》，上海古籍出版社，1980年，第110頁。

〔註100〕高亨注，《詩經今注・女曰雞鳴》，上海古籍出版社，1980年，第115頁。

於飛」〔註101〕起興，並自喻其事。《詩經》中這四首直接提及「雁」的詩歌，是古代文學中雁意象的濫觴。結合古代文學其它作品中的雁意象描寫和雁的生理特徵，我們將古代文學中的雁意象的涵義作一簡單歸類，雁在文學作品中大致擔任了如下使命：

1. 傳達思鄉情意，寄託遠方相思

雁能在空中自由翱翔，且每年都有固定的路線和往返時間。由此被歷代文人作爲傳達情意的使者，頻繁出現在古代詩文中。無論是漂泊在外的遊子對故鄉親人的思念，還是居家之人對遠在天涯的親友的牽掛，雁總是一個值得信任的信使。關於此種使命的典故更是不少，如「鴻雁傳書」。後人在此基礎上展開了豐富的聯想，將無限情思賦予在本就多情且極富靈性的雁身上，又演繹出了如「雁足」、「雁書」、「魚雁」等詞彙，使雁作爲溝通遊子與家鄉親友的信使的形象更加清晰。如曹植《雜詩》中的「孤雁飛南遊，過庭長哀吟。翹思慕遠人，願欲託遺音」〔註102〕便傾訴了離鄉萬里的遊子對家鄉的深深依戀。李清照的「雁過也，正傷心，卻是舊時相識」〔註103〕則更是膾炙人口，對遠方親人的思念也隨著飛過的雁影而愈加濃烈。

雁作爲一種候鳥，秋去春來，往返奔波，「孤雁」也常用來渲染人的悲涼身世與愁苦遭遇中的孤寂心境。如沈約的《晨征聽曉鴻》中有「孤雁夜南飛，客淚夜沾衣」〔註104〕。「孤雁」尚有歸期，而「客子」卻久久不還，人不如雁的感慨此時已有。在古代農業社會中，人們安土重遷的心理根深蒂固，無論是以何種原因遠遊的遊子總對故鄉有難以割捨的牽掛。因此，雁作爲信使溝通遊子與故鄉親友的使命也

〔註101〕高亨注，《詩經今注・鴻雁之什・鴻雁》，上海古籍出版社，1980年，第254頁。
〔註102〕逯欽立輯校，《先秦漢魏晉南北朝詩・曹植・雜詩》，中華書局，1983年，第456頁。
〔註103〕朱德才主編，《增訂注釋李清照 姜夔 周密詞》，文化藝術出版社，1999年，第26頁。
〔註104〕逯欽立輯校，《先秦漢魏晉南北朝詩・沈約・晨征聽曉鴻》，中華書局，1983年，第1667頁。

從未斷絕。

2. 象徵男女戀情，寓示美好婚姻

雁是極重情意的義鳥，且是終身配對的候鳥，這讓古今文人吟詠不已。李時珍在《本草綱目・集解》中說：「雁有四德：……失偶不再配，其節也；……」〔註105〕可見，雁的重情義是其難能可貴之德。而且很多時候失偶的雁不會獨活，史書曾多有這方面的記載，《元好問全集》中有一首《摸魚兒》，詞前小序記載了獨雁殉情的故事，並由此有《雁邱詞》問世。詞曰：

> 問人間，情是何物？直教生死相許！天南地北雙飛客，老翅幾回寒暑。歡樂趣，離別苦，是中更有癡兒女。君應有語，渺萬里層雲，千山暮景，雙影爲誰去？〔註106〕

雁殉情及其對愛情的忠貞不渝，贏得了文人的鍾情。元好問的這首《摸魚兒》更是爲雁貼上了愛情的標籤。雁的這種情愛主題因爲這些史料的支撐，有了深沉的現實基礎。「雁的忠貞不渝、信守不二的生物本性，是其相思情愛意蘊不斷活躍於相關文學主題中的深層源動力。」〔註107〕

正因如此，雁同時也被視爲古代婚禮儀式中必不可少的一物。《儀禮・士昏禮》中的「六禮」，除納徵以外都要用雁。班固在《白虎通・嫁娶》中將婚禮中用雁解釋爲：「取其隨時而南北，不失其節，明不奪女子之時也；又是隨陽之鳥，妻從夫之義也；又取飛成行，止成列也。明嫁娶之禮，長幼有序。不相逾越也。」〔註108〕可謂對雁與婚姻的關係做了較爲全面的概括。從《本草綱目》中的「雁有

〔註105〕　〔明〕李時珍著，《本草綱目・禽部・雁・集解》第四十七卷，人民衛生出版社，1981 年，第 2566 頁。

〔註106〕　〔元〕元好問撰，姚奠中主編，李正民增訂，《元好問全集》（下），山西古籍出版社，2004 年，第 128 頁。

〔註107〕　黃瑛，《中國古代文學中雁意象的文化內蘊》，《雲南師範大學學報》，2004 年第 1 期。

〔註108〕　〔清〕陳立撰，吳則虞點校，《白虎通疏證・嫁娶》（新編諸子集成）卷十，中華書局，1994 年，第 457 頁。

四德」到《白虎通》中對雁與婚姻的解釋，我們從雁身上看到了很多爲人稱頌的美德，也明白了雁意象所飽含的文化內蘊。

3. 代指邊地風情，訴說征戍之愁

雁是隨季節變化的候鳥，「寒則自北而南，止於衡陽，熱則自南而北，歸於雁門」〔註 109〕。這種交替多發生在春秋兩季，亦是邊塞戰争的頻發季節。雁是邊塞詩中的常見意象，在古代中國，邊塞多指地處中原的漢族封建王朝與西北部和北部少數民族交界處，邊塞戰爭也多發生在此。由於地處偏遠，邊塞的氣候條件非常惡劣。「北風卷地白草折，胡天八月即飛雪」〔註 110〕，由於氣候條件和地理條件的限制，漢族與西北部和北部的少數民族之間的衝突多發生在秋季，邊塞詩也便多以秋季爲背景。雁作爲秋去春回的候鳥，正是邊塞詩中的應景之物。再加上雁本身所具有的思鄉與重情等意蘊，正好成了征夫與思婦之間的紐帶。因此，雁自然成了邊塞中的重要意象。

古代邊塞詩中的雁一方面是邊塞的應景之物，由它能讓人聯想到邊塞苦寒之地的蕭條與落寞；另一方面它還是連接征夫的思鄉與思婦的思夫感情的紐帶，戍邊將士的艱苦生活與深閨思婦的寂寞春愁都可以由雁聊作排遣。曹操的「鴻雁出塞北，乃在無人鄉」〔註 111〕表達了征戍者的懷鄉之痛。唐人王涯的「當年只自守空幃，夢裏關山覺別離。不見鄉書傳雁足，唯看鄉月吐娥眉」〔註 112〕表達深閨裏的相思之苦。征夫與思婦在邊塞戰爭中所受的煎熬往往通過雁意象來訴說和寄託。

〔註 109〕 〔明〕李時珍著，《本草綱目・禽部・雁・集解》第四十七卷，人民衛生出版社，1981 年，第 2566 頁。

〔註 110〕 〔清〕彭定求等編，《全唐詩・岑參・白雪歌送武判官歸京》卷一百九十九，中華書局，1980 年，第 2050 頁。

〔註 111〕 逯欽立輯校，《先秦漢魏晉南北朝詩・曹操・卻東西門行》，中華書局，1983 年，第 354 頁。

〔註 112〕 〔清〕彭定求等編，《全唐詩・王涯・秋思贈遠二首》卷三百四十六，中華書局，1980 年，第 3877 頁。

（二）元代邊塞詩中的「雁」

「雁」一直以來都是邊塞詩中的常見意象，因其爲邊塞常見的候鳥，又因其身兼思鄉與忠於愛情等多種文化內蘊的載體，在歷代邊塞詩中都倍受關注。元代邊塞詩中的雁意象在繼承前代成就的基礎上，又出現了新的涵義。

1. 雁意象的延續

在我們之前的分析中，雁意象所擔負的多項使命在每個朝代都有其時代特徵。如在戰亂紛仍、動蕩不安的漢魏南北朝時期，人們生活流離失所、朝不保夕，此時期的文人作品中的雁意象充滿了思鄉的愁苦情緒和羈旅漂泊的孤寂之感；而晚唐、南宋的詩詞中則由於身處末世而帶有一種深沉的感傷，尤其是對愛情的哀怨。男女相戀之苦與執著於愛情婚姻的堅貞等都成爲詩人歌頌吟詠的對象，雁的忠貞不渝和多情則被詩人們演繹良多，融入了很多一己的情懷。同樣的，在元代詩歌中的雁意象也帶有元代特有的時代特徵。如薩都剌的《寒夜聞角》：

> 野人臥病不得眠，鳴鳴畫角聲淒然。
> 黃雲隔斷塞北月，白雁叫破江南煙。
> 山城地冷迫歲暮。野梅雪落溪風顛。
> 長門美人怨春老，新豐逆旅惜年少。〔註113〕
> 夜深悲壯聲搖天，萬瓦月白霜華鮮。
> 野人一夜夢入塞，走馬手提鐵節鞭。
> 髑髏飲酒雪一丈，壯士起舞氈帳前。
> 五更夢醒氣如虎，將軍何人知在邊。〔註114〕

薩都剌是元代著名的詩人、畫家和書法家。字天錫，號直齋，其先世爲西域人，出生在雁門（今山西省忻州市代縣），泰定四年進士。善繪畫，精於書法，才華橫溢，人稱「雁門才子」。楊維楨在《西湖

〔註113〕一作「新豐還惜少年好」。
〔註114〕〔清〕顧嗣立編，《元詩選・初集中・薩都剌・寒夜聞角》，中華書局，1987 年，第 1207 頁。

竹枝集序》高度評價曰：「天錫詩風流俊爽，修本朝家範」〔註115〕，
干文傳《雁門集序》稱其詩：「豪放若天風海濤，魚龍出沒。險勁如
泰華雲開，蒼翠孤聳。」〔註116〕他的這首《寒夜聞角》便是其代表
作，詩句慷慨激昂、蒼涼悲壯、冷峻奇峭，的確能代表薩都剌的詩
歌成就。而且在此詩中集中了元詩的很多特色，也能看出元代邊塞
詩的某些獨特之處。

　　「野人」代指自己，因其居於偏遠山城，故有此說。「畫角」是
古代的一種樂器，多用於軍中，用以警晨昏、振士氣，畫角聲高亢
而悲壯，聽來倍感淒涼。作者以此兩句開篇，本身就爲詩歌籠罩了
一種悲涼氣氛。這淒然的畫角聲是否是眞實之音，作者並未明說，
給讀者留下了想像的空間。泰定帝駕崩後，燕鐵木兒立文宗於大都，
倒剌沙立皇太子阿剌吉八於上都。這兩個對立政權，在居庸關和潼
關附近進行了激烈的權位爭奪戰。薩都剌當時還在江南，但他心憂
塞北之爭。以寒夜聽到的嗚咽畫角聲起興，接下來的兩句則暗喻塞
北上都之君與來自江陵的大都之君的爭奪權位。昏黃的雲遮蔽了塞
北的明月，鳴叫的白雁撥開了江南的煙雲。詩人躺在病床上，雖身
處江南，卻惦記著塞北。「黃雲」與「白雁」，「塞北月」與「江南煙」
色彩分明，對仗工整，意境優美，倍受後人稱讚。「塞北月」與「江
南煙」的確是集塞北、江南本身獨有魅力的兩個意象。漠北關山與
明月的結合讓人有離別的傷感，又有戍邊的悲壯；而白雁與雲煙的
結合，也讓人領略到了江南美景和她的靈動之色。兩句詩將塞北和
江南兩種截然不同的景觀展現無遺，而在不同的風景背後站立的是
兩個互相較量的政權。詩人將殘酷的權位之爭隱喻在美麗壯美的風
景中，輕輕帶過。作者身處山城，天寒迫歲暮，而野外的梅樹上積
雪不斷下落。現實中的寒冷使詩人暫時回過神來，不禁感慨萬千，

〔註115〕〔清〕丁丙，丁申輯，《武林掌故叢編‧西湖竹枝集》，廣陵古籍刻
　　　　印社，1985 年，第 15 頁。
〔註116〕李修生主編，《全元文‧干文傳‧雁門集序》第 32 冊，江蘇古籍出
　　　　版社，2004 年，第 72 頁。

接下來詩人用了兩個典故：長門怨與新豐少年，詩人借古人事來表達自己的心事，想起遠方的爭權之戰，詩人不禁爲泰定帝的子孫擔憂。接下來幾句，詩人以夢的形式加入了邊塞戰爭的場面，也將元代邊塞詩中特有的風格展示一二。「髑髏飲酒雪一丈，壯士起舞氈帳前」，之前邊塞詩中也寫過飲酒，那是「葡萄美酒夜光杯，欲飲琵琶馬上催」。也曾寫過軍前歌舞，那是「戰士軍前半死生，美人帳下猶歌舞」。而元代邊塞詩中的飲酒卻與眾不同，「髑髏」是飲酒器，元詩中還有類似的《月氏王頭飲器歌》〔註117〕爲題的詩歌。這樣的詩句帶有元代特有的游牧民族的野蠻豪爽氣，也是元代詩歌中獨有的鮮明特色。而壯士起舞的地點也是「氈帳」，這便明顯帶有元代特色。蒙元帝國是蒙古人建立的統一政權，游牧民族特有的氈帳在元詩中多次出現，此處氈帳前的歌舞則更是表現了蒙元帝國的邊塞風情。上都的皇太子終究沒有爭得過大都的文宗，只因沒有「知在邊」的將軍。敗亡也是意料中事，而詩人更多的是爲泰定帝的後人憂慮。

　　從薩都剌的這首《寒夜聞角》中，我們集中體會到了元代邊塞詩的多種特色，首先是雁意象的繼承性，「白雁」在歷代的詩歌中也都有提及，此處詩人則將它作爲江南景物的代表。其次是元代邊塞詩風格的獨特，如「髑髏飲酒」的特有場面，以及由此帶來的野蠻豪爽氣，是其它朝代少有的現象。再次，薩都剌作爲一個少數民族作家，其漢文修養及創作水平也著實令人敬佩。「黃雲隔斷塞北月，白雁叫破江南煙」的表達和典故的巧妙運用已儼然與優秀的漢族詩人無異。

　　此外，在對雁意象的繼承中，元代邊塞詩中還有不少可觀之作。如丁鶴年的《聞雁》將詩人羈旅愁思與孤寂落寞之情表達的淋漓盡致：「月落江城轉四更，旅魂和夢到濼京。醒來獨背寒燈坐，風送長空雁幾聲。」〔註118〕天涯愁苦的思緒隨著長空中的幾聲雁鳴，被帶

〔註117〕　《漢書·張騫李廣利傳》中曾言匈奴破月氏王，以其頭爲飲器，雖典出自漢代，但是以《月氏王頭飲器歌》爲題的大量詩歌則出現在元代，或許能從一個側面說明元代文人的一種詩歌取向。

〔註118〕　〔清〕顧嗣立編，《元詩選·初集下·丁鶴年·聞雁》，中華書局，

到了遼遠的空中，詩人的思緒也隨著雁鳴聲遠遠地蕩開去。而張觀光的「年年江上無情雁」〔註119〕更是將對家鄉親友的思念發泄到了年年往返的雁身上，「道是無情卻有情」，詩人用「無情雁」表達了自己的多情。

2. 白雁與伯顏

白雁，比大雁體形略小，據說是純白色的。白雁雖很少見，也很難想像，但它早就是文人筆下吟詠的對象。唐詩中即有「東溪一白雁，毛羽何皎潔」〔註120〕之句，元代邊塞詩中的白雁意象也並不少見，如謝宗可的《詠物詩》中即有一首《白雁》：

> 翅老西風點綴霞，秋江難認宿蘆花。
>
> 雲邊字缺銀鈎斷，月下箏間玉柱斜。
>
> 影亂飛鷗回遠浦，陣迷宿鷺落平沙，
>
> 聲聲叫起蘇郎恨，爲帶吳霜染鬢華。〔註121〕

詩中雖無一字說白雁，但從字裏行間我們儼然能看到白雁的影子。「秋江難認宿蘆花」，在蘆花叢中休息的白雁與蘆花的顏色相近，幾乎不可辨認。下面兩句將白雁飛行之姿與「銀鈎」和「玉柱」相提並論，又一次說明了白雁之「白」。此外，徐舫的《白雁》有「楚澤雲昏無片影，湘江月黑見孤飛」〔註122〕，對白雁的描寫則著手於黑夜的對比。元代的白雁意象除了傳統的意義外，還多了一層政治寓意。

元代邊塞詩中白雁的政治寓意，主要來自於南宋末年臨安所傳

1987 年，第 2314 頁。

〔註119〕〔元〕張觀光，《屛岩小稿・見雁有懷》，文津閣四庫全書・集部・別集類，第 399 冊，第 473 頁。

〔註120〕〔清〕彭定求等編，《全唐詩・李建勳・白雁》卷七三九，中華書局，1980 年，第 8420 頁。

〔註121〕〔元〕謝宗可，《詠物詩・白雁》，文津閣四庫全書・集部・別集類，第 406 冊，第 467 頁。

〔註122〕〔清〕顧嗣立編，《元詩選・二集下・徐舫・白雁》，中華書局，1987 年，第 1035 頁。

的一首謠言：「江南若破，白雁來過。」〔註123〕經歷過南宋滅亡的劉因曾寫詩《白雁行》以記此事：

> 北風初起易水寒，北風再起吹江干。
> 北風三起白雁來，寒氣直薄朱崖山。
> 乾坤噫氣三百年。一風掃地無留錢。
> 萬里江湖想瀟灑，佇看春水雁來還。〔註124〕

此處的白雁即「伯顏」，而「白雁來」即爲蒙古大軍的到來，是蒙古滅南宋的眞實記載。元代歷史上有兩位伯顏，有人說，元代是「成也伯顏，敗也伯顏」，只因這兩人功過對比鮮明。此處所言之「伯顏」當指忽必烈時期的開國功臣伯顏。伯顏，「蒙古八鄰部人，曾祖述律哥圖，事太祖，爲八鄰部左千戶。祖阿剌，襲父職，兼斷事官，平忽禪有功，得食其地。父曉古臺世其官，從宗王旭烈兀開西域。伯顏長於西域。」〔註125〕至元初年，旭烈兀派伯顏入朝奏事，世祖忽必烈「見其貌偉，聽其言厲」〔註126〕，便留在身邊，與謀國事。伯顏之言行恒出廷臣之右，深得世祖賞識。至元二年（乙丑年，1265）任中書左丞相，七年（庚午年，1270），遷同知樞密院事。十一年（甲戌年，1274），總兵分三路大舉伐宋。世祖對其諭之曰：「昔曹彬以不嗜殺平江南，汝其體朕心，爲吾曹彬可也。」〔註127〕與阿術統中路，取鄂州、漢陽等地，沿長江東下。次年取黃州、蘄州、江州、安慶、池州等地，大敗宋丞相賈似道於丁家洲，收降太平州、滁州，下建康（南京）。十一月，分兵三路進軍臨安（今杭州），與右丞相

〔註123〕〔清〕翁方綱，《石洲詩話》卷五，叢書集成本，商務印書館，第80頁。
〔註124〕〔元〕劉因，《靜修遺詩·白雁行》，文津閣四庫全書·集部·別集類，第400冊，第500頁。
〔註125〕〔明〕宋濂等撰，《元史·伯顏傳》卷一百二十七，中華書局，1976年，第3099頁。
〔註126〕〔明〕宋濂等撰，《元史·伯顏傳》卷一百二十七，中華書局，1976年，第3099頁。
〔註127〕〔明〕宋濂等撰，《元史·伯顏傳》卷一百二十七，中華書局，1976年，第3100頁。

阿塔海取中道，節制諸軍並進。十三年（丙子年，1276），陷臨安，俘宋帝、謝太后等北還。之後，伯顏平滅南宋，統一南北，終於使蒙元帝國取得了中華正統地位；而後西征中亞，對敵窩闊台、察合臺兩汗國，穩定邊關；世祖去世後，仗劍朝堂，威壓眾臣，輔佐成宗順利登基。

　　此外，白雁還被諧音爲「百眼」，出自《馬可·波羅行紀》。「先是蠻子國王卜其國運，知其國只能亡於一百眼人之手，其心遂安。蓋世上絕無百眼之人，緣其不知此人之名，因而自誤。」〔註128〕這則材料則從側面證實了南宋末年民謠的真實性。無論是白雁，還是百眼，都是「伯顏」之諧音，元代詩歌中的「白雁」也因爲這段歷史被賦予了濃厚的政治寓意。

第五節　邊塞風光之描繪

　　邊塞風光的描繪一直是邊塞詩中的重要內容，古代中國的邊塞一般都處於國之邊緣塞外。在描寫中，多以荒涼、壯美爲主。而元代邊塞因與前代不同，它的邊塞詩也充滿了元代特有的特色。在元代邊塞詩的邊塞風光描寫中，我們選取了兩類較有代表性的詩歌。一是邊塞沿途所見之景，因爲元代邊塞詩中的西征詩和扈從詩中都有很多紀行類的詩歌，而對邊塞景物的描寫便成了元代邊塞詩的一個重要構成部分；二是邊塞之景，這部分大多是描寫元代邊塞生活中的常見之物，元代的邊塞不同於前代，它的邊塞風景也自然帶有元代特色。這裏的景物又主要以元上都和西域等國爲主，從這些景物中我們能反觀到很多元代特有的風物。

一、邊塞沿途所見

　　元代邊塞詩中的景物描寫，主要以蒙古滅金與蒙古西征等途中

〔註128〕　〔法〕沙海昂注，馮承鈞譯，《馬可波羅行紀》（第二卷），中華書局，2004年，第526頁。

所見，因而蒙金古戰場經常成爲詩人吟詠的對象。充滿邊塞蒼涼之色的邊塞之地，爲蒙金戰爭鋪上了一層厚重的顏色，古戰爭留給詩人的是陡峭險峻的鬼斧神工，留給後世讀者的卻是古代邊塞戰爭所留下的蒼涼與悲壯。在這些古戰場中，以居庸關、槍桿嶺和桑乾河爲主要地點的蒙金戰場是詩人們重點吟詠的對象。

（一）野狐嶺・居庸關・桑乾河及其它

野狐嶺位於現在河北省張家口張北縣與萬全縣交界處，嶺高險峻。自古以來是通往壩上蒙古高原的一條重要的軍事驛道。遼、金、元、明、清的史籍中對它都有記載，野狐嶺山勢險要，峭拔難越，風力猛烈。據說雁飛過此，遇風輒墮，歷來爲各朝軍事要隘。元人周伯琦有《野狐嶺》詩讚其險峻，其下有小注曰：嶺界南北甚寒，南下平地則喧矣。詩曰：

> 高嶺出雲表，白晝生虛寒。冰霜四時凜，星斗咫尺攀。
> 其陰控朔部，其陽接燕關。澗谷深巨測，梯磴紆百盤。
> 坳垤草披拂，崎嶇石巉岏。輪蹄紛雜沓，我馬習以安。
> 恍然九天上，熙熙俯人寰。連岡束重隘，拱揖猶城垣。
> 停鞭履平地，回首勢望尊。綿衣遽頓減，長途汗流驒。
> 亭柳蔭古道，園果登御筵。境雖居庸北，物色幽薊前。
> 始悟一嶺隔，氣候殊寒暄。小邑名宣平，相距兩舍間。
> 牛羊歲蕃息，土沃農事專。野人敬上官，柴門莫款延。
> 休養嘉承平，禹跡邁古先。漢唐所羈縻，今則同中原。
> 大哉輿地圖，垂創何其艱。張皇我六師，金湯永深堅。

〔註129〕

詩歌以野狐嶺險峻的地勢入手，將它「甚寒」的地理特點做了形象的說明，「冰霜四時凜，星斗咫尺攀」。然後說明其在軍事上的重要，「其陰控朔部，其陽接燕關」，野狐嶺是連接中原與蒙古草原的重要通道。下面四句具體描述其險要的地勢，下面又對嶺南嶺北迥異的

〔註129〕〔清〕顧嗣立編，《元詩選・初集下・周伯琦・野狐嶺》，中華書局，1987年，第1873頁。

氣候作了說明，「氣候殊寒暄」。在嶺的兩側生產方式也有不同，「牛羊歲蕃息，土沃農事專」，以野狐嶺爲界，農耕生活與游牧生活並存。周伯琦時代已是元朝統一南北之時，故而有「漢唐所羈縻，今則同中原」一說。當年在此發生的戰事卻是後人難以忘懷的，「張皇我六師，金湯永深堅」。野狐嶺是兵家必爭之地，更何況在元代它是通往蒙古高原的關鍵要道，被稱爲「極衝」。1211 年，成吉思汗親率十萬蒙古鐵騎奔襲壩上草原，直指金朝統治的中原地區。「野狐嶺之戰是蒙古與金朝的首次大會戰」〔註130〕，金軍在兵力和地勢上都占相當優勢。但是金軍一味退縮，以守爲攻，蜷縮在野狐嶺山中。蒙古鐵騎則神勇難當，木華黎「率敢死士，策馬橫戈，大呼陷陣，帝揮諸軍並進，大敗金兵」〔註131〕。此戰使金軍銳氣盡失，對蒙古軍畏懼如虎，失去鬥志。以致在之後的很多戰役中，對蒙古軍聞風喪膽，不戰而潰。野狐嶺在蒙古人的征戰史中地位非常，因此，在元人描寫邊塞風光之時，此地是不容忽視的必寫之所。

居庸關是京北長城沿線上的著名古關城，地勢險要，歷來爲兵家必爭之地。居庸關得名始於秦代，漢代沿襲稱其爲居庸關，三國時候名爲西關，唐代則有居庸關、薊門關和軍都關等名稱。元代的居庸關是成吉思汗滅金的重要關口，居庸關一戰是蒙古與金朝的轉折性一戰。金朝戰前所統治的黃河以北地區，戰後大多爲蒙古所佔有，雙方的國力強弱也由此發生了根本性變化。在元代詩人筆下，居庸關更是必不可少的吟詠對象，描寫居庸關的險要及嚴寒時，有郝經的《居庸行》：「經風吹沙暮天黃，死焰燎日橫天狼。巉巉鐵穴六十里，塞口一噴來冰霜……彈箏峽道水復凍，居庸關頭是羊腸……」〔註132〕；有周伯琦的「崇關天險控幽燕，萬疊青山百道泉」

〔註130〕陳西進編著，《蒙元王朝征戰錄》，崑崙出版社，2007 年，第 86 頁。
〔註131〕〔明〕宋濂等撰，《元史・木華黎傳》卷一百一十九，中華書局，1976 年，第 2930 頁。
〔註132〕〔清〕顧嗣立編，《元詩選・初集上・郝經・陵川集・居庸行》，中華書局，1987 年，第 404 頁。

〔註133〕和「草木雖爲霜，寒風已淒然」〔註134〕；更有陳孚的「上
有藤束萬仞之崖，下有泉噴千丈之壑。太行羊腸蜀劍閣，身熱頭痛
懸度索」〔註135〕；而對於居庸關的軍事地位，詩人在描寫時也不惜
筆墨，劉秉忠曾在過居庸關時發出「萬里揮鞭猶咫尺，誰能掌上保
幽燕？」〔註136〕的感慨，即便是險峻如居庸關這樣的天險，也難保
幽燕之地的萬古無憂。面對居庸關發出千古幽思與感慨的還有薩都
刺：

> 居庸關，山蒼蒼，關南暑多關北涼。天門曉開虎豹臥，石
> 鼓晝擊雲雷張。關門鑄鐵半空倚，古來幾多壯士死。草根
> 白骨棄不收，冷雨陰風泣山鬼。……前年又復鐵作門，貔
> 貅萬竈如雲屯。生者有功掛玉印，死者誰復招孤魂。居庸
> 關，何崢嶸！上天胡不呼六丁，驅之海外消甲兵？男耕女
> 織天下平，千古萬古無戰爭！〔註137〕

在居庸關，千古年來有多少戰事和亡靈，「草根白骨棄不收，冷雨陰
風泣山鬼」。作者經過此地，聽聞道旁老翁的講述，感慨不已，唏噓
不斷。「生者有功掛玉印，死者誰復招孤魂」，生死懸殊，遭遇迴異。
自古以來「一將功成萬骨枯」的現象中有多少生人之淚與亡者之魂！
詩人在感慨「居庸關，何崢嶸！」之時，也道出了心中所願：「上天
胡不呼六丁，驅之海外消甲兵？男耕女織天下平，千古萬古無戰
爭！」居庸關是多少次邊塞戰爭的見證，也是多少生死異途的界碑。
元代詩人每每經過此地，總會有道不完的慨歎。在居庸關附近有彈

〔註133〕〔元〕周伯琦，《伯溫近光集·過居庸關二首》，文津閣四庫全書·
　　　　集部·別集類，第 405 冊，第 672 頁。
〔註134〕〔清〕顧嗣立編，《元詩選·初集下·周伯琦·入居庸關》，中華書
　　　　局，1987 年，第 1875 頁。
〔註135〕〔清〕顧嗣立編，《元詩選·二集上，陳孚·居庸關》，中華書局，
　　　　1987 年，第 257 頁。
〔註136〕〔清〕顧嗣立編，《元詩選·初集上·劉秉忠·居庸行》，中華書局，
　　　　1987 年，第 376 頁。
〔註137〕〔清〕顧嗣立編，《元詩選·初集中·薩都剌·過居庸關》，中華書
　　　　局，1987 年，第 1199 頁。

琴峽，也是詩人吟詠之地。如吳師道的《居庸關》中有「夙聞彈琴峽，澗響逾清哀」〔註138〕之句，此外吳澄也有《彈琴峽》〔註139〕詩描述其景色。

　　桑乾河是海河的重要支流，位於永定河的上游，河北省西北部和山西省北部朔州朔城區南河灣一帶。桑乾河是塞北一條古老的河，它從西向東流經張家口境內的很多地方。綿延不斷的河水滋潤了兩岸肥沃的土地，也孕育了悠久的文化。蒙元時代的蒙古軍曾多次在它附近與金朝決戰，如上面所提到的野狐嶺之戰和居庸關之戰都在桑乾河附近。這三地構成了蒙金作戰的古戰場，也是元代邊塞中邊塞風光描寫的最多的地方。元人用他們的如椽大筆，濃墨重彩地記下了桑乾河兩岸的風光。馮子振的《桑乾河》寫道：

幾年朔客渡桑乾，野水潺潺滴瀝寒。

回首燕南煙雨外，西風沙雁報平安。〔註140〕

讀上去滿眼蒼涼，桑乾河兩岸嚴寒逼人，撲面而來的寒風凜冽。而回首來時路，對遠在「燕南煙雨外」的親友，只能託沙雁報平安。桑乾河似乎是一條隔斷南北的界河，它也同附近的其它地點一樣，有隔斷寒暄之功效。更有邊塞內外的區別，一過此河似乎便已踏上朔漠之途，與煙雨江南的親友便如隔世。

　　野狐嶺、居庸關和桑乾河是蒙元時期蒙古軍與金作戰的古戰場，在這一區域發生的戰事對蒙古軍的滅金與統一大業都有特殊意義。因而元代詩人筆下對這一區域的歌詠和感慨也尤其多，元代邊塞詩中的邊塞風光有很大一部分來源於此。

　　對元代古戰場的描寫，類似的還有雁門關等。雁門關位於山西省忻州市代縣縣城以北約 20 公里處的雁門山中，是長城上的重要關

<hr>

〔註138〕〔清〕顧嗣立編，《元詩選‧初集中‧吳師道‧居庸關》，中華書局，1987 年，第 1552 頁。

〔註139〕〔清〕顧嗣立編，《元詩選‧初集上‧吳澄‧彈琴峽》，中華書局，1987 年，第 649 頁。

〔註140〕〔清〕顧嗣立編，《元詩選‧三集‧馮子振‧桑乾河》，中華書局，1987 年，第 134 頁。

隘，與寧武關、偏關合稱為「外三關」。關於雁門關的傳說很多，而雁門關則是「天下九塞」之首〔註141〕，而元朝時，在此設千戶所，關城被毀。元人經過此地，今昔對比，感慨萬千。此外，元代邊塞詩中所描寫的景物中還有白溝、赤泥嶺、檜桿嶺、灤河、李老谷等地，大多是描述地勢之險峻與地理位置的重要性，有的還帶有元代特有的地理和人文景觀，如灤河附近的游牧生活等。同樣帶有紀行性質的邊塞風光描寫還有蒙古軍西征途中的所見，這其中有很多對中原人士來說，純粹是陌生而新奇的景觀。

（二）西征途中所見

成吉思汗及其子孫的三次西征在蒙古征戰史中是不容忽視的重要組成部分，在元代文人的筆下也有所反映。此處所講的重點是在西征途中，透過文人的眼睛和筆墨，留給後世讀者的途中之景。在這些西征途中的見聞中，有很多給人留下了深刻的印象，我們權且通過部分詩歌來管窺一二。

訛答剌城商旅被殺之事是成吉思汗及其子孫三次西征的導火索，成吉思汗由此將征伐的重心轉移到了西域。並將中原等地的征伐任務交給了他的愛將木華黎，「……且諭曰：『太行之北，朕自經略，太行以南，卿其勉之。』賜大駕所建九斿大旗，仍諭諸將曰：『木華黎建此旗以出號令，如朕親臨也。』」〔註142〕訛答剌城事件之後，成吉思汗向長生天祈禱了三天三夜，終於在 1219 年春召開忽里臺，宣佈全軍出征花剌子模，只留下木華黎率本部兵馬繼續攻打金朝。成吉思汗的這次出征，跟隨有不少的文人和官員，耶律楚材是其身邊重要的顧問。耶律楚材在《湛然居士集》中有很多詩歌都記載了這次西征途中的景觀，如其《過陰山和人韻》：

〔註141〕王利器著，《呂氏春秋注疏·有始》，巴蜀書社，2002 年，第 1224～1240 頁。

〔註142〕〔明〕宋濂等撰，《元史·木華黎傳》卷一百一十九，中華書局，1976 年，第 2932 頁。

陰山千里橫東西，秋聲浩浩鳴秋溪。
猿猱鴻鵠不能過，天兵百萬馳霜蹄。
萬傾松風落松子，鬱鬱蒼蒼映流水。
六丁何事誇神威，天台羅浮移到此。
雲霞掩翳山重重，峰巒突兀何雄雄。
古來天險阻西域，人煙不與中原通。
細路縈紆斜復宜，山角摩天不盈尺。
溪風蕭蕭溪水寒，花落空山人影寂。
四十八橋橫雁行，勝遊奇觀真非常。
臨高俯視千萬仞，令人凜凜生恐惶。
百里鏡湖山頂上，旦暮雲煙浮氣象。
山南山北多幽絕，幾派飛泉練千丈。
大河西注波無窮，千溪萬壑皆會同。
君成綺語壯奇誕，造物縮手神無功。
山高四更才吐月，八月山峰半埋雪。
遙思山外屯邊兵，西風冷徹征衣鐵。〔註143〕

詩題下面有案語曰：陰山即西金山，過此則為斜米思干城。「西金山」即為今新疆的天山。據《耶律楚材年譜》可知，此詩作於公元 1219 年，是作者扈從西征過陰山時用丘處機詩《自金山〔註 144〕至陰山紀行》韻的和詩。此處風景秀麗，地勢險峻，「天兵百萬馳霜蹄」下注：太祖成吉思汗由此用兵回部及印度。「天台」為浙江名山、「羅浮」為廣東名山。耶律楚材感到陰山具有江南名山的神韻，彷彿是天神把天台、羅浮等名山搬到了西域。「四十八橋」四川南川縣有水名四十八渡，兩山壁立，水勢迴環，共四十八渡，此指山溪之曲折。橫雁行指橋梁橫列，如雁飛之行列。全詩有意模仿李白的《蜀道難》，從雲霞到峰巒，從溪流到飛泉，從大河到飛雪，反覆渲染陰山之種種壯觀景

〔註143〕 〔元〕耶律楚材撰，《湛然居士文集·過陰山和人韻》卷二，商務印書館，1939 年，第 14 頁。
〔註144〕 星漢在《清代西域詩研究》（上海古籍出版社，2009 年）的相關章節中指出，金山指阿爾泰山，陰山即天山，詩中所指為西部天山的塔勒奇嶺。

物。詩人用極盡誇張之手法將陰山之景描述的淋漓盡致，面對「八月山峰半埋雪」的陰山，詩人對大自然的神奇造物能力感慨不已，也更爲那些出征的將士擔憂，「遙思山外屯邊兵，西風冷徹征衣鐵」。

在成吉思汗的西征途中，被詩人吟詠較多的是金山、陰山、灤河等邊塞之景。這些山脈、河流有的綿延幾千里，橫亙萬里長，有的已延伸至國外。在他們所流、所經之處，有各種不同的景觀。詩人總會用他們的眼和筆去描繪和記錄下種種奇異景觀，這也是元代邊塞詩在景物描寫中不同於其它朝代的。前代的邊塞詩因爲疆域與征戰區域的局限，並沒有領略到如許迥異於中原和國內少數民族風情的塞外風光。在元代詩人的描繪中，我們似乎打開了一扇放眼看世界的窗戶，瞭解到了中原以外的其它風景。

二、邊塞之景

在元代邊塞詩的邊塞風物描寫中，還有一類便是邊塞之地的景觀。此類風物描寫主要以上都之景與西征途中的諸國之景爲主，在這些景物描寫中，主要又突出其與內地不同之處，上都的游牧生活景觀與西域的異域風情等都是元代邊塞詩中的特殊風景線。在上都自然風光與生活場景中，主要集中在金蓮川的自然風光與上都具有少數民族特色的游牧生活；而西征諸國的景物描寫中主要突出其與內地不同之處。

（一）上都之景

蒙元帝國的上都在「今內蒙古自治區正藍旗旗政府所在地黃旗大營子東北約 20 公里處」〔註 145〕，它是元代重要的政治中心和軍事要地，是蒙古人保留蒙古舊俗與實行漢治的調和物。在這裏，蒙元統治者保留了很多蒙古舊俗，如狩獵、詐馬筵等，可以此加強與蒙古各宗主與貴族的聯繫，加強蒙古貴族間的向心力和團結意識；在這裏，蒙元統治者還可以採用漢族知識分子的建議和構想，用「漢

〔註 145〕陳高華，史衛民著，《元上都》，吉林教育出版社，1988 年，第 1 頁。

法」治國，調節蒙古人入主中原之後的各種矛盾，去適應統一全國後的各種現實。元上都不但擁有重要的地理位置，還擁有豐富的資源和美麗的環境。上都之北是連綿的群山，南面有美麗的灤河緩緩流過，東西及灤河內外是美麗而廣闊的草原。每到夏季，草原上盛開的金蓮花猶如金色的海洋。對於上都的景物我們便從這金蓮花說起。

　　金蓮花是金蓮川常見的植物，據《口北三廳志》記載，其花「花色金黃，七瓣環繞其心，一莖數朵，若蓮而小。六月盛開，一望遍地，金色爛然。至秋花乾而不落，結子如粟米而黑。其葉綠色，瘦尖而長，或五尖，或七尖」，「味極涼，佐茗飲之，可療火疾」〔註146〕。金蓮花是上都草原上的標誌性植物，它以頑強的生命力盛開在塞北的草原上，爲金蓮川平添了幾分秀美，扈從上都的文人筆下經常可以看到它的身影。如陳孚的《金蓮川》：

> 茫茫金蓮川，日映山色赭。天如碧油幢，萬里罩平野。
> 野中何所有，深草臥羊馬。昔人建離宮，今存但古瓦。
> 秋風吹白波，猶似衰淚灑。村女採金蓮，芳香紅滿把。
> 豈知步蓮人，豔骨掩泉下。人生如蜉蝣，百年無堅者。
> 安得萬斛酒，浩歌對花瀉。〔註147〕

詩題下注：金章宗與李妃避暑於此。有泰和宮，今廢。詩人開篇將金蓮川的全景展現在面前，茫茫無涯，萬里平野，天如碧色，日映山赭。在金蓮川中有養馬成群，有宮殿林立，只是作者而今看到的宮殿已是斷壁殘垣，「昔人建離宮，今存但古瓦」。在詩人充滿傷感的描寫中，猶有讓人聊作安慰的一景，「村女採金蓮，芳香紅滿把」，金蓮川中採金蓮的村女儼然成了草原上的一道亮麗風景。即便如此，也掩不住詩人滿腹的惆悵，「豈知步蓮人，豔骨掩泉下」。結合詩題下面的注釋，

〔註146〕中國方志叢書・塞北地方，《口北三廳志・物產》卷五，成文出版社，1968年，第95頁。
〔註147〕〔清〕顧嗣立編，《元詩選・二集上・陳孚・金蓮川》，中華書局，1987年，第259頁。

我們可知詩人在此處是爲逝去的元代嬪妃感慨，當年的盛況已不復有，而今詩人過此，不免要作生人之歎，「人生如蜉蝣，百年無堅者。安得萬斛酒，浩歌對花瀉」，詩人面對金蓮川的今昔對比，眼前的金蓮川依然生機勃勃，可歷史上逝去的又有幾多紅顏，人生短暫，不如對花高歌暢飲。

　　進入上都，除了一望無際的金蓮花等景觀外，置身於上都，你還會感受到上都不同的人文景觀，迥異於內地的生活場景也是詩人們常常引以爲歎的對象。這部分內容我們在下文的扈從詩中重點介紹。

（二）西征諸國異域風情

　　元代邊塞詩中對邊塞風光的描寫，除了元上都外，還有成吉思汗及其子孫在西征途中所見所聞。成吉思汗西征途中，隨軍出征的除了將士、文臣外，還有一些江湖人士。如成吉思汗在西征途中，徵召全眞教丘處機眞人，丘處機不遠萬里從山東棲霞觀出發，到西域去見成吉思汗，這途中所見後被弟子李志常記載在《長春眞人西遊記》中，我們從中可以看到一些西征諸國的異域風情。

　　丘處機有詩曰：

　　　二月經行十月終，西臨迴紇大城墉。
　　　塔高不見十三級，山厚已過千萬重。
　　　秋日在郊猶放象，夏雲無雨不從龍。
　　　嘉蔬麥飯蒲萄酒，飽食安眠養素慵。〔註148〕

　　這首詩的寫作背景是這樣的：丘處機帶領弟子等去西域拜見成吉思汗，行至斜米思干城北，耶律楚材等人載酒郊迎，大設帷幄，並拿出西域當地特產以待貴客。「請以葡萄百斤作新釀……其葡萄經冬不壞。又見孔雀、大象，皆東南數千里印度國物」〔註149〕，面對

〔註148〕〔清〕顧嗣立編，《元詩選・二集下・丘處機・至迴紇城暇日出詩一篇》，中華書局，1987年，第1341頁。

〔註149〕〔元〕李志常著，王國維等校注，《長春眞人西遊記校注》，廣文書

陌生而新奇的種種異域物品，丘處機在閒暇之時作了這首詩，以記
所見。「二月經行十月終，西臨迴紇大城塘」，從二月啓程以來，到
十月間行至迴紇稱斜米思干城，此城今位於烏茲別克斯坦境內，漢
文譯作「撒馬爾罕」，即耶律楚材在西遊錄中記述的「尋思干城」（《元
史》中作「薛迷思干」，《元朝秘史》中作「薛米思堅」）。斜米思干
城原本是「西遼」的國都，因爲城池建立在「箚拉扶桑河」畔，也
被稱爲河中府。摩訶末與屈出律瓜分西遼之後，河中一代便成爲花
剌子模的領地，撒馬爾罕也成了花剌子模的新都，歷來是中亞的名
城。「塔高不見十三級」，此處有注釋曰：以磚刻鏤玲瓏，外無層級，
內可通行。此處所言之塔當是中亞的典型建築，不同內地。詩歌下
面所提到的象、葡萄等物，都是距撒馬爾罕城數千里的印度國的產
物，在當地也很常見，也是典型的西域物產。透過丘處機的詩歌，
我們對成吉思汗西征途中的撒馬爾罕城有了一些瞭解，隨著丘處機
下面一首詩歌的介紹，這種對中亞城市的印象便更加清晰了：

迴紇丘墟萬里疆，河中城大最爲強。
滿城銅器如金器，一市戎裝似道裝。
剪鏃黃金爲貨賂，裁縫白氈作衣裳。
靈瓜素椹非凡物，赤縣何人構得嘗。〔註150〕

在丘處機眼中，此地的車舟農器等頗異於中原，「滿城銅器如金器」，
據《長春眞人西遊記》記載，迴紇「國人皆以鍮石銅爲器皿，間以
磁，有若中原定磁者。酒器則純用琉璃，兵器則以鑌。市用金錢，
無輪孔，兩面鑿迴紇字」〔註151〕此處描寫他們的器皿之精緻。當地
人的衣著服飾也迥異於中原，「一市戎裝似道裝」，據記載，當地人
「男女皆編髮，男冠則或如遠山，帽飾以雜綵，刺以雲物，絡之以

局有限公司，1972 年，第 71～72 頁。
〔註150〕〔清〕顧嗣立編，《元詩選・二集下・丘處機・至迴紇城暇日出詩
　　　　一篇》，中華書局，1987 年，第 1342 頁。
〔註151〕〔元〕李志常著，王國維等校注，《長春眞人西遊記校注》，廣文書
　　　　局有限公司，1972 年，第 85～86 頁。

纓。自酋長以下，在位者冠之。庶人則以白氎斯（布屬）六尺許盤於其首。酋豪之婦纏頭以羅，或皂或紫，或繡花卉、織物象，長六、七尺。髮皆垂，有袋之以錦者，或素或雜色；或以布帛爲之者。不梳髻，以布帛蒙之，若比丘尼狀……」〔註152〕普通人穿的衣服竟大多類似於比丘尼狀，這是詩人所未想到的。而這些服飾大多使用白色的細棉布做成的，這也與現在中亞印度等國人喜穿棉服類似。他們的飲食也不同於內地，「靈瓜素椹非凡物，赤縣何人構得嘗」，他們的食物中，瓜果甚多，「赤縣」指中國，《史記‧孟子荀卿列傳》中有「中國名曰赤縣神州」〔註153〕，中國本土的人哪裏能有如此福氣。丘處機對異域風情倍感新奇，又深感自己的幸運，能在有生之年見聞到從未見過的異域事物，也是他西行之路上的另一種收穫。

在元代邊塞詩的這些風物描寫中，有對邊塞風景的描寫，如居庸關等地的壯美景物；有對邊塞生活的描述，如上都蒙古人的生活剪影；有對異域的風土人情的描繪，如撒馬爾干城的異域奇聞等，我們在這些邊塞風物中所感受到的不僅是與之前邊塞詩相同的氣息，更多的是帶有元代特色的邊塞景觀。其實我們在元代邊塞詩的傳統題材中也能有這樣的感覺，元代邊塞詩雖然在傳統題材的描寫中與前代無異，但是即便是對同一事物的吟詠中，我們也能看到元代與之前不同的一些因素，這便是元代邊塞詩在對前代邊塞詩繼承中發展的表現。

元代邊塞詩在傳統題材的描寫中，處處帶有元代特色，元代的政治、社會文化狀況在元代邊塞詩的傳統題材中時時顯現，元人在繼承前代邊塞詩的成就的同時，在邊塞詩的發展上保持著自己獨有的風格。

首先，在描寫征夫思婦的苦悲中，漢唐邊塞詩中多是漢族對邊疆

〔註152〕〔元〕李志常著，王國維等校注，《長春眞人西遊記校注》，廣文書局有限公司，1972 年，第 85 頁。
〔註153〕〔漢〕司馬遷撰，《史記‧孟子荀卿列傳》卷七十四，中華書局，1963 年，第 2344 頁。

少數民族的防禦戰爭和抵禦戰爭，而元代的邊塞戰爭除了之前的傳統因素外，還增加了蒙古族的尚武性格與游牧民族心態等因素。成吉思汗及其子孫的征伐戰爭以及元代政治制度中的兵制等，都成了元代邊塞戰爭頻繁發生的催化劑。蒙元帝國的發展過程本身就是一部征戰史，因此，在充滿硝煙的元代社會，征夫之苦與思婦之悲都更甚於前朝。元代的征夫有比其它朝代更多的從軍理由，也便有更多的征伐之苦；元代的思婦也比其它朝代有更多的愁緒，她們或遙寄相思，或控訴戰爭，也有盼君封侯的思婦與不愛紅裝愛武裝的女兵，這在某種程度上來說是蒙古族習俗心態影響的一種反映，也是略異於前朝的地方。邊塞生活之苦在漢唐時代多是異常艱苦的自然條件與慘烈的戰爭所致，而元代邊塞生活除此之外，還有元代特有的兵制所帶來的苦難，如質子軍中多少質子的血淚。元代朝廷徵兵的觸角伸向社會的各個角落，社會各階層對元代各種名目的徵兵制度無力抗拒。與漢唐時代相比，元代從軍的人數與階層範圍都大大增加，這便給元代社會各階層帶來更大的苦難。因為戰爭是殘酷的，死神不會因為征夫的身份和地位而有所顧忌。

其次，在功業意識的彰顯層面上，漢唐邊塞詩或直抒胸臆，表達建功立業之念，如「黃沙百戰穿金甲，不破樓蘭終不還」〔註154〕；或借古諷今，表達對現實邊將等的不滿；如「君不見沙場爭戰苦，至今猶憶李將軍」〔註155〕；也有對在位之君行勸諫之舉，衷心希望能夠停止征戰，使國富民安。杜甫在《兵車行》中用慘痛的事實，「邊庭流血成海水，武皇開邊意未已」〔註156〕，希望能警醒當政者切勿盲目開邊。不管用何種方式，漢唐邊塞詩大多就事論事，就邊塞論邊

〔註154〕 〔清〕彭定求等編，《全唐詩・王昌齡・從軍行七首》卷一百四十三，中華書局，1980年，第1444頁。

〔註155〕 〔清〕彭定求等編，《全唐詩・高適・燕歌行》卷二百一十三，中華書局，1980年，第2217頁。

〔註156〕 〔清〕彭定求等編，《全唐詩・杜甫・兵車行》卷二百二十二，中華書局，1980年，第2254頁。

塞，或直接或委婉地表達自己的報國之願。而元代邊塞詩在繼承這種表達方式之外，還多用詠史詩題材去表達報國之願，在元代邊塞詩中常見的歷史人物是蘇武、李陵、王昭君等。這與蒙元統治者的少數民族身份有關，而且在這些詩歌中，元代詩人對歷史人物的評價基本上繼承了之前的論調，另外在具體態度上也反映了一些民族情結。對古人的懷念往往只是抒發自己情感的一個出口，以古人情懷，抒一己之塊壘往往是元代詩人的共同意願，而建功立業和報效朝廷的願望就在這些對古人之幽思的抒發中娓娓道來。

　　再次，在邊塞詩的常見意象中，元代邊塞詩在搗衣和雁意象中都出現了新意。在唐代邊塞詩中，搗衣與雁都是常見意象，搗衣，這一簡單的女性勞作情節在邊塞詩中包含著豐富的社會內涵，為征夫製作寒衣的過程也是思婦寄託相思的一種表達途徑。元代的搗衣與之前相比，在勞作工具上便有了很大的改進。由原來的「直杵」改進為「臥杵」，這一改進不僅大大節約了勞力，還有效地提高了勞動效率。元代的搗衣意象在具體的詩歌中，也添加進了具有元代民族特色的內容，更富有社會性。雁是一種很有靈性的候鳥，它在之前的邊塞詩中所傳達的涵義已經很豐富了，而在元代邊塞詩中，雁意象除此之外還具有重大的政治意義，由江南所傳頌的民謠「江南若破，白雁來過」〔註 157〕而演繹出的「白雁」即伯顏的涵義，這是元代白雁詩中的一個特殊現象。雁意象在元代邊塞詩中帶有了社會特色，與當時的政治事件聯繫緊密。

　　最後，在邊塞風光的描寫中，元代邊塞詩也出現了與眾不同之處。漢唐的邊塞風光以淒涼與悲壯為主色調，大漠塞外壯美的風光中總透出一種淒美，畢竟漢唐邊塞詩中所描述的邊塞戰爭多是被動的防禦與抵禦。而元代邊塞風光中除了表現大漠塞外的壯美之外，更多的開始描寫邊塞風光中的恬靜與秀美，如元上都金蓮川上一望

〔註 157〕〔清〕翁方綱，《石洲詩話》卷五，叢書集成本，商務印書館，1935年，第 80 頁。

無際的金蓮花。元代邊塞詩筆下的邊塞不單是古代邊塞戰場，也是邊塞少數民族生活的家園，游牧民族的生活場景也是一道亮麗的風景。那些扈從上都等地的漢族文人也在這裏看到了安居樂業的恬靜，他們久居成鄉，對元代的邊塞充滿了熱愛。元代邊塞詩的創作者由於民族身份的不同，在詩歌中描寫邊塞之景時也帶有不同的感情，因此，元代的邊塞之景自然不同於之前各朝。此外，由於蒙元貴族的西征，元代邊塞詩中描寫途中所見的西域各景觀，對中原人士來說也是新奇而又迥異的奇觀。總之，元代邊塞詩中的景物描寫，也在前代邊塞風光的基礎上加入了具有時代性和民族性的新內容。

第三章　元代邊塞詩之西征詩

　　成吉思汗及其子孫的西征是蒙元歷史上的重要事件，也是世界史和軍事史上的重要部分，它給元代邊塞詩帶來的影響也是深遠的。西征爲蒙元帝國的發展奠定了基礎，也爲蒙古人的世界征服者夢想開闢了現實土壤，它更爲元代詩人的創作提供了豐富的題材。在對西征始末的瞭解中，筆者主要著眼於西征帶給西征詩的豐富營養。並對西征詩及其代表詩人作簡單介紹，最後選取丘處機與耶律楚材作爲代表，通過對他們的具體詩歌的解讀，去瞭解元代邊塞詩中的西征詩。

第一節　西征始末

　　蒙古人的西征是由偶然事件導致的一次必然行爲，雖然西征並非蒙古人挑起，但西征也是蒙古人征服者夢想中的重要一環。只是在西征之始，很多偶發事件促成了這一事件提前發生而已。「我們肯定成吉思汗的西征是花剌子模挑起的、以成吉思汗復仇爲主要動因的偶然事件，這也是慘案爆發至西征進行到相當一段時間內支配成吉思汗的主要意念，成吉思汗作爲『世界征服者』的形象正是在偶發的被熊熊烈火點燃起的復仇之戰的進程中逐步形成的。」〔註 1〕

〔註 1〕高榮盛，《關於蒙古征服動因及其「天下觀」的思考》，《元史及民族與邊疆研究集刊》（第十九輯），上海古籍出版社，2007 年，第 5 頁。

這次西征則拉開了蒙古人西征的帷幕，成爲世界史上的重要事件。

一、西征緣起

金滅遼之際，遼太祖八世孫耶律大石率殘部逃往漠北，並降服高昌回鶻王國，建立西遼。1142 年，耶律大石率軍西征，與強盛一時的塞爾柱突厥帝國蘇丹辛札爾在撒馬爾干之北進行會戰，辛札爾全軍潰敗。西遼取代塞爾柱帝國成爲當時中亞最強大的國家，還征服了花剌子模及一些諸侯領地。1143 年，耶律大石去世，西遼國從此也日益式微。蒙古人擊敗乃蠻部之後，乃蠻部太陽汗之子屈出律騙取了西遼皇帝直魯古的信任，被封爲駙馬，1209 年，屈出律與花剌子模摩訶末內外聯手，在直魯古出獵之際，「乃蠻王屈出律以伏兵八千擒之，而據其位」〔註2〕，篡奪了西遼的帝位，西遼遂亡。

隨著塞爾柱帝國和西遼的滅亡，原來臣服於它們的中亞古國花剌子模開始興盛起來。1200 年，摩訶末即花剌子模帝位，之後他通過多次遠征、侵略，先後征服和吞併很多國家，一時間稱霸中亞，以世界征服者的姿態屹然站立在中亞的大地上。1216 年，摩訶末在玉龍傑赤召開教長大會自任蘇丹，並進軍伊斯蘭世界的首府巴格達（今伊拉克首都巴格達）。雖遭遇大雪而被迫退回，但他還打算向東擴張，建立一個世界大帝國。摩訶末與成吉思汗兩個世界征服者因爲國界相鄰，開始了對話。爲了摸清蒙古人的情況，花剌子模派出使團以行商名義到達大都，觀察瞭解大都的情況。成吉思汗隆重接待了使團，並與其達成友好協議。提議「朕爲東方的統治者，沙就成爲西方的統治者吧。我們雙方保持和平友好的關係，要讓商人自由通商往來。」〔註3〕。1218 年，成吉思汗也派出了花剌子模人馬合木、不花剌人阿里火者和訛答剌人亦速甫三人爲首的使團，攜帶

〔註2〕〔元〕脫脫等撰，《遼史‧耶律大石傳》卷三十，中華書局，1974 年，第 358 頁。

〔註3〕轉引自羅旺札布，德山等人合著，《蒙古族古代戰爭史》，民族出版社，1992 年，第 146 頁。

昂貴貨物出使花剌子模，作爲對摩訶末的回訪，並致信問好。摩訶末重金收買使團團長充當間諜，刺探大蒙古國的軍事、政治、經濟等情報。這兩次互訪使大蒙古國與花剌子模建立了和平與安全貿易的協定，兩國相安無事。蒙古人的西征源於一次偶然的突發事件。

　　爲了發展與花剌子模的通商關係，成吉思汗派出由伊斯蘭教徒組成的商隊使團 450 人，攜帶金銀、絲綢、毛皮等貨物，前去進行貿易。當蒙古商隊行至花剌子模的訛答剌城時，守城長官亦納勒術（亦稱海爾汗），貪圖商隊財物，將他們扣留，並「指爲成吉思汗之間諜，以告摩訶末遽命殺之」〔註 4〕。摩訶末沒經深思也不顧成吉思汗的詔敕，便發出了殺死商人、沒收商人財產的命令。「他沒想到，這個殺死商人，沒收商人財產的決定，竟成了他和他的臣民們的末日。」〔註 5〕商隊中只有一人幸免於難，逃出花剌子模，當成吉思汗聽了這名幸存者的報告後，大爲震怒，立即派遣巴合剌和兩名蒙古副使去花剌子模，指責摩訶末的殘暴行爲，並要求交出兇手海爾汗。摩訶末不但拒絕了成吉思汗的正當要求，而且不顧「不斬來使」的國際慣例，殺死巴合剌，並剃掉兩名蒙古人的鬍鬚示辱。成吉思汗再也無法忍受下去，史書記載，在出兵之前，他憤怒地獨自登上山頭，「將腰帶搭在脖子上，光著頭，將臉貼到地上。他祈禱、哭泣了三天三夜，對主說道：『偉大的主啊！大食人和突厥人的創造者啊！我不是挑起這次戰亂的肇禍者！請祐助我，賜我以復仇的力量吧！』然後他感到了吉祥的徵兆，便精神抖擻、愉快地從那裏走了下來，堅定地決定將作戰所需的一切事情布屬起來。」〔註 6〕成吉思汗的第一次西征勢在必行。

〔註 4〕瑞典・多桑著，馮承鈞譯，《多桑蒙古史》第一卷，中華書局，1982年，第 93 頁。

〔註 5〕波斯・拉施特主編，余大均，周建奇譯，《史集》第一卷，第二分冊，商務印書館，1983 年，第 260 頁。

〔註 6〕波斯・拉施特主編，余大均，周建奇譯，《史集》第一卷，第二分冊，商務印書館，1983 年，第 260 頁。

二、成吉思汗第一次西征

　　1219 年 6 月，成吉思汗率軍西征，開始了漫長的西征生涯。進入花剌子模境內，成吉思汗即讓術赤再到福納爾卡納盆地，迂迴包圍摩訶末。並派出哲別軍佯攻南方阿姆河上游地區，對河中地區進行了戰略部署，三路大軍欲合圍摩訶末大軍。布置好的各軍團隨著摩訶末軍隊的出動而相應變動，成吉思汗率領遠征軍主力，從北方迂迴，穿過錫爾河和沙漠地帶，突然出現在摩訶末的背後，完成了各軍團的合圍。摩訶末所面臨的情景是，「西方有成吉思汗的主力軍團和戰略預備隊；東方有窩闊台、察合臺率領的第一軍團和阿剌黑率領的第三軍團；北方有術赤率領的第二軍團；南方有哲別率領的部隊。」〔註7〕摩訶末處於包圍狀態，匆忙迎戰，調遣預備隊的餘部支持不花剌，並慌忙逃往南方，這給成吉思汗留下了各個擊破的機會。

　　訛答剌城是成吉思汗西征導火索——商隊慘案的爆發地，位於錫爾河右岸阿雷斯河附近，是東西交通要道。訛答剌之戰則是蒙古軍與花剌子模軍隊之間決定命運的第一次戰役，對雙方的勝敗有重要意義。訛答剌城防禦工事與城牆都極為堅固，糧食充足，守城將士眾多。主將便是殘殺蒙古商人的海爾汗，副將為戰前派來的哈剌察。蒙古人抱有為商人報仇的滿腔憤恨，將訛答剌城團團圍住並強行攻城；而海爾汗明知蒙古人不能輕饒他，只能拼死抵抗。經過五個多月的殊死拼搏，訛答剌城內人心渙散，士氣低沉，主副將政見不和，相互掣肘，蒙古人終於攻下訛答剌城，並活捉了海爾汗。「送之至撒馬爾干蒙古汗營，成吉思汗命鎔銀液灌其耳目，為前此被殺之不幸商人復仇」〔註8〕。那些被赦免的人民和工匠中，有一部分被編成「哈沙爾」〔註9〕隊，送到不花剌、撒馬爾干等地。

〔註7〕羅旺札布，德山等人合著，《蒙古族古代戰爭史》，民族出版社，1992年，第 157 頁。

〔註8〕瑞典・多桑著，馮承鈞譯，《多桑蒙古史》第一卷，中華書局，1982年，第 98 頁。

〔註9〕阿拉伯語，在蒙古時代的史料中表示被征服地區的俘虜或居民，蒙古

隨後，術赤的部隊攻佔氈的和養吉干兩城，成吉思汗又派人攻克別納客忒，將城中青壯年編入「哈沙爾」隊伍，以備作戰之需。接著大軍向忽氈出發，成吉思汗派遣諸皇子攻佔這些城市的同時，他自己已經從訛答剌城向不花剌進發了。1220 年 2 月，成吉思汗率領蒙古大軍抵達花剌子模重鎮不花剌城，不花剌也稱不花兒（今中亞布哈拉），是學術中心的意思，它是伊斯蘭教文明中心之一，有伊斯蘭教羅馬之稱。它位於花剌子模的腹心之地，前有錫爾河和紅沙漠等天然屏障和訛答剌、匝兒納黑、納兒等諸城護衛，處於花剌子模舊都玉龍傑赤和新都撒馬爾干之間。是河中與波斯東西交通的咽喉，也是撒馬爾干西方的唯一屏障，是戰略要地。不花剌城內多是伊斯蘭教信徒，成吉思汗利用摩訶末與國內伊斯蘭教徒的矛盾，歷數了國王摩訶末和他的部下撕毀和平協定和通商條約，殘殺伊斯蘭教商人等罪行。並保證城內居民投降後的生命、財產安全，勸降了城內人民。最終在城內市民的支持下，攻下不花剌城。不花剌之戰是蒙古西征的關鍵戰役，不花剌重要的戰略位置使這一戰的勝負意義重大。「攻佔不花剌，猶如用鑰匙打開了花剌子模的門鎖」〔註 10〕，蒙古軍將青年人驅到了撒馬爾乾和答不思「哈沙爾」隊中，成吉思汗由此向撒馬爾干進軍。

撒馬爾干是中亞名城，佔據著重要的戰略位置，蒙古人攻下此城後，成吉思汗派察合臺率軍進攻花剌子模舊都玉龍傑赤，而自己親率大軍往攻塔里寒。早在成吉思汗大軍進攻撒馬爾干之時，便已派出哲別、速不臺、脫忽察兒率軍前去追擊摩訶末，當摩訶末聽說不花剌失陷、撒馬爾干被攻佔後，倉皇逃到了阿姆河以南的你沙不兒，摩訶末一路潰逃，慌亂不已，最終逃至阿必思渾島上，在長期奔波勞累和過度驚嚇中，身患重病，臨終前，召回諸子箚蘭丁、斡思剌黑沙、阿黑沙等，「取消前此命斡思剌黑沙嗣位之舊詔。謂非箚

人利用他們擔任圍攻工作，並充當先頭掩護隊。
〔註 10〕陳西進編著，《蒙元王朝征戰錄》，崑崙出版社，2007 年，第 113 頁。

蘭丁不足以光復故國，遂親取佩刀繫其腰，命諸子對之委質，並勵守忠不貳。不數日死，葬於島中。」〔註11〕

玉龍傑赤是蒙古人稱呼的名稱，原名花剌子模。在阿拉伯、波斯及塔吉克語中，花剌子模不僅表示阿姆河下游的地區名，而且也用來表示該地區的兩個主要城市，乞牙忒及玉龍傑赤。玉龍傑赤是花剌子模的舊都，也是西方伊斯蘭教的中心，成吉思汗攻佔撒馬爾干、河中諸州、氈的等地後，玉龍傑赤「像是繩子被隔斷後倒塌下來的帳幕般地暴露在中央」〔註12〕，成為孤立的都城。箚蘭丁再度逃出玉龍傑赤後，城中無主，便推舉突厥統帥忽馬兒為帥。而蒙古軍因術赤與察合臺二人不和，玉龍傑赤久攻不下。後窩闊台率軍，化解矛盾，終於攻克此城。蒙古人將居民全部驅出城外，挑出技師工匠別聚一所，又虜婦孺為奴隸。遂「屠後掠城中餘物，決阿姆河堤，引水灌城，廬舍盡毀，藏者皆死。」〔註13〕此時成吉思汗已率軍到達塔裏寒堡，拖雷正率軍前往呼羅珊地區進行掃蕩。箚蘭丁逃出玉龍傑赤後，來到了哥疾寧，樹起了抗擊蒙古、復國報仇的旗幟，在與蒙古大將失吉忽禿忽的作戰中，大敗蒙古軍，這是蒙古軍西征以來最為嚴重的失利。成吉思汗聞之大怒，親帥大軍向哥疾寧出發，並最終殲滅箚蘭丁軍。而箚蘭丁則逃往印度的德里，並在德里城做了駙馬，伺機復國，於數年後回阿富汗斯坦。成吉思汗之孫旭烈兀西征波斯時，箚蘭丁轉向西方亞細亞，在攻戰中戰死疆場，此為後話。

蒙古軍的第一次西征大獲全勝，在花剌子模全境基本平定之後，成吉思汗接受耶律楚材的建議，在被征服地區設置行政官吏，

〔註11〕瑞典・多桑著，馮承鈞譯，《多桑蒙古史》第一卷，中華書局，1982年，第 109 頁。
〔註12〕波斯・拉施特主編，余大均，周建奇譯，《史集》第一卷，第二分冊，商務印書館，1983 年，第 295 頁。
〔註13〕瑞典・多桑著，馮承鈞譯，《多桑蒙古史》第一卷，中華書局，1982年，第 114 頁。

主管當地的民事政務，恢復生產，並派蒙古將領監督。1224 年，成吉思汗率大軍東歸，命術赤留守欽察草原東部，並命其繼續向西拓展疆土。蒙古大軍於 1225 年回到蒙古和林，之後成吉思汗將所征服地區的土地分別分給他的三子：術赤、察合臺和窩闊台，他們的封地分別稱爲欽察汗國、察合臺汗國和窩闊台汗國，蒙古本土歸四子拖雷。後成吉思汗之孫旭烈兀破波斯，1264 年，受忽必烈冊封，其封地稱爲伊兒汗國。四大汗國的出現是蒙元歷史上的大事，也是世界史上影響深遠的重要事件。

我們所言的西征詩基本上以成吉思汗的此次西征爲主，在西征途中，隨從文人寫下了不少記錄西征及其沿路風物人情等的詩歌，這些詩歌中又以丘處機與耶律楚材的詩歌最爲突出，因此，我們的西征詩也即以此二人爲例，重點分析西征詩中所包含的邊塞詩傳統以及在此過程中出現的新的發展因素。

三、拔都、旭烈兀西征

蒙古軍的第二次西征指拔都率領的長子西征，是 1236 年至 1241 年窩闊台汗派遣拔都等諸王率軍征服伏爾加河以西諸國的戰爭。十三世紀初葉，歐洲的東羅馬帝國逐漸衰亡，而亞洲的蒙古汗國國勢日強，積極向外拓展領土。蒙古滅金戰爭結束後，窩闊台汗在中原和中亞建立了鞏固的統治。也兒的石河以西、烏拉爾河以東的廣大征服區屬於術赤的領土。烏拉爾河以西的欽察、斡羅斯等地還未平定。在成吉思汗的遺願中，降附高麗和聯宋滅金都已完成，而征服歐洲的任務還未完成，窩闊台汗面對式微的東羅馬帝國以及處於混戰狀態的歐洲，決定開始第二次西征。元太宗七年（乙未年，1235），窩闊台汗召集忽里臺，決定征討欽察、斡羅斯等國，派遣十到十五萬大軍，遠征歐洲。蒙古第二次西征軍統帥爲拔都，副統帥爲大將速不臺，而全部西征軍分爲四個集團軍：第一爲術赤系統的拔都集團軍，由拔都率領；第二爲察合臺系統的不里集團軍，由

不里統領；第三由窩闊台系統的貴由集團軍，由貴由統率；第四爲拖累系統的蒙哥集團軍，由蒙哥率領。此外參加西征的還有窩闊台庶弟闊列堅，他自率一軍，自成獨立軍，此次西征不僅有蒙古軍，還有許多被征服地區的各族各國軍隊。1236 年春，蒙古西征軍全部集結完畢，諸王各率部隊向拔都統帥部彙集。

欽察地區擁有頓河、伏爾加河下游的肥沃土地，在成吉思汗第一次西征時，曾被哲別、速不臺二將所征服。蒙古軍離開後，他們又叛離了。在入侵斡羅斯之前，蒙古軍在 1236 年、1237 年進行了兩次戰役，分別是保加爾戰役和欽察戰役〔註14〕。蒙古西征軍佔領里海和高加索山以北地區，蒙古軍解除了南面和東面的威脅。拔都汗決定召開諸王會議，準備進軍斡羅斯。

斡羅斯在里海以北、白海以南、烏拉爾山以西、波蘭以東地區，西南與喀爾巴阡山與匈牙利爲鄰，境內地勢低平。北部積雪消融之際，泥淖遍地，不利於行軍，但在冬季，河川封凍，則馳騁無阻。窩闊台汗九年（丁酉年，1237）12 月，蒙古西征軍分三路沿著頓河和頓涅茨河，自東南進入斡羅斯邊境，向北進軍，首先攻克梁贊（今莫斯科東南亞贊州里亞贊城）和科洛姆納城（今莫斯科東南科洛姆納城），1238 年初，蒙古西征軍主力從科洛姆納城向北進攻，進入弗拉基米爾邊境，先後攻下莫斯科周邊 12 個城市後，進軍莫斯科城，莫斯科城陷〔註15〕後，蒙古西征軍繼續向東南挺進，到達伏爾加河下游休整軍馬，計劃進攻南斡羅斯。

基輔是南斡羅斯的大都會，位於第聶伯河中游西岸，利用第聶伯河和黑海，與東羅馬通商，故而富庶。1239 年初開始，蒙古軍陸續攻下基輔周邊地區，使基輔處於孤立狀態，1240 年秋，拔都率領蒙古軍主力向基輔公國進軍，在年底攻克基輔，繼續向西挺進，後又陸

〔註14〕羅旺札布，德山等人合著，《蒙古族古代戰爭史》，民族出版社，1992年，第 210 頁。

〔註15〕羅旺札布，德山等人合著，《蒙古族古代戰爭史》，民族出版社，1992年，第 216 頁。

續攻下沃倫（今烏克蘭西北部沃倫州弗拉基米爾沃倫斯基）和其它城市。蒙古西征軍全部佔領南斡羅斯，並與威尼斯人建立了貿易關係，通過他們瞭解了歐洲各國的實況。此時，斡羅斯基本被蒙古軍佔領。接下來，拔都欲繼續西進，進攻波蘭和匈牙利。1241 年，貝達爾右翼集團軍開始向波蘭進軍，經過克拉克戰役和里格尼志戰役，與拔都軍會師。拔都與速不臺主力軍在匈牙利境內遭遇了匈牙利的 40 萬大軍，這次舉世聞名的賽育河戰役中，蒙古西征軍以 7 萬人的部隊戰勝了匈牙利 40 萬大軍，「這是他們的最偉大的戰績和最激烈的戰鬥之一」〔註 16〕。1241 年夏，蒙古西征軍各集團軍會合於賽育河畔，休整軍馬。年底，拔都派出兩個集團軍向西掃蕩，對殘餘部隊進行搜剿。1242 年 3 月，經過多次作戰，拔都基本上完成了對匈牙利的佔領。此時傳來了窩闊台汗駕崩的凶訊，蒙古西征軍隨即東歸，第二次西征也隨即結束。此次西征為欽察汗國的建立奠定了基礎。

　　窩闊台死後，蒙古國汗位經過貴由的短暫統治後，轉由拖雷長子蒙哥繼承。蒙哥汗即位後即開始了南征和西征計劃，此次西征主要由蒙哥之弟旭烈兀率領，主要征討波斯未臣服的木剌夷國（今伊朗北方）和黑衣大食王國（即報達國，報達即今伊拉克的巴格達），此次西征即蒙元歷史中的第三次西征。

　　1253 年 10 月 19 日，旭烈兀率軍出發，此次進軍與前番兩次西征不同，蒙古至波斯的廣大地域都已臣服於蒙古帝國。因此，旭烈兀西征軍每到一處都受到熱情款待，當地的行政長官和駐守將領都早已準備好糧草等戰備物資，故而大軍徐徐前行。1254 年，旭烈兀留駐於土耳其斯坦，次年 9 月抵達撒馬爾干，在此休整後，繼續西行。1256 年 1 月，旭烈兀大軍渡過阿姆河，並在阿姆河畔的黍不兒干草原過多，春天一到，旭烈兀率領大軍，朝木剌夷挺進。其時，怯的不花率領的西征軍先鋒軍早已進入木剌夷國，並先後攻陷幾個

〔註 16〕伊朗·志費尼著，何高濟譯，《世界征服者史》上冊，內蒙古人民出版社，1980 年，第 319 頁。

城池，幾乎消滅了木剌夷國一半兵力。木剌夷國魯克賴丁即位之際，旭烈兀西征大軍已通過撒馬爾干，向木剌夷國逼近，匆忙即位的魯克賴丁來不及整頓軍隊。藉故拖延無效後，被旭烈兀於 11 月 20 日入據麥門底司堡〔註 17〕。隨後，大軍向阿剌模忒進軍，在波斯民團的幫助下，攻下阿剌模忒，並利用魯克賴丁的勸降，掃滅了其餘殘部，基本上掃滅了木剌夷國。

接下來蒙古大軍便開始了對黑衣大食王國的進攻，黑衣大食王國又被稱爲報達王國〔註 18〕，當時的教主爲阿拔斯，因此亦稱阿拔斯王朝。報達國東部，崇山峻嶺，地勢險要，一向爲東方伊朗之天然屏障，報達國也依恃此地勢而保國多年。且巴格達城防甚嚴，守軍實力甚強。旭烈兀爲了加強攻城力量，又增調西域軍隊，以備攻城。旭烈兀部署了三方面軍向巴格達進軍，左翼軍以怯的不花、忽都孫爲將，右翼軍以拜住爲將，中央軍則由旭烈兀親自指揮，1257年 11 月三軍同時出發，中央軍攻破開爾曼沙，於 12 月 18 日進軍火勒完。1258 年 1 月 30 日，旭烈兀下令諸軍開始攻城，經過激烈的廝殺，攻下巴格達城。破城後，蒙古人之殺戮延續有七日，伊斯蘭教堂多毀於兵火，「由是五百年來伊斯蘭教世界之首都殘破，居民減少，降爲一州之首府矣」〔註 19〕。黑衣大食王國傳至 37 代，經歷五百多年，至此遂亡。

旭烈兀佔領報達後，繼續向西進攻，進至阿拉伯，又攻下很多城池，降服巴爾蘇丹。1259 年 9 月，蒙古大軍兵分三路進軍敘利亞，16 日，旭烈兀大軍越過哈喀兒山，分兵奪取美索不達米亞北部底牙兒別克兒地區諸城。隨後，旭烈兀大軍渡過幼發拉底河，突然包圍

〔註17〕瑞典・多桑著，馮承鈞譯，《多桑蒙古史》第四卷，中華書局，1982年，第 69 頁。

〔註18〕即今伊拉克，在史書中對其王國多稱報達王國，《元史》中即通譯爲報達，而稱其首都時亦多稱巴格達，所以又有一說，即稱其國家多稱報達王國，而稱其首都亦多稱巴格達。

〔註19〕瑞典・多桑著，馮承鈞譯，《多桑蒙古史》第四卷，中華書局，1982年，第 86 頁。

了阿勒波。阿勒波城城牆牢固，兵械亦足，蒙古軍沿城掘濠以備戰，工程一夜完工，遂於 1260 年 1 月 24 日開始攻城，經過七天的連續進攻，城破。旭烈兀大軍遂從阿勒波城逼近大馬士革。敘利亞國王納昔兒聽聞阿勒波城陷，大爲震驚，他放棄大馬士革，帶人逃往埃及。敘利亞諸城多不戰而降，大馬士革掌管亦遣使求和，旭烈兀派大將怯的不花進駐大馬士革。4 月 6 日，大馬士革子城始降，旭烈兀佔領了敘利亞全境。自此蒙古汗國完全控制了從中國到西亞，從印度到地中海的最重要的商道。旭烈兀大軍進至亞洲西南端，準備進攻埃及，此時蒙哥汗死訊傳來，旭烈兀乃決定歸國。命怯的不花統領敘利亞，自己帶兵東歸。大蒙古國的第三次西征也到此結束。

此次西征直接爲伊兒汗國奠定了基礎，旭烈兀王朝統治波斯自 1256 年直到十四世紀中葉，忽必烈即位後封旭烈兀爲「伊兒汗」。他所統治的地區也被稱爲「伊兒汗國」，它的疆域從印度邊界延伸到地中海，在北部與察合臺汗國、欽察汗國領土接壤。

第二節　西征詩概述及代表詩人

西征詩，顧名思義，主要是與西征有關的詩歌。無論是西征途中所遇到的各種邊塞之景或迥異於中土的景物，還是在西征過程中經過的西域各國的風土人情，我們都將之歸入西征詩範疇。成吉思汗及其子孫的三次西征，給世界和蒙元帝國都帶來了深遠影響。西征之後，蒙古四大汗國也逐漸建成，當年西征途經的中亞、西亞的一些國家，有的直接成爲四大汗國的領地。描寫這些地方風物的詩歌雖不是當年西征的直接產物，但也是由西征而起，因此我們也將其納入西征詩範疇。由此，我們所說的西征詩就包括兩部分，其一爲當年跟隨蒙古大汗西征過程中所產生的詩歌，其二爲元人對當年西征途經國家的相關描寫。我們所言的西征詩以成吉思汗的第一次西征及與之相關的詩歌爲重點，兼顧其它兩次西征。本節通過對西征詩內容與特色的簡單介紹，對丘處機和耶律楚材爲代表的西征詩

人的詩歌解讀，希望能對元代邊塞詩中的西征詩有大致描述。

一、西征詩管窺

　　西征詩是元代特殊的邊塞詩，這裏出現了很多新因素。有迥異於中原的中亞物產、習俗等，有讓人詫異的險奇風景，如天山等，有西征軍行軍布陣之神勇等。在元代邊塞詩中，這是一片有待開發的領域，它所涉及到的很多地理、風俗、交通等知識，又爲其它學科提供了一些依據。僅邊塞詩領域，我們所說的西征詩便有很多值得關注的地方，我們從內容與詩歌風格兩方面來對西征詩做一個大致瞭解。

（一）詩歌內容

　　西征詩所涉及的內容繁多，每首詩中都可能會有一些新鮮的東西，我們先看下面一首詩：

> 湛然送客河中西，乘興何妨過虎溪。
> 清茶佳果餞行路，遠勝濁酒烹駝蹄。
> 結交須結眞君子，君子之交淡如水。
> 一從西域識君侯，傾蓋交歡忘彼此。
> 當年君臥東山重，守雌默默元知雄。
> 五車書史豈勞力，六韜三略無不通。
> 詩詠珠璣無價直，青囊更有琴三尺。
> 奉命西來典重兵，不得茅齋樂眞寂。
> 魚麗大陣兵成行，行師布置非尋常。
> 先生應詔入西域，一軍駭異皆驚惶。
> 武皇習戰昆明上，欲討昆明致犀象。
> 吾皇兵過海西邊，氣壓炎劉千萬丈。
> 先生一展才略窮，百蠻冠帶文軌同。
> 威德洋洋震天下，大功不宰方爲功。
> 隱居自有東山月，風拂松花落香雪。
> 退身參到未生前，方信秤鎚元是鐵。〔註20〕

〔註20〕〔元〕耶律楚材撰，《湛然居士文集・用前韻送王君玉西征》卷二，

這雖是一首送別詩，但字裏行間所流露的內容卻遠非簡單的依依惜別之意，我們從句首的「河中西」便可發現這是西征詩中的特有地域，詩後注曰：西域城名。說明這已是西域地界，而河中府即爲撒馬爾干，亦稱尋思干、薛迷思干等。意爲肥沃的都市，是花刺子模的新都，是伊斯蘭教世界的中心。撒馬爾干是河中一大政治中心、經濟重鎮、軍事樞紐。「北面是基吉爾庫姆沙漠，南憑鐵門關天險，在遠方有錫爾河、阿姆河三面環繞，地勢優越，又當要衝，戰略地位十分重要。」〔註21〕當年摩訶末將新都建於此，築城挖溝、修築防禦工事，鑄造堅固堡壘，整個城市固若金湯，是對付蒙古軍的戰略防禦中心。成吉思汗到此，因撒馬爾干三面環山，特選取平坦的城西作爲攻擊重心，並制定了周密的作戰部署。當得知摩訶末並不在城內時，成吉思汗大軍兵分幾路，與撒馬爾干城內守軍惡戰一天後。蒙古人的勇猛使城內居民士氣低沉，人心渙散。蒙古人又對城內居民恩威並用，勸其投降。1221 年夏天，蒙古軍終於佔領了撒馬爾干〔註22〕。第二聯中「清茶佳果餞行路，遠勝濁酒烹駝蹄」說明此地所食與蒙古人的馬奶酒和駝蹄、羊肉等大有不同，他們的「清茶佳果」亦是饋贈惜別的不錯選擇。下面是送別詩中慣用的敘友情，然後說道「魚麗大陣兵成行，行師布置非尋常。先生應詔入西域，一軍駭異皆驚惶」，這裏可以看到西征大軍的布陣行軍與西征將帥的非凡將才。下面四句依然是歌頌蒙古大軍的神勇天威，凡此等等。從一首送別詩中，我們已經看到了西征軍將士的精神面貌和西域名城與物產等內容。我們將這些零星的內容收綴成篇，大致從描寫西征軍行軍情況，西征途中風景、物產、習俗等方面來對西征詩的內容作大致的梳理，希望能使讀者對西征詩有大致的把握。

商務印書館，1939 年，第 16 頁。

〔註21〕 羅旺札布，德山等人合著，《蒙古族古代戰爭史》，民族出版社，1992 年，第 163 頁。

〔註22〕 波斯‧拉施特主編，余大均，周建奇譯，《史集》第一卷，第二分冊，商務印書館，1983 年，第 287 頁。

　　在西征詩中，對西征大軍的描述總是鑲嵌在西征途中的風景描寫中。在險峻之處行軍而不損軍容軍威，並不是一般軍隊能做到的。成吉思汗的西征大軍，在面對險峻的天山時，依然能保持高昂的士氣和威嚴的軍容，這給隨軍的詩人留下了很深的印象：

　　　陰山千里橫東西，秋聲浩浩鳴秋溪。
　　　猿猱鴻鵠不能過，天兵百萬馳霜蹄。〔註23〕

　　　旌旗蔽空塵漲天，壯士如虹氣千丈。
　　　秦皇漢武稱兵窮，拍手一笑兒戲同。〔註24〕

1219 年 6 月，成吉思汗統率蒙古遠征軍分左、中、右三軍。從也兒的石河（額爾齊斯河）畔出發，經過不剌城、賽里木湖（天池）、果子溝（塔勒奇峽）、鐵木爾懺察（松關），越過阿剌嶺（天山北麓）出峽，到達阿力麻里城。蒙古大軍進入西域後，畏兀兒、哈剌魯兩部和沿途的一些小國也都不斷派兵加入，蒙古軍總數達到二十萬左右。從也兒的石河到錫爾河，在漫長征途中處處難行，成吉思汗預先派工兵修路架橋。其中阿爾泰山上鑿冰開道和在天險果子溝修棧道最為艱巨，分別由窩闊台和察合臺負責督修。果子溝處的四十八橋至今尚有三十二橋，猶見當年盛況。詩中所描述的一面是險峻的自然環境，「猿猱鴻鵠」尚不能過，可成吉思汗的西征大軍依然鑿冰開道，百萬雄師行走在寒冷的天山。此時的行軍途中必然兇險不斷、厄運連連，不過看大軍的士氣依然高昂，「旌旗蔽空」、「壯士如虹」。這樣的軍隊讓人又驚又歎，並不由得對它生出無限的敬意與讚揚，「秦皇漢武稱兵窮，拍手一笑兒戲同」。在詩人眼中，能如此行軍的西征大軍，與歷史上的秦皇漢武之兵相比，後者簡直就如同兒戲一般。也正是因為這樣的軍威與軍容讓詩人動容和欽佩，才能使他傾其所能為統領這樣大軍的統治者——成吉思汗出謀劃策，或許詩人也看出了只有這樣的人才能

〔註23〕〔元〕耶律楚材撰，《湛然居士文集・過陰山和人韻》卷二，商務印書館，1939 年，第 14 頁。
〔註24〕〔元〕耶律楚材撰，《湛然居士文集・再用前韻》卷二，商務印書館，1939 年，第 15～16 頁。

實現他治國安天下的理想。

在西征詩中，對西征軍的描述尚在其次，詩人筆下重點描繪的是西征途中各地的物產與習俗，特別是中亞名城撒馬爾干城的相關內容。在對西域物產的描述中，把攬、馬首瓜、黃橙、金橘、葡萄、木瓜等瓜果，牛酥、白餅、馬乳等食物，壟種羊、風吹磨、石鼎烹茶等現象都給詩人留下了深刻印象，我們將這部分內容放在下文耶律楚材的詩歌中介紹。

（二）詩歌風格

西征詩給我們留下的印象深刻，除了上面所說的物產、習俗描寫外，更多的是後人對西征詩風格、情感變化的注意。或者說，元代邊塞詩中的風格與情感變化有很多來自於西征詩中的這些因素。在西征詩中，我們能感受到來自不同內容的不同詩風，在西征途中的險峻風景中我們感受到的是雄奇壯美；在享受來自西域民間的盎然生機時，我們感受到的是自然清新；而在那些日常的生活場景與習俗面前，我們又充分感受到了詩歌的質樸平和。同時，在不同的詩人筆下，這些詩歌風格也有所不同，但是，西征詩給我們的總體感受便是：雄奇壯美、自然清新和質樸平和。

首先，我們來感受西征詩帶給我們的雄奇壯美。在西征詩人的筆下，曾經有對陰山與金山的描述，這裏曾是阻擋蒙元大軍行進步伐的天險，也有著讓人詫異的自然景觀。大自然的鬼斧神工使到過此處的人無不為之驚歎，金山與陰山之間，有千岩萬壑，深溪縱橫，「參天松如筆管直，森森動有百餘尺。萬株相倚鬱蒼蒼，一鳥不鳴空寂寂」〔註25〕。蒙古大軍行至此，被大自然的險峻所阻，成吉思汗曾派察合臺、窩闊台二子架橋修道，為大軍通過做準備。蒙古人在大自然面前所表現出的勇猛與堅毅為他們的西征勝利奏響了前奏，正是在這樣陡峭難行的西征途中，蒙古人的善戰與尚武精神又

〔註25〕〔元〕李志常著，王國維等校注，《長春真人西遊記校注》，廣文書局有限公司，1972年，第55～56頁。

一次震撼了所有隨行之人。因此，在西征詩中的這一部分，我們能感受到詩人筆下所流露出的雄奇壯美。耶律楚材也曾經對金山有這樣的描述：

> 雪壓山峰八月寒，羊腸樵路曲盤盤。
> 千岩競秀清人思，萬壑爭流壯我觀。
> 山腹雲開嵐色潤，松巔風氣雨聲乾。
> 光風滿貯詩囊去，一度思山一度看。〔註26〕

在西征詩中，對所遇景色的險峻與奇偉，詩人毫不吝嗇自己的筆墨。從這些詩句中，我們對西征詩中所流露的雄奇與壯美有了深刻的印象。同時，在另一類詩歌中，我們感受到的又是不同的風格。在描寫西域民間所展現出的盎然生機及人們的精神狀態時，自然清新之感撲面而來。

> 清明時節過邊城，遠客臨風幾許情。
> 野鳥間關難解語，山花爛漫不知名。
> 葡萄酒熟愁腸亂，瑪瑙杯寒醉眼明。
> 遙想故園今好在，梨花深院鷓鴣聲。〔註27〕

詩人在清明時節惆悵滿滿地走過西域邊城，「獨在異鄉爲異客」的惆悵與遠客臨風的幾多情懷在西域邊城中逐漸被蕩開。因爲詩人眼中所見的是不知名的爛漫山花，耳中所聽到的是難解的野鳥呢喃，詩人的惆悵與愁腸已經被眼前的這些化掉了不少，瑪瑙杯中的葡萄酒又使這種情緒飄回到遙遠的故園。雖然詩中始終有化不開的淡淡哀愁，但是總也擋不住詩歌彌漫開來的清新之感。在其它的詩歌中，這種自然清新之感或許有更深的體會：

> 三年春色過邊城，萍跡東歸未有程。
> 細細和風紅杏落，涓涓流水碧湖明。
> 花林啜茗添幽興，綠畝觀耕稱野情。

〔註26〕〔元〕耶律楚材撰，《湛然居士文集·過金山用人韻》卷一，商務印書館，1939年，第4頁。

〔註27〕〔元〕耶律楚材撰，《湛然居士文集·庚辰西域清明》卷五，商務印書館，1939年，第58頁。

何日要荒同入貢，普天鐘鼓樂清平。〔註28〕

詩人暫時寓居在西域邊城，在歸期無定的情況下，並沒有整日愁容不展，而是儘量融入當地的生活，讓自己並無客居之感。事實證明，他的確做到了。在他的西域詩中，時刻能感受到詩人對當地生活的享受，沉浸在當地的民風與物產中。因此，他所經歷的一切景物也都帶上了感情。「詩言志」，這些充滿了感情的詩句正好說明了詩人當時的心境。和風習習，流水涓涓，詩人與朋友在花林中啜茗談心，放眼望去是田畝中耕種的勞動者。如此平靜閒適的田園生活與休閒時光，詩人也傾注了自己的感情，與當地的人和物相處融洽，其樂融融。

如果說當地的自然景觀在詩人筆下表現出或雄奇壯美，或自然清新的特色，西征詩的風格也傾向於此的話，那麼西域當地的物產與習俗的描寫更能顯示出西征詩的質樸與平和。西征詩人們在面對西征途中迥異的生活場景與習俗時，他們將那種初見此情此景的驚詫用寫實的手法客觀描繪下來。因為逼真和真實，故而顯示出詩歌的質樸與平和之美。

極目山川無盡頭，風煙不斷水長流。
如何造物開天地，到此令人放馬牛。
飲血茹毛同上古，峨冠結髮異中州。
聖賢不得垂文化，歷代縱橫只自由。〔註29〕

寂寞河中府，西流綠水傾。沖風磨舊麥，懸碓杵新粳。
春月花渾謝，冬天草再生。優遊聊卒歲，更不望歸程

寂寞河中府，遺民自足糧。黃橙調蜜煎，白餅糝糖霜。
漱旱河為雨，無衣壟種羊。一從西到此，更不憶吾鄉。
〔註30〕

〔註28〕　〔元〕耶律楚材撰，《湛然居士文集·壬午西域河中游春十首》卷五，商務印書館，1939年，第59～60頁。

〔註29〕　〔元〕李志常著，王國維等校注，《長春真人西遊記校注》，廣文書局有限公司，1972年，第33頁。

〔註30〕　〔元〕耶律楚材撰，《湛然居士文集·西域河中十詠》卷六，商務印

無論是丘處機還是耶律楚材，在西征途中見到罕見的景象時，都會表現出詫異與新奇，他們相同的反應即用詩歌記下這一切。在丘處機初次見到蒙古人的裝束及生活習俗時，忍不住寫下了自己的感受，他對游牧民族的生活習俗與居住環境等都感到新奇。他看到他們放牧的馬牛，也見識了他們食肉飲乳的生活習俗，縱然是「飲血茹毛同上古，峨冠結髮異中州」，但也表示了極大的理解。而耶律楚材在面對西域邊城中所出現的風磨、懸杆、壟種羊等現象時，也同樣有新奇之感。詩人們這些客觀的描繪與真實的記錄為我們開闊了眼界，同時也使詩歌充滿了質樸與平和之美，這一類詩歌也使整個西征詩帶上了這種氣息。

二、西征詩代表詩人

西征詩是元代邊塞詩的重要組成部分，但是因其特殊性，我們對西征詩的介紹也僅限於個別詩人的詩作。西征詩與成吉思汗的第一次西征活動聯繫緊密，在這次活動中，能夠參與其中的除了成吉思汗及其蒙古大軍外，重要的謀臣和文人相對有限，而且由於隨從人員身份地位的不同。即便是隨從文人中有詩歌創作，但也未必都能流傳下來。因此，我們對西征詩人的介紹便也顯得有些單薄。

（一）西征詩詩人概述

實際上，在西征詩的創作過程中，真正有價值而且能流傳下來的詩歌很有限，在蒙元大軍中並不乏將士、工匠等人員，而文人謀士卻相對有限。在有限的這批文人中，既擁有特殊身份，能隨從西征。又寫詩記事，並有詩歌流傳的人便更為罕見，我們很幸運地發現兩位西征詩創作的代表人物：丘處機和耶律楚材。

丘處機和耶律楚材都擁有特殊的身份，都是學富五車的碩儒，他們在西征中所起的作用不容忽視。有人說，他們有著「一言止殺」的功勞。這種說法或許誇張，但卻並不是虛構。丘處機在中原道教界擁

書館，1939 年，第 72～73 頁。

有很高的聲譽，在蒙古、金、宋等政權的對峙中，他頗有遠見地看到了只有成吉思汗能夠阻止這場紛爭，並能一統天下，帶給人們夢寐以求的相對安寧。成吉思汗在西征之際便已考慮到未來的入主中原之事，要想一統天下，人心的統一很重要，而丘處機及全眞教在中原的勢力和影響或許能幫他加快統一的步伐，也或許可以讓他少燃兵燹，由此，成吉思汗向丘處機發出了邀請，丘處機也適時地接住了這枚橄欖枝。他的西行之路雖然艱辛，卻意義重大，他西征途中的所見所聞在他的詩中都有所展露，這些沿路所寫的詩歌中，有一部分正好就是我們罕見的西征實事的眞實寫照。

　　耶律楚材也是一位很有代表性的詩人，他的西征詩只是他整個邊塞詩的一部分。他是蒙元帝國中少有的治國賢才，他有著與丘處機幾乎相同的夢想，即儒家所追求的「齊家治國平天下」的宏願。雖然他出身契丹貴族，但他所受的漢文教育與儒家思想的薰陶並不遜色於漢族文人。再加上他是成吉思汗所看重的謀臣，雖然他被重用的初衷並不是以治國人才而居，但是他實際上所起的作用卻並不少於治國的棟樑。只是因爲蒙元帝國的特殊性與複雜性，耶律楚材的治國理想被打了不少折扣。這樣特殊的身份和學養使耶律楚材在隨從西征的那些年裏，經歷了不少一般人難以經歷的事情，他的這些見聞是元代西征詩中的重要材料，而他的西征詩也是整個西征詩中分量最重的部分。

　　其實，在丘處機與耶律楚材之外，元代西征詩的代表人物中還有後來的吳萊，他雖然與第一次西征無緣，但他筆下所描寫的詩歌內容儼然與西征途中的見聞一脈相承，因此，我們權且將其列入西征詩，如他在《西域種羊皮書褥歌寄李仲羽》中對西域地產風俗等的描寫便與耶律楚材等人的描寫有相通之處。

（二）丘處機的西征詩

　　丘處機（1148～1227），小名丘哥，字通密，號長春子，金皇統八年（戊辰年，1148）正月十九日出生於登州棲霞縣濱都裏。自幼

天資穎悟，博學高才，十九歲時遭遇時亂並萌生遁世修行之念，拜在全真教創始人王喆（道號重陽子）門下，成為王重陽的七大弟子之一。後來，丘處機曾先後在磻溪和龍門等地修行，金大定戊申（1188 年）春二月，金「世宗聞其名，遣使招赴闕」〔註 31〕，賞賜甚厚。丘處機回鄉修行期間，南宋和金王朝都曾經徵召過他，1219年，成吉思汗征伐西域之際，派遣近侍劉仲祿帶詔書到萊州徵召丘處機去西域傳授長生之術。「人皆以為師當南行，蓋南方奉道之意甚厚，而北方則殺戮太過，況復言語不通。而我師不言，但選門人之可與共行者，得一十八人，同宣差劉仲祿西行……」〔註 32〕。丘處機的選擇出乎人們意料，可他的選擇也正是他心懷天下、為民請命之心的最好證明。當蒙金、蒙夏戰火頻燒之際，丘處機耳聞目睹了多少人的流離失所，也親歷了戰爭對中原百姓的蹂躪之苦，而且他預見到一代天驕成吉思汗終會成就大業，也只有他才能一統天下。因此，若想救民於水火之中，必須感化這位蒙古大汗，使其終止殺戮，選賢任能，穩定中原，這樣的西行初衷在之後丘處機與成吉思汗的談話及交往中逐漸被證實。而且，在歷史風雲變幻莫測之際，能否選擇未來的贏家也決定了他們全真教日後的發展，丘處機也正是看出了這一點，才會甘願冒雪耐寒，在年逾古稀之年不遠萬里而西行。因此，丘處機的西行一方面是為民請命，另一方面也是為了弘揚道教教義。

　　1221 年，丘處機到達中亞大雪山（今阿富汗境內興都庫什山）西北坡的八魯灣行宮謁見了成吉思汗，第一次談話中，丘處機就以坦率和真誠獲得了成吉思汗的好感。在成吉思汗的允許下，他在中亞河中府（今烏茲別克斯坦首都撒馬爾干）一代進行廣泛的傳教活動，使道教教義深入人心，並在三年後回到燕京，受命掌管天下道教事務。

〔註 31〕 《道藏精華‧金蓮正宗記‧長春邱真人》，自由出版社，1990 年，第69 頁。
〔註 32〕 《道藏精華‧金蓮正宗記‧長春邱真人》，自由出版社，1990 年，第69 頁。

丘處機的西行從登州（今山東蓬萊）出發至燕京（今北京），出居庸
關，北上至克魯倫河畔。由此向西行至鎮海城（今蒙古人民共和國哈
臘烏斯及哈臘湖南岸），再向西南過阿爾泰山，越過準噶爾盆地至賽
里木湖東岸。南下穿經中亞到達興都庫什山西北坡之八魯灣〔註33〕。
丘處機在西行途中筆耕不輟，留下了大量詩詞描寫沿途之見聞，在其
弟子李志常的《長春眞人西遊記》中留下了很多眞實的記錄，我們所
介紹的丘處機之西征詩也主要出自此處。

　　丘處機的西征詩在元代的西征詩中佔有一定位置，他的眞實描
寫也爲成吉思汗的西征沿線風物做了注腳，是我們瞭解成吉思汗西
征以及西域、中亞一代民俗風物的一面鏡子。在這些詩歌中，我們
主要從西征沿路風景、西征沿途各地民俗風情和丘處機的內心世界
等三方面來解讀，這三類是丘處機西征詩的主要內容。在丘處機眼
中，在西征途中的所見所聞都是新奇和充滿神秘感的，這是一次神
奇的旅行，在帶著神聖的使命啓程之初，或許他自己也沒有意識到
這次西征會爲世人留下這麼多可供研究的史料，而正是自己的眞實
創作爲後人「開眼看世界」打開了一扇窗戶。

　　丘處機帶領弟子一行初踏上西行路，至燕京一代，京官士庶僧道
郊迎於道，面對燕京城外蒙古人的獵獵旌旗，聆聽著戰馬的嘶鳴聲以
及燕京一代的自然景觀，寫下了他西征途中的第一首詩：

　　　　旌旗獵獵馬蕭蕭，北望燕師度石橋。
　　　　萬里欲行沙漠外，三春遙別海山遙。
　　　　良朋出塞同歸雁，破帽經霜更續貂。
　　　　一自玄元西去後，到今無似北庭招。〔註34〕

丘處機此詩將燕京一代的自然景觀及人文景觀一併交代，在雄偉的燕
山下，迎風招展的是蒙古人的獵獵戰旗，而自己以年邁之軀將赴萬里

<hr />

〔註33〕〔元〕李志常著，黨寶海譯注，《長春眞人西遊記》，河北人民出版
　　　　社，2001 年，第 6 頁。
〔註34〕〔元〕李志常著，王國維等校注，《長春眞人西遊記校注》，廣文書
　　　　局有限公司，1972 年，第 11 頁。

沙漠外，長途跋涉的出行在這些背景的襯托下，也是變相地交代自己
此次出行的目的，燕京一代郊迎於道的良朋道友們，爲自己賦詩送
別，而這首續貂之作，卻明確交代了自己西行的緣由。詩人在寫景的
背後隱藏了很多人文社會背景，也爲他的寫景詩注入了很多時代因
素。當丘處機北度野狐嶺後，初見草原之景與蒙古人的生活場景時，
不僅又寫下詩歌以示感慨：

> 坡陀折疊路彎環，到處鹽場死水灣。
> 盡日不逢人過往，經年惟有馬回還。
> 地無木植惟荒草，天産丘陵沒大山。
> 五穀不成資乳酪，皮裘氈帳亦開顏。〔註35〕

丘處機所到之處應爲當年徐霆走過的路，徐霆在《黑韃事略》中所記
相同，「出居庸關，過野狐嶺，更千餘里，入草地，日界裏泊，其水
暮沃而夜成鹽。客人以米來易，歲至數千石」〔註36〕，而在丘處機初
入草原邊緣地帶之際，便看到處處是「鹽場死水灣」，這裏人煙稀少，
荒草叢生，而這裏的人們吃穿住都與中原迥異，他們以乳酪爲食，以
皮裘爲衣，以氈帳爲廬，他們的生存條件並不很好，因此，當看到他
們「亦開顏」的精神面貌時，丘處機還是有些意外。

　　若說丘處機初見與中原風物不同的草原牧民生活時有些詫異，
那麼當他看到西域一帶的風物時便更是吃驚不小了，當丘處機一行
自金山至陰山（今新疆的天山）一路行來，有詩記下沿途見聞：

> 金山東畔陰山西，千岩萬壑橫深溪。
> 溪邊亂石當道臥，古今不許通輪蹄。
> 前年軍興二太子，修道架橋徹溪水。〔註37〕
> 今年吾道欲西行，車馬喧闐復經此。
> 銀山鐵壁千萬重，爭頭競角誇清雄。

〔註35〕〔元〕李志常著，王國維等校注，《長春眞人西遊記校注》，廣文書
　　　　局有限公司，1972年，第26頁。
〔註36〕彭大雅撰，徐霆疏證，《黑韃事略》，叢書集成初編，商務印書館，
　　　　1937年，第3頁。
〔註37〕詩後注曰：三太子修金山，二太子修陰山。

日出下觀滄海近，月明上與天河通。
參天松如筆管直，森森動有百餘尺。
萬株相倚鬱蒼蒼，一鳥不鳴空寂寂。
羊腸孟門壓太行，比斯大略猶尋常。
雙車上下苦頓擷，百騎前後多驚惶。
天池海在山頭上，百里鏡空含萬象。
懸車束馬西下山，四十八橋低萬丈。
河南海北山無窮，千變萬化規模同。
未若茲山太奇絕，磊落峭拔加神功。
我來時當八九月，半山已上皆爲雪。
山前草木暖如春，山後衣衾冷如鐵。〔註38〕

丘處機一行至此風景秀麗、地勢險峻處，對比一路所見之景，不覺驚訝，「山前草木暖入春，山後衣衾冷如鐵」，在耶律楚材的和詩中曾有按語曰：陰山即西金山，過此則爲斜米思干城。我們在前文對耶律楚材和詩的分析中已將此地之景及詩中所出現的「四十八橋」等意象有所介紹，此不贅述，我們在此摘錄一段《長春眞人西遊記》中此詩之前的記錄，可以作爲此詩的最好注解，「晨起，西南行約二十里，忽有大池，方圓幾二百里，雪峰環之，倒影池中。師名之曰『天池』。沿池正南下，左右峰巒峭拔，松樺陰森，高逾百尺。自巔及麓，何啻萬株。眾流入峽，奔騰洶湧，曲折彎環，可六七里。三太子扈從西征，始鑿石理道，刊木爲四十八橋，橋可並車。薄暮宿峽中，翌日方出。入東西大川，水草盈秀，天氣似春，稍有桑棗。次及一程，（1220 年）九月二十七日至阿里馬城。」〔註39〕「阿里馬城」即阿力麻里城，今新疆霍城縣境內，而此詩所描寫的天山景物顯然爲丘處機到了阿力麻里城之後的追憶之作。從詩中所出現的大量數量詞來看，這裏的奇景與奇險對丘處機的觸動很大，非內地

〔註38〕〔元〕李志常著，王國維等校注，《長春眞人西遊記校注》，廣文書局有限公司，1972 年，第 55～56 頁。
〔註39〕〔元〕李志常著，王國維等校注，《長春眞人西遊記校注》，廣文書局有限公司，1972 年，第 52 頁。

景物可比。

　　沿途景物的迥異對丘處機有很大的視覺衝擊，而當他眞正身處異域時，當地的民俗風情也給他帶來了不同的體驗：

　　　　二月經行十月終，西行迴紇大城塘。

　　　　塔高不見十三級〔註40〕，山厚已過千萬重。

　　　　秋日在郊猶放象，夏雲無雨不成龍。

　　　　嘉蔬麥飯葡萄酒，飽食安眠養素慵。〔註41〕

詩人從二月開始出發，經過大半年的時間於十月份到達迴紇城中，這裏的建築、氣候、飲食、生活節奏等都給詩人留下了深刻的印象，葡萄酒等異域之物給詩人帶來了新奇之感，此後，在異域所見識到的把攬、蜥蜴等物都給詩人留下深刻印象。丘處機在西行途中欣賞著新奇事物的同時，內心也在遭受著難以忍受的煎熬。蒙古軍西征的戰火在丘處機的西行之路上一直燃燒著，而他爲民請命的初衷見效甚微時的擔憂也不免從詩中流露：

　　　　水北鐵門猶自可，水南石峽太堪驚。

　　　　兩崖絕壁攪天聳，一澗寒波滾地傾。

　　　　夾道橫屍人掩鼻，溺溪長耳我傷情。

　　　　十里萬里干戈動，早晚回軍復太平。〔註42〕

在河中府附近，蒙古軍與花剌子模軍正在交戰，丘處機出行至石門，「有巨石橫其上若橋焉。其流甚急，騎士策其驢以涉，驢遂溺死。水邊尚多橫屍，此地蓋關口」〔註43〕。這是成吉思汗第一次召見丘處機後忙於軍事，遣使送丘處機暫回行館之際，丘處機的途中所見。在橫屍面前，想起自己西行的初衷，丘處機不禁感慨「十里萬里干戈動，早晚回軍復太平」，在他的內心深處，不管是蒙古軍還是花剌子模軍，

〔註40〕此注：以磚刻刻鏤玲瓏，外無層級，內可通行。

〔註41〕〔元〕李志常著，王國維等校注，《長春眞人西遊記校注》，廣文書局有限公司，1972年，第72頁。

〔註42〕〔元〕李志常著，王國維等校注，《長春眞人西遊記校注》，廣文書局有限公司，1972年，第82頁。

〔註43〕〔元〕李志常著，王國維等校注，《長春眞人西遊記校注》，廣文書局有限公司，1972年，第82頁。

亦或是遠方家鄉的中原人士等，都是他所關注的天下蒼生中的一員，
他心懷天下求民安的心思也只能祈求成吉思汗和他的鐵騎軍能早日
罷戰，還天下一片安寧，這或許就是他之後與成吉思汗再次交談時循
循善誘地道出其「恤民保眾，使天下懷安」的心思。

第三節　耶律楚材的西征詩

　　耶律楚材（1190～1244 年），字晉卿，號玉泉，法號湛然居士，
是遼皇族東丹王耶律倍的後裔，生長在燕京。這是一個漢化程度很
高的契丹貴族家庭，受儒家思想的影響很深。耶律楚材少學詩書，
對漢文化接觸較早，在學習中他逐漸認識到傳統的儒家思想是封建
統治的有力工具，他在萬松老人門下受教過程中，也充分體會到了
佛家體悟民心的善念。因此，他後來的「以儒治國，以佛治心」理
念或許便是這早期受教育過程中的一次集體沉澱。耶律楚材的儒、
釋合一思想與他契丹貴族的身份，加上他一生多年生活於多民族聚
居地區的人生經歷，他實際上是多民族文化融合的最典型的代表。
他的一生都在致力於恢復發展中原文化，在堅持和發揚進步文明的
發展之路上，他走的很辛苦，在整個統治集團內部，他是一個彳亍
獨行的孤獨者。在蒙古族入主中原以後，耶律楚材實際上充當了一
座溝通蒙古族舊習與中原先進文明的進步橋梁。在他的規勸與輔佐
下，蒙古貴族們放棄了很多落後的觀念和殘暴措施，並逐步接受了
「以漢治國」的思想。而耶律楚材的這種嘗試要追溯到最初的成吉
思汗時代。

一、耶律楚材與成吉思汗第一次西征

　　金朝末年，蒙古人的戰火燒進了金朝境內，經過多次交鋒，金
軍節節敗退。生活其間的耶律楚材看到國勢已去，前途渺茫，便辭
家歸隱，將功名之心暫且放下，拜萬松老人為師，開始學習佛理。
在萬松老人門下苦修的日子裏，耶律楚材閉門參禪，廢寢忘食，終

於參透了禪理。成為萬松老人的得意門徒，也在燕京城內享有盛譽。
縱是參透了佛法，但他的最高理想並不是遁世脫俗，他一直有「致
君澤民」的理想，只是時機不到，只能韜光養晦，以修禪為要務。
此時已經進駐燕京的成吉思汗，之前便時刻留意著延攬遼國遺民，
作為自己滅金的助手。耶律楚材家族在金朝世代為官，聲名顯赫，
對外又一直以東丹王後裔自詡，中都被攻克後，耶律楚材正好留在
中都，自然便成了成吉思汗尋求的最理想的人選。「太祖定燕，聞其
名，召見之。」〔註44〕耶律楚材被徵召的最直接原因是他懂占卜、
會星相之術，他自己曾在詩中明確表達過，「自天明下詔，知我素通
著」〔註45〕，成吉思汗及蒙古貴族們素來信仰薩滿教，對長生天充
滿了敬畏，每次出征都會進行占卜活動，因此在連年征戰的當時急
需要一些懂占卜之術的人為他服務，而耶律楚材正好對此非常擅
長，這也是他被成吉思汗看重的最直接的原因。他在「戊寅（1218
年）之春，三月既望」〔註46〕之際，接受了成吉思汗的徵召，重新
開始了他的仕宦生涯，而這一次的入仕也是他人生的重要轉折。

　　耶律楚材決定接受成吉思汗的徵召後，於當年（1218）三月份
從燕京啟程，向成吉思汗所在的漠北大營出發。「予始發永安，過居
庸，歷武川，出雲中之右，抵天山之北，涉大磧，逾沙漠。未浹十
旬，已達行在。」〔註47〕耶律楚材當時居住在今北京西北香山、玉
泉山之間，遼宣宗曾葬於香山，陵名永安，故有「始發永安」語。
耶律楚材從永安出發，經過居庸關，到達武川（今內蒙古武川縣），
從雲中（今山西大同市）穿過，抵達天山（今內蒙古呼和浩特市北

〔註44〕〔明〕宋濂等撰，《元史·耶律楚材傳》卷一百四十六，中華書局，
　　　　1976年，第3455頁。

〔註45〕〔清〕顧嗣立編，《元詩選·初集上·懷古一百韻寄張敏之》，中華
　　　　書局，1987年，第370頁。

〔註46〕〔元〕耶律楚材著，向達校注，《西遊錄·上》，中華書局，1981年，
　　　　第1頁。

〔註47〕〔元〕耶律楚材著，向達校注，《西遊錄·上》，中華書局，1981年，
　　　　第1頁。

的陰山，或曰大青山）之北，穿過山北的沙磧，到達當時成吉思汗的行在所在地——今蒙古人民共和國肯特省的克魯倫河畔。從文中「爲淶十旬」可知，耶律楚材的這次行程歷時三個多月，到達成吉思汗的行在地時正好是夏天，草原上也是最好的季節，一望無際的草場和白雲飄飄的藍天在遠處連成一片，綠草地上點綴著成群的牛羊，雄偉的車帳軍營與驍勇的鐵騎軍，這幅草原游牧圖給耶律楚材留下了最初的好感。耶律楚材留下了「車帳如雲，將士如雨，馬牛被野，兵甲赫天，煙火相望，連營萬里」〔註48〕的記錄，也發出了「千古之盛，未嘗有也」〔註49〕的感慨。

在成吉思汗與耶律楚材的初次見面中，耶律楚材就給成吉思汗留下了深刻的印象。在此之前，成吉思汗曾籠絡接納過很多的遼人，他們大多對成吉思汗滅金，並揚言爲遼人報世仇之舉感激不盡，而耶律楚材的回答出人意料，他的忠君思想使愛恨分明的成吉思汗很是欣賞，加上他出色的占卜之術，耶律楚材很快就得到了成吉思汗的器重。蒙古人以長鬚者爲尊，「韃人少髯，故多必貴也」〔註50〕，而耶律楚材正好又蓄有長鬚，成吉思汗便稱呼他爲「吾圖撒合里」，即「長鬍子」。耶律楚材在與成吉思汗的初次接觸中，對蒙古人的驍勇善戰和成吉思汗的遠見卓識都已有了初步的印象。在當時的亂世中，或許也只有這位善戰的蒙古人才能夠一統天下，實現他多年的夙願。我們知道，耶律楚材是一個具有多民族融合思想的政治家，他所受的教育與他多年的經歷使他具備了儒釋合一思想，他對中原儒家思想中的大一統一直極力擁護，但他的大一統思想並不像一般的漢族文人那樣是漢族爲正統的大一統，而是多民族的大一統。他

〔註48〕〔元〕耶律楚材著，向達校注，《西遊錄·上》，中華書局，1981年，第 1 頁。

〔註49〕〔元〕耶律楚材著，向達校注，《西遊錄·上》，中華書局，1981年，第 1 頁。

〔註50〕彭大雅撰，徐霆疏證，《黑韃事略》，叢書集成初編，商務印書館，1937年，第 17 頁。

「將少數民族入主中原看作是對秦漢以來的國家統一事業的繼承」
〔註 51〕。既然看出了未來一統天下的非成吉思汗和他的蒙古軍莫
屬，那耶律楚材便會積極地與蒙古人合作，好藉此實現他多年「致
君澤民」的理想。在他見過成吉思汗的第二年（1219），蒙古大軍的
作戰計劃有所調整，成吉思汗在出現了商隊被殺事件之後決定討伐
中亞的花剌子模國，耶律楚材作爲大汗面前不可缺少的近侍，便很
自然地隨軍出征。

　　成吉思汗的第一次西征緣由我們前文有詳細的交代，此不贅述。
蒙古大軍在 1219 年夏 6 月，從蒙古本土出發，據記載，當時雖是夏
天，卻「禡旗之日，雨雪三尺」〔註 52〕，成吉思汗猶豫不決，耶律楚
材爲他打消了疑慮：「玄冥之氣，見於盛夏，克敵之征也」〔註 53〕。
耶律楚材的話對穩定軍心起了重要作用。在成吉思汗的西征途中，耶
律楚材的預測總能應驗，因此更得成吉思汗的器重。在這次西征的第
一階段戰役結束後，成吉思汗於 1220 年先後駐紮在撒馬爾干、那黑
不沙（今烏茲別克斯坦共和國哈爾希）駐軍，準備下一輪的進攻。在
此期間，耶律楚材曾受命留駐撒馬爾干，未曾隨軍南行。因此，從
1220 年到 1222 年的大部分時間里耶律楚材都在這裏度過，並留下了
很多描寫當地風情的詩歌，我們在下文重點介紹。在此期間，耶律楚
材還做了一件大事，即撰寫《征西庚午元曆》〔註 54〕。在第一次西征
臨近結束之際，出現了一件怪事，有一個綠色的形如鹿而長著馬尾的
角獸，忽作人語，對成吉思汗的近侍說道：「汝主宜早還」，成吉思汗
以此問耶律楚材，楚材答道：「此瑞獸也，其名角端，能言四方語，

〔註51〕 何曉芳，《論耶律楚材多民族文化融合思想及其對中國歷史的貢
　　　　獻》，《中央民族學院學報》，1992 年第 6 期。
〔註52〕 〔明〕宋濂等撰，《元史·耶律楚材傳》卷一百四十六，中華書局，
　　　　1976 年，第 3456 頁。
〔註53〕 〔明〕宋濂等撰，《元史·耶律楚材傳》卷一百四十六，中華書局，
　　　　1976 年，第 3456 頁。
〔註54〕 〔元〕耶律楚材撰，《湛然居士文集·進征西庚午元曆表》卷八，商
　　　　務印書館，1939 年，第 118 頁。

好生惡殺，此天降符以告陛下。陛下天之元子，天下之人，皆陛下之子，願承天心，以全民命。」〔註55〕成吉思汗聽罷，即日班師。我們權且不管此傳聞的真實與否，在耶律楚材的心中既然早就有為天下蒼生請命的理想，有「致君澤民」的抱負，那麼在出現奇聞怪事之際，他順應時勢而講出此話卻不是沒有可能。而成吉思汗班師的原因也並非真的就如此記載所言，但事情的客觀結果就是蒙古人結束了長達五年之久的西征，也熄滅了這次長久蔓延的的戰火。從某種意義上來說，耶律楚材一語起到了「止殺」的效果，這才是重點。

如果說耶律楚材在蒙古人的第一次西征中便起到了重要的勸諫作用或許並不為過，但若說他最初的倍受重視是因為他的滿腹經綸和治國思想的話，那便大錯特錯了。耶律楚材被成吉思汗徵召並不是因為他懂得孔孟之道，掌握以儒治國的本領，而僅僅是因為他有一套占卜的法術和他起草文書的特長，他只是被蒙元統治者作為星相術士或高級文書罷了，這也是耶律楚材內心孤獨的重要原因。自己最擅長的治國之術無人問津，而這些雕蟲小技卻成了別人賞識自己的主要原因，這本身對耶律楚材就是一個極大的諷刺。但為了實現他多年的夙願，他不惜曲線救國，先從小事做起。在多次展示才華後，成吉思汗看到了他的價值，並將之視為託孤大臣，對將要繼位的窩闊台汗說，「此人，天賜我家。爾後軍國庶政，當悉委之」〔註56〕，這也為耶律楚材以後的從政生涯鋪平了道路，至於他在蒙古舊俗與中原文明中間的斡旋與最終的失敗則是後話，我們此處關注最多的則是這位心靈孤獨的先驅者在第一次扈從西征過程中所寫下的那些詩歌。

二、耶律楚材的西征詩

耶律楚材的西征詩內容豐富，所涉甚多，有對蒙古大軍威武之勢

<hr>

〔註55〕〔明〕宋濂等撰，《元史‧耶律楚材傳》卷一百四十六，中華書局，1976年，第3456頁。
〔註56〕〔明〕宋濂等撰，《元史‧耶律楚材傳》卷一百四十六，中華書局，1976年，第3456頁。

的描述，也有對西域等地物產、習俗的描繪；有對西征期間友朋相互酬唱的記錄，也有對自己心路歷程的描寫。在這眾多的詩歌中，我們既可以充分體會耶律楚材的博學與胸襟，又能從中感受西征途中迥異於中土風物的種種奇聞奇觀等。而耶律楚材的詩歌風格同之前的邊塞詩相比則有很大的不同，這種詩歌風格從某種程度上代表了元代邊塞詩的風格走向，我們在這些詩歌中看到了元代邊塞詩的很多發展因素，它以自己的獨特魅力爲元詩的發展做出了重大貢獻。

（一）西征聞見錄

耶律楚材初次踏上草原，在未見成吉思汗之時，便已經見識了蒙古軍的威武，草原上遍佈的軍帳與驍勇的鐵騎軍已經給他留下了深刻印象。那時的蒙古軍尚處於未戰狀態中，因此，眞正扈從西征時，耶律楚材對開始征戰的蒙古軍有了更深的印象，這種軍容與氣勢是休整時候不曾有的。蒙古大軍在行軍途中不畏艱險，鑿冰開路，這種氣吞宇內、不可阻擋的氣勢讓耶律楚材爲之動容，他曾寫詩贊曰：

> 河源之邊鳥鼠西，陰山千里號千溪。
> 倚雲天險不易過，驪驪蹄蹙追風蹄。
> 簽記長安五陵子，馬似遊龍車如水。
> 天王赫怒山無神，一夜雄師飛過此。
> 盤雲細路松成行，出天入井實異常。
> 王尊疾驅九折阪，此來一顧應哀惶。
> 崢嶸突出峰峭直，山頂連天才咫尺。
> 楓林霜葉聲蕭騷，一雁橫空秋色寂。
> 西望月窟九譯重，嗟呼自古無英雄。
> 出關未盈十萬里，荒陬不得車書通。
> 天兵飲馬西河上，欲使西戎獻馴象。
> 旌旗蔽空塵漲天，壯士如虹氣千丈。
> 秦皇漢武稱兵窮，拍手一笑兒戲同。
> 瀝山陵海匪難事，剪斯群醜何無功。
> 騷人羞對陰山月，壯歲星星發如雪。

　　穹廬展轉清不眠，霜匣閒殺錕鋙鐵。〔註57〕

此詩與《過陰山和人韻》是前後相繼的兩首詩，都是爲丘處機的詩歌
寫的和詩，而這兩首詩又集中表現了蒙古大軍在行軍途中的非凡表
現，此處主要記述他們穿越千里陰山（今新疆的天山）的情景，面對
千里冰封的陰山，他們克服常人難以克服的困難，鑿冰開路，人爲架
橋地通過天險之地，爲行軍作戰爭取了寶貴時間，「旌旗蔽空塵漲天，
壯士如虹氣千丈」，蒙古軍所表現出來的軍容與軍威都爲他們的取勝
做了很好的注釋。耶律楚材目睹了成吉思汗西征大軍翻越險峻的陰山
的壯舉，對他們未來的西征事業也充滿了期待，對成吉思汗更是給出
了很高的評價，以秦皇漢武來襯托一代天驕的雄姿。

　　在耶律楚材的西征路上，有很多新奇的物產給他留下了深刻的
印象，特別是他暫留在撒馬爾干城內期間，他目睹了很多中土未見
之物，也見識了不少中原少有的習俗，我們在很多詩歌中都能看到
零星的記載，而《西域河中十詠》是其中物產與習俗較爲集中的一
首：

　　　　寂寞河中府，連甍及萬家。蒲萄親釀酒，把欖看開花。
　　　　飽啖雞舌肉，分餐馬首瓜。人生唯口腹，何礙過流沙。

　　　　寂寞河中府，臨流結草廬。開樽傾美酒，擲網得新魚。
　　　　有客同聯句，無人獨看書。天涯獲此樂，終老又何如。

　　　　寂寞河中府，遐荒僻一隅。蒲萄垂馬乳，把欖燦牛酥。
　　　　釀酒無輸課，耕田不納租。西行萬餘里，誰謂乃良圖。

　　　　寂寞河中府，生民屢有災。避兵開邃穴，防水築高臺。
　　　　六月常無雨，三冬卻有雷。偶思禪伯語，不覺笑顏開。

　　　　寂寞河中府，頹垣遶故城。園林無盡處，花木不知名。
　　　　南岸獨垂釣，西疇自省耕。爲人但知足，何處不安生？

　　　　寂寞河中府，西流綠水傾。沖風磨舊麥，懸碓杵新粳。

〔註57〕〔元〕耶律楚材撰，《湛然居士文集·再用前韻》卷二，商務印書館，
　　　　1939年，第15～16頁。

春月花渾謝，冬天草再生。優遊聊卒歲，更不望歸程。

寂寞河中府，清歡且自尋。麻牋聊寫字，葦筆亦供吟。
傘柄學鑽笛，宮門自斲琴。臨風時適意，不負昔年心。

寂寞河中府，西來亦偶然。每春忘舊閏，隨月出新年。
強策渾心竹，難穿無眼錢。異同無定據，俯仰且隨緣。

寂寞河中府，聲名昔日聞。城隍連畎畝，市井半丘墳。
食飯秤斤賣，金銀用參分。生民怨來後，簞食謁吾君。

寂寞河中府，遺民自足糧。黃橙調蜜煎，白餅糝糖霜。
漱旱河爲雨，無衣壟種羊。一從西到此，更不憶吾鄉。

〔註58〕

河中府是撒馬爾干（今烏茲別克斯坦共和國撒馬爾罕）的別稱，亦稱尋思干，據《西遊錄》記載，「尋思干者西人云肥也，以地土肥饒故名之。西遼名是城曰河中府，以瀕河故也。尋思干甚富庶。用金銅錢，無孔郭……環郭數十里皆園林也。家必有園，園必成趣……亦一時之盛概也。瓜大者如馬首許，長可以容狐。八穀中無黍糯大豆，餘皆有之。盛夏無雨，引河以溉。率二畝收鍾許。釀以蒲桃，味如中山九醞。頗有桑，鮮能蠶者，故絲繭絕難，皆服屈眴。土人以白衣爲吉色，以青衣爲喪服，故皆衣白。」〔註59〕根據此記載，再回頭看詩歌中所言，便不難理解了。此詩似乎便是爲這段文字做的一種注腳，「蒲桃親釀酒」，「分餐馬首瓜」，「蒲萄垂馬乳，杷欖燦牛酥」、「黃橙調蜜煎，白餅糝糖霜」等都爲我們描述了當地的物產，除了「葡萄酒」、「馬首瓜」、「馬乳」、「牛酥」、「把攬」、「黃橙」、「金桔」等物外，我們在其它詩歌中還能發現相關內容爲此作補充，「瑪瑙杯寒醉眼明」〔註60〕爲我們展示了西域的特產之一──瑪瑙杯；

〔註58〕〔元〕耶律楚材撰，《湛然居士文集·再用前韻》卷二，商務印書館，1939年，第71～73頁。
〔註59〕〔元〕耶律楚材著，向達校注，《西遊錄·上》，中華書局，1981年，第3頁。
〔註60〕〔元〕耶律楚材撰，《湛然居士文集·庚辰西域清明》卷五，商務印

「細切黃橙調蜜煎，重羅白餅摻糖霜」、「春雁旅澆濃鹿尾，臘糟微浸軟蹄香」〔註61〕則讓我們對此地的美味佳肴忍不住垂涎欲滴；而「雪花灩灩浮金蘂，玉屑紛紛碎白芽」、「玉屑三甌烹嫩蕊，青旗一葉碾新芽」〔註62〕又讓我們沉醉在茶香四溢的美好氛圍中。西域的各種物產在耶律楚材筆下栩栩如生，令人神往。同時，他也將此地的習俗融進了詩歌中，如詩中所描繪的「沖風磨舊麥，懸碓杵新粳」為我們展示了西人用風力磨麥，懸杵舂米的當地習俗，「漱旱河為雨，無衣氎種羊」又為我們描述了當地的經濟形式，當地人穿衣所賴的衣料正是來自於這種「氎種羊」，即木棉，也就是我們今天所說的棉花。正因為此地雖然產桑，但鮮能蠶者，因此當地人以棉布為主要衣料。另外，「強策渾心竹，難穿無眼錢。異同無定據，俯仰且隨緣」，他們所用的錢沒有孔，而他們所用的曆法也迥異於中原。上文曾提到耶律楚材曾作《進征西庚午元曆表》呈給成吉思汗，而據考證，耶律楚材還曾經製作和撰成麻達巴曆〔註63〕。在耶律楚材的詩歌中，西域的種種物產與習俗都清晰地展示在世人面前，我們對遠方這塊土地上生存的人們的生活也有了大致的瞭解〔註64〕。

（二）唱和詩

　　此處所言唱和詩，一方面是指與人相互唱和之作，一方面也指那些與朋友間的酬答寄送等作品。耶律楚材在西征途中曾在撒馬爾干寄居過一段時間，這段相對於戰火紛飛的前線較為平靜安逸的生活中，詩人在當地結交了很多朋友，他們之間互有贈答，過從甚密，

書館，1939年，第58頁。
〔註61〕〔元〕耶律楚材撰，《湛然居士文集·贈蒲察元帥七首》卷五，商務印書館，1939年，第57頁。
〔註62〕〔元〕耶律楚材撰，《湛然居士文集·西域從王君玉乞茶因其韻七首》卷五，商務印書館，1939年，第67頁。
〔註63〕鄧可卉，《耶律楚材與麻達巴曆》，《廣西民族大學學報》（自然科學版），2009年第7期增刊。
〔註64〕在這一部分中，我們只選取了具有代表性的西域物產與習俗，並不打算面面俱到地全面介紹，「以一斑而窺全豹」而已。

有很多詩歌都記載下了他們交遊的點滴；另外，在西域的這段日子裏，耶律楚材也曾寫詩懷念過遠方的朋友。因此，我們將這些詩歌統統列入唱和詩名下，從這些唱和中我們也可以看見耶律楚材當年的生活狀態。而在這些唱和詩中，最有名的莫過於他和長春眞人丘處機的唱和之作。

耶律楚材與丘處機雖信仰不同的宗教，身份地位迥異，但卻有同樣的心懷天下蒼生之念，丘處機初到西域未見成吉思汗之前便由耶律楚材接待，兩人既有此念，便很快開始了詩酒唱和生涯，在過往酬唱間也爲後人留下了很多可互相參考求證的詩篇，爲研究西域等地的地理風物留下了重要的參考材料。在他們眾多的酬唱之作中，描寫金山、陰山一代風景的詩歌最爲有名，如我們前文所述丘處機的「金山東畔陰山西」一詩，耶律楚材便有《過陰山和人韻》相和，這兩首詩我們在前文都有提及，此不贅述。它們也堪稱耶律楚材與丘處機唱和詩中的代表，因此，有關他們二人的唱和詩不再多言。除此外，耶律楚材在西域期間還結交了不少朋友，與他們之間的相互贈寄之作也是我們瞭解耶律楚材生活及其心態的又一個途徑。在撒馬爾干期間，耶律楚材經常到離此不遠的不花剌城（詩中或稱蒲華城），與當地的駐守長官蒲察七斤結下深厚友誼，他曾多次寫詩相贈，如：

> 騷人歲杪到君家，土物蕭疏一餅茶。
> 相國傳呼扶下馬，將軍忙指買來車。
> 琉璃鍾裏葡萄酒，琥珀瓶中杷欖花。
> 萬里遐方獲此樂，不妨終老在天涯。〔註65〕

詩人在與當地長官的交往中，享受著當地豐富的物產和愜意的恬靜生活，「琉璃鍾裏葡萄酒，琥珀瓶中杷欖花」是這種生活的最好寫照，有如此良辰美景、美味佳肴，又有如此交情深厚的友人，難怪詩人有「不妨終老在天涯」之慨。

〔註65〕〔元〕耶律楚材撰，《湛然居士文集·西域蒲華城贈蒲察元帥》卷六，商務印書館，1939年，第83頁。

（三）心路歷程

在耶律楚材的西征詩中，我們最容易看到的是他描寫當地自然風光與物產習俗的內容，而在這眾多的詩歌中，我們很容易忽視詩人的心路歷程，從他的詩歌中我們能感受到他對西域本土的熱愛，有了久居成鄉的安適感；我們也能體會到他一直以來的夙願，願天下太平，百姓安居樂業；而他那種在異域他鄉的思鄉愁與願望實現渺茫時的孤獨者心態卻需要我們從詩歌的字裏行間去體會，去揣測。

耶律楚材的西征詩從某種程度上代表了元代邊塞詩的發展，特別是他在詩歌描寫過程中的情感變化，這種變化在歷代邊塞詩中少有而元代邊塞詩中常見，這便不能不引起人們的注意。我們先看下面一首詩：

> 太守多才民富強，風光特不讓蘇杭。
> 葡萄酒熟紅珠滴，杷欖花開紫雪香。
> 異域絲簧無律呂，胡姬聲調自宮商。
> 人生行樂無如此，何必咨嗟憶故鄉。〔註66〕

耶律楚材在描寫西域物產與習俗時，總是帶著微笑的眼光，他沒有將自己看作客居他鄉的旅人，而是將自己置身於此，以主人翁的姿態去熱愛和欣賞這片土地上的任何物產和現象，因此，對這片熱土倍感親切。這裏民富物豐，風光秀美，葡萄美酒飄香，杷欖花開耀眼，而胡姬的甜美歌聲與絲簧的伴奏聲都使詩人樂而忘返，「人生行樂無如此，何必咨嗟憶故鄉」，這種感情與上文詩中所言的「不妨終老在天涯」有著相似的基調，將他鄉當故鄉，久居成鄉的心態在詩歌中自然流露，也是耶律楚材積極生活態度的一種折射。

耶律楚材在撒馬爾干城內過著平靜安逸的生活的同時，前方的蒙古鐵騎與花剌子模軍正在交戰，在不遠處的某個山間或角落裏還

〔註66〕〔元〕耶律楚材撰，《湛然居士文集·戲作二首》卷六，商務印書館，1939 年，第 84 頁。

躺著橫屍無數，這樣的戰爭背景下，他不可能無動於衷，在一些詩歌中，他也對四海太平寄予厚望，對成吉思汗的統一大業寄予厚望：

　　四海從來皆弟兄，西行誰復歎行程。
　　既蒙傾蓋心相許，得遇知音眼便明。
　　金玉滿堂違素志，雲霞千頃適高情。
　　廟堂自有夔龍在，安用微生措治平。

　　寓跡塵埃且樂生，垂天六翮斂鵬程。
　　無緣未得風雲會，有幸能瞻日月明。
　　出處隨時全道用，窮通逐勢歎人情。
　　憑誰爲發豐城劍，一掃妖氛四海平。〔註67〕

四海之內皆兄弟，耶律楚材的大一統思想的確不同於漢地文人，他的這種民族觀念具有進步性，是中華民族多民族融合現狀中衍生出的合理觀念，在他的心中，這種統一同樣也適用於花剌子模人。在他久居西域期間的所見所聞所感，使他對這種統一概念又有了更深的體會，成吉思汗對他的重視使他有「得遇知音眼便明」的感覺，他對成吉思汗的雄才偉略抱著很高的期待，「廟堂自有夔龍在，安用微生措治平」，「一掃妖氛四海平」，對未來統一事業的期望同樣也是對「四海太平」，百姓安居樂業的期望，這才是耶律楚材的終極夢想，也是他積極出仕最想達到的效果。我們之前說過，耶律楚材是溝通蒙元舊俗與中原進步文明之間的橋梁，他面對蒙元貴族中的整個保守派力量顯得那麼渺小，他在推行漢法與變革蒙元舊俗的路上走得很孤單，耶律楚材雖貴爲遼皇室後裔，但在蒙元帝國內，他儼然位於蒙古、色目人之後的北方漢人行列，儘管曾得到成吉思汗和窩闊台汗的重用，但私下裏卻備受人們質疑，一個受寵的弓匠都能當面斥責他，窩闊台汗後期更是遭人陷害，曾身陷囹圄，「有二道士爭長，互立黨與，其一誣其仇之黨二人爲逃軍，結中貴及通

〔註67〕〔元〕耶律楚材撰，《湛然居士文集·壬午西域河中游春十首》卷五，商務印書館，1939 年，第 60～61 頁。

事楊惟忠，執而虐殺之。楚材按收惟忠。中貴復訴楚材違制，帝怒，繫楚材」〔註68〕，這次冤案雖然很快就平息了，但留給耶律楚材的心靈創傷是難以抹平的。對他的變革耿耿於懷的蒙古統治集團內部的保守派對他歷來視如眼中釘，特別是當窩闊台汗去世後，以乃馬眞皇后爲首的蒙古最高統治集團便開始了對耶律楚材的排擠，他所推行的系列措施也遇到重重阻撓，難以爲繼。這些雖是後話，但從耶律楚材的整個人生經歷來看，在他扈從西征的過程中，這種人生悲劇便已經初露端倪，當年以占卜者身份入仕的他，必然會在一些事情上無能爲力，也必然會有孤獨者的感慨。

> 風雲佳遇未能期，自是魚龍上釣遲。
> 岩穴潛藏難遁世，塵囂俯仰且隨時。
> 百年富貴眞堪歎，半紙功名未足奇。
> 伴我琴書聊自適，生涯此外更何爲。〔註69〕
>
> 不如歸去樂餘齡，百歲光陰有幾程。
> 文史三冬輸曼倩，田園二頃憶淵明。
> 賓朋冷落絕交分，親戚團欒說話情。
> 植杖耘籽聊自適，笑觀南畝綠雲平。〔註70〕

在這些詩中，詩人不再躊躇滿志，而是求潛藏遁世；沒有了進取者的昂揚奮發之氣，且多了很多歸隱之念，「不如歸去樂餘齡，百歲光陰有幾程。文史三冬輸曼倩，田園二頃憶淵明」，陶淵明所開創的精神家園與他所享受的田園之樂對詩人有著巨大的吸引力，據年譜可知，這兩首詩均作於1222年，此詩是作者沉迷於西域美景中不能自拔而嚮往田園之樂，亦或是在挫折面前的暫時頹廢，詩中所流露出

〔註68〕　〔明〕宋濂等撰，《元史・耶律楚材傳》卷一百四十六，中華書局，1976年，第3461頁。

〔註69〕　〔元〕耶律楚材撰，《湛然居士文集・遊河中西園和王君玉韻四首》卷五，商務印書館，1939年，第62頁。

〔註70〕　〔元〕耶律楚材撰，《湛然居士文集・壬午西域河中游春十首》卷五，商務印書館，1939年，第61頁。

的「不如歸去」之歎也許正是他後來種種悲劇的最初端倪。

　　耶律楚材的西征詩無論何種題材，他都能以溫婉的語言娓娓道來，或優雅清新，或平中見奇，或雄渾，或壯闊，或在柔和的詞語中平添一段幽怨，給人留下深刻印象，也為元代邊塞詩的藝術風格增色不少。

第四章　元代邊塞詩之扈從詩

　　扈從詩能否被列入元代邊塞詩範疇一直頗有爭議，反對者列舉了很多理由，如田耕的《簡論元代邊塞詩》〔註 1〕；而我們將其納入邊塞詩範疇也自有原因。固然，「邊塞」這一概念在每一個朝代都有變化，但是元代的特殊國情決定了其「邊塞」的特殊性。按照傳統意義來講，元代邊塞自然應該是當時相對於整個疆域而言的周邊地域，元朝實行兩都制後，上都從某種意義上來說已儼然是元朝的政治、文化中心。但是，我們在傳統意義上對邊塞的風物、人情的瞭解中，元上都不但是之前各朝代的邊塞，而且它所具有的大漠風光、異域風情等都在傳統意義的邊塞生活範疇。若按傳統意義上對邊塞詩的這種理解，那扈從詩爲什麼非要被排除在外呢？而且，若將其納入邊塞詩範疇，正好便於與之前的邊塞詩進行對比。正是因爲元代統治階級的民族性，正是他們具有北方游牧生活習性的特點，元代邊塞詩中的這一部分才顯得那麼獨特。扈從詩正是邊塞生活的描寫，宮詞也是邊塞生活的組成部分。而扈從詩所指爲何呢？顧名思義，扈從詩應該是兩都制下扈從聖駕的過程中，扈從文人所創作的反映兩都和兩都之間相關內容的詩歌。但爲了行文方便，我

〔註 1〕田耕，《簡論元代邊塞詩》，《信陽師範學院學報》(哲學社會科學版)，
　　　2003 年第 2 期。

們只取其中扈從上都的這一部分，而將描寫元大都的相關部分捨棄不用。因此，我們所言的扈從詩，特指扈從上都的相關詩歌。包括來往上都沿路風景，以及上都的物產與習俗等內容。

第一節　元代的兩都制

　　欲說明元代邊塞扈從詩，必先從元代的兩都制說起。而元代兩都制中的主角——元上都又有其淵源由來，遼金時代的金蓮川與元代的元上都是一個繼承發展的過程，我們從它的歷史發展來揭開它神秘的面紗。本節欲從元上都及兩都制說起，將元上都的政治、經濟、文化生活等作大致介紹，並將元上都的交通狀況及扈從路線作大致交代。

一、有關兩都制

　　元上都又稱灤京、上京，古城遺址在今內蒙古錫林郭勒盟正藍旗上都鎮東北約 20 公里處的金蓮川草原上。金蓮川，原名曷里滸東川，即如今正藍旗境內閃電河畔至閃電河源頭固源、豐寧一段廣袤的川地。這裏曾經是遼、金、元三代帝王巡幸、狩獵的避暑勝地，也是政治、經濟、軍事重地。遼代即已開始實行四時捺缽制度，一年四季中，遼帝的「捺缽」都有相對固定的地點和內容。或捕獵，或避寒獵虎等，「秋冬違寒，春夏避暑，隨水草就畋漁，歲以爲常。四時各有行在之所，謂之『捺缽』」〔註2〕。女眞人建立的金代，「循契丹故事，四時遊獵，春水秋山，冬夏捺缽」〔註3〕。金朝太祖、太宗、熙宗三朝都捺缽於附近的山、水，完顏亮遷都燕京後，忙於戰爭，無暇選擇適當的捺缽地，金世宗完顏雍時選擇了一個理想的捺缽地——金蓮川。

〔註2〕〔元〕脫脫等撰，《遼史・營衛志二》卷三十二，中華書局，1974 年，第 373 頁。
〔註3〕〔金〕宇文懋昭撰，李西寧點校，《大金國志・熙宗孝成皇帝》卷十一，齊魯書社，1999 年，第 96 頁。

　　金蓮川東西長 60 公里，南北寬約 20 公里，正藍旗閃電河在草原上穿行。金蓮川，原名曷里滸東川。《金史》記載，當金世宗走到這裏，看到滿川開滿的金蓮花，像一片黃色的海洋，心中大喜，取「蓮者連也，取其金枝玉葉相連之義」〔註 4〕，將其改名爲金蓮川〔註 5〕。此後，金朝皇帝都將此地作爲夏季避暑勝地，元人陳孚曾有詩贊其盛況：「茫茫金蓮川，日映山色赭。天如碧油幢，萬里罩平野。野中何所有，深草臥羊馬……村女採金蓮，芳香紅滿把……」〔註 6〕。成吉思汗統一蒙古各部落之後，於 1206 年在斡難河畔建立大蒙古國，以怯綠連河、斡難河和土兀剌河源頭地（今蒙古人民共和國烏蘭巴托周圍）爲統治中心，隨著蒙古國勢日強，滅金已成爲蒙古人的重要計劃。1211 年，蒙古軍大舉南下，在野狐嶺一代大敗金軍，破居庸關，金朝日益式微。在蒙金戰爭中失利的金將都城遷至南京（今河南開封），習慣於草原游牧生活的蒙古人，不耐暑熱，夏季大多罷戰避暑。成吉思汗南下攻金，夏季並不返回遙遠的漠北，而在金境邊界選擇避暑地。成吉思汗曾在漠北三河源頭附近建有四大宮帳，供四季移住。後繼的窩闊台、貴由、蒙哥三人不出征時大部分時間遊走在四個營地中，蒙古大軍遠征時，依然按照成吉思汗的做法，選取合適地點罷戰避暑。金蓮川因其地理位置與氣候的特殊〔註 7〕，亦被選作蒙古大汗避暑勝地，此時因蒙古汗國的統治重心遠在漠北草原，金蓮川也只是臨時的避暑地。

　　蒙哥汗繼位後，令皇弟忽必烈總領漠南漢地軍國庶事。忽必烈領命後，從漠北南下，駐帳於桓州、撫州之間的金蓮川，廣招天下

〔註 4〕〔元〕脫脫等撰，《金史・地理志上》卷二十四，中華書局，1975 年，第 566 頁。

〔註 5〕〔元〕脫脫等撰，《金史・世宗紀上》卷六，中華書局，1975 年，第 142 頁。

〔註 6〕〔清〕顧嗣立編，《元詩選・二集上・陳孚・金蓮川》，中華書局，1987 年，第 259 頁。

〔註 7〕彭大雅、徐霆，《黑韃事略》記載「近而居庸關北如宮山、金蓮川等處，雖六月亦雪」。

能士、遍延各族文人，並建立開平府。開始嘗試用漢法，改變蒙古汗國傳統的治理方式，採用中原地區歷代王朝沿襲下來的封建政治、經濟制度等，成立了史上著名的「金蓮川幕府」。中原漢地的知識分子對忽必烈普遍寄予厚望，將他視爲「儒教大宗師」〔註8〕，儒家文人士大夫維護華夏文化正統的願望借忽必烈的地位與權勢得以實現，而忽必烈經營漠南漢地的初衷也正是用漢法治之。兩者正好契合，因此，金蓮川幕府成了忽必烈志在變革蒙古舊俗的試驗田，也成了儒家文人弘揚漢法的淵藪。金蓮川幕府文人與忽必烈的精誠合作帶來了明顯效果。同時，忽必烈的行爲也違背了蒙古傳統的統治方式，引起了蒙古貴族集團保守派的猜忌。憲宗六年（丙辰年，1256），忽必烈及其幕府人員被人告發。次年，蒙哥汗解除了忽必烈的軍權，並打擊幕府人員。經此事件，金蓮川幕府受到沉重打擊，卻讓他們更加團結。忽必烈等蒙古貴族的游牧生活習俗對於金蓮川幕府中的大多數人來說並不習慣，爲了解決他們習慣於城居的問題。憲宗六年三月，忽必烈命劉秉忠擇地建新城，劉秉忠看中了桓州之東、灤水北岸的龍岡爲新城地點。龍岡北靠南屏山，南依金蓮川，東、西都是開闊的草原，地勢平坦，這便是開平府。開平城的興建歷時三年，動用了大量的人力、物力和財力，在設計者和工匠的努力下，一座新的草原城市終於屹立在灤河河畔。

憲宗九年（己未年，1259）七月，蒙哥汗崩於四川釣魚山，在鄂州指揮作戰的忽必烈和留守漠北的阿里不哥聞訊後開始了爭奪汗位的鬥爭。「中統元年（庚申年，1260）春三月戊辰朔，車駕至開平……辛卯，帝即皇帝位」〔註9〕，隨即建元「中統」，阿里不哥也在漠北稱汗。二人經過多次交戰，忽必烈最終勝出。在這次汗位爭奪戰中，忽必烈深深感覺到中原漢地的重要性。經過多年的經營，他

〔註8〕〔元〕蘇天爵撰，《元朝名臣事略》，叢書集成本，商務印書館，1935年，第170頁。

〔註9〕〔明〕宋濂等撰，《元史·世祖紀一》卷四，中華書局，1976年，第63頁。

已經在中原奠定了穩固的統治基礎，若繼續在漠北建都，會依然被
人視爲草原帝國，勢必會影響蒙漢統治階級的聯合。對中原的控制
和管理便很難走向正軌，更難以一統天下人心。從當時的地理位置、
經濟狀況和政治形勢來看，和林都已經不足以成爲全國的統治中
心，因此遷都勢在必行。同時漠北草原對於忽必烈來說又至關重要，
它是蒙古族的發源地，又聯絡著蒙古諸王等，戰略位置也不容忽視。
因此，如何建都成了忽必烈考慮的頭等大事。開平和燕京，一個是
忽必烈「潛邸」所在地，也是他積聚力量的發源地；一個是當時治
理漢地的中心，對忽必烈來說，兩者同等重要。建都燕京，符合漢
人地主階級及文人士大夫助其建立正統封建王朝的願望；建都開
平，將其建成類似和林附近的行宮和四時營地，作爲聯繫蒙古本部
的中心，使蒙古諸王貴族傾向於朝廷，對忽必烈也至關重要。因此，
兩都並立的思想在忽必烈即位之初即已基本成熟。但因爲漠北的阿
里不哥與山東的李璮不時作亂，忽必烈無暇顧及兩都問題。在開國
的最初三年中，忽必烈基本以開平爲都。中統四年（癸亥年，1263）
五月「升開平府爲上都」〔註10〕。次年乙卯（1264年9月5日）「詔
改燕京爲中都」〔註11〕，元朝兩都制已初具規模。至元五年（戊辰
年，1268）二月，「改中都爲大都」〔註12〕，1271年，忽必烈聽取
劉秉忠的建議，取《易經》「大哉乾元，萬物資如，乃統天」〔註13〕
之意，建國號爲大元。至元九年（壬申年，1272），大都新城建成，
並正式確立了兩都巡幸制度，上都和大都一樣成爲元朝的政治、經
濟、軍事和文化中心之一。

〔註10〕〔明〕宋濂等撰，《元史・世祖紀二》卷五，中華書局，1976年，第
　　　　92頁。
〔註11〕〔明〕宋濂等撰，《元史・世祖紀二》卷五，中華書局，1976年，第
　　　　99頁。
〔註12〕〔明〕宋濂等撰，《元史・世祖紀四》卷七，中華書局，1976年，第
　　　　140頁。
〔註13〕黃壽祺，張善文撰，《周易譯注・乾卦第一》，上海古籍出版社，2004
　　　　年，第5頁。

　　元朝實行的兩都制不僅是對歷史上兩都制度的簡單繼承，更重要的是它符合元代的特殊現實。它不但保證了蒙古貴族的利益，繼承了草原帝國的原有統治秩序，而且也符合了中原漢地文人弘揚漢法、繼承華夏正統文化傳統的願望。而上都也在政治、經濟、軍事、文化上具有其特殊的意義〔註14〕。

二、元代上都基本情況

　　元上都是元代的夏都，自兩都巡幸制度實施以來，每年皇帝都有將近一半的時間在這裏停留。大量的政府人員和後宮嬪妃等在這裏辦公和生活，上都的政治管理、行政部署、經濟發展以及生活資源等的妥善解決，是確保上都作爲夏都的最基本條件，也是皇帝順利巡幸的基本保障。同時，元上都相對穩定的行政與生活氛圍爲生活其中的多民族人民和多元文化提供了發展的土壤，元上都呈現出一片多元文化的交融盛況。元上都作爲元朝政治需要而建立的一座草原城市，它的盛衰與元朝政治緊密相連。當蒙元帝國土崩瓦解之時，它所依恃的生存基礎也就蕩然無存，隨即走入末路。

　　元上都是與大都並列的政治中心，元代皇帝不僅僅是在這裏狩獵避暑，而且有僅半年時間要在這裏處理朝政大事。蒙元帝國的忽里臺也經常在這裏舉行，元代許多重要的政治事件都在元上都舉行或發生。因此，這裏的政治管理和政治活動顯得尤其重要，是考察元代政治制度時不容忽視的部分。首先，上都宮殿及斡耳朵是元代政治中御前奏聞的常用地點之一，「如上都斡耳朵火兒赤房子，水晶宮，大安閣後香殿，洪禧殿後鹿頂裏等」〔註15〕。而且，每年當皇帝巡幸上都之時，大多數的蒙古諸王貴族都要前來朝覲，上都便成爲元朝政治的中心。其次，元帝在上都巡幸期間，元代皇帝和朝臣的辦公地點也幾乎全部移到上都，不但要上朝和接受蒙古宗王貴族

〔註14〕馮玉樓，《淺析元朝兩都巡幸的意義》，《錫林郭勒職業學院學報》，2011年第1期。

〔註15〕李治安著，《元代政治制度研究》，人民出版社，2003年，第7頁。

的朝覲，怯薛制度也一如在大都時。從上都歷代留守的怯薛人員組成來看，上都留守的怯薛人員主要來自開國元勳木華黎家族。這個家族從成吉思汗時代便備受尊崇，深得黃金家族的信任，世襲國王爵位，執掌第三怯薛，是蒙元帝國中可以左右朝政的蒙古顯貴。「該族的草原封地，就在上都路東鄰的遼陽，管理上都的重任，理所當然要交給皇帝最信任的這個蒙古家族的成員。」〔註16〕再次，在元帝上都巡幸期間，各中央機構主要長官也都在上都繼續輔佐皇帝處理朝政，上都專門建有一些重要機構的分支機關，如中書省上都分省等。另外，元上都在行政管理方面有上都留守司及其下屬機構，根據不同的職責可分為民政機構（如上都警巡院）、治安機構（如上都兵馬都指揮使司）、軍事機構（如虎賁親軍都指揮使司）、巡幸供給機構（如上都儀鸞局）、營造諸司（如修內司）和倉庫及稅課機構等六類〔註17〕。最後，駐防上都的軍隊是上都及其周圍地區安全的保障，除了每年派出的大批軍隊駐防外，元廷還專門設置了軍事機構進行管理，除此外，上都還有一些分屬於各斡耳朵、諸王和貴族的蒙古軍，保證了上都的安全。

　　上都是一座草原城市，它的經濟生活也具有鮮明的季節性和濃鬱的民族性。上都兼具了中原的農耕生活方式和蒙古人的游牧習俗，大量中原人口的移入和漢族文士在上都的長期居住，勢必使上都對農產品有大量的需求，但因其氣候寒冷，不利於農業的生產，上都城周圍雖然有人經營農業，但是寒冷的氣候和稀少的居民決定了它的規模，因而對上都城的糧食供應所起的作用有限，上都從產糧到運糧主要依靠外地供應。這種供應主要有漕運、和雇、和糴等方式，「上都儲備的大量糧食，不僅滿足了上都居民和扈從巡幸人員的需要，而且常常用來調撥支持北邊和林等地。」〔註18〕上都的農

〔註16〕陳高華，史衛民，《元上都》，吉林教育出版社，1988年，第97頁。

〔註17〕陳高華，史衛民，《元上都》，吉林教育出版社，1988年，第82～87頁。

〔註18〕陳高華，史衛民，《元上都》，吉林教育出版社，1988年，第164頁。

業發展受氣候條件限制只能以外來供應爲主，而上都的畜牧業則因其本身的優越條件而有廣闊的發展空間。上都城外廣闊的草原自古以來便以水草豐美而著稱，很多游牧民族曾在這裏設過牧場。習慣於游牧生活的蒙古貴族很重視上都城內畜牧業的發展，兩都巡幸制度確立以來，對上都的畜牧業生產，元廷採取了一系列的保護措施。中央設立了太僕寺專門管理國有馬匹和其它牲畜，元帝巡幸上都之時，對馬匹的挑選也相當嚴格，「車駕行幸上都，太僕卿以下皆從，先驅馬出健德門外，取其肥可取乳者以行，汰其羸瘦不堪者還於群。自天子以及諸王百官，各以脫羅氈置撒帳，爲取乳室。」〔註 19〕每年八月，元帝還要在上都舉行馬奶子宴。元上都豐富的水草資源爲畜牧業的發展提供了優越的條件，廣闊的草原上，牛羊成群，馬奶飄香，畜牧業所產的馬、牛、羊等產品不但爲巡幸上都的皇室人員提供了馬奶酒、奶酪等物，也爲生活在上都的普通牧民提供了必要的生活用品。除了農業和畜牧業外，元上都的手工業和商業也大有發展空間，元代政府在上都設置了很多手工業管理和生產部門，分屬於不同系統。國家機構如上都金銀器盒局，宮廷機構如上都等處諸色人匠提舉司，地方機構如器物局等都對元上都的手工業起到了規範和管理功能。據《元史》記載，元上都有龐大的工匠隊伍，「上都工匠二千九百九十九戶，歲糜官糧萬五千二百餘石」〔註 20〕，而上都的工匠門類眾多，手工業主要有製氈業、製鞍業、金銀器製造業、製革業、營建業等。在這些手工業門類中，一爲滿足皇室和官府的需要，一爲利用草原原料發展起來的相關行業。漁獵本是蒙古人生活的重要組成部分，而金蓮川本是故遼、金的皇家獵苑，忽必烈在金蓮川成立幕府期間便將此地變成了自家王府的獵苑，登基之後，又將它視爲蒙元帝國最大的皇家獵苑，因此，元上都的漁獵業

〔註 19〕 〔明〕宋濂等撰，《元史·兵志三》卷一百，中華書局，1976 年，第 2554 頁。

〔註 20〕 〔明〕宋濂等撰，《元史·世祖紀十四》卷十七，中華書局，1976 年，第 373 頁。

也是其重要的經濟方式之一。元朝的狩獵與國家和軍事管理聯繫密切，狩獵成爲輔助蒙元帝國發展的強有力工具。首先，蒙元帝國的多數帝王都注意將狩獵與軍事訓練相結合，在狩獵者培養帝國內將士的作戰力量和機巧，其場面壯觀，其意義重大，成爲蒙元軍隊中的一種特訓。其次，元代的狩獵活動也爲文人墨客、各族官僚將相留下了深刻印象，很多人用文墨記下種種狩獵場面。耶律楚材曾在《扈從冬狩》、《扈從羽獵》等詩中詳細描述了元代上都的狩獵活動，「天皇冬狩如行兵，白旄一麾長圍成。長圍不知幾千里，蟄龍震慄山神驚。」〔註21〕元上都的經濟成分複雜且具有多元性，在這座特殊的草原城市中，濃縮了元帝國境內幾乎所有的生產方式，也支撐起了元上都特殊的經濟模式。

　　元上都也具有多元的文化氣息，境內多民族聚居，多種文化交流碰撞，共同發展。同時，因爲元代實行寬容的宗教政策，在這裏也可以看到多種宗教並存的現象。我們從上面對元上都政治、經濟等的介紹中，最起碼能看出元上都同時容納了草原游牧文化與中原農耕文化。而在元上都的扈從人員中，因其民族身份的差異和元上都人口組成的複雜。我們單從元代詩人這一扈從群體來說，就有漢族與各少數民族身份的差異，他們所帶來的各種民族文化也在上都交融彙聚。而且，從《馬可波羅行紀》的記載中可知，他曾到過上都，「從上述之城首途，向北方及東北方間騎行三日，終抵一城，名曰上都，現在在位大汗之所建也。」〔註22〕所以上都還彙聚了中西方文化，是多種文化交流的國際性大都市。元上都的宗教則以佛教和道教爲主，兼有伊斯蘭教、基督教等其它宗教，佛教中則以喇嘛教（藏傳佛教）爲主，這與元帝的重視程度有關。忽必烈時期，爲了政治和統治的需要，藏傳佛教成爲元廷重點扶植的一種宗教。其

〔註21〕〔元〕耶律楚材撰，《湛然居士文集》卷十，商務印書館，1936 年，第 139 頁。
〔註22〕〔法〕沙海昂注，馮承鈞譯，《馬可波羅行紀》，中華書局，2004 年，第 277 頁。

代表人物爲帝師八思巴，在多次的佛道辯論中，佛教也屢屢勝出。
自元世祖開始，元代歷代皇帝巡幸上都時，都有宗教人士扈從。上
都城內外，都建有各種宗教的寺廟道觀等，上都各地的宗教活動比
比皆是，如遊皇城等佛教活動。元上都在蒙元帝國開始兩都巡幸制
度之時便開始了它的發展和繁榮期，它境內的各種生活方式和文化
現象等，都爲元代文人的寫作提供了豐富的養料。它作爲草原城市
的特殊性，使它隨著元帝國的衰亡而逐漸走向末路，我們只能從文
人詩歌的字裏行間去尋找它昔日的繁華。

三、元上都的交通狀況及扈從路線

　　兩都制實行之後，兩都之間的交通成了元廷考慮的重要問題。
元上都不僅成爲元朝的政治中心，也是北方驛道交通中的重要樞
紐。元朝皇帝的兩都巡幸，諸王大臣的朝覲，使臣商旅的往來等活
動都對上都的交通提出了很大的要求。因此我們有必要先交代一下
元上都的交通狀況。

　　元上都的交通包括元上都與大都、遼陽行省和嶺北行省之間的
通道〔註23〕，而元上都與大都之間的通道歷來有兩種說法：拉施特
爲代表的三路說和以周伯琦爲代表的四路說。陳高華先生綜合這兩
家的說法，分析對比之後認爲，拉施特所言的「禁路」應該就是周
伯琦所說的二東路，蕁麻林之路則是周氏所言的西路，而第三條路
則指周氏筆下的驛路〔註24〕。筆者在前人研究成果的基礎上，擬對
元上都的交通狀況做一個大致的梳理，並指出元代兩都巡幸制下的
扈從路線。

　　我們先從拉施特的「禁路」說起，這條路也即爲周伯琦《扈從
集前序》中所說的東路，亦爲每年扈從聖駕所走的從元大都到元上
都的路線。我們從周伯琦的記載中可知，從大都出發到上都，中間

〔註23〕葉新民，《元上都的驛站》，《蒙古史研究》，1989 年第 3 輯。
〔註24〕陳高華，史衛民著，《元上都》，吉林教育出版社，1988 年，第 32～
　　　　33 頁。

共計經過十八處捺缽地，分別爲大口、皇后店（黃堠店）、皀角、龍虎臺、棒槌店、官山、車坊、黑谷、色澤嶺、程子頭、頡家營、沙嶺、失八兒禿、鄭谷店、泥河兒、雙廟兒、六十里店、南坡店。其中棒槌店從《扈從集後序》中所記的返回路線來看，應與媯頭爲同一捺缽地。官山即獨山，車坊在縉山縣東，從車坊、黑谷到沙嶺「凡三百一十里，皆山路崎嶇，兩岸懸崖峭壁，深林復谷，中則亂石犖確，澗水合流，淙淙終日。」〔註25〕接下來的失八兒禿是捺缽名，此地的驛站名爲牛群頭，東道輦路與驛站在牛群頭匯合，驛站與捺缽並不在一處，故而有此兩名。鄭谷店的捺缽地稱爲察罕腦兒，泥河兒即明安驛泥河兒，雙廟兒即李陵臺驛雙廟兒，六十里店驛站即爲桓州捺缽，因距上都六十里而得名。南坡店即望都鋪捺缽。從大都到上都的全程約爲750多里。這是周伯琦所說的東道之一——黑谷路，東道之二的走向則從大都出發，經順州、檀州、古北口、宜興州、東涼亭至上都，即周氏所言的古北口一線。

　　每年元帝巡幸上都的慣例是「東出西還」，因此從上都返回大都的路線即被稱爲西路。這條路線也就是拉施特《史集》中所說的蓽麻林之路，關於此路的沿途各地，周伯琦在《扈從集後序》中有詳細的介紹。從上都出發途徑六十里店、雙廟兒、泥河兒、鄭谷店、蓋裏泊、遮里哈剌、苦水河兒、回回柴、忽察禿、興和路、野狐嶺、得勝口、沙嶺、順寧府、雞鳴山、雷家驛、阻車、統墓店、懷來縣、媯頭、龍虎臺、皀角、黃堠店、大口共計二十四處驛站到達大都，行程約1095裏。其中蓋裏泊即周伯琦所言「輝圖諾爾」，漢語中稱後海，指今蒙古錫林郭勒盟太僕寺旗南境巴彥查干諾爾。遮里哈剌即周氏筆下的「鴛鴦濼」，因「其地南北皆水濼，勢如湖海，水禽集育其中。以其兩水，故名曰鴛鴦。」〔註26〕兩水分別爲平陀兒與石頂河兒。順寧府，

〔註25〕李修生主編，《全元文·周伯琦·扈從集前序》，江蘇古籍出版社，2004年，第531頁。
〔註26〕李修生主編，《全元文·周伯琦·扈從集前序》，江蘇古籍出版社，

原爲宣德府，後因至元三年（丁丑年，1337）八月大都地震，則改名爲順寧府。雷家驛西北十里，捺鉢地稱爲豐樂。懷來縣捺鉢設在縣城南二里處。每年皇帝巡幸北返至此，文武百官備果酒佳肴於此，侯迎大駕，大擺筵席，慶賀皇帝北還。嬀頭即棒槌店，此後捺鉢與驛站則完全相同。

除此東、西路線之外，兩都之間還有一條官道，即周伯琦所言之驛路或拉施特所說的第三條道路。這條驛路全程約 800 餘里，從大都到上都大致經過健德門、昌平縣、新店、居庸關、居庸關過街塔、榆林驛、懷來縣、統墓店、洪贊、槍桿嶺、李老谷、龍門、赤城站、雲州、獨石口站、偏嶺、牛群頭驛、鄭谷店、李陵臺驛、六十里店、南坡店、灤河等驛站。這條路是元代一般人赴上都最常走的一條，驛站爲行人旅客提供了很多方便，因而驛路是聯繫兩都間的最重要的交通要道。大都健德門是當時由大都赴上都最常用的起點，途徑居庸關的行人一般由居庸關南口過居庸關而至北口，行程約 40 里，多行走在山峽中，因此這裏留下了很多吟詠居庸關風物的詩篇。槍桿嶺亦稱桑乾嶺，今名長安嶺，在統墓店正北，因爲民間有眞龍天子不上槍桿嶺之說，所以皇帝巡幸赴上都時多不經此地，只走東、西二道。但是元代的文人經常由此通過，槍桿嶺一帶有巨石若盤，泉湧擊石，數里之外可聞泉水叮咚之聲。因此，元代文人筆下也經常可見槍桿嶺的雄姿。李老谷在槍桿嶺北十餘里處，驛路猶谷中穿過，之後可望見尖帽山，此地也是文人筆下常常吟詠的對象。普通人來往於兩都之間常走此路，而元帝巡幸則少走此路。

元上都在溝通大都與遼陽、嶺北行省的路途中，也是重要的交通樞紐。上都通往遼陽行省的路從上都向東，途徑上道、七個營、尖山寨、湧泉、新店、松州（今內蒙古赤峰市西南），到達大寧路豐臺站。新店處分爲兩路：一路正北偏東十五里至松州，一路正東偏

南一百一十里至吳家堡與狗群道合〔註27〕。嶺北地區在忽必烈定都
大都之後，雖失去了全國政治中心的地位，但仍是北方重鎮，分佈
在嶺北各地的蒙古諸王貴族，每年都要到上都朝覲，因此上都到嶺
北行省的通路也至關重要。上都通往嶺北行省的驛路主要有兩條。
一條是貼里干〔註28〕站道，位於東路；一條是木憐〔註29〕站道，位
於西路。也稱「東西兩道站赤」〔註30〕。貼里干站道主要路線為「從
大都至上都，北行經應昌路（今內蒙古克什克騰旗達里諾爾西南）、
折西北至克魯倫河上游，轉西行到達鄂爾渾河上游的和林地區。」
〔註31〕木憐站道的大致路線我們只能粗略從一些文獻中推知，從上
都到西南的李陵臺，從此向西經興和路境內，又經大同路北境，由
豐州西北甸城谷出天山（今大青山），從此向北，經淨州，出沙井，
進入沙漠地帶，與嶺北驛道接界，接和林南驛道，經汪吉河（今翁
金河）上游地區，向北到達和林。〔註32〕這兩條驛道與上都關係密
切，可見上都在內地與漠北地區的溝通中起到了樞紐作用。

第二節　元上都風物錄

　　元朝自忽必烈時代確定兩都巡幸制度以來，每年扈從皇帝出行
的文臣武將人數眾多，且身份各異。在他們的扈從生活中，每個人
對元上都的生活都有獨特的感受，我們通過這些扈從人員和當時到
過元上都的文人的詩歌描述，對元上都的生活狀況也有了一定的認
識。在卷帙浩繁的眾多扈從詩中，我們權且將其分為上都風物錄和

〔註27〕〔元〕熊夢祥著，《析津志輯佚》，北京古籍出版社，1983 年，第 127 頁。
〔註28〕蒙古語，意為車。
〔註29〕蒙古語，意為馬。
〔註30〕《永樂大典》卷 1924，第 11 頁。
〔註31〕陳得芝著，《蒙元史研究叢稿·元嶺北行省諸驛道考》，人民出版社，
　　　　2005 年，第 4～5 頁。
〔註32〕陳得芝著，《蒙元史研究叢稿·元嶺北行省諸驛道考》，人民出版社，
　　　　2005 年，第 11～14 頁。

上都人情篇，前者主要描述元上都客觀存在的風物，包括動植物、服飾、飲食、建築等實實在在的物質存在；而後者則主要是從非物質文化層面來說，具體包括傳統習俗、文藝宗教等方面，我們擬從物質與非物質、客觀與主觀等層面來對元上都作大致介紹，這些風物人情中也透露出元代邊塞詩與前代同類題材中的獨特魅力。我們在介紹上都風物、人情的詩篇中，以內容爲主，不單列具體詩人的總體成就等，只以詩歌文本爲據。

一、動植物圖譜

在扈從詩人的筆下，元上都所產的動植物是他們重點吟詠的對象之一。在這些扈從文人隊伍中，有相當一部分是漢族文人，他們對於遠在朔漠之地的上都風物有一種特殊的陌生感和新鮮感。在他們眼中，上都所產的動植物等帶有一種新奇和神秘感，而正是這些在漢族文人眼中罕見的邊塞之景支撐起了元代扈從詩中的重要部分。元代詩人筆下各色各類的動植物象一個個精靈一樣跳躍在我們眼前。這裏有盛開的金蓮花，有怒放的紫菊花，有飄香的地椒，有滿眼望不到邊的金蓮川草場等；這裏也有矯捷的海東青，有跳躍的黃羊，有善於「打牆」的黃鼠，更有漫山遍野的牛、羊、馬、駝等。

金蓮花是元上都的代表性植物，金蓮川的命名也是由它而起。每年夏季在金蓮川茫茫草原中盛開的金蓮花猶如夏夜繁星般閃耀其中，煞是好看。前文已有相關說明，此不贅述。

上都的紫菊花尤爲名貴，楊允孚《灤京雜詠一百首》中有詩云：
　　紫菊花開香滿衣，地椒生處乳牛肥。
　　氈房納石茶添火，有女塞裳拾糞歸。〔註33〕
詩後自注曰：紫菊花惟灤京有之，名公多見題品。地椒草，牛羊食之，其肉香肥。納石，韃靼茶。灤京是上都的別稱，可見紫菊花是上都的

〔註33〕〔清〕顧嗣立編，《元詩選・初集下・楊允孚・灤京雜詠一百首》，中華書局，1987年，第1965頁。

特產，也是士夫名公題詠的寵物。紫菊屬菊科，多年生草本植物，莖高二三尺，葉長卵形而尖，其鋸齒甚深，似翠菊葉，互生。夏季莖稍開紫花，莖葉嫩時可食，遍生上都田野間。

　　詩中所提到的地椒也是上都常見之物，生於上都山地、雜草叢中，有強烈香氣。牛羊食之，其肉亦香肥。而且，地椒有藥用功效，有消炎、止痛作用。在詩人筆下也是常見的意象，如葉衡有詩曰：「獵罷兩狼懸臂去，馬蹄風卷地椒香」〔註34〕，公孫輔亦稱「蒲映沙蔥綠，草連地椒香」〔註35〕，而許有壬有詩特贊地椒曰：

　　　　凍雨催花紫，輕風散野香。刺沙尖葉細，敷地亂條長。
　　　　楚客收成裹，奚童擷滿筐。行廚供草具，調鼎爾非良。
〔註36〕

從這首詩中我們可以推知有關地椒的一些細節，「凍雨催花紫，清風散野香」告訴我們地椒的花為紫色，花開之時，隨風飄散，香氣彌漫。其實地椒的果實亦有香味，「刺沙尖葉細，敷地亂條長」告訴我們地椒的特徵：葉橢圓形至長圓狀披針形，葉子「尖」而「細」，且生長狀態為匍匐滿地而亂長。「楚客收成裹，奚童擷滿筐」，待收穫季節有商賈前來收買，也有兒童前去採摘，因為地椒的藥用功效，且它「味辛溫，有小毒」〔註37〕的特性，因此在廚房中往往慎用，故而詩人有「行廚供草具，調鼎爾非良」的告誡。

　　在詠地椒的詩歌中還有這麼一句「野韭露肥黃鼠出，地椒風軟白翎飛」〔註38〕，此詩所透露出的信息中，除了上都所產的地椒外，又

〔註34〕〔清〕顧嗣立編，《元詩選‧補遺‧葉衡‧上京雜詠十首》，中華書局，2002年，第38頁。

〔註35〕〔清〕顧嗣立，席世臣編，《元詩選‧癸集下‧公孫輔‧烏撒》，中華書局，2001年，第956頁。

〔註36〕〔清〕顧嗣立編，《元詩選‧初集上‧許有壬‧上京十詠‧地椒》，中華書局，1987年，第797頁。

〔註37〕〔宋〕唐慎微撰，《政類本草‧地椒》卷十一，文津閣四庫全書‧子部‧醫家類，第245冊，第583頁。

〔註38〕〔清〕顧嗣立編，《元詩選‧初集中‧貢師泰‧上都詐馬大燕五首》，中華書局，1987年，第1417頁。

爲我們引入了其它的物產：野韭、黃鼠和白翎雀。野韭與地椒等都是上都的常見之物，周伯琦曾在《扈從集前序》中說：「北皆芻牧之地，無樹木，遍生地椒、野茴香、蔥、韭，芳氣襲人」〔註39〕。周伯琦以漢族文人及翰林直學士、兵部侍郎拜監察御史的身份扈從皇帝至上都，沿途所見皆與中土迥異。在他的筆下，這次扈從經歷使他眼界大開，見識了之前未見之物，也遊歷了前所未歷之地。此處所說的「蔥」當指上都物產——沙蔥，而「韭」則詩中所言的「野韭」無疑，下面是專門爲它所作的詩歌，詩曰：

> 西風吹野韭，花發滿沙陀。氣校葷蔬媚，功於肉食多。
>
> 濃香跨薑桂，餘味及瓜茄。我欲收其實，歸山種澗阿。
>
> 〔註40〕

詩人筆下的野韭與如今我們所常見的韭菜並無多大區別，它生長在上都的草坡或向陽的山坡上、沙陀中。花發之時，滿地的韭花煞是可愛。它有多種功效，是有益於身體的一種菜蔬，也是上都百姓生活中不可缺少的重要資源。

在上都連綿起伏的草場中聚集著很多野生動物，野生動物除了駱駝、野馬和野驢外，以黃鼠、黃羊最爲名貴。楊允孚稱黃鼠爲「灤京奇品」〔註41〕，並有詩記述上京的罕見之景。「怪得家童笑語回，門前驚見事奇哉。老翁攜鼠街頭賣，碧眼黃髯騎象來」〔註42〕。詩人是江西人，「以布衣襆被，歲走萬里，窮西北之勝」〔註43〕，所見多爲之前罕見之景，這裏所看到的老翁賣鼠、碧眼人騎象等場景都

〔註39〕 李修生主編，《全元文·周伯琦·扈從集前序》，江蘇古籍出版社，2004年，第531頁。

〔註40〕 〔清〕顧嗣立編，《元詩選·初集上·許有壬·上京十詠·韭花》，中華書局，1987年，第797頁。

〔註41〕 〔清〕顧嗣立編，《元詩選·初集下·楊允孚·灤京雜詠一百首》，中華書局，1987年，第1966頁。

〔註42〕 〔清〕顧嗣立編，《元詩選·初集下·楊允孚·灤京雜詠一百首》，中華書局，1987年，第1966頁。

〔註43〕 〔清〕顧嗣立編，《元詩選·初集下·楊允孚·序》，中華書局，1987年，第1959頁。

讓他詫異不止，而這些場景在元上都則很常見。許有壬曾有詩曰：

　　　北產推珍味，南來怯陋容。瓚肥宜不武，人拱若為恭。

　　　發掘憐禽獮，招來或水攻。君毋急盤饌，幸自不穿墉。

〔註44〕

黃鼠是上都的特產之一，它以沙蔥、牧草、植物種子或漿果等為食，善於挖掘洞穴，草場與沙漠諸地皆有，遼人甚為珍貴。黃鼠足短而善走，極肥，是上都食物中的一類。雖然味甘平，但不可多用，《飲膳正要》記載曰：「黃鼠，味甘平，無毒。多食發瘡。」〔註45〕

　　白翎雀生於烏桓朔漠之地，雌雄和鳴，自得其樂，俗稱「鴛鴦鳥」。元詩中對它的吟詠也不絕於耳，更有以它為名的宮廷樂曲《白翎雀》成為元代邊塞詩中的常見意象。「白翎雀者，國朝教坊大曲也。」〔註46〕彈奏之時，初甚雍容和緩，終則急躁繁促，似乎沒有音有盡而意無窮的境界。《白翎雀》曲屬於蒙古族樂曲，是「燕樂」的一種。這首樂曲主要表現草原中白翎雀的神態，據說是忽必烈「命伶人碩德閭製曲以名之」〔註47〕，忽必烈定都大都之後，「思太祖創業艱難，俾取所居之地青草一株，置於大內丹墀之前，謂之誓儉草，蓋欲使後世子孫知勤儉之節」〔註48〕。除此外，世祖還命伶人碩德閭製曲《白翎雀》，「白翎雀」被稱為蒙古草原的「百靈」，是草原的留鳥。世祖此舉頗具深意，就如當初的「誓儉草」一般。意在告訴世人，蒙古人就像草原上的留鳥一樣，儘管氣候惡劣，但他們熱愛草原，絕不會輕易離開。《白翎雀》的曲調蒼涼而不乏熱烈、雄放而略具哀怨，深受草原人民的喜愛，並很快流傳開來。

〔註44〕　〔清〕顧嗣立編，《元詩選・初集上・許有壬・上京十詠・黃鼠》，中華書局，1987年，第796頁。

〔註45〕　〔元〕胡思慧著，尚衍斌，孫立慧等注釋，《〈飲膳正要〉注釋》，中央民族大學出版社，2009年，第228頁。

〔註46〕　〔元〕陶宗儀，《南村輟耕錄》卷二十，中華書局，1959年，第248頁。

〔註47〕　〔元〕陶宗儀，《南村輟耕錄》卷二十，中華書局，1959年，第248頁。

〔註48〕　〔明〕葉子奇，《草木子・談藪篇》卷四上，中華書局，1959年，第72頁。

　　黃羊，與黃鼠一樣是上都的名貴野生動物，也是元代扈從詩中的常見意象。楊允孚有「嘉魚貢自黑龍江，西域蒲萄酒更良。南土至奇誇鳳髓，北陲異品是黃羊」〔註49〕的詩句，並自注曰：黃羊，北方所產，御膳用。可見當時黃羊的名貴，只有皇家可食。《飲膳正要》中對它的介紹為：「黃羊，味甘溫，無毒。補中益氣。治勞傷虛寒，其種類數等：成群至於千數。白黃羊生於野草內；黑尾黃羊生於沙漠中，能走善臥，行走不成群，其腦不可食；髓骨可食，能補益人，煮湯無味。」〔註50〕黃羊其實並非羊類，因其善於跳躍和奔跑，也往往成為人們試射的目標。許有壬有詩曰：

　　　　草美秋先腯，沙平夜不藏。解縧文豹健，臠炙宰夫忙。

　　　　有肉須供世，無魂亦似麞。少年非好殺，假爾試穿楊。

　　　　〔註51〕

活躍在扈從文人筆下的動物除此外，還有海東青。海東青歷來是游牧民族極其珍貴的飛禽，契丹人與女真人都與海東青結下過不解之緣，兩個民族也曾因它而大動干戈。到了元代，海東青依然是蒙元貴族所鍾愛的獵鷹，對它的描述，葉子奇稱「海東青，鶻之至俊者也。出於女真，在遼國已極重之，因是起釁而契丹以亡。其物善擒天鵝，飛放時，旋風羊角而上，直入雲際，能得頭鵝者，元朝官里賞鈔五十錠。」〔註52〕元代詩人筆下的海東青則別有一番滋味：

　　　　海東俊禽異雕鶚，金睛玉爪非凡材。

　　　　八月高風度瀚海，劍翮怒斫雲陣開。

　　　　虞人設網心獨苦，獲之不敢觸毛羽。

〔註49〕　〔清〕顧嗣立編，《元詩選・初集下・楊允孚・灤京雜詠一百首》，中華書局，1987 年，第 1963 頁。

〔註50〕　〔元〕胡思慧著，尚衍斌，孫立慧等注釋，《〈飲膳正要〉注釋》，中央民族大學出版社，2009 年，第 212 頁。

〔註51〕　〔清〕顧嗣立編，《元詩選・初集上・許有壬・上京十詠・黃羊》，中華書局，1987 年，第 795 頁。

〔註52〕　〔明〕葉子奇撰，《草木子・雜俎篇》，中華書局，1959 年，第 85 頁。

為言此禽獻天子，年年進入明光裏。

驛使長懷萬里憂，傷者還同殺人罪。

君不見，唐太宗，魏公入奏久未去，不知鐵鷂死懷中。

小臣但願聖皇修德放此鳥，自有鳳凰銜瑞圖，飛下五雲表。

〔註53〕

前面四句極言海東青之俊逸：「金睛玉爪」的俊鳥，一看即非凡材，
而它絕美的外表之下所具有的勇猛個性更使它倍受青睞。「八月高風
度瀚海，劍翩怒斫雲陣開」，此與葉子奇所記的「飛放時，旋風羊角
而上」相合，可見史書所言不虛。它的勇猛曾令南人詫異，「南土誰
知此鶩猛，北州驛見爭驚號」〔註54〕。因其勇猛善捕獵，故而海東青
在蒙元時期是獵鷹的一種，深受蒙古貴族喜愛。元代典章中曾有這樣
的條令：「至元五年十二月，中書省右三部呈：真定路打捕總管府捉
獲貨賣兔鶻角鷹等人。都省奏奉聖旨：有海青呵，休教貨賣，送將來
者。其餘鷹鶻不須禁斷。」〔註55〕海東青極難捕得，因而愈發珍貴，
海東青中以純白的「玉爪」為上品，歷來備受游牧民族統治者的喜愛，
清廷曾有規定，凡流放到遼東邊地的犯人，若能「獲海東青即贖罪，
傳驛而歸」〔註56〕，甚至可以因此而免除死罪，抑或至一夜暴富。由
此詩中所言「傷者還同殺人罪」也便不難理解了。

　　於此，我們對扈從文人及遊歷上都的文人筆下的動植物已經有了
大概的瞭解，若為其列出圖譜的話，最起碼已經包括以下幾類：植物
類常見的有金蓮花、紫菊花、地椒、野韭、沙蔥、野菌、白菜、蘆菔、
蕎麥等，其實通過元代其它史料記載，我們還能見到更多，如蔓菁、

〔註53〕〔清〕顧嗣立編，《元詩選‧癸集上‧郭君彥‧海東青》，中華書局，
　　　　2001年，第487頁。

〔註54〕〔清〕顧嗣立編，《元詩選‧初集中‧吳萊‧黑海青歌》，中華書局，
　　　　1987年，第1517頁。

〔註55〕《通制條格‧雜令‧賣鷹鶻》卷二十七，浙江古籍出版社，1986年，
　　　　第277頁。

〔註56〕〔清〕于敏中等編纂，《日下舊聞考》卷151，北京古籍出版社，1985
　　　　年，第2414頁。

葫蘆、木耳、山藥、茄子、香菜、馬齒莧等；動物類常見的有黃鼠、黃羊、駱駝、大象、海東青、白翎雀、天鵝等，其它史料中記載更多的有山羊、野馬、熊、野驢、塔剌不花（蒙古語，即土拔鼠）、獾等，而且上都附近湖泊、河流中盛產鯉魚、鯽魚、細鱗魚等。元上都雖是後來建成的草原城市，城中的糧食等物品還需要外地供應，但是其本身所產物品亦很豐富，而且有很多是上都特有之物，中原少見。因此，這些在元代文人，特別是從江南而來的漢族文人眼中，更是彌足珍貴，故而屢次爲之作詩歌詠。

二、飲食服飾名錄

　　元上都是蒙元皇帝的夏都，元帝和蒙古貴族們每年有很長時間在這裏生活辦公。因此這裏生活著的蒙古人不在少數，其它北方游牧民族亦不乏其人。當漢地文人扈從皇帝的車駕來到上都之後，他們的所見所聞中，讓他們驚訝和倍感新鮮的不僅僅是當地所產的動植物，還有這裏的飲食和服飾。元上都充滿北地游牧民族風情的生活場景在元代扈從文人筆下也不時地再現，或描述食果酒茶等飲食，或記載他們的衣冠履等服飾。我們以當地蒙古人的飲食和服飾爲重點，對元上都生活著的北方游牧民族的生活場景做簡單介紹。

　　蒙古人的飲食和內地漢人不同，他們多以牛羊肉爲主食，輔以奶酪、奶皮子等奶製品。他們的水果則多從西域借鑒而來，茶品和酒則以奶茶、奶酒、葡萄酒等爲主。有關蒙古人飲食的詩歌比比皆是，如：

> 嘉魚貢自黑龍江，西域蒲萄酒更良。
> 南土至奇誇鳳髓，北陸異品是黃羊。
> 營盤風軟淨無沙，乳餅羊酥當啜茶。
> 底事燕支山下女，生平馬上慣琵琶。
> 內人調膳侍君王，玉仗平明出建章。
> 宰輔乍臨閶闔表，小臣傳旨賜湯羊。
> 不須白粲備晨炊，乳酪羊酥塞北奇。

泥土炕牀銀甕酒，佳人椎髻語侏離。〔註57〕

楊允孚第一首詩下有小注：黑龍江即哈八都魚也。鳳髓，茶名。黃羊，北方所產，御膳用。黃羊如前所述，是灤京名品，肉味鮮美，常用於宮廷御膳。從下面的「乳餅羊酥當啜茶」可知，蒙古人的飲食中牛羊等動物的乳製品和肉是其主食。第三首後亦有小注曰：御前廚常膳有曰小廚房、大廚房。小廚房則內人八珍之奉是也。大廚房則宣徽所掌湯羊是也。由內及外，外膳既畢，羣臣始入奏事。每湯羊一膳，其數十六，餐餘必賜左右大臣，日以爲常，予嘗職賜，故悉其詳。由此小注我們可以推知宮廷的飲食中，羊肉亦是主要原料。而「乳酪羊酥塞北奇」又給了我們一些佐證。而在袁桷的「炙熟牛酥芼，醅深馬乳澆」〔註58〕中所透露出來的飲食信息則更詳細。牛酥，是蒙古人常食之物，味甘、平、無毒。有去諸風濕痹，除熱，利大便，去宿食等效用。而再加上芼製成「牛酥芼」，或許便是受漢地人民的飲食習慣影響下的改造；而「醅深馬乳澆」則似乎是製作馬奶酒的過程。蒙古人常飲的飲品中，馬奶酒與奶茶都是具有游牧民族特色的飲品。在馬奶的供應中有很大的階級性，車駕行幸上都之時，所選的馬匹皆肥碩可取乳者，「汰其羸瘦不堪者還於群。自天子以及諸王百官，各以脫羅氈置撒帳，爲取乳室。」〔註59〕如此所取得的馬乳才能保證馬奶酒的質量，許有壬有詩專贊馬奶酒曰：

味似融甘露，香疑釀醴泉。新醅撞重白，絕品把清元。

驥子饑天乳，將軍醉臥氊；同官聞漢史，鯨吸有今年。

〔註60〕

〔註57〕〔清〕顧嗣立編，《元詩選・初集下・楊允孚・灤京雜詠一百首》，中華書局，1987 年，第 1959～1966 頁。

〔註58〕〔清〕顧嗣立編，《元詩選・初集上・袁桷・上京雜詠十首》，中華書局，1987 年，第 650 頁。

〔註59〕〔明〕宋濂等撰，《元史・兵志三》卷一百，中華書局，1976 年，第 2554 頁。

〔註60〕〔清〕顧嗣立編，《元詩選・初集上・許有壬・上京十詠・馬酒》，中華書局，1987 年，第 795 頁。

在蒙古人的馬乳酒中還有等級之分，普通百姓家的馬乳酒與皇家飲用的馬乳酒有很大差別。據《元史・土土哈傳》中記載，土土哈「嘗侍左右，掌尙方馬畜，歲時挏馬乳以進，色淸而唯美，號黑馬乳，因目其屬曰哈剌赤」〔註61〕。所謂的「黑馬乳」又稱作「細乳」〔註62〕，即指它的高品質而言。除此外，蒙古人的飲品中還有常見的葡萄酒。在上面楊允孚的第一首詩中明言葡萄酒來自西域，葡萄產地亦在西域，它們隨著西域人逐漸進入蒙古人的生活中。在上都亦成爲常見之物，而似乎來自南方的鳳髓茶在上都也能嘗到。這亦要歸功於元上都作爲多民族聚居的國際性大都市所具有的包容性，多民族融合的現象體現在上都人民生活的各個細微之處。我們從這些生活中的小細節，也可體會元上都多民族聚居過程中所發生的多民族融合現象，類似這樣的飲食習俗與飲食製作過程在《飲膳正要》中有更詳細的記載。此書是元代飲膳太醫胡思慧在 14 世紀 30 年代編撰的一部宮廷飲食專著，它集中反映了元代宮廷飲食結構的變遷，也涉及了植物、動物、營養、食品加工等諸多門類學科，資料翔實，是我們瞭解元上都生活場景時可以參閱的重要資料。

我們從扈從詩中所看到的上都蒙古人的飲食中，除了上面所說的主要內容外，還有一些如羅鍋肉、對角羊等物〔註63〕，而果品中亦有海紅、花紅、巴欖仁等物，我們在此不再一一詳述。

蒙古人的服飾和漢人不同，他們居住於蒙古高原，氣候寒冷又以游牧爲主，馬上活動的時間比較長。因此，其服飾必須有較強的防寒作用而且又便於騎乘，長袍、坎肩、皮帽皮靴自然就成了他們的首選服飾。元上都游牧民族的服飾介紹散見於元詩中，我們只能從這些詩

〔註61〕〔明〕宋濂等撰，《元史・土土哈傳》卷一百二十八，中華書局，1976年，第 3132 頁。

〔註62〕〔明〕宋濂等撰，《元史・兵志三・馬政》卷一百，中華書局，1976年，第 2554 頁。

〔註63〕楊允孚的《灤京雜詠一百首》中有「皮囊乳酒羅鍋肉，奴視山陰對角羊」的詩句。

歌中對當時人的穿戴作簡單概述，楊允孚在《灤京雜詠一百首》中曾
有下面幾首寫到蒙古人的穿戴：

> 香車七寶固姑袍，旋摘修翎付女曹。
> 別院笙歌承宴早，御園花簇小金桃。
> 侯王甲第五雲堆，秦虢夫人夜宴開。
> 馬上琵琶仍按拍，真珠皮帽女郎同。
> 翎出王侯部落多，香風簇簇錦盤陀。
> 燕姬翠袖顏如玉，自按轅條駕駱駝。〔註64〕

第一首詩後有小注曰：凡車中戴固姑，其上羽毛又尺許，撥付女侍，
手持對坐車中，雖后妃駝象亦然。由此我們知道這種穿戴是當時蒙古
皇室后妃的行頭，著長袍，戴固姑，「元朝后妃及大臣之正室，皆帶
姑姑衣大袍」，「姑姑高圓二尺許，用紅色羅蓋，唐金步搖冠之遺制也。」
〔註65〕「罟罟冠胎骨是用樺樹皮、樺樹條縫合而成的。有三塊樺樹皮
組成，一塊縫合成圓筒，在圓筒上端連接兩塊相對外敞開的雙翅，圓
筒、雙翅裏面均用樺樹條作支撐」〔註66〕，而這種罟罟冠後來也發展
為普通蒙古族女子的帽子樣式，關於罟罟冠的介紹頗多，此不贅述。
從楊允孚的描述中，我們知道當時的蒙古女子所戴的帽子有固姑（罟
罟）和「真珠皮帽」，而蒙古男子的帽子又是怎樣呢？其實蒙古男子
的帽子更講究。元代蒙古貴族中的男性，冬天戴「棲鷹冠」，亦稱「暖
帽」。這種帽子邊沿翻起，露出皮絨，在蒙古人中甚為流行。夏天戴
的帽子稱為「笠子帽」，亦稱「涼帽」。葉子奇曾記載過元人所戴的帽
子，「官民皆帶帽，其簷或圓，或前圓後方，或樓子，蓋兜鍪之遺制
也」〔註67〕。「兜鍪」為將士所戴的戰盔，由此可知，蒙元帝國成立

〔註64〕〔清〕顧嗣立編，《元詩選・初集下・楊允孚・灤京雜詠一百首》，
　　　　中華書局，1987年，第1960～1964頁。

〔註65〕〔明〕葉子奇撰《草木子・雜制篇》，中華書局，1959年，第63頁。

〔註66〕葛麗敏，《淺論元代姑姑冠的制作材質及其保護》，《內蒙古文物考
　　　　古》，2004年第1期。

〔註67〕〔明〕葉子奇撰《草木子・雜制篇》卷三下，中華書局，1959年，
　　　　第61頁。

後，戎裝中的戰帽成爲日常生活中的帽子原型。關於帽子樣式的改變
中，我們還發現一則史料，忽必烈之正妻察必爲元代蒙古人的帽子樣
式作出了大貢獻，「胡帽舊無前簷，帝因射日色炫目，以語後，後即
益前簷。帝大喜，遂命爲式」〔註68〕，蒙古男性帽子上還經常有海東
青毛或鷹隼的羽毛作爲裝飾，將其設計爲猛禽形狀。這便是上文所說
的「棲鷹冠」，或與蒙古某些部落的圖騰崇拜有關。蒙古貴族或蒙古
大汗的「棲鷹冠」還要講究做工質地。夏天用上等綢緞，冬天則用狐、
貂皮等製作，並配以金、玉頂珠等，這與葉子奇所說的「帽則金其頂」
〔註69〕也正好相符。

　　在元代蒙古人的觀念中，帽子是備受重視的，它某種程度上是
財富與權力的象徵，它的類型與款式也代表著一個人的身份地位。
因而，元上都的蒙古人也在帽子上花費了不少精力，特別是蒙古貴
族男子更是將冠帽上的飾物作爲展示自己富貴的標誌。陶宗儀在講
到「回回石頭」一目中曾言「大德間，本土巨商中賣紅剌一塊於官，
重一兩三錢，估直中統鈔一十四萬錠，用嵌帽頂上。自後累朝皇帝
相承寶重。凡正旦及天壽節大朝賀時則服用之……」〔註70〕，由此
可看出，當時蒙古人帽頂之上的寶石飾品多由回回商人供給，元朝
官員也均以帽頂鑲嵌寶石爲榮。「在元代，蒙古人的冠帽不僅形式多
樣，而且冠帽的裝飾材料和紋樣也異常奢華和豐富，珠寶金銀無所
不用，花卉、動物、幾何圖案造型應有盡有。」〔註71〕

　　元代蒙古人的服飾中除了帽子外，我們從上面的詩句中也隱約
能看出當時他們的穿著，「香車七寶固姑袍」、「燕姬翠袖顏如玉」透

〔註68〕〔明〕宋濂等撰，《元史・后妃傳一》卷114，中華書局，1997年，
　　　　第2872頁。
〔註69〕〔明〕葉子奇撰《草木子・雜制篇》卷三下，中華書局，1959年，
　　　　第61頁。
〔註70〕〔元〕陶宗儀撰，《南村輟耕錄》，中華書局，1959年，第84頁。
〔註71〕烏恩托婭，徐英，《淺析蒙古人的冠帽之飾及審美習俗》，《內蒙古師
　　　　範大學學報》（哲學社會科學版），2011年第2期。

露出來的信息都是，上都蒙古女子所穿爲翠袖、袍服，我們從下面
的詩句中也能瞭解到一些信息：

> 燕京女兒十六七，顏如花紅眼如漆。
> 蘭香滿路馬塵飛，翠袖籠鞭嬌欲滴。
> 春風馳蕩搖春心，錦箏銀燭高堂深。
> 繡衾不暖錦鴛夢，紫簾垂霧天沉沉。
> 芳年誰惜去如水，春困著人倦梳洗。
> 夜來小雨潤天街，滿院楊花飛不起。〔註72〕
> 燕姬白馬青絲繮，短鞭窄袖銀鐙光。
> 御溝飲馬不回首，貪看柳花飛過牆。〔註73〕

元代蒙古族，無論男女都穿袍服，長袍的製作中，男裝與女裝又有所
不同。如薩都剌詩中的燕姬所穿的「窄袖」長袍多爲女子服飾，蒙古
族女子服飾中多用紅、粉、綠、天藍色等，因而有「翠袖」一說。對
於蒙古族服飾，葉子奇有大致的描繪，「今用蟬冠朱衣，方心曲領，
玉佩朱履，是革隋而用漢也，此則公裳。」〔註74〕「朝服，一品二品
用犀玉帶大團花紫羅袍，三品至五品用金帶紫羅袍，六品七品用緋
袍，八品九品用綠袍，皆以羅流。外授省劄，則用襢褐，其襆頭皂靴，
自上至下皆同也。」〔註75〕從這些史料中，我們對元代蒙古人的官服、
鞋履等都有了一定的瞭解。在葉子奇這個南人眼中，「北人華靡之服，
帽則金其頂，襖則線其腰，靴則鵝其頂。」〔註76〕我們從這些記載
中也看到了當時蒙古貴族服飾的講究與奢靡，歷來人的服飾穿戴都

〔註72〕〔清〕顧嗣立編，《元詩選・初集中・薩都剌・燕姬曲》，中華書局，
　　　　1987年，第1187頁。
〔註73〕〔清〕顧嗣立編，《元詩選・初集中・薩都剌・燕姬曲》，中華書局，
　　　　1987年，第1229頁。
〔註74〕〔明〕葉子奇撰《草木子・雜制篇》卷三下，中華書局，1959年，
　　　　第60～61頁。
〔註75〕〔明〕葉子奇撰《草木子・雜制篇》卷三下，中華書局，1959年，
　　　　第61頁。
〔註76〕〔明〕葉子奇撰《草木子・雜制篇》卷三下，中華書局，1959年，
　　　　第61頁。

有一定的階級性，蒙古人也不例外。這些有關的史料都爲我們探究元上都的蒙古人服飾提供了參考，在上都這樣一個多民族融合程度較高的城市裏，蒙古人的服飾中也會吸收進很多其它的因素，如將戰帽演化爲平時所戴等。而在與其它民族的聚居交流過程中，他們的服飾中也勢必會吸收不少其它民族的風格，這有待我們的進一步考察。

三、建築交通實錄

　　元代上都蒙古人居住的氈帳也別有特色，從皇帝的行宮——「斡耳朵」到普通民眾的氈包，都透露著蒙古人特有的風情。「斡耳朵」是蒙古語的音譯，意思爲「行宮」或「宮帳」，成吉思汗時代有四大斡耳朵，作爲大汗和后妃的居住場所，以後，每當新的蒙古大汗即位都「復自作斡耳朵」〔註77〕。蒙古人的氈帳有兩種，一種是比較輕便，可以折疊的，另一種不能折疊，必須要用車輛搬運的。「蒙古包是適應游牧經濟而出現的一種獨特的具有鮮明的民族風格的建築」〔註78〕，這種說法或許是對蒙古包較好的定性。在元代扈從詩中，我們也能看到對這些氈帳的描寫，柳貫曾有《觀失剌斡耳朵御宴回》曰：

> 毳幕承空柱繡楣，彩繩亙地掣文霓。
> 辰旗忽動祠光下，甲帳徐開殿影齊。
> 芍藥名花圍簇坐，葡萄法酒拆封泥。
> 御前賜酺千官醉，恩覺中天雨露低。〔註79〕

詩歌後面有小注曰：車駕駐蹕，即賜近臣灑馬奶子御筵，設氈殿失剌斡耳朵，深廣可容數千人。上京五月，芍藥始花。可見此詩是柳貫參加完御宴之後所作，開頭兩句極力描繪氈帳所製的宮殿——失剌斡耳朵。元代文獻中經常出現的失剌斡耳朵，或稱昔剌斡耳朵，昔剌又稱

〔註77〕 〔明〕葉子奇撰《草木子・雜制篇》，中華書局，1959年，第63頁。
〔註78〕 張秀華編著，《蒙古族生活掠影》，瀋陽出版社，2002年，第28頁。
〔註79〕 〔清〕顧嗣立編，《元詩選・初集中・柳貫・觀失剌斡耳朵御宴回》，中華書局，1987年，第1154頁。

失剌，都是蒙古語的音譯，意爲黃色。斡耳朵是營帳，昔剌斡耳朵即爲黃色的營帳。「剌斡耳朵者，即世祖皇帝之行在也」〔註 80〕，這裏也是元歷代皇帝舉行詐馬宴的地方。失剌斡耳朵是典型的蒙古包式的建築，也是上都外城的主要建築類型，它與漢式建築相比，最大的方便之處是可以拆卸、遷移，故而漢人將其稱爲「行宮」。失剌斡耳朵是一座可容納千人的巨大蒙古包，馬可波羅曾稱其爲「竹宮」，「此草原中尙有別一宮殿，純以竹莖結之，內塗以金，裝飾頗爲工巧，宮頂之莖，上塗以漆，塗之甚迷，雨水不能腐之。莖粗三掌，長十或十五掌，逐節斷之，此宮蓋用此種竹莖結成，竹之爲用不盡此也，尙可作屋頂及其它不少功用，此宮建築之善，結成或拆卸，爲時甚短，可以完全拆成散片，運之他所，惟汗所命。給成時則用絲繩二百餘繫之。」〔註81〕據《黑韃事略》記載，「穹廬有二樣：燕京之制，用柳木爲骨，正如南方罘思，可以卷舒，面前開門，上如傘骨，頂開一竅，謂之天窗，皆以氈爲衣，馬上可載。草地之制，以柳木組定成硬圈，徑用氈撻定，不可卷舒，車上載行。」〔註82〕「即是草地中大氈帳，上下用氈爲衣，中間用柳編爲窗眼透明，用千餘條索拽住，閫與柱皆以金裹，故名（金帳）」〔註83〕。從這些史料中可以發現，蒙古人的氈帳多爲圓形，這或許也與他們崇拜長生天和尙圓傳統有關，建在草原上的斡耳朵，是一種圓形建築。失剌斡耳朵是蒙古人的叫法，在漢人的詩文中，它經常以另一個名字出現——「棕殿」，因其形制是帳幕，它又是帳殿，帳殿上部分或全部以棕毛覆蓋，因此有「棕殿」之名。棕殿在泰定元年（甲子年，1324）

〔註80〕　〔元〕熊夢祥著，《析津志輯佚》，北京古籍出版社，1983 年，第 116 頁。

〔註81〕　〔法〕沙海昂注，馮承鈞譯，《馬可波羅行紀》，中華書局，2004 年，第 277 頁。

〔註82〕　彭大雅撰，徐霆疏證《黑韃事略》，王雲五主編，《叢書集成初編》，商務印書館，1936 年版，第 3 頁。

〔註83〕　彭大雅撰，徐霆疏證《黑韃事略》，王雲五主編，《叢書集成初編》，商務印書館，1936 年版，第 2 頁。

前後曾進行過重建或改建，柳貫詩歌中所說的失剌斡耳朵有可容數千人的「氈殿」，應該就是棕殿，「氈殿」之名來源於蒙古人對一般的帳房稱呼（稱其爲氈房）。失剌斡耳朵與「棕殿」是同一事物的兩種稱呼，前者爲蒙古人的習慣，後者是漢人的稱呼。它與元代文獻中的「西內」又有何關係呢？順帝至正十二年（壬辰年，1352），周伯琦扈從上都，據他記載，「車駕既幸上都，以是年六月十四日大宴宗親、世臣、環衛官於西內棕殿，凡三日」〔註 84〕，此處所說的三日大宴即爲詐馬筵，據此記載可知，西內是棕殿的所在地。西內範圍甚大，包括棕殿、慈仁殿，還有可能包括龍光殿等。而棕殿是西內的主要居所，因此，昔剌斡耳朵（棕殿）有時專指此一帳殿，有時又是西內的泛指。雖是氈殿，卻一點也不影響它的輝煌富麗。詩人在這豪華的氈帳中與眾人感受皇恩浩蕩，上京五月，正是芍藥花開的季節，君臣圍坐賞花，酒宴上有新開封的葡萄酒和具有民族特色的馬奶子酒等，「御前賜酺千官醉」，群臣暢飲，何其痛快！我們可以想見當年蒙元皇家的氣派與上都元帝延請賓客時的盛況，對他們的建築也有了最直觀的感受。

在元代兩都的建築中，除了各大行宮的修建，蒙元貴族們還大興土木，修建了很多的宗教寺廟，如藏式佛塔白塔寺，元代建築中濃厚的民族特色由此可見一斑。我們並無意將元代所有的建築風格一一詳述，只選擇最具有代表性，也最具有元代民族特色的這部分，作爲反觀整個元代蒙古人建築的一個窗口。

元代蒙古人的傳統交通運輸工具主要有兩種：牲畜和車輛。主要起交通運輸作用的牲畜主要有馬、駱駝和大象，車輛則主要是勒勒車。蒙古族素來被稱爲馬背上的民族，在他們的生產、生活中，馬佔有極重要的地位。元代蒙古人與馬相伴一生，無論童叟均以馬代步，馬不僅是蒙古人的重要交通工具，同時也是蒙古民族文化的

〔註84〕 李修生主編，《全元文·周伯琦·扈從集後序》，江蘇古籍出版社，
　　　 2004 年，第 532 頁。

重要組成部分。蒙古人在狩獵、游牧、農耕、遷徙、征戰中都離不
開馬。「元起朔方，俗善騎射，因以弓馬之利取天下，古或未之有，
蓋其沙漠萬里，牧養蕃息，太僕之馬，殆不可以數計，亦一代之盛
哉。」〔註85〕我們權且不說馬的其它功效，單是它作爲交通工具的
記載在元詩中便不乏其數，如「氈車滿載彤庭帛，寶馬高駄內府金」
〔註86〕等。同時，馬作爲蒙古人的作戰工具更是無需多言，當年蒙
古人的鐵騎橫掃歐亞，席卷中原，至今想來，餘威猶在。因此，馬
在元代蒙古人生活中的重要性已無需贅述。元代蒙古人的另一種交
通工具——車輛，它的主要形式是具有蒙古族特色的勒勒車，元詩
中因爲拉車的對象不同而稱其爲「橐駝車」、「觳觫車」等：

　　　椎髻使來交趾國，橐駝車宿李陵臺。
　　　遙聞徹夜鈴聲過，知進六宮瓜果回。
　　　白沙崗頭齊下馬，爲拾閼氏八寶鞭。
　　　忽見草間長十八，眾人分插帽檐前。〔註87〕

　　　沙清圓石瘦，千里聞風聲。驅此觳觫車，索索莎雞鳴。
　　　遠山列翠席，近坡環碧城。高下各有險，轍跡那由平。
　　　驚兔導我前，歷錄爲之驚。天低雲搖蕩，土曠塵縱橫。
　　　謬膺翰墨選，遠行有期程。回頭望南阪，初月隨風生。

　　〔註88〕

詩中所說的「橐駝車」、「觳觫車」等所指應該都是元代蒙古人所乘
的勒勒車，這種車是北方游牧民族常用的一種工具，是他們適應游
牧生存環境的一種創造。「游牧民族騎士出征時，家屬、輜重常常隨

〔註85〕〔明〕宋濂等撰，《元史·兵志三·馬政》卷一百，中華書局，1976
　　　　年，第 2553 頁。
〔註86〕〔清〕顧嗣立編，《元詩選·初集中·吳師道·次韻張仲舉助教上京
　　　　即事四首》，中華書局，1987 年，第 1572 頁。
〔註87〕〔清〕顧嗣立編，《元詩選·初集中·貢師泰·灤河曲二首》，中華
　　　　書局，1987 年，第 1427 頁。
〔註88〕〔清〕顧嗣立編，《元詩選·初集上·袁桷·度懷來沙磧》，中華書
　　　　局，1987 年，第 648 頁。

行其後，簡易、輕便的高輪勒勒車成爲運輸居住的重要交通工具。遷徙不定的游牧生活方式，決定了勒勒車即使在平時生活中也是離不開的。」〔註89〕這種車車身小，雙輪大，輕便靈活，無論是牧草繁茂的草場，積雪深厚的雪原，還是在沼澤、坡道中都能順利通行，因此備受蒙古人的青睞。製作原料以木質堅硬的樺木爲主，一般車身長四米以上，車上可帶篷，元詩中經常出現的「氈車」即指用氈作車篷的勒勒車。

元上都主要的交通工具中，駱駝和大象也是必不可少的兩種。駱駝，因其耐饑耐渴的特性，成爲沙漠地帶的重要交通工具，被稱爲「沙漠之舟」。同時，因駝峰中存有大量脂肪，可配酒食用，「駝脂在兩峰內有積聚者，酒服之良」〔註90〕，所以也是人們的佳肴之一。此外，駝乳也是元上都的眾乳品中的一類，而且，駱駝皮也可用來做鼓，被稱爲「駝鼓」，所以，在元代文人筆下吟詠駱駝的詩句也頗多，如楊允孚詩云：

> 東風吹暖柳如煙，寄語行人緩著鞭。
> 燕舞巧防鴉鵲落，馬嘶驚起駱駝眠。
> 翎出王侯部落多，香風簇簇錦盤陀。
> 燕姬翠袖顏如玉，自按轅條駕駱駝。
> 北關東風昨夜回，今朝瑞氣集蓬萊。
> 日光未透香煙起，御道聲聲駝鼓來。
> 撒道黃塵輦略過，香焚萬室格天和。
> 兩行排列金錢豹，奇徹將軍上馬駝。〔註91〕

楊允孚筆下的上京風物頗多，駱駝是其重點吟詠的對象之一。我們從詩中透露的信息中得知，在元代上京中的駱駝主要用於騎乘、拉車、

〔註89〕 曹彥生，《北方游牧民族勒勒車的傳承》，《黑龍江民族叢刊》（季刊），1998 年第 2 期。

〔註90〕 〔元〕胡思慧著，尚衍斌，孫立慧等注釋，《〈飲膳正要〉注釋》，中央民族大學出版社，2009 年，第 216 頁。

〔註91〕 〔清〕顧嗣立編，《元詩選‧初集下‧楊允孚‧灤京雜詠一百首》，中華書局，1987 年，第 1960～1966 頁。

製作駄鼓等，這也是它適應朔漠地區的主要功能，駱駝的這些功能爲元上都的交通做出了很大貢獻。至於取乳或食肉則相對少見，馬祖常曾有「六月椒香駝貢乳，九秋雷隱菌收釘」〔註92〕的詩句，短短詩句中，包容的內容相當豐富，將上都風物中具有代表性的地椒、駝乳、野菌等一併道出。

象在蒙元帝國中是重要的交通工具和作戰工具，元帝曾乘坐象輦視察或作戰，在元上都，象輦是蒙元皇帝和后妃經常承載的工具之一。楊允孚曾有詩云：

　　　　納寶盤營象輦來，畫簾氍暖九重開。
　　　　大臣奏罷行程記，咸歲聲傳龍虎臺。
　　　　鴛鴦坡上是行宮，又喜臨歧象馭通。
　　　　芳草撩人香撲面，白翎隨馬叫晴空。
　　　　香車七寶固姑袍，旋摘修翎付女曹。
　　　　別院笙歌承宴早，御園花簇小金桃。〔註93〕

這三首詩中所言多是每年皇帝巡幸之時的場景，每年蒙元皇帝在兩都間巡幸之時多乘象輦。每年四月，元帝從大都出發，途經沿途各地驛站，或稱捺缽地，與文武大臣及後宮嬪妃等乘象輦徐徐向元上都而來。「納寶盤營象輦來」，「又喜臨歧象馭通」都是這種場景的描繪。詩中所說的「納寶盤營」即蒙古人所說的捺缽地，龍虎臺、鴛鴦坡（即察罕腦兒）是捺缽地名。第三首詩中所言「香車七寶固姑袍」主要描述的是巡幸途中乘坐后妃的車輦，蒙古女子服飾中有罟罟（姑姑）冠，見前述，此不詳說。此詩後有小注亦云：凡車中戴固姑，其上羽毛又尺許，撥付女侍，手持對坐車中，雖后妃駝象亦然。

象作爲一種交通工具是蒙元時期最常見的一種用途，而用它作爲行軍作戰之車駕在元代亦不少見。馬可‧波羅曾具體描述了忽必

〔註92〕〔清〕顧嗣立編，《元詩選‧初集上‧馬祖常‧上京翰苑書懷三首》，中華書局，1987年，第696頁。

〔註93〕〔清〕顧嗣立編，《元詩選‧初集下‧楊允孚‧灤京雜詠一百首》，中華書局，1987年，第1959～1964頁。

烈平定乃顏之亂時所乘坐的象輦和兵陣，「大汗既至阜上，坐大木樓，四象承之，樓上樹立旗幟，其高各處皆見，其眾皆合三萬人成列，各騎兵後多有一人執矛相隨，步兵全隊皆如是列陣，由是全地滿布士卒，大汗備戰之法如此。」〔註94〕可以說，在這次平定叛亂的過程中，忽必烈所乘坐的象輦既爲其提供了行軍備戰之便，又爲其壯大了軍威，功不可沒。

第三節　元上都人情篇

　　瞭解了元上都的風物名錄後，我們便可勾勒出當年生活在那裏的人們的基本生活場景。若想對他們的生活狀況有一個完整的印象，我們還必須透過這些物質生活的表面，去解讀他們生活中精神層面的東西。或者說非物質層面的內容，我們稱之爲元上都人情篇。在這部分內容中，我們依然以上都的蒙古人爲核心，去解讀他們生活中具有代表性和民族性的內容，對這些生活在我們傳統意義上的邊塞中的人們做一番近距離接觸。我們試從元上都中蒙古族的傳統習俗、宗教傳統與民族歌舞入手，對蒙古人生活中的喪禮、狩獵、詐馬筵、摔跤，以及上都的宗教場面、民族歌舞等內容作大致的說明。從這些極富元代社會特色與民族性的內容中對元上都蒙古族的生活作側面的介紹，由點及面地儘量展示整個元上都的生活場景。

一、傳統習俗

　　隨著元代蒙古人的入主中原，他們的習俗也走進了漢族文人的視野。在每年兩都巡幸制的扈從隊伍中，有很多描寫蒙古人生活場景的漢族文人。他們對蒙古人的生活充滿了新奇感，在他們的詩歌中總能看到蒙古人生活習俗中的點點滴滴。從元代士女上巳日的繡圈到乞巧的結羊腸，從蒙古人聲勢浩大的詐馬筵到摔跤大會，從元

〔註94〕〔法〕沙海昂注，馮承鈞譯，《馬可波羅行紀》，中華書局，2004年，第298頁。

代的敖包祭祀到喪葬習俗，元代文學都為我們提供了很多的借鑒資料。元代扈從邊塞詩也為我們留下了很多相關的記載，我們從這些詩歌中來瞭解元上都的特殊人情。我們擬從元上都的祭祀與喪葬習俗，結羊腸與繡圈風俗，狩獵和詐馬筵等方面對這些游牧民族的傳統習俗作大致瞭解。

在描寫元上都中蒙古人傳統習俗的詩歌中，涉及他們的祭祀與喪葬習俗的描寫並不太多，我們只能從一些零星的詩句中去尋找蛛絲馬蹟：

> 大野連山沙作堆，白沙平處見樓臺。
> 行人禁地避芳草，盡向曲闌斜路來。
> 祭天馬酒灑平野，沙際風來草亦香。
> 白馬如雲向西北，紫駝銀甕賜諸王。〔註95〕
>
> 李陵臺西車簇簇，行人夜向灤河宿。
> 灤河美酒斗十千，下馬飲者不計錢。
> 青旗遙遙出華表，滿堂醉客俱年少。
> 侑杯少女歌竹枝，衣上翠金光陸離。
> 細肋沙羊成體薦，共訐高門食三縣。
> 白髮從官珥筆行，毳袍沖雨桓州城。〔註96〕
>
> 馬上重看尖帽山，山頭無數白雲間。
> 漢家天子真龍種，抔土長陵為設關。〔註97〕

在上面的詩歌中，我們先看「祭天馬酒灑平野」與「細肋沙羊成體薦」兩句，這兩句最起碼向我們透露了一點：蒙古人的祭祀禮儀中所用之物有馬酒和「細肋沙羊」，但具體情況如何卻不得而知。那麼他們的祭祀到底是怎樣一種場面？由什麼人主持？怎麼舉行？這都

〔註95〕〔清〕顧嗣立編，《元詩選‧初集中‧薩都剌‧上京即事五首》，中華書局，1987年，第1252頁。

〔註96〕〔清〕顧嗣立編，《元詩選‧初集上‧馬祖常‧車簇簇行》，中華書局，1987年，第718頁。

〔註97〕〔清〕顧嗣立編，《元詩選‧初集下‧楊允孚‧灤京雜詠一百首》，中華書局，1987年，第1960頁。

成了我們腦海中的一個個疑團。在蒙古汗國時期，成吉思汗所定的官方宗教是薩滿教，薩滿教中的大祭司被稱爲「別乞」，薩滿教在蒙古貴族的早期統治中，地位尊崇，薩滿巫師享有特權。在宮廷和民間的祭祀中，也大多用薩滿禮儀。元朝建立以後，「其郊廟之儀，禮官所考日益詳愼，而舊禮初未嘗廢，豈亦所謂不忘其初者歟。然自世祖以來，每難於親其事。英宗始有意親郊，而志弗克遂。久之，其禮乃成於文宗。」〔註98〕蒙古人入主中原以後，逐漸吸收華夏傳統宗教的禮樂制度和祭祀傳統，在諸如皇帝即位、諸王朝會、接待外史、冊封臣子、郊廟祭祀等方面都有所改制。「元興朔漠，代有拜天之禮。衣冠尚質，祭器尚純，帝后親之，宗戚助祭。其意幽深古遠，報本反始，出於自然，而非強爲之也。憲宗即位之二年，秋八月八日，始以冕服拜天於日月山……灑馬湩以爲禮，皇族之外，無得而與，皆如其初。」〔註99〕「每歲，駕幸上都，以六月二十四日祭祀，謂之灑馬奶子，用馬一，羯羊八，綵緞練絹各九匹……禮畢，掌祭官四員，各以祭幣表裏一與之；餘幣及祭物，則凡與祭者共分之。」〔註100〕這些史料爲我們解讀上面的詩句提供了參考，上都的蒙元貴族們在祭祀大典中也一如慣例，以蒙古人珍視的馬奶酒與品質上乘的羊肉等物爲祭品，並在祭祀之後遍賞諸王。

在第三首詩後，有一小注曰：乃葬后妃之所，設衛卒焉。由此觀之，此詩隱晦地涉及到了蒙古人的喪葬禮儀。蒙古人的葬禮與中原漢族有很大不同，葉子奇曾對此有詳細記載。「元朝官裏，用梡木二片，鑿空其中，類人形小大合爲棺，置遺體其中，加髹漆畢，則以黃金爲圈，三圈定，送至其直北圓寢之地深埋之，則用萬馬蹴平，

〔註98〕 〔明〕宋濂等撰，《元史‧祭祀志一》卷七十二，中華書局，1976年，第1779頁。

〔註99〕 〔明〕宋濂等撰，《元史‧祭祀志一》卷七十二，中華書局，1976年，第1781頁。

〔註100〕 〔明〕宋濂等撰，《元史‧祭祀志六》卷七十七，中華書局，1976年，第1924頁。

俟草青方解嚴，則以漫同平坡，無復考志遺跡，豈復有發掘暴露之患哉？誠曠古所無之典也！夫葬以安遺體，遺體既安，多資以殉，何益？」〔註101〕我們在元代邊塞扈從詩中看到的蒙古人的喪葬習俗相對有限，但我們可以在元代的其它文學形式中找到佐證，因此，對於喪葬習俗我們不欲細作追究。

拋開這些模糊的祭祀與喪葬習俗，我們在元上都的傳統習俗中還發現了蒙古族年輕女子中間流行的一種結羊腸、織繡圈的習俗：

孟春之月春始和，陌頭柳色黃如鵝。
落梅紛紛稍覺多，白日炯炯曜綺羅。
曜綺羅，日漸長，春風庭院花草香。
十六初過上元節，家家女兒結羊腸。
含情暗卜心自語，何時得似雙鴛鴦。
結成羊腸腸反斷，惆悵春閨坐長歎。
強持薄怒嬌且羞，折花倒插金釵頭。〔註102〕

正月十六好風光，京師女兒結羊腸。
焚香再拜禮神畢，剪紙九道尺許長。
撚成對縮雙雙結，心有所祈口難說。
爲輪爲燈恒苦多，忽作羊腸心自別。
鄰家女兒聞總至，未辨吉凶憂且畏。
須臾結罷起送神，滿座歡欣雜憔悴。
但願年年逢此日，兒結羊腸神降吉。〔註103〕

脫圈窈窕意如何？羅綺香風漾綠波。
信是唐宮行樂處，水邊三月麗人多。〔註104〕

〔註101〕〔明〕葉子奇撰《草木子·雜制篇》卷三下，中華書局，1959年，第60頁。
〔註102〕〔元〕趙雍撰，《趙待制遺稿一卷·結羊腸》，北京大學圖書館藏清乾隆道光間長塘鮑氏刻知不足齋叢書本，第628頁。
〔註103〕〔清〕顧嗣立編，《元詩選·初集中·薩都剌·上京即事五首》，中華書局，1987年，第1252頁。
〔註104〕〔清〕顧嗣立編，《元詩選·初集下·楊允孚·灤京雜詠一百首》，中華書局，1987年，第1965頁。

在趙雍的詩題後有小注曰：都下風俗至正月十六日，家家兒女以紙九條，或用皮者結以爲卜，謂之結羊腸，其名甚古，因以詠之。這兩首關於結羊腸的詩歌及這條注釋告訴我們，這是蒙元時期都城中年輕女子間盛行的一種習俗。每年正月十六日，家家女兒都忙著結羊腸。「剪紙九道尺許長」，又或用皮者代替，「撚成對縮雙雙結」來祈福。她們所祈求的大多是愛情與婚姻，「含情暗卜心自語，何時得似雙鴛鴦」。美滿的姻緣是古今中外每一個女子的祈盼，元代的女子當然也不例外。在元上都這種類似於古代乞巧習俗的傳統中，我們能依稀看到當年那些虔誠的女子們勤勞的身影。在她們靈巧的雙手中，「結羊腸」的習俗年年不衰，元代的這種「羊腸」據說便是現在中國結的濫觴，可見中國的傳統習俗也有一個發展的過程。除了結羊腸的習俗外，下面一首詩歌又爲我們提供了另一種祈福的形式。楊允孚在詩後注道：上巳日，灤京士女競作繡圈，臨水棄之，即修禊之義也。上巳日即農曆三月初三，漢代及之前雖已將上巳日定爲正式節日，使古老的祓禊活動有確定的時間。但農曆三月上巳每年都不固定，因此，魏晉之後便定位每年三月初三。這一天，官民百姓都參加祓禊活動，在水邊進行祈福消災活動。蒙元時期的上都顯然也沿襲了這一傳統，只是他們的修禊道具變成了繡圈而已。這種做法或許也可以看作是蒙古族入主中原以後蒙漢文化交流的一項成果，是他們漢化的一種體現。

早在蒙古汗國時期，狩獵便是蒙古人生活的重要組成部分，蒙古人以弓馬騎射得天下，蒙古鐵騎曾是多少被征服地區人民的噩夢，狩獵當然也是他們引以爲豪的民族本能。成吉思汗自己便極重狩獵，對於在獵場上大顯身手的子孫們非常賞識。公元 1224 年初春，當成吉思汗結束了西征，班師東還的途中，年幼的忽必烈與旭烈兀第一次獵獲野物，由成吉思汗爲他們舉行了稱之爲牙黑剌迷失的隆重儀式。忽必烈的出色表現便贏得了成吉思汗的好感，對其讚賞有加。成吉思汗之後的蒙古大汗們對射獵活動都很支持，特別是

元世祖忽必烈對狩獵經濟的重視更遠超前代。金蓮川本是故遼、金皇家獵苑。忽必烈在金蓮川成立幕府之時便把此地變成了自家王府的獵苑，登基稱汗後，又將它視爲元帝國最大的皇家獵苑。我們在元代文人的扈從詩中，也能看到對當時狩獵場面的描寫：

> 千里陰山騎四周，休誇西伯渭濱遊。
> 今年較獵饒常歲，一色天狼四十頭。
> 今年大彌蹄林秋，青兕黃羊以萬籌。
> 搖吻戍兒欣有語，好雲從此到南樓。
> 今秋天飼住冬糧，萬穴空來殺氣蒼。
> 渴飲馬酮饑食肉，西風低草看牛羊。〔註105〕

元朝的狩獵活動在元帝國內不單是蒙古貴族們的娛樂活動，更多的是與經濟、軍事和國家管理相聯繫，成爲輔助帝國發展的有力工具。元朝多數帝王都將狩獵活動與軍事後勤供給和軍事演習相結合。元朝的軍需供應中，有一部分是直接來自於狩獵活動。元朝政府鼓勵人們從草原山林野生禽獸中爲自己尋找生存資源，改善自己的飲食。從某種程度上減輕了百姓賦稅負擔，也減少了皇室貴胄的斂財力度；元廷諸帝還將狩獵活動與軍隊訓練、擴大作戰能力相結合，元帝的狩獵規模驚人，場面極爲壯觀，每次出動千人乃至數萬人圍獵。用游牧民族傳統的集體狩獵習俗維繫軍隊內部的團結，培養將士的驍勇善戰能力。圍獵實際上成了一種軍訓或軍事演習，敵人便是被圍困的野獸，這種訓練爲他們在征伐中積纍了豐富的經驗。這也是狩獵活動在元代的特殊作用。此外，元政府也很重視狩獵經濟與其它各類經濟的聯繫，努力使之與其它各門類間協調發展，實現共贏。忽必烈將狩獵經濟作爲國家經濟生活中的重要組成部分，利用多種細密的經營之道，處理狩獵經濟與其它各經濟部門間的平衡，使國民經濟持續發展。

〔註105〕〔清〕顧嗣立編，《元詩選·初集上·王惲·甘不剌川在上都西北七百里外董侯承旨扈從北回遇於榆林酒間因及今秋大獮之盛書六絕以紀其事》，中華書局，1987年，第499頁。

　　在元上都的傳統習俗中，詐馬筵是重要的一項。在蒙古人的習俗中，也是最隆重、最盛大的，是體現蒙元帝國實力與蒙元貴族豪爽氣的最好渠道。葉子奇曾說，「北方有詐馬筵席最具筵之盛也，諸王公貴戚子弟，競以衣馬華侈相高。」〔註106〕因而，在元上都的扈從文人筆下，它也是出現頻率較高的內容。周伯琦以翰林直學士、兵部侍郎拜監察御史的身份扈從皇帝至上都，曾爲詐馬筵揮毫潑墨，詩曰：

華鞍鏤玉連錢驄，彩鞏簇彎朱英重。
鉤膺障顱鑿鏡叢，星鈴彩校聲瓏瓏。
高冠豔服皆王公，良辰盛會如雲從。
明珠絡翠光龍葱，文繒縷金紆晴虹。
犀毗萬寶腰鞊紅，揚鑣迅策無留蹤。
一躍千里眞遊龍，渥窪奇種皆避鋒。
藹如飛仙集崆峒，垂鷥跨鳳來曾空。
是時閶闔含薰風，上京六月如初冬。
金支滴露冰華濃，水晶殿閣搖瀛蓬。
扶桑海色朝瞳瞳，天子方御龍光宮。
袞衣玉璪回重瞳，臨軒接下天威崇。
大宴三日酣群悰，萬羊臠炙萬甕釀。
九州水陸千官供，曼延角觝呈巧雄。
紫衣妙舞腰細蜂，鈞天合奏春融融。
獅獰虎嘯跳豹熊，山呼鼇抃萬姓同。
曲闌紅藥翻簾櫳，柳枝飛蕩搖蒼松。
錦花瑤草煙茸茸，龍岡拱揖灤水潨。
當年定鼎成周隆，宗藩磐石指顧中。
興王彝典歲一逢，發揚祖德並宗功。
康衢擊壤登時雍，豈獨耀武彰聲容。
願今聖壽齊華嵩，四門大啓達四聰。

〔註106〕〔明〕葉子奇撰《草木子‧雜制篇》卷三下，中華書局，1959年，第68頁。

　　臣歌天保君彤弓，更圖王會傳無窮。〔註107〕

在詩歌前面的小序中，詩人將蒙元時期上都所舉行的詐馬筵進行了詳細的介紹：國家之制，乘輿北幸上京，歲以六月吉日，命宿衛大臣及近侍服所賜只孫，珠翠金寶，衣冠腰帶，盛飾名馬。清晨，自城外各持彩仗，列隊馳入禁中。於是上盛服，御殿臨觀。乃大張宴為樂，唯宗王戚里宿衛大臣前列行酒，餘各以所職敍坐合飲，諸坊奏大樂，陳百戲，如是者凡三日而罷。其佩服日一易，大官用羊二千噭馬三匹，他費稱是，名之曰「只孫宴」，「只孫」，華言一色衣也。俗呼曰「詐馬筵」。至元六年歲庚辰，忝職翰林，扈從至上京。六月廿一日，與國子助教羅君叔亨得縱觀焉。因賦《詐馬行》以記所見。

　　我們從周伯琦的詩和小序中對蒙古族的詐馬筵可以有較直觀的感受，這項活動是蒙元政府的國家制度。每年的六月份，當元帝與扈從大臣們巡幸至上都之際都會舉行。在這項活動中，蒙元政府充分展示了自己的國力。宿衛大臣及近侍都必須穿皇帝所賜的只孫，即漢語中所說的統一服裝。都要穿戴華麗，裝飾一新，「珠翠金寶」，從清晨開始，自城外列隊入禁中。詩歌的前一部分極盡鋪排描繪之能事，將元上都詐馬筵上的場景繪聲繪色地儘量展示，「華鞍鏤玉連錢驄，彩鞏簇轡朱英重」、「明珠絡翠光蘢蔥，文繒縷金紆晴虹」、「犀毗萬寶腰鞓紅，揚鑣迅策無留蹤」、「藹如飛仙集崆峒，垂鸞跨鳳來曾空」。接下來蒙元皇帝盛裝出席，並大宴群臣，關於這種盛況，另有詩曰：

　　卿雲弄彩日重暉，一色金沙接翠微。
　　野韭露肥黃鼠出，地椒風軟白翎飛。
　　水精殿上開珠扇，雲母屏中見袞衣。
　　走馬何人偏醉甚？錦鞴賜得海青歸。

　　蕭稍九奏南風起，沙燕高低撲繡簾。
　　釃醽酒多杯迭進，鷓鴣香少火重添。

〔註107〕　〔清〕顧嗣立編，《元詩選・初集下・周伯琦・詐馬行》，中華書局，1987 年，第 1858 頁。

舊分宮錦緣衣攝，新賜奩珠簇帽檐。
日午大官供異味，金盤更換水晶鹽。

清涼上國勝瑤池，四海梯航燕一時。
豈謂朝廷誇盛大？要同民物樂雍熙。
當筵受幾存周禮，拔劍論功識漢儀。
此日從官多獻賦，何人爲誦武公詩。〔註108〕

在這種盛大的君臣宴飲場面中，等級制度儼然有序，「唯宗王戚里宿衛大臣前列行酒，餘各以所職敘坐合飲」。宴席上，不但有珍饈美味，「萬羊臠炙萬甕釀」；而且有仙音妙曲，「蕭稍九奏南風起」；更有曼妙舞姿，「紫衣妙舞腰細蜂」。君臣共賞歌舞，共觀百戲，而宿衛大臣及近侍所穿的只孫服則每日一換，這種詐馬筵中的隆重場面和豪奢的消費「如是者凡三日而罷」。蒙古族的詐馬筵是極具民族特色的一種習俗，特別是宮廷中的詐馬筵，在元帝的主持下，君臣僚友歡聚一堂，共享美酒佳肴，共賞歌舞百戲，連續數日不斷。這種大型的娛樂習俗一方面顯示了元朝統一後的盛大氣勢，另一方面也爲蒙元貴族聯絡君臣、民族感情提供了方便。這種包容性極強，又極具豪爽氣的活動或許也只有在蒙元時期才得一見，畢竟蒙元貴族所建立的龐大帝國是當時世界中強者的代表。「清涼上國勝瑤池，四海梯航燕一時。豈謂朝廷誇盛大？要同民物樂雍熙」。楊允孚也曾對此贊道：

錦衣行處狻猊習，詐馬筵開虎豹良。
特敕雲和罷絃管，君王有意聽堯綱。〔註109〕

在每年的六月份，元上都都會有詐馬筵的盛況，在此過程中，「君王有意聽堯綱」。入主中原後，蒙元貴族也不得不適應新的國情去調整自己的統治方針，開始不斷地聽取漢族文人的建議，「以漢法治國」，

〔註108〕 〔清〕顧嗣立編，《元詩選·初集中·貢師泰·上都詐馬大燕五首》，中華書局，1987年，第1417頁。

〔註109〕 〔清〕顧嗣立編，《元詩選·初集下·楊允孚·灤京雜詠一百首》，中華書局，1987年，第1963頁。

也創造了一些寬鬆的氣氛，使生活其中的各族文人都曾爲詐馬筵歌詠頌贊，也都願意爲之播名，「千載風雲新際會，願將金石播聲時」〔註110〕。

在扈從文人筆下，蒙古族的傳統習俗中還有對摔跤、賽馬等場面的描寫，在此不再一一詳述。我們只希望從以上這些具有代表性和民族性的習俗中，瞭解當時上都的生活場景和蒙古人的精神世界。或許這些並不足以代表蒙元帝國中生活在元上都的蒙古人的整個精神世界，但這也許是最能代表他們內心習俗傳統的一部分。

二、宗教傳統與民族樂舞

要瞭解元上都以蒙古人爲主的北方游牧民族的精神生活，以上對他們傳統習俗的瞭解是必要的。但對上都的宗教傳統與民族樂舞等的瞭解也必不可少。我們在前文已經講過蒙元帝國的宗教政策與各種宗教，忽必烈統一全國後，元上都所盛行的宗教則非藏傳佛教莫屬。我們有詩爲證：

> 寶閣凌空湧，金壺映日黃。梵音通朔漠，法曲廣伊涼。
> 御榻惟經帙，宮爐獨篆香。吾皇清淨德，銀管願垂芳。
> 〔註111〕

在元上都廣大的土地上，「梵音通朔漠」，可見佛教在這裏的傳頌之廣。而「御榻惟經帙」讓我們看到，在蒙元皇帝的御榻之側，經常放置的也只是經卷，可見蒙元貴族皇室對佛教的重視，聯繫元代的社會背景與佛教政策，我們即知，這裏所說的佛教定然爲藏傳佛教無疑。

藏傳佛教是佛教的一大支派，在我國藏族地區和內蒙古、新疆等部分地區流傳。因其傳播地區的特殊，帶上了特殊的地域色彩。佛教傳入藏地後，吸收了很多苯教的因素，成爲藏化了的佛教，故稱藏傳

〔註110〕　〔清〕顧嗣立編，《元詩選・初集中・廼賢・失剌斡耳朵觀詐馬宴奉次貢泰甫授經先生韻五首》，中華書局，1987 年，第 1459 頁。
〔註111〕　〔清〕顧嗣立編，《元詩選・初集上・袁桷・再次韻十首・其二》，中華書局，1987 年，第 652 頁。

佛教，或俗稱喇嘛教。藏傳佛教興起後，由於淵源各異，傳法不同。在漫長的發展過程中形成不同的教派，其中影響較大的有寧瑪派、噶當派、薩迦派、噶舉派、希解派、覺域派、覺囊派和霞魯派等。在蒙古大軍到來之前，他們各自爲政，爭執不斷。

蒙古與吐蕃地區的接觸，早在成吉思汗時代就已經開始，據《元史‧太祖紀》記載，在 1227 年滅西夏期間，成吉思汗曾親自率兵過黃河，「二月，破臨洮府。三月，破洮（今甘肅臨潭）、河（今甘肅臨夏）、西寧（今屬青海）二州」〔註 112〕進入甘青藏區。在蒙藏關係史上，眞正有確切史料記載的是窩闊台之子闊端與薩迦派首領薩斯迦班智達‧貢嘎堅贊〔註 113〕的接觸。1244 年 8 月闊端正式向薩迦班智達發出邀請函。六十三歲的薩迦班智達不辭辛勞，帶著十歲的八思巴和六歲的恰那多吉，長途跋涉，於 1246 年 8 月抵達西涼。此次會談奠定了蒙藏關係史上的和平基礎，在薩班的帶動下，吐蕃僧俗首領相繼歸順蒙古。八思巴和恰那多吉也分別成爲薩迦派教主繼承人和世俗繼承者，後者由蒙古統治者著重培養。闊端與薩迦班智達的合作，意義非凡。「作爲蒙藏關係的開拓者，他們既爲藏傳佛教在蒙古社會的傳播打下了堅實基礎，也爲吐蕃地區最終併入中國版圖作出了不朽貢獻，以後的元朝歷代皇帝大都繼承和發展了闊端的既定方略，利用薩斯迦派勢力建立並鞏固其對吐蕃地區的統治。」〔註 114〕

讓藏傳佛教眞正達到鼎盛階段的是八思巴與忽必烈的合作。八思巴曾「謁世祖於潛邸，與語大悅，日見親禮。」〔註 115〕忽必烈即位後，即被封爲國師，授以玉印，創制蒙古文字，並爲宮廷中皇室及貴族宣揚佛法、授戒等。八思巴被尊爲帝師實爲忽必烈創制帝師

〔註 112〕〔明〕宋濂等撰，《元史‧太祖紀》，中華書局，1976 年，第 24 頁。
〔註 113〕薩斯迦班智達有時也稱薩迦班智達，「班智達」爲當時對精通佛教「五明」的學者的稱呼，「薩斯迦班智達」又簡稱「薩班」。
〔註 114〕陳高華、張帆、劉曉著，《元代文化史》，廣東教育出版社，2009 年，第 77 頁。
〔註 115〕〔明〕宋濂等撰，《元史‧釋老傳》，中華書局，1976 年，第 4517 頁。

制之始，《元史》記載，「元起朔方，固已崇尚釋教。……百年之間，朝廷所以敬禮而尊信之者，無所不用其至。雖帝后妃主，皆因受戒而爲之膜拜。」〔註 116〕帝師制創立之初，正值元朝初期，北方戰爭不斷，統治根基尚未牢固。當時的忽必烈，急需一種宗教信仰作爲精神支柱，藉此來宣揚其統治的正統性，這一使命由八思巴完成。八思巴用藏傳佛教中的理論，來宣揚忽必烈統一全國的必然性和正統性。這種神化元朝統治的言論受到元廷的重視，藏傳佛教也成爲元朝的國教，在元代政治生活中發揮越來越重要的作用。八思巴作爲帝師，在元代君主心中，幾乎與佛祖不相上下。據《南村輟耕錄》記載，元朝「累朝皇帝，先受佛戒九次，方正大寶。」〔註 117〕而且，帝師在元朝政治生活中地位尊崇，百官朝會時，帝師有專座位於皇帝御座之側；帝師出行，皇帝派大臣出郭相送，甚至有半副御駕爲其開道。在政治、經濟決策上，帝師對元朝帝王的決策和制度的施行往往也有很大的影響。忽必烈在位時就經常問計於帝師八思巴，請教政務和軍事問題等。作爲全國佛教界領袖，帝師在制定國家宗教政策、處理佛教事物、治理吐蕃地區等方面發揮著重要的影響，這一影響則主要是通過參與宣政院的管理活動來體現的。

　　藏傳佛教也因與元廷的合作而廣泛傳播，不但在藏族地區取得了很大的發展，而且將勢力蔓延到蒙古族、漢族等地區。藏傳佛教也因爲一度被定爲國教，有名的佛道大辯論，最後勝出的嚴格來說是藏傳佛教。由此看來，在元上都出現對藏傳佛教的描寫也不足爲怪，而且，我們還可以從扈從文人筆下看到當年藏傳佛教中游皇城的盛況：

　　　　百戲遊城又及時，西方佛子閱宏規。

　　　　彩雲隱隱旌旗過，翠閣深深玉笛吹。〔註 118〕

〔註 116〕　〔明〕宋濂等撰，《元史・釋老傳》，中華書局，1976 年，第 4520
　　　　　～4521 頁。
〔註 117〕　〔元〕陶宗儀撰，《南村輟耕錄》卷二，中華書局，1959 年，第 20 頁。
〔註 118〕　〔清〕顧嗣立編，《元詩選・初集下・楊允孚・灤京雜詠一百首》，
　　　　　中華書局，1987 年，第 1965 頁。

楊允孚在詩後有小注曰：每年六月望日，帝師以百戲入內，從西華入，然後登城設宴，謂之遊皇城是也。遊皇城是當年大都及上都城裏最隆重的佛教儀式，至元七年（庚午年，1270），忽必烈「以帝師八思巴之言，於大明殿御座上置白傘蓋一，頂用素段，泥金書梵字於其上，謂鎮伏邪魔獲安國刹。自後每歲二月十五日，於大明殿啓建白傘蓋佛事，用諸色儀仗社直，迎引傘蓋，周遊皇城內外，雲與眾生祓除不祥，導迎福祉……歲以為常，謂之遊皇城……夏六月中，上京亦如之」〔註119〕。這一盛大的佛教儀式是每年六月上都城中最為隆重的盛事，我們從此也可看出元代藏傳佛教的興盛。而同時，畢竟薩滿教曾是蒙古族的國教，雖然此後因為政治等種種原因被佛教、道教佔了風頭，但在上都的生活場景中它的身影仍依稀可見。吳萊曾有詩寫道：

> 古人重儺疫，時俗事禬禳。歲陽欲改律，輿鬼寢耀鋩。
> 屬神乃恣肆，魃蜮並猖狂。倀僮幸成列，巫覡陳禁方。……
> 聖言謂近戲，五祀徒驚惶。惜哉六典廢，述此時儺章。
>
> 〔註120〕

> 天深洞房月漆黑，巫女擊鼓唱歌發。
> 高梁鐵鐙懸半空，塞向墐戶跡不通。
> 酒肉滂沱靜几席，箏琶朋揹淒霜風。
> 暗中鏗然那敢觸，塞外祆神喚來速。……
> 古今世事一渺茫，楚祗越女幾災祥。
> 是邪非邪降靈場？麒麟被髮跨大荒。〔註121〕

無論是第一首詩中類似儺戲的儀式，還是第二首詩中的北方巫者所主持的祈求神靈的典禮，都與蒙古族信仰的薩滿教有著千絲萬縷的聯繫。薩滿教是一種原始多神教，從古至今一直在我國北方少數民族中

〔註119〕 〔明〕宋濂等撰，《元史‧祭祀志六》卷七十七，中華書局，1976年，第 1926～1927 頁。

〔註120〕 〔清〕顧嗣立編，《元詩選‧初集中‧吳萊‧時儺》，中華書局，1987年，第 1518 頁。

〔註121〕 〔清〕顧嗣立編，《元詩選‧初集中‧吳萊‧時儺》，中華書局，1987年，第 1519 頁。

廣爲流傳。大蒙古國興起之前，蒙古草原上的薩滿信仰就已經很流行了，曾到過蒙古的西方傳教士魯不魯乞曾記載說，當時蒙古草原「沒有領袖，沒有法律，而只有巫術和占卜，這些地區的人，對於巫術和占卜是極爲重視的」〔註122〕。蒙古貴族對薩滿巫師非常重視，而隨著個別薩滿權力欲望的膨脹與蒙元貴族政治上的重心轉移，在利用其它宗教實現政治目的的進程中，薩滿教一度衰落，風光不再。元廷對薩滿教的態度轉變並不影響元代民間，特別是蒙古平民對薩滿教的滿腔熱情，普通蒙古人心中，薩滿教依然佔有很重要的地位。

　　在元上都濃厚的宗教氛圍中，蒙元帝國的樂舞也充滿了神秘的宗教色彩和民族氣息，在當時盛行一種十六天魔舞，扈從文人對此也不吝筆墨，薩都剌有詩贊道：

> 白晝簫韶起半空，水晶行殿玉屛風。
> 諸王舞蹈千官賀，高捧蒲萄壽兩宮。
> 沙苑棕毛百尺樓，天風搖曳錦絨鉤。
> 內家宴罷無人到，面面珠簾夜不收。
> 涼殿參差翡翠光，朱衣革帽宴親王。
> 紅簾高卷香風起，《十六天魔》舞袖長。
> 中官隊仗等宮車，小樣紅靴踏軟沙。
> 昨日官家清宴罷，御羅輕帽插珠花。
> 院院燒燈有咒僧，垂簾白日點酥燈。
> 上京六月涼如水，人渴天瓢更賜冰。〔註123〕

上述「十六天魔舞」，是元朝宮廷中的一種歌舞，以盛飾美女十六人，扮成菩薩相，稱「十六天魔」。頭戴象牙雕飾的佛冠，舞髮數辮。身穿豔麗的大紅長袖「合袖天衣」，金雜襖。腰繫鎖金長短裙，肩披織金雲肩。繞以柔軟飄逸的豔色長飄帶，足登精緻小巧的蒙古式女皮

〔註122〕英・道森編，呂浦譯，周良宵注《出使蒙古記・魯不魯乞東遊記》，中國社會科學出版社，1983年，第40頁。
〔註123〕〔清〕顧嗣立編，《元詩選・初集中・薩都剌・上京雜詠五首》，中華書局，1987年，第1228頁。

靴，手執「加巴刺班」法器。在各種樂器的伴奏下，爲首一人手執令杵奏樂領唱，眾人相和，邊歌邊舞，千姿百態，變化無窮。如春風行雲，飛天淩空，天女散花，落英繽紛，觀者如臨仙境〔註124〕。對十六天魔舞最早也是最完備的記載是《元史·順帝紀》，「（至正十四年，甲午年，1354 年）時帝怠於政事，荒於遊宴，以宮女三聖奴、妙樂奴、文殊奴等一十六人按舞，名爲十六天魔，首垂髮數辮，戴象牙佛冠，身被瓔珞、大紅綃金長短裙、金雜襖、雲肩、合袖天衣、綬帶鞋襪，各執加巴刺般之器，內一人執鈴杵奏樂。又宮女一十一人，練槌髻，勒帕，常服，或用唐帽、窄衫。所奏樂用龍笛、頭管、小鼓、箏、蓁、琵琶、笙、胡琴、響板、拍板。以宦者長安疊不花管領，遇宮中贊佛，則按舞奏樂。宮官受秘密戒者得入，餘不得預。」〔註125〕對於十六天魔舞的研究，已有不少成果，在對其源流考證的說法中，黎國韜認爲，「天魔舞的表演形式明顯是源自藏傳佛教的金剛舞」，「天魔舞所表現的內容，則與蓮花生大師收伏魔女並使之成爲護法天母的傳說有關」〔註126〕。十六天魔舞在元代的盛行與蒙元貴族對歌舞娛樂等活動的喜好有很大關係，這一舞蹈的改編與創造也與蒙古族的舞蹈和他們所推崇的藏傳佛教有密切聯繫，其實，在元代扈從詩中還記載有其它一些繼承與創作樂舞的內容，如楊允孚曾寫道：

爲愛琵琶調有情，月高未放酒杯停。
新腔翻得涼州曲，彈出天鵝避海青。
東京亭下水濛濛，敕賜遊船兩兩紅。
迴紇舞時杯在手，玉奴歸去馬嘶風。
儀鳳伶官樂既成，仙風吹送下蓬瀛。
花冠簇簇停歌舞，獨喜簫韶奏太平。〔註127〕

〔註124〕葉新民，齊木德道爾吉編著《元上都研究文集》，中央民族大學出版社，2003 年，第 344 頁。
〔註125〕〔明〕宋濂等撰，《元史·順帝紀六》卷四十三，中華書局，1976年，第 918～919 頁。
〔註126〕黎國韜，《十六天魔舞源流考》，《西藏研究》，2010 年第 2 期。
〔註127〕〔清〕顧嗣立編，《元詩選·初集下·楊允孚·灤京雜詠一百首》，

第一首詩後注曰:《海青挐天鵝》,新聲也。說明在元上都,蒙元貴族們對歌舞的興趣濃厚,並不時地吸取新的因素來創制新曲,「新腔翻得涼州曲」便是最好的證明。而第二首中的「迴紇舞時杯在手」又告訴我們,當時上京的歌舞中不但吸收了藏傳佛教與涼州曲等因素,也借鑒了迴紇的舞蹈,這些都是元上都作為多民族聚居的國際性大都市的優勢所在,它可以綜合各方面的因素來為其所用,在歌舞方面亦如此。第三首詩後亦說:儀鳳司,天下樂工隸焉。每宴,教坊美女必花冠錦繡,以備供奉。說明在元代宮廷中,對歌舞音樂的重視,對此,葉子奇也曾說,「樂則郊祀天地,祭宗廟,祀先聖,大朝會用雅樂,蓋宋徽宗所製大晟樂也。曲宴用細樂胡樂,駕行,前部用胡樂,駕前用清樂大樂,其部隊遵依金制。駕後用馬軍,栲栲隊,其俗有十六天魔舞,蓋以朱纓盛飾美女十六人,為佛菩薩相而舞。」〔註128〕上都的確彙聚了各民族、各朝代的優秀歌舞,在對歌舞的繼承與發展方面,我們發現下面這首詩可以說明問題:

> 妾本良家子,玉顏照明都。十三學楚舞,十八未嫁夫。
> 齊眉纏綿段,全臂絡眞珠。春風轉羅袖,明月墜瓊琚。
> 一舞舞《渾脫》,再舞舞《來蘇》。
> 為君千萬舞,託君以賤軀。〔註129〕

《渾脫》是唐代流行的一種武舞,杜甫在《觀公孫大娘弟子舞劍器行》序中,曾提到這種舞蹈,「大曆二年十月十九日,夔府別駕元持宅,見臨潁李十二娘舞《劍器》,壯其蔚,問其所師,口:『余公孫大娘弟子也。』開元三載,余尚童稚,記於郾城觀公孫氏舞劍器渾脫,瀏漓頓挫,獨出冠時,……」〔註130〕從此記載中可知,杜甫此

　　　　中華書局,1987 年,第 1961～1965 頁。
〔註128〕 〔明〕葉子奇撰《草木子·雜制篇》卷三下,中華書局,1959 年,
　　　　第 65 頁。
〔註129〕 〔清〕顧嗣立編,《元詩選·三集·陳秀民·賦得來蘇舞送朵雅齋
　　　　監憲浙東》,中華書局,1987 年,第 419 頁。
〔註130〕 〔清〕彭定求等編,《全唐詩·杜甫·觀公孫大娘弟子舞劍器行》
　　　　卷二百二十二,中華書局,1980 年,第 2356 頁。

詩爲紀念罕見的劍器渾脫舞，而這一唐代的舞曲到了元代依然得見，實屬不易，由此我們也能看出蒙元統治者在歌舞音樂方面的繼承上所作出的貢獻。

第四節　元代宮詞

宮詞一直是一種以寫宮廷生活爲主要內容的詩歌形式，在歷代的宮詞描寫中，大多不出此範圍。而到了元代，特別是元代實行兩都制之後，元代的宮詞便帶有一種特殊色彩，即邊塞特色，這也是元代邊塞詩中與眾不同的一部分。元上都所在的金蓮川草原在歷史上曾是東胡、匈奴、鮮卑、契丹、女眞等民族的活動區域，基本屬於邊塞之地。既然作爲元代的都城之一，便必定有爲皇帝后妃、諸王大臣們修建的行宮。況且，元帝每年有半年左右時間在上都度過，在上都建造行宮，移置各行省機構至此已成爲國家機器正常運轉的必要之舉。宮殿林立的元上都，同時具有了邊塞與行宮兩種身份。因此，描寫此地的元代宮詞便帶有了一種別樣的光環。因其特殊，也因其在元代邊塞詩中的重要，我們專設一節，從上都的佈局與宮廷生活講起，對元代宮詞中所涉及到的怯薛、經筵制度等內容進行分析，通過具體詩歌的分析，探求元代宮詞的特殊之處。

一、上都的佈局與宮廷生活

元上都是一座體現了蒙、漢兩種文化風格的草原城市，它主要由漢人設計建造，爲解決金蓮川幕府中大部分人不習慣草原游牧生活習俗問題而建。同時因爲所選地爲邊塞草原，也考慮到了蒙古族的游牧習俗。因此，這樣一座富有民族特色與文化交融氣息的城市便巍然屹立於漠北草原上，成爲元代宮詞的發源地。我們從元上都的佈局與宴會、歌舞等宮廷生活爲主，對這座城市進行介紹。

要想瞭解元代宮詞，便要先瞭解宮詞所賴以生存的上都城。「上都城由宮城、皇城、外城組成，皇城在全城的東南角，宮城則在

皇城的中部偏北。城外有關廂，離城不遠有西內。」〔註131〕元代上
都城從現存遺址推測整體呈正方形，從外到內分別是外城、皇城和宮
城，外城和皇城均呈方形，外城是在皇城外圍擴建而成，「圍繞於皇
城之西、北兩面，整體形狀成曲尺形。東牆接皇城東牆北端向北延伸，
長 815 米，南牆接皇城西端向西修築，長 820 米，北牆和西牆均長
2220 米。這樣，元上都全城外觀基本呈正方形，除東牆長 2225 米外，
其餘三牆皆長 2220 米。」〔註132〕元上都外城城牆均爲黃土夯築，南
牆與西牆各開一門，外築馬蹄形甕城。西門甕城外低坡處修築有石
堤，以防坍塌。北牆開有三門，外築方形甕城，城西北角上，有一段
護城河，寬約 25 米。外城自西門北側 200 多米處，有一條寬約 2 米、
斜向修築、東西方向的隔牆，一直通至皇城北門甕牆西牆，將外城分
爲南北兩部分。該牆中部彎曲，至皇城西北角外向南有一處較大的折
角。南部有兩條東西大街，從皇城西門通至外城西牆和西門。一條南
北大街，靠近街道有很多建築遺址。北部主要是一片東西走向的山
岡，地勢較爲平坦，沒有街道。這裏顯然是皇家的園林，應是原來栽
培奇花異草與馴養珍禽異獸的地方，在元代文獻中，此地又被稱爲御
苑、御花園、瑞林苑等。

　　皇城在外城的東南角，圍繞於宮城四周，亦呈正方形，每邊長約
1400 米。皇城的東牆、南牆是外城東南牆的一部分，皇城城牆亦用
黃土夯築，但表層卻用石塊堆砌而成。皇城四角有高大的角樓臺基，
從現存遺跡來看，當年的皇城角樓遠比宮城的角樓高大。在角樓和城
門內側兩端，還分別有登城用的斜坡道。在角樓連接的東牆和南牆內
側，各有一條登城用的斜坡道，兩條通道在城牆頂部的樓角處匯合。
皇城南北各有一門，外築長方形甕城，甕城門亦南北開；東西牆對稱，
各有二門，外築馬蹄形甕城，甕城門分別折向南開，甕城門道均用石

〔註131〕陳高華，史衛民著，《元上都》，吉林教育出版社，1988 年，第 98 頁。
〔註132〕魏堅，《元上都的考古學研究》，吉林大學文學院博士論文，2004 年，
　　　　第 22 頁。

塊作過封堵。外城東牆的門就是皇城的門，而從清理的皇城南門來看，「城門內外的牆體均用青磚包砌，門洞內兩側的牆體砌在三層石條之上。在門道與門洞相接的城門兩側距地面高 1.2 米的牆上，以石條砌出邊長 30 釐米，深 70 釐米的方形孔洞，可能是用來插門閂的」〔註 133〕。在皇城的西牆與北牆之北門西側還有明顯的河溝遺跡，當時的河溝具有護城河與排水溝雙重功效。皇城的街道寬窄不一、主次分明、相互對稱，因地適宜，佈局得體。以正對南門的一條寬約 25 米的街道為中心，左右各有一條約 15 米寬的大街，南北貫穿全城。皇城北部中間是宮城，宮城東西兩側的街道基本上互相對稱。從宮城東西華門經拐字街通向皇城。皇城內的建築遺址可隱約看出這裏當年曾有一些較大的庭院。「現城東南角有一條前後兩殿，外有圍牆，院西北又連著一個小院落的遺跡應是孔廟所在」〔註 134〕。從現存的地表觀察，在東西兩側臨街巷內可以看到多處較大的高臺之上的官署和庭院遺址。在皇城內四隅分佈著大型的寺廟遺址，如乾元寺、道觀等宗教性建築。皇城的東部和東南角、西南角地勢較低，留有大片的水窪。

　　宮城是元上都的主要建築，在皇城中部偏北處，略呈長方形，與皇城構成回字形平面。城牆中間用黃土夯築而成，城牆內外兩層均用青磚橫豎錯縫包砌，以白灰坐漿，磚牆底部墊有石條或片岩做基礎，在外層好磚與土牆之間的縫隙內，用規格不等的殘磚斷片和泥土逐層平鋪填築。宮城四角建有角樓，略小於皇城角樓。宮城的東、南、西牆正中各設一座城門，門外不設甕城。宮城的南門是御天門，西門是西華門，東門為東華門，這與當時大都城內的各門名稱是相對應的〔註 135〕。三門之中，御天門最重要，與皇城的南城門在一直線上，是出

〔註 133〕魏堅，《元上都的考古學研究》，吉林大學文學院博士論文，2004 年，第 20 頁。

〔註 134〕賈洲傑，《元上都》，《內蒙古大學學報》（人文・社會科學版），1977 年第 3 期。

〔註 135〕當時大都城內宮城的南牆正中為崇天門，東牆是東華門，西牆是西華門。

入元上都的主乾道。城內的街道主要是通向這三門的丁字大街，丁字街中央大殿以北也有一條向北的短街，夾在兩側宮殿之間。在宮城南部有一條東西橫街，與通向南門的大道相交，還有幾條窄而短的街道。宮城內的宮殿和院落星羅棋佈，在南北中軸線兩側，因地制宜地建造了不同的大小宮殿與建築。在這些建築中，並不是互相對稱的，而是一個個自成一組。各建築群之間，或為平地，或為池塘，很少有道路相通，宮殿建築都有臺基，卻風格不一。有單一的宮殿，有正殿前配有平方並有院落，有主體建築為品字形的宮殿、廂房，有工字型建築，也有「闕式」建築。「據估計，主要宮殿基址共 30 餘處。其中西北隅較多，有建築臺基 17 處；東南隅較少，有 8 處；南部則比較分散，有各種臺基 15 處」〔註 136〕。宮城中最著名的宮殿是大安閣，是元上都的核心，相當於大都的大明殿，是皇帝登基、臨朝、議政、會見親王貴戚、接見各國來使等重大活動的舉行地。除此外，上都宮城內的主要宮殿還有洪禧殿、水晶殿、香殿、宣文閣、任春閣等，這些在下文介紹。

　　元上都城外四關及關廂地帶的各類建築是上都城的重要組成部分。上都城的東、南、西都有與之相連的關廂，東關長約 800 米，鄰近皇城，前來朝觀的諸王貴族基本上都要將其部眾安排在這一帶，因此賑房如雲；西關向西延長約 1000 米，西關車輛繁多，而且是「馬市」所在，估計應是商業區；南關長約 600 米，在明德門外，是進入上都的主要通道，也是皇帝所走的「御道」所經過的地方，繁華可想而知。只有城北沒有與城門相連的關廂，僅在城北小山前有一片建築，中間有一條東西走向的街道。上都城近郊還有如龍崗、鐵幡竿渠等名勝。

　　元帝在上都巡幸期間的生活豐富多彩，主要有宴會，上文所說的詐馬筵是上都宴會中最隆重、最熱鬧的一項，元帝還會以不同名目舉

〔註 136〕陳高華，史衛民著，《元上都》，吉林教育出版社，1988 年，第 100頁。

辦大小宴會，這是元上都重要的生活內容。宴會可拉近君臣關係，也可以方便群僚的交流，因此也是蒙元統治者鞏固統治的手段之一；元上都中各種宗教雖然並存，但最受重視和最盛行的是藏傳佛教，因而隆重如遊皇城的佛事也是上都生活中的一大項；狩獵一直是蒙元帝國中的大事，狩獵對於蒙古貴族與蒙元帝國都有著重要的意義，我們對此在前文也重點介紹過；上都的祭祀活動是蒙元統治階級自統一之後較為重視的活動，他們將蒙古族崇拜長生天的傳統與華夏傳統國家宗教的「敬天法祖」思想相結合，開始了蒙元帝國的祭祀儀式；另外，蒙古族本就是重視歌舞娛樂的民族，他們在自己本民族的歌舞中加入了很多外來因素，形成了大型的如「十六天魔舞」之類的樂舞，也為他們的上都生活增色不少。元上都豐富的生活內容還不止這些，下面我們從元代宮詞中去具體感受除此之外的其它內容，感受元代宮詞特有的邊塞風情。

二、元代宮詞所反映的內容

元代宮詞獨具特色之處在於，它具有之前其它朝代宮詞所不具有的邊塞詩風情。元代實行兩都制後，元上都成了元朝的夏都，而元上都所在地——金蓮川草原又是之前東胡、突厥、女眞等北方游牧民族的聚居地，也屬於傳統意義上的邊塞之地。因而元代的宮詞，不僅僅具有之前宮詞中對皇帝所居住的宮殿和宮廷生活的描寫，而且還加入了很多原本屬於邊塞詩的內容和特色，成爲傳統意義的宮詞與傳統意義的邊塞詩相融合的另一種類型，即元代宮詞。這也是元代邊塞詩中獨具特色的一類，甚至可以說是元代邊塞詩中引人注目的一處。我們通過元代宮詞所描寫的內容，試著去體會這種陌生又熟悉的題材，也通過它去感受元代邊塞詩中的這一處美景。

（一）怯薛制度

在元代宮詞中，有一群特殊的人，他們在之前的朝代中並未出現過，他們及其相關的制度也是元代特有的，更是之前所有宮詞中不曾

出現的新內容。楊允孚曾有詩云：

> 四傑君前拜不名，輪番內直決辰更。
>
> 蓬萊山上羣仙集，得似王孫世祿榮。〔註137〕

詩後有小注曰：四傑，即四怯薛也。或稱也可怯薛者，即大怯薛之稱。怯薛之名或許在其它朝代聞所未聞，可在蒙元帝國卻並不陌生，無獨有偶，張憲也曾以此爲題，有詩曰：

> 怯薛兒郎年十八，手中弓箭無虛發。
>
> 黃昏偷出齊化門，大王莊前行劫奪。
>
> 通州到城四十里，飛馬歸來門未啓。
>
> 平明立在白玉墀，上直不曾違寸晷。
>
> 兩廂巡警不敢疑，留守親戚尚書兒。
>
> 官軍但追馬上賊，星夜又差都指揮。
>
> 都指揮，宜少止！
>
> 不用移文捕新李，賊魁近在王城裏。〔註138〕

怯薛，是蒙古語輪番宿衛的意思。怯薛與怯薛制度在元朝政治中具有鮮明的蒙古族特色，成吉思汗時期組建萬人怯薛，充任禁衛親兵，兼有宮廷服侍和行政差遣職能。此時的怯薛因與蒙古大汗的關係密切，職權相對較大。忽必烈建元後，設中書省、樞密院執掌軍政事務。此後，怯薛的行政職能顯著衰退，從事較單純的宮廷服侍和宿衛的本職工作。然而，怯薛在內廷仍有影響御前決策、挾制宰相等某種形式之參預朝政的情形，成爲元代政治的較突出問題。而且，怯薛制下所形成的幾大家族成爲元朝社會中不可忽視的一股政治力量，在注重「根腳」與出身的元代，這些怯薛子弟也是政治中獲益最多者。

　　怯薛與元朝政治中的重大事件都不無關係，小至皇帝的飲食起居，大至朝臣的任免罷黜，都與怯薛有千絲萬縷的聯繫。「夫屬橐鞬，

〔註137〕〔清〕顧嗣立編，《元詩選‧初集下‧楊允孚‧灤京雜詠一百首》，中華書局，1987年，第1962頁。

〔註138〕〔清〕顧嗣立編，《元詩選‧初集下‧張憲‧怯薛行》，中華書局，1987年，第1937頁。

列宮禁，宿衛之事也，而其用非一端。用之於大朝會，則謂之圍宿軍；用之於大祭祀，則謂之儀仗軍；車駕巡幸用之，則曰扈從軍；守護天子之帑藏，則曰看守軍；或夜以之警非常，則爲巡邏軍；或歲漕至京師用之以彈壓，則爲鎮遏軍。今綜之爲宿衛，而以餘者附見焉。」〔註139〕由此可見，怯薛之職責多樣，權力相對也大，因爲蒙古大汗的信任，他們的軍事護衛權力在整個元代都是不容忽視的。成吉思汗時期，怯薛分四班，分別由成吉思汗最親信的那可兒博爾忽、博爾術、木華黎和赤老溫四人分任，此後，四家族即世掌四怯薛。「凡怯薛長之子孫，或由天子所親信，或由宰相所薦舉，或以其次序所當爲，即襲其職，以掌環衛。……其它預怯薛之職而居禁近者，分冠服、弓矢、食飲、文史、車馬、廬帳、府庫、醫藥、卜祝之事，悉世守之。雖以才能受任，使服官政，貴盛之極，然一日歸至內庭，則執其事如故，至於子孫無改，非甚親信，不得預也。」〔註140〕詩中所言「四傑」即指這四大怯薛。

在元代的政務中，怯薛扮演著重要角色。怯薛歹作爲大汗的侍從近臣，在蒙古國的政務中發揮著重要作用，「由於群臣奏事都要通過怯薛歹通報或轉達，怯薛歹乃成爲大汗溝通群臣的重要環節；大汗在醞釀重大決策時，往往首先徵求身邊怯薛歹的意見，並不時向他們咨訪下情；大汗往往指定怯薛歹與貴族、官員共議國政或處理具體事務；怯薛執事利用自己的地位，不但可以對朝政大事發表意見，並且能夠直接實施管理措施。」〔註141〕在元代的御前奏聞中，怯薛的作用更突出，「元代御前決策，大體有兩種方式：一是中書省、樞密院、御史臺及怯薛有關人員共同進奏議政，協助皇帝決策；一是皇帝聽取

〔註139〕〔明〕宋濂等撰，《元史・兵志二》卷九十九，中華書局，1976年，第 2523 頁。

〔註140〕〔明〕宋濂等撰，《元史・兵志二》卷九十九，中華書局，1976年，第 2524 頁。

〔註141〕陳高華，史衛民著，《中國政治制度通史・元代》，人民出版社，1996年，第 33 頁。

少數怯薛人員反映情況後作出決策。在兩種決策方式中，怯薛均能直接影響朝政決策。」〔註142〕

　　元代怯薛制度的影響頗大，對皇朝更迭，皇帝命令或大臣的赦免和任用，甚至對皇帝的人身安全都有很大影響，更有怯薛人員參與弒殺皇帝。多種干涉朝政之舉，「始終涉及朝廷政治的核心部分──皇權、相權和軍權中樞決策。」〔註143〕張憲詩中所言「黃昏偷出齊化門，大王莊前行劫奪」「兩廂巡警不敢疑，留守親戚尚書兒」，便是對他們權力及其後期對皇室危害的最好詮釋。皇帝與怯薛之間有很強的從屬關係，這是十二十三世紀蒙古游牧民族的社會關係核心。有元一代，怯薛預政，貫穿始終，這與漢文化中的宦官專政等現象有明顯不同。作爲蒙古舊制的遺留部分，怯薛始終掌握著宮廷禁衛、御前服侍和機密事務等三項重要權力。因此，元朝中央官府便成了怯薛與朝廷省、院、臺等機構內外嫁接的局面。而這種嫁接使怯薛最接近皇帝，又處於連接皇帝與諸臣之間的重要環節。怯薛預政，是適應蒙古貴族統治需要的大趨勢，既是對舊俗的沿襲，又是對皇帝實行中央集權制的過渡。它不僅是一般皇權專制的派生物，還是蒙古舊俗的遺留和元朝二元制政治體制的產物。無論國事如何盛衰變化，無論皇帝如何智愚交替，怯薛預政都會持續不斷。這是元朝的特殊產物，在歷代中實屬罕見。當然，這對整個元代政治也一直影響至深。

　　元代怯薛制度對元代詩人的創作提供了豐富的素材和背景，在元代宮詞中曾有大量內容映像元廷內亂或宮廷鬥爭，其中怯薛的作用不容忽視。如在英宗碩德八剌的被刺一案與阿合馬倒臺事件中，怯薛宿衛都有不可推卸的責任。

（二）經筵制度及上都各宮殿

　　經筵及經筵制度都不是元代的獨創，從漢唐以來，爲帝王講經論

〔註142〕李治安著，《元代政治制度研究》，人民出版社，2003年，第44頁。
〔註143〕李治安著，《元代政治制度研究》，人民出版社，2003年，第55頁。

史而特設的御前講席幾乎從來沒有缺席過，不過經筵一詞〔註 144〕和經筵制度的確立卻始於宋代。到了元代，蒙元皇帝基本上沿襲了前代的體例。經筵的內容、形式等則根據具體的國情有了進一步的完善和充實，有了元代特色。蒙古汗國時期，成吉思汗及窩闊台汗時期，雖不設經筵，但他們都先後任用儒臣耶律楚材，並聽其建議，實行了一些以儒治國的方針。因此，耶律楚材實際上起到了經筵官的角色。蒙哥汗也多次與儒士探討治國用兵之術，這些儒士也起到了經筵官的作用，真正對蒙元帝國的經筵制度起到關鍵作用的是忽必烈。在他稱帝之前，趁經略漢地之便已經結識了不少有識之士，並在這些人的耳濡目染下對儒家思想有了一定的瞭解。隨著忽必烈及其子孫的努力，經筵制度逐漸在蒙元帝國延續下來，元代的經筵制度又因為具體國情的不同而具有了不同的內容和形式。

關於經筵制度，宮詞也有不少的反映，葉衡曾經寫道：

> 水晶宮殿柳深迷，朝罷千官散馬蹄。
>
> 只有辭臣留近侍，經筵長到日輪西。〔註 145〕

元代的經筵制度與其它朝代最大的不同，是它的時間和地點都不固定。蒙元皇帝進行學習的時間是隨機的，何時有空，何時有學習的興趣都是不確定的。這便使元代的經筵制度具有很大的隨意性，與之相隨的是皇帝聽課的地點也不固定。有時在行宮，如詩中所提的水晶宮；有時則在帳殿中，有時也可能是在扈從途中。元代經筵制度的初衷是「經筵之制，取經史中切於心德治道者，用國語、漢文兩進讀」〔註 146〕，元文宗時建立的奎章閣（後改為宣文閣），招攬各民族文人中有才能者，設置經筵官，為皇帝講經。在元代的侍講大臣中有詩人

〔註 144〕 鄒賀的博士論文《宋朝經筵制度研究》則認為「經筵」一詞來源於唐代元稹的一句詩「鳳攢題字扇，雨落講經筵」，此特此說明，觀點有異，待考。

〔註 145〕 〔清〕顧嗣立編，《元詩選・補遺・葉衡・上京雜詠十首》，中華書局，2002 年，第 38 頁。

〔註 146〕 〔明〕宋濂等撰，《元史・虞集傳》卷一百八十一，中華書局，1976 年，第 4176～4177 頁。

虞集、周伯琦、黃溍、柳貫、許有壬等博學之士，而講經的地點有水晶殿（宮）、洪禧殿（宮）、慈仁殿（宮）等，所講內容多爲儒家經典與歷史典籍，還有如《貞觀政要》、《資治通鑒》、《孝經》等政書等。元代的經筵制度的確爲其政治起到了積極作用，爲蒙元帝王們用儒家思想「以漢治國」起到了推動作用，也客觀上促進了少數民族的封建化進程。但是到了後期，經筵制度隨著國家的衰亡而成了一種虛設，終究成了一種國家建設的點綴。

在經筵制度中頻繁出現的上都各宮殿也是宮詞中描寫的重點，如上面詩中所提到的水晶殿，在其它詩歌中也經常出現：

一派簫韶起半空，水晶行殿玉屏風。

諸王舞蹈千官賀，高捧蒲萄壽兩宮。〔註147〕

冰華雪翼眩西東，玉坐生寒八面風。

巧思曾經修月手，通明元在五雲中。〔註148〕

鰲山宴罷月溶溶，太液池邊湛露濃。

不用金蓮送歸院，水晶宮出玉芙蓉。〔註149〕

水晶宮是元上都中漢式建築中的精品，也是中國古代建築史上的傑作，它由大理石和玻璃建成，意大利旅行家馬可波羅稱之爲「大理石宮」〔註150〕。特殊的材料和特殊的結構使水晶宮八面來風，涼爽宜人，是夏天避暑的絕佳去處。因此楊允孚又有詩曰：

大安閣下晚風收，海月團團照上頭。

誰道人間三伏節，水晶宮裏十分秋。〔註151〕

〔註147〕〔清〕顧嗣立編，《元詩選・初集中・薩都剌・上京雜詠五首》，中華書局，1987年，第1228頁。

〔註148〕〔清〕顧嗣立編，《元詩選・初集下・周伯琦・是年五月扈從上京學宮紀事絕句二十首》，中華書局，1987年，第1863頁。

〔註149〕〔清〕顧嗣立編，《元詩選・初集中・歐陽玄・京城雜詠七首》，中華書局，1987年，第1177頁。

〔註150〕〔法〕沙海昂注，馮承鈞譯，《馬可波羅行紀》，中華書局，2004年，第278頁。

〔註151〕〔清〕顧嗣立編，《元詩選・初集下・楊允孚・灤京雜詠一百首》，中華書局，1987年，第1962頁。

詩後注曰：「大安閣，上京大內也。別有水晶殿。」大安閣是上都最
重要的宮殿，是忽必烈派人移取汴梁（今河南開封）的金南京熙春閣
的材料建成的，周伯琦有詩曰：

　　層甍複閣接青冥，金色浮屠七寶楹。

　　當日熙春今避暑，灤河不比漢昆明。〔註152〕

詩後注曰：「右詠大安閣，故宋汴熙春閣也。遷建上京。」可見大安
閣的確是由南京熙春閣遷建而成。大安閣是元代宮詞中的常見意象，
建於至元三年（丙寅年，1266）十二月。忽必烈與阿里不哥爭奪汗位
勝利後的第三年，將大安閣「作爲上都處理朝政的中心建築修建的，
是由蒙古大汗向漢式皇帝形象轉變的一個重要步驟，是完善兩都制的
重要舉措。把大安閣選擇在上都城的中心，閣前大街直通宮城正門御
天門，也符合唐宋宮城之制」〔註153〕。楊允孚稱其爲「上京大內」
一點也不誇張，這裏是元代皇帝登基、臨朝、議政、修佛事的地方，
相當於大都的大明殿。蒙元皇帝經常在此接受蒙古諸王覲見和朝拜，
並接見外國使臣。大安閣的形制特點則基本上與熙春閣相似，馮恩學
對此有較詳細的考證，可參考。

　　水晶宮與大安閣是上都城內漢式建築中較爲著名的兩座，也是元
代扈從詩人筆下寫的較多的兩座宮殿。水晶宮與洪禧殿、睿思殿、穆
清殿、清寧殿被稱爲上都五大宮殿，是元上都宮殿的主體建築，也都
是元人吟誦的對象。在周伯琦的詩中便多次出現它們的身影：

　　鏤花香案錯琳璆，金罍蒲萄大白浮。

　　群玉諸山環御榻，瑤池只在殿西頭。

　　彤庭兩壁畫燕山，絳闕金城晻靄間。

　　爭指乘輿來往路，秋風計日遂南還。

　　睿思閣下瑣窗幽，百寶明珠絡翠裘。

〔註152〕〔清〕顧嗣立編，《元詩選‧初集下‧周伯琦‧是年五月扈從上京
　　　　學宮紀事絕句二十首》，中華書局，1987 年，第 1863 頁。

〔註153〕馮恩學，《北宋熙春閣與元上都大安閣形制考》，《邊疆考古研究》，
　　　　2008 年第 7 輯。

内署傳宣來準備，大廷盛宴先初秋。

榜題仁壽睿思東，星列鉤陳繡閣重。

中使三時羞玉食，地涼不用暑衣供。

北闕峚嶢號穆清，北山迢遞繞金城。

四時物色圖丹壁，翠輦時臨號太平。〔註154〕

前兩首詩人明確注出是描寫上都洪禧殿的，洪禧殿是蒙元皇帝經常設宴的地方，整日裏歌舞昇平，風景也很清幽，「群玉諸山環御榻，瑤池只在殿西頭」。睿思殿從上句「榜題仁壽睿思東」可知在仁壽殿的西邊，這裏氣候涼爽，是避暑勝地，「地涼不用暑衣供」。穆清殿又稱穆清閣，《析津志》載：「至正年間，今上新蓋穆清閣與大安相對，閣之兩陲俱有殿，特出層霄，冠於前古。下亦三面別有殿，北有山子殿，上位每於中秋於此閣燕賞樂，如環佩隱隱然在九霄之上，著意聽之，杳不可得，是爲天下第一勝景。蓋其地勢抱皇城，締構非凡故耳。然入八月，則瓊樓玉宇，高處不勝寒矣。」〔註155〕除此外，元代宮詞中常出現的宮殿還有崇壽殿、仁壽殿、香殿等。在這些漢式宮殿爲主體建築的上都城內，在皇城與外城之間有很多具有蒙古特色的氈帳，如失剌斡耳朵等。這些與宮城內的漢式主體建築一起構成了上都這座草原城市的建築群，使上都在建築風格上亦呈現出明顯的蒙漢文化交流痕跡。

元代宮詞所反映的內容除了怯薛制度、經筵制度及上都各宮殿外，詐馬筵、狩獵活動、歌舞娛樂、遊皇城一類的佛事和元上都的風物、人情等相關內容前文已述，此不多言。

三、元代宮詞的新變

宮詞本是以描寫宮廷生活，特別是宮中女子生活爲主的詩歌類

〔註154〕〔清〕顧嗣立編，《元詩選·初集下·周伯琦·是年五月扈從上京學宮紀事絕句二十首》，中華書局，1987年，第1863頁。

〔註155〕〔元〕熊夢祥著，《析津志輯佚》，北京古籍出版社，1983年，第221頁。

型，是閨怨詩的淵藪。而元代宮詞以其獨有的特色在歷代宮詞中脫穎而出，成爲一道亮麗的風景，它在描寫內容上已經遠遠突破傳統的閨怨題材，表現了更爲廣闊的社會內容。在與歷代宮詞的對比中，我們很容易發現元代宮詞具有其它朝代沒有的新因素，我們權且稱之爲新變。首先是它的邊塞特色，其次是它帶有的元代特色，如元代游牧風格與俗語入詩等。元代宮詞實際上是邊塞詩與宮詞兩種題材在元代的有機結合，因而它具有濃厚的邊塞特色也便不足爲奇。

（一）元代宮詞的邊塞特色

　　宮詞的產生及發展歷程前人已多有著述〔註 156〕，我們無需多言，直接來看元代宮詞。元代宮詞在傳統宮詞的題材範圍內又向前邁出了一大步，這與它客觀存在的環境有關。元上都是一座草原城市，是蒙元皇帝出於政治、生活等層面的考慮而建造的一座城市。客觀環境的變化爲元代宮詞也帶來了很多不同的因素，即邊塞詩特色。這些因素首先表現在元代宮詞中經常出現的一些邊塞風物上，如：

　　　嘉魚貢自黑龍江，西域蒲萄酒更良。
　　　南土至奇誇鳳髓，北陸異品是黃羊。
　　　內人調膳侍君王，玉仗平明出建章。
　　　宰輔乍臨閶闔表，小臣傳旨賜湯羊。
　　　香車七寶固姑袍，旋摘修翎付女曹。
　　　別院笙歌承宴早，御園花簇小金桃。〔註157〕

　　　詔下天門御墨題，龍崗開宴百官齊。
　　　路通禁筆聯文石，幔隔香塵鎭水犀。
　　　象輦時從黃道出，龍駒牽向赤墀嘶。
　　　繡衣珠帽佳公子，千騎揚鑣過柳堤。

　　　珊瑚小帶佩豪曹，壓蠻鈴鐺雉尾高。

〔註156〕俞國林，《宮詞的產生及其流變》，《文學遺產》，2009 年第 3 期。
〔註157〕〔清〕顧嗣立編，《元詩選·初集下·楊允孚·灤京雜詠一百首》，中華書局，1987 年，第 1963～1964 頁。

宮女侍筵歌芍藥，內官當殿出葡萄。
柏梁競喜詩先捷，羽獵爭傳賦最豪。
一曲霓裳才舞罷，天香浮動翠雲袍。

繡綺新裁雲氣帳，玉鈎齊上水精簾。
鳳笙屢聽伶官奏，馬湩頻煩太僕添。
風動香煙飄閬殿，日扶花影上雕簷。
全盤禁臠才供膳，階下傳呼索井鹽。

上林宮闕淨朝暉，宿雨清塵暑氣微。
玉斧照廊紅日近，霓旌夾仗彩霞飛。
錦翎山雉攢遊騎，金翅雲鵬織賜衣。
宴罷天階呼秉燭，千官爭送翠華歸。

灤河源似九龍池，清暑年年六月時。
孔雀御屏金纂纂，棕櫚別殿日熙熙。
青藜獨喜頒劉向，黃閣重開拜子儀。
千載風雲新際會，願將金石播聲時。〔註158〕

在這些描寫元代上都宮廷生活的詩歌中，我們看到了很多邊塞特有的
風物。在楊允孚的三首詩中，有很濃厚的蒙元帝國的特色，首先是多
民族融合的因素，在上都的宮宴中可以品嘗到各地的美味，有西域的
葡萄酒，有江南的鳳髓茶，還有上都所產的黃羊。在這些具有代表性
的地方特產中融合了中西文化、南北文化等不同文化精髓，這是其它
宮詞中少見的內容，也正是元代宮詞所獨具的特色。其次，在元代宮
詞中還有充滿了蒙古族民族特色的裝扮，「香車七寶固姑袍」，這裏的
固姑袍是蒙古族女子特有的裝扮。而「象輦」、「馬湩」與「棕櫚別殿」
等分別將上都蒙古族生活中的交通工具、飲食與氈帳等內容一一展
示。使元代宮詞帶上了濃鬱的民族特色，這也是它迥異於其它宮詞的
地方。最後，在元代宮詞中還有一種特殊的邊塞風格傾向是其它宮詞

〔註158〕〔清〕顧嗣立編，《元詩選・初集中・廼賢・失剌斡耳朵觀詐馬宴
　　　　奉次貢泰甫授經先生韻五首》，中華書局，1987 年，第 1459 頁。

中難以企及的。我們常見的宮詞中，因其寫作內容的女性化與哀怨性，使它的整體風格透出一種深沉的感傷，是一種久居深宮的幽怨之氣。而在元代宮詞中，這種幽怨之氣相對減少，取而代之的是一種灑脫與豪放，有時甚至帶有一種類似於野蠻氣的邊塞色彩。如：

> 萬里名王盡入朝，法宮置酒奏簫韶。
> 千官一色眞珠襖，寶帶攢裝穩稱腰。
> 元戎承命獵郊坰，勅賜新羅白海青。
> 得雋歸來如奏凱，天鵝馳送入宮庭。〔註159〕

在蒙元時期，到元上都覲見的蒙古諸王及外番必定會得到皇帝的賜宴，此時他們會著一色衣赴宴面聖，即質孫服。而這裏「千官一色眞珠襖」的場景絲毫沒有歷代宮詞所具有的幽怨氣，相反，透露給讀者的是迎面而來的颯爽英姿與蓬勃的朝氣。在元代宮詞中，我們甚至還能看到以勇猛著名的白海青，還能感受到蒙元貴族及將軍們打圍歸來的滿身塵土氣息，與他們所散發出的灑脫與豪放。我們在描寫元上都的詩歌中，還發現了以《月氏王頭飲器歌》爲題的很多詩歌，這個詩題所散發出的野蠻氣息同樣也適用於元代宮詞。

（二）元代宮詞的另類因素

元代宮詞在整個元代邊塞詩中具有特殊身份，也是其中特色最鮮明的一類，這種鮮明不僅僅表現在它的邊塞特色中，同時也被深深烙上了元代特殊的時代烙印。元朝是中國第一個由少數民族統治的統一多民族國家，這種國家性質爲元代宮詞的發展奠定了很多民族性。我們僅從元代宮詞的題目和內容來看，便有很多值得關注的少數民族氣息。如柳貫的《觀失剌斡耳朵御宴回》，題目已讓我們感覺到了撲面而來的民族特色。「失剌斡耳朵」是蒙古語「黃色的氈帳」的音譯，類似這樣的蒙古語直接出現在詩歌中的現象，在元代宮詞中並不少見。如「詐馬筵」、「固姑袍」等具有蒙古族特色的語言，給元代宮詞

〔註159〕 〔清〕顧嗣立編，《元詩選・三集・柯九思・宮詞十五首》，中華書局，1987 年，第 183 頁。

注入了另一種鮮活的氣息。讓這種在深宮大院中沉寂了幾百年的以寫女子閨怨爲主的題材，開始逐漸邁向宮外的生活，並由此隨著蒙古族的豪放與灑脫，開始沾染上游牧民族的隨性與自由。

　　宮詞在元代中後期逐漸出現向俗文學靠近的傾向，楊維楨曾在《宮詞十二首並序》中說：「宮辭，詩家之大香奩也。不許村學究語，爲本朝宮辭者多矣。或拘於用典故，又或拘於用國語，皆損詩體。」〔註160〕由此可知，元代宮詞中出現蒙古語既是它的鮮明特色，同時也是爲時人所詬病之處。楊維楨既然在此批評了元代宮詞，「不許村學究語」，就是要求語言表達上要嚴謹雅正。這也說明當時的元代宮詞沒有做到這一點，經常會有「村學究語」出現，即語言的通俗化，如「燕京女兒十六七，顏如花紅眼如漆」〔註161〕，我們若將元代宮詞的這種俗化現象，放進元代俗文學盛行的大環境中便也不足爲奇了。

　　此外，元代宮詞對宮詞的功能也有了很大的改進，宮詞的職能歷來被認爲是抒情爲主，而在元代宮詞，特別是元代天啓宮詞中則將記事功能也有意地拓展了，使宮詞成了一種可以與歷史互補的題材。元人對宮詞的創作提出了直書聞見、反映現實的要求，楊維楨不但對宮詞的形式提出了要求，而且對其反映的內容也提出了紀實以保存史料的要求。「元代中後期，各民族詩人張昱、顧瑛、楊維楨、馬祖常、薩都剌等創作了大量天寶宮詞。他們通過宮詞體傳播著天寶故事，反映了當時士人『誰與蒼生致太平』的呼籲，並在實踐中推動了元代宮詞風格的轉變。」〔註162〕因此，宮詞發展到元代後期，由於社會現實的推動與詩人創作理念的變化，它在詩歌功能上也有了更高的追求，此時的宮詞所具有的「詩史」意義也正是它的新變之一。

〔註160〕〔元〕楊維楨《鐵崖逸編注・宮詞十二首並序》，續修四庫全書・集部・別集類，第1325冊，第687頁。

〔註161〕〔清〕顧嗣立編，《元詩選・初集中・薩都剌・燕姬曲》，中華書局，1987年，第1187頁。

〔註162〕涂小麗，《元詩中的一朵奇葩——論元代的天寶宮詞》，《民族文學研究》，2011年第3期。

第五章　元代邊塞詩的發展

　　元代邊塞詩在前代邊塞詩基礎上繼續向前發展，在整個邊塞詩發展史上扮演著不可取代的連接作用。從以上介紹中不難看出，它在繼承與發展兩個方面都展示了它的存在價值。元代邊塞詩所生存的元代社會畢竟不同於其它朝代，在元代有太多複雜的社會因素，也有太多其它朝代少有的新鮮因子。無論從哪個方面來看，元代邊塞詩都自有其生存價值和發展空間。無論是西征詩還是扈從詩，無論是繼承前人的成果，還是發展元代特有的風格，元代邊塞詩始終是與眾不同的「這一個」。下面我們有必要對它的整體成就作一概括，也從這些獨具特色的典型中去反觀元代邊塞詩的整體風貌。從疆域擴大帶來的內容拓展，到描述方法與思想情感的變化，元代邊塞詩從內容到情感都有了進一步的發展。元代邊塞詩創作隊伍中的少數民族詩人，以及創作體式上的組詩加注等嘗試，又爲它奠定了在邊塞詩歌史上的重要地位。

第一節　疆域擴人帶來的內容拓展

　　蒙元帝國從蒙古汗國時期到忽必烈統一全國，疆域有空前的拓展，這種拓展不單單是指蒙元帝國的疆域。在與其它朝代的疆域對比中，蒙元帝國也擁有前所未有的遼闊疆土。元代邊塞詩在這種空

前擴大的疆域變化中也有了很大的改變,而這些改變中,最直觀也
是最直接的變化就是內容上的拓展。

一、疆域的空前擴大

　　元朝在發展過程中,疆域有很大變化。從蒙古汗國時期起,蒙古
人就沒有停止過擴張的步伐。蒙古人的鐵騎所到之處,基本上都被納
入蒙元帝國的版圖。久而久之,從最初的三河源頭有限的土地到西征
後疆土最大範圍的拓展。蒙古貴族世界征服者的夢想,也隨著土地的
不斷擴展而一步步實現著。在世界征服者史上,成吉思汗是不容忽視
的一位。他和子孫對世界版圖的規劃,不但在當時讓人神往,即便是
多年後的今天,也依然讓世人震驚〔註1〕。即便不曾完全實現,但蒙
元帝國的疆域在中國歷代疆域中已經是最廣的。元代邊塞詩有了這樣
廣闊的疆域作支撐,比漢唐邊塞詩自然多了很多不同的因素,我們不
妨從漢唐與元的疆域對比說起。

(一)漢代疆域

　　西漢初年,中央政府對邊疆地區的控制比較薄弱,疆域也相對
有限。漢武帝時期才有了較大的拓展,漢武帝實行的開疆拓土政策
及其拓邊實踐,為中國後來國家版圖奠定了基礎。我們對漢代疆域
的瞭解便以漢武帝時期為例,而漢武帝時期的疆域便要從他的疆域
政策說起了。

　　漢武帝即位後,雖然在之前幾個皇帝的努力下,經濟得到了發
展,但他的周邊環境並不容樂觀。匈奴等北方游牧民族,一直以來

〔註1〕高榮盛在《關於蒙古征服動因及其「天下觀」的思考》中提供了一則
　　　材料可供參考,「2003 年 10 月 2 日,日本長崎縣島原市內的本光寺
　　　向包括美國以及中國在內的歷史學家和地理學家們公佈了一幅名為
　　　《混一疆理歷代國都之圖》。這幅地圖東起日本和朝鮮半島,中央包
　　　括中國並經由以巴格達為中心的伊斯蘭世界,西面到歐洲乃至非洲,
　　　歐亞大陸的整個地域和非洲大陸的整體輪廓得以清晰顯現。據研究,
　　　這幅『令人吃驚的』描繪於 15 世紀初的世界地圖,雖然是在朝鮮半
　　　島制作的,但其藍本是忽必烈時代中國繪製的地圖。」

就是中原王朝的最大威脅，南方諸越政權也在漢初有不斷地發展，西南諸夷時叛時降的現狀，加上朝鮮的尚未臣服。凡此等等，都是困擾西漢中央政權的憂患，如何鞏固國家政權，如何保證國家安全，如何實現大　統的國家理想，都成了漢武帝亟待解決的問題。針對當時的現實情況，漢武帝在對內加強統治的同時，對外也採取了一系列的征伐措施。首先是對匈奴的進攻，公元前 133 年，漢武帝正式與匈奴宣戰，「（元光二年）夏六月，御史大夫韓安國爲護軍將軍，衛尉李廣爲驍騎將軍，太僕公孫賀爲輕車將軍，大行王恢爲將屯將軍，大中大夫李息爲材官將軍，將三十萬眾屯馬邑谷中，誘致單于，欲襲擊之」〔註2〕，這次誘擊雖未成功，但卻拉開了漢與匈奴戰爭的帷幕。元朔二年（前 127）秋，匈奴「入遼西，殺太守；入漁陽、雁門，敗都尉，殺略三千餘人」〔註3〕，漢武帝派將軍衛青出雁門關，將軍李息出代地，襲擊匈奴，大獲全勝，獲敵首數千級。隨後，衛青、李息等人又奉命率軍出雲中，至高闕，西至符離，獲敵首數千級，並收復河南地，置朔方、五原郡。至此，西漢的中央主權統治已延伸到了河套及其以南地區。在隨後的與匈奴作戰中，漢對北方疆域的開拓有了很大的進展，隴西、北地、上郡北部，河南地、朔方郡、五原郡，雲中郡與雁門郡北界也得到了恢復，漢代北邊疆界達到了陰山以北。

　　在西部，漢武帝重點致力於對西域的經營和開發。漢代的西域，特指玉門關、陽關（今甘肅嘉峪關以西）以西，過蔥嶺至中亞等地一代。西域各地在漢初曾受制於匈奴，爲了抗擊匈奴，建元三年（癸卯年，前 138），漢武帝派張騫出使西域，聯絡西方的大月氏共同夾擊匈奴，經過多年的努力，漢相繼在河西走廊設置酒泉、武威、敦煌三郡，作爲漢朝中央政權與西域的溝通橋梁。在南方，漢武帝於

〔註2〕〔漢〕班固撰，《漢書‧武帝紀第六》卷六，中華書局，1964 年，第162～163 頁。
〔註3〕〔漢〕班固撰，《漢書‧武帝紀第六》卷六，中華書局，1964 年，第169 頁。

元鼎六年（庚午年，前 111）破南越等地，「以爲南海、蒼梧、鬱林、合浦、交趾、九眞、日南、珠崖、儋耳郡。定西南夷，以爲武都、牂柯、越雟、沈黎、文山郡。」〔註 4〕，在東北，西漢建立之初便擁有了遼東和朝鮮半島大同江以東廣大地區，漢武帝元封三年（癸酉年，前 108），漢軍攻下朝鮮，「以其地爲樂浪、臨屯、玄菟、眞番郡」〔註 5〕，遂使漢地疆域擴大到朝鮮半島北部地區。

由此，至漢武帝時期，漢代疆域空前遼闊，東抵日本海、黃海、東海及朝鮮半島北部，北踰陰山，西至中亞，西南至高梁貢山、哀牢山，南至越南中部和南海，漢代遼闊的疆域爲中國之後歷代的疆域奠定了基礎。

（二）唐代疆域

唐代疆域變化較大，單從譚其驤先生的《中國歷史地圖集》中，我們以總章（唐高宗李治年號）二年（己巳年，669）、開元二十九年（辛巳年，741）和元和（唐憲宗李純年號）十五年（庚子年，820）三個時期的疆域作對比，即可感受唐朝前後疆域的變化之大，我們在這裏依然以疆域最遼闊的總章二年爲例。

貞觀四年（庚寅年，630），唐朝大將李靖大破突厥，突厥頡利可汗被擒，西北諸蕃則尊稱唐太宗爲「天可汗」〔註 6〕，唐朝的疆域由此延伸到了貝加爾湖以北。貞觀十四年（庚子年，640），唐軍又滅高昌，「以其地置西州」〔註 7〕，在此前後，唐朝共設立伊州（今新疆哈密）、西州（今新疆吐魯番一帶）和庭州（今新疆烏魯木齊一帶）三個正式行政區，並在交河城（今新疆吐魯番西北）設置安西

〔註 4〕〔漢〕班固撰，《漢書·武帝紀第六》卷六，中華書局，1964 年，第 188 頁。

〔註 5〕〔漢〕班固撰，《漢書·武帝紀第六》卷六，中華書局，1964 年，第 194 頁。

〔註 6〕〔後晉〕劉昫等撰，《舊唐書·太宗本紀下》卷三，中華書局，1975 年，第 39 頁。

〔註 7〕〔後晉〕劉昫等撰，《舊唐書·太宗本紀下》卷三，中華書局，1975 年，第 51 頁。

都護府。隨後，貞觀二十年（丙午年，646），唐軍擊敗北部敕勒部落之一的薛延陀，軍至郁督軍山（今蒙古人民共和國杭愛山東），以此爲基礎，唐永徽元年（庚戌年，650），突厥車鼻可汗被執，於北陲置瀚海、燕然兩都護府，瀚海都護府總領突厥諸部各羈縻府州，治於郁督軍山之狼山都督府。龍朔三年（癸亥年，663）移治於雲中古城，改名爲雲中都護府；後又移燕然都護府治於迴紇部落，更名爲瀚海都護府，兩府以沙磧爲界，所轄領域包括今蒙古人民共和國及俄羅斯葉尼塞河上游和貝加爾湖周圍地區，總章二年（己巳年，669），瀚海都護府改名爲安北都護府。

唐總章元年（戊辰年，668），唐滅高句麗，取蓋牟、白岩城，在平壤設置了安東都護府，所轄西起遼河，南至今朝鮮北部，東、北至海，包括今烏蘇里江以東和黑龍江下游兩岸直至海口的廣大地區。隨著唐朝軍事行動的一次次勝利和當地少數民族的歸附，唐朝在邊疆地區先後設置了六個都護府和若干邊州都督府，用來管理當地政務。總章二年前除了上面所說的安北都護府和安東都護府外，還有單于都護府，龍朔三年（癸亥年，663）設置，治所爲云中城（今內蒙古和林格爾縣西北土城子），所轄爲今內蒙古陰山、河套一帶，後併入安北都護府；安西都護府，貞觀十四年（庚子年，640）設置，治所在西州，轄區爲安西四鎮（龜茲、疏勒、于闐、碎葉），所轄爲今新疆及中亞楚河流域；安南都護府爲調露元年（己卯年，679）改交州都督府設置，治所爲宋平（今越南河內），所轄爲今雲南紅河、文山兩自治州，南至越南河靜、廣平省界，東至廣西邊緣一帶。唐朝疆域除了本土正式行政區外，還包括邊疆地區的各都護府及都督府等，因此，唐朝疆域在最遼闊時曾北達西伯利亞，東至庫頁島〔註8〕，西達鹹海，南至越南南部。

唐代疆域的三個階段中，較爲穩定的是開元二十九年（辛巳

〔註8〕 此處應是盛唐時期的東邊疆界，我們此處所言的疆域最廣闊時指東、
　　　　南、西、北四方在唐朝最遠到達之處。

年，741）的盛唐疆域，唐代邊塞詩中所涉及最多的也是盛唐疆域，
所以，有必要交代一下盛唐時代的疆域範圍。它與之前的疆域相比
已經縮減了不少，北部已基本上又被突厥等少數民族所佔領，北部
沿阿爾泰山、陰山一線，甘州、賀蘭山、居延海爲界，以北地區幾
乎成了北方游牧民族的天下；西部也與之前有了大的縮減，西至錫
爾河；南部的變化不大，依然至越南南部；而東部的變化與之前相
比，已經東至庫頁島，總章二年的疆域中東至海參崴。

（三）元代疆域對比

我們說到元代疆域，必然會提到蒙古汗國與元朝兩個階段，史
學界提起元朝歷史，也一般以蒙元相稱。因爲，這兩個階段是蒙元
帝國發展過程中聯繫緊密的組成部分，它們的疆域在前後發展過程
中又有很大的區別。最明顯的便是四大汗國的歸屬，我們所說的元
代邊塞詩所涉及到的疆域，實際上將這兩個階段所屬的疆域都包括
在內。因此，我們要想對元代疆域有一個全面的瞭解，必須先要瞭
解這兩個階段的疆域分佈。

我們從蒙元歷史的變遷中可以得知，自成吉思汗於 1206 年統一
蒙古各部建立大蒙古國開始，蒙古人便不斷地向四面擴張，征戰不
斷。而大蒙古國初期即實行分封制度，成吉思汗諸子及部分貴族封
地在西部，史稱西道諸王。而諸弟及貴戚的封地在東部，史稱東道
諸王。成吉思汗則居中控制，大蒙古國呈一主體兩護翼之狀。通過
一系列的征戰活動，大蒙古國的疆域發生了很大的變化。大蒙古國
征服吉利吉思，平定禿麻部，降附畏兀兒和哈剌魯諸部之後，向西
繼續擴張，逐步征服了西遼、花剌子模、欽察、斡羅斯、匈牙利、
波斯、敘利亞等地。勢力深入波蘭、埃及和東印度一帶。大蒙古國
的南征也收穫頗豐，先後將西夏、金、大理、吐蕃等地納入其統治
範圍內。向東，大蒙古國又征服了遼左，肅清契丹、女眞人的反抗
之後，於 1218 年侵入朝鮮半島，經過幾十年的征戰，終於使高麗臣
服。到 1259 年爲止，大蒙古國所轄地區已經包括西至匈牙利、敘利

亞、伊拉克、波斯灣和東印度一線，東至朝鮮半島北部，南至大理國金齒地區，北至吉利吉思、貝加爾湖一帶諸部落的大片領土。此時的大蒙古國的確已經成為橫跨歐亞的大帝國，而在這些征服地區，西道諸王的疆域進一步得到擴展，逐漸形成了四大汗國。欽察汗國的領地已經拓展到東起也兒的石河（額爾齊斯河），西至斡羅斯，南至巴爾喀什湖、黑海、里海，北至北極圈附近；察合臺汗國的領土也由原來的乃蠻部到阿爾泰山至阿姆河之間的營地拓展到了撒馬爾乾和不花剌一帶；窩闊台汗國的領地一度也拓展不少，受到汗位爭奪戰的影響，封地被劃為別失八里（今新疆吉木薩爾境內）、也兒的石、海押立（今哈薩克斯坦塔爾迪·庫爾干東）、葉密立、河西等地；伊兒汗國在蒙古本土發生汗位爭奪戰時所建，其疆域東起阿姆河和印度河，西括小亞細亞大部，北至高加索山，南抵波斯灣。〔註 9〕經過五十多年的向外擴張，大蒙古國時期的疆域除了這四大汗國之外，還有蒙古本土疆域，到 1260 年為止，主要包括「北包西伯利亞，南抵淮、漢及雲南、西藏全境，東及高麗，西達黑海南北之地」〔註 10〕的廣大領土。

　　我們所言的西征詩所涉疆域主要指大蒙古國時期，成吉思汗第一次西征過程中所涉及到的風物人情，西征途中所經過的西域各國也成為詩歌反映的對象。因此，大蒙古時期的疆域有必要細說，而在我們所講的扈從詩部分則主要是忽必烈建元、兩都制實行之後，因此這部分所涉及到的元代疆域便與蒙元帝國統一之後的疆域有很大關係，對此我們也作一介紹。

　　忽必烈於 1271 年定國號為元，建立元朝，1279 年滅南宋統一全國，元代的疆域，較之漢唐時代更為廣闊，《元史·地理志》稱其地

〔註 9〕關於四大汗國及大蒙古國時期的疆域範圍，參考了畢奧南的《元朝疆域格局概述》（《中國邊疆史地研究》，2000 年第 4 期），特此致謝。

〔註 10〕陳得芝，《關於元朝的國號、年代與疆域問題》，《北方民族大學學報》（哲學社會科學版），2009 年第 3 期。

「北逾陰山，西極流沙，東盡遼左，南越海表。」〔註11〕，此處所言，只是對元朝疆域的一個大致劃定，實際上，元朝建立後，由於種種原因，四大汗國已基本上脫離了元朝中央政府的控制，成爲獨立的王國。因此，嚴格意義上來說，元朝的疆域已經不能涵蓋這四大汗國。元朝能夠直接統治的「版圖」實際上只限於中書省（包括今河北、山西、山東等地）和嶺北（轄境相當今蒙古人民共和國、蘇聯西伯利亞南部及我國內蒙古東北部地區）、遼陽（轄境相當今遼寧、吉林、黑龍江三省及河北灤河下游以東、內蒙古大興安嶺以東、朝鮮東北部等地區）、河南（轄境相當今河南黃河以南全部，黃河以北部分地區及江蘇、安徽、湖北三省長江以北地區）、陝西（轄境相當今陝西及甘肅白銀市以南及與四川相鄰的部分地區）、甘肅（轄境相當今甘肅大部分、寧夏及青海北部地區）、四川（轄境相當今四川大部分及湖南東部、貴州西部地區）、雲南（轄境相當今雲南、四川西南部及貴州西部）、江浙（轄境相當今浙江、福建及江西鄱陽湖以東、江蘇和安徽兩省長江以南地區）、江西（轄境相當今除鄱陽湖以東之外的江西、廣東兩省）、湖廣（轄境相當今湖南、廣西和湖北長江以北的小部分、以南的大部分等）十行省，以及宣政院管轄的吐蕃三道宣慰司。吐蕃三道宣慰司包括「吐蕃等處宣慰司（又稱朵甘思宣慰司，轄今西藏昌都地區東部、四川甘孜自治州和青海西南部）和烏思藏納裏速古魯孫（轄今西藏自治區及其西北鄰部分地）等三路宣慰司」〔註12〕。元代邊塞詩中的扈從詩部分所涉及的疆域主要是中書省所統領的「腹裏」地區和嶺北、遼陽等地。

　　大致瞭解了元代疆域之後，我們再將之與漢唐疆域作一對比便可發現，元代疆域在漢唐疆域的基礎上有了很大的拓展。總體而言，

〔註11〕 〔明〕宋濂等撰，《元史・地理志》卷五十八，中華書局，1976 年，第 1345 頁。

〔註12〕 陳得芝，《關於元朝的國號、年代與疆域問題》，《北方民族大學學報》（哲學社會科學版），2009 年第 3 期。

在東部和南部的變化相對較小，而西部和北部地區的疆域則有大的拓展。在漢唐疆域中最大限度來說，北邊最遠至西伯利亞，而在元代的疆域中，北邊疆域最遠曾包括也兒的石河（額爾齊斯河）以東、安加拉河、勒拿河附近、外興安嶺一代的廣大地區；在西部疆土中，漢唐最遠至鹹海一代，而元代疆域西部最遠不但包括鹹海，而且延至黑海南北，深入到印度、巴基斯坦等地區，這些疆域上的變化勢必會帶來元代邊塞詩內容上的拓展。

二、邊塞詩內容的擴展

邊塞詩一直都是以描寫邊塞地區的生活為主要內容，包括征戰生涯、當地的風物人情等。漢唐邊塞詩由於種種因緣都經歷了它們的輝煌，也奠定了它們在邊塞詩史上的重要地位。歷史發展到元代以後，由於元代疆域的大範圍拓展，以及元代社會的種種特殊元素，在元代邊塞詩中也出現了很多的發展因素。其中最直接的變化，便是由於疆域擴大而帶來的邊塞詩內容的拓展。我們在講這些發展的時候，有必要找一些衡量的標準。這裏，我們權且用漢唐邊塞詩的內容作為參照物，希望能更好地說明問題。

（一）漢唐邊塞詩的內容

邊塞詩最初的內容來自於邊塞戰爭，因此漢唐邊塞詩中描寫最多的也是邊塞戰爭及其相關內容，戰爭的慘烈與征夫生活之苦與思鄉情切成為漢唐邊塞詩中的重要主題，與邊塞戰爭相關的一切事物也都成了常見意象，如刀、戈、箭、戟、旌旗、烽火、號角等。漢武帝時代開始，中原王朝開始了與匈奴的正面對抗，也留下了許多膾炙人口的佳話，因此，漢代追擊匈奴的事件、人物以及與之相關的著名地點都成了邊塞詩中的常用典故，如漢將軍李廣、衛青、霍去病等人，如漢代受降城、玉門關、陽關、雁門關等地，如霍去病登狼居胥山祭天慶功一事等都成了後代邊塞詩中常吟不衰的題材，特別是唐代邊塞詩。王昌齡曾在《出塞》中寫道：

　　秦時明月漢時關，萬里長征人未還。

　　但使龍城飛將在，不教胡馬度陰山。〔註13〕

漢將軍李廣追擊匈奴的形象深入人心，不但使匈奴人聞風喪膽，稱其
爲「飛將軍」，而且也是漢人心目中的保護神，有他守護邊疆，中原
百姓便可以高枕無憂，因此，歷來的文人也並不吝嗇自己的筆墨來歌
頌他，他或許堪稱歷代邊塞詩中被歌頌最多的人物。在漢代的邊塞地
點中，受降城也是常被提及的一處，李益有《夜上受降城聞笛》：

　　回樂峰前沙似雪，受降城外月如霜。

　　不知何處吹蘆管，一夜征人盡望鄉。〔註14〕

這些與邊塞相關的人和地，當年都曾發生過很多或慘烈、或悲壯的
故事，在後代邊塞詩中，當出現相似的場景時，人們不免追憶前事，
感慨唏噓。在漢唐邊塞詩中，這樣一些描寫邊塞戰爭或與邊塞戰爭
相關的人、地、事件等的詩歌俯拾即是，我們既感慨於「醉臥沙場
君莫笑，古來征戰幾人回」〔註15〕的豪邁，又傷感於「可憐無定河
邊骨，猶是春閨夢裏人」〔註16〕的淒涼；既憤慨於「戰士軍前半死
生，美人帳下猶歌舞」〔註17〕的不平，又迷茫於「年年戰骨埋荒外，
空見蒲桃入漢家」〔註18〕的諷刺。與邊塞戰爭相關的一切都顯得那
麼沉重，可由於漢唐兩代邊塞防禦的現實，我們在漢唐邊塞詩中依
然繞不過這一話題，而且是邊塞詩中最重要的話題。

〔註13〕　〔清〕彭定求等編，《全唐詩・王昌齡・出塞》卷一百四十三，中華
　　　　　書局，1980 年，第 1444 頁。

〔註14〕　〔清〕彭定求等編，《全唐詩・李益・夜上受降城聞笛》卷二百八十
　　　　　三，中華書局，1980 年，第 3218 頁。

〔註15〕　〔清〕彭定求等編，《全唐詩・王翰・涼州詞》卷一百五十六，中華
　　　　　書局，1980 年，第 1605 頁。

〔註16〕　〔清〕彭定求等編，《全唐詩・陳陶・隴西行》卷七百四十六，中華
　　　　　書局，1980 年，第 8492 頁。

〔註17〕　〔清〕彭定求等編，《全唐詩・高適・燕歌行》卷二百一十三，中華
　　　　　書局，1980 年，第 2217 頁。

〔註18〕　〔清〕彭定求等編，《全唐詩・李頎・古從軍行》卷一百三十三，中
　　　　　華書局，1980 年，第 1348 頁。

　　在漢唐邊塞詩中，戰爭及其相關的一切固然是重要題材，而迴異於內地的邊塞風景和邊地奇異的氣候等也是漢唐邊塞詩描寫的又一重點。習慣於內地生活的詩人，在初次踏上邊塞的土地時，總會有一些新奇與詫異，那或闊大、或壯美、或淒涼、或遼遠的邊塞風景總能讓詩人們詩情大發。當王維看到大漠落日與衝天直上的狼煙時，忍不住就要吟出下面的詩句：

　　　　單車欲問邊，屬國過居延。征蓬出漢塞，歸雁入胡天。
　　　　大漠孤煙直，長河落日圓。蕭關逢候騎，都護在燕然。
　　　〔註19〕

詩人單車去邊塞慰問，行至居延之後，滿眼看到的已經是邊塞的風景了，「歸雁」告訴我們這是在春天，「征蓬出漢塞」又說明了詩人的心情，第五、六句是歷來邊塞詩中的經典之句，也是邊塞風景的代表作，「大漠孤煙直，長河落日圓」，短短十個字描繪了邊陲大漠中壯闊雄奇的景象，境界闊大，氣象雄渾。置身大漠的詩人，感受到的是這樣一幅大漠景象：在黃沙漫天的大漠，昂首望天，沒有一絲雲飄過，極目遠眺，不見路人也少有草木，只能看到天盡頭有一縷孤煙升起；詩人登上山頭，眺望遠方，在落日低垂的河面上，閃動著粼粼的波光。大漠孤煙和長河落日給詩人帶來的不只是一絲靈動的氣息，也是來自大漠的一種震撼。而這種孤煙則又是邊塞的典型景物，因此，這幅風景圖也是對邊塞風景的最好概括。此外，在詩人筆下還能經常看到的是邊塞的一些奇麗景象，如「瀚海闌干百丈冰」等。在這些罕見的邊塞景觀下，詩人也經常會提到邊塞奇異的氣候現象，如岑參的《白雪歌送武判官歸京》：

　　　　北風卷地白草折，胡天八月即飛雪。
　　　　忽如一夜春風來，千樹萬樹梨花開。
　　　　散入珠簾濕羅幕，狐裘不暖錦衾薄。
　　　　將士角弓不得控，都護鐵衣冷難著。

〔註19〕　〔清〕彭定求等編，《全唐詩・王維・使至塞上》卷一百二十六，中華書局，1980年，第1279頁。

瀚海闌干百丈冰，愁雲慘淡萬里凝。

中軍置酒飲歸客，胡琴琵琶與羌笛。

紛紛暮雪下轅門，風掣紅旗凍不翻。

輪臺東門送君去，去時雪滿天山路。

山回路轉不見君，雪上空留馬行處。〔註20〕

岑參的這首詩中，囊括了邊塞詩中很多的常見意象和典型題材，我們從中可以看出邊塞奇異的氣候——八月飛雪，也能看到奇麗的邊塞景觀——瀚海闌干百丈冰，還可以見識邊塞特有的樂器——琵琶、羌笛，這些都是邊塞的特有之物，也是邊塞詩中的典型意象。

另外，在漢唐邊塞詩中經常描寫的還有邊塞的習俗與物產，這也是邊塞詩內容的重要構成部分。邊塞所產之物不同於中原漢地，游牧民族的生活習俗也迥異於漢人，而漢唐邊塞詩人中大部分是漢人，因此在他們眼中，那些罕見之物與罕見場景都給他們留下深刻印象。葡萄酒的魅力我們從王翰的「葡萄美酒夜光杯」中即可得知，苜蓿是張騫出使西域時與葡萄一起帶回中原的邊塞物產，在古代文人筆下也是常被吟詠的對象，王維曾有《送劉司直赴安西》曰：

絕域陽關道，胡煙與塞塵。三春時有雁，萬里少行人。

苜蓿隨天馬，蒲桃逐漢臣。當令外國懼，不敢覓和親。

〔註21〕

詩中「苜蓿」與「蒲桃」等都是邊塞之物，而「胡煙」與「塞塵」也充滿了邊塞氣息。其實，與邊塞物產一樣經常出現在邊塞詩中的還有邊塞習俗與風情，如高適的《營州歌》便給我們描繪了一幅邊塞風情速寫圖：

營州少年厭原野，狐裘蒙茸獵城下。

虜酒千鍾不醉人，胡兒十歲能騎馬。〔註22〕

〔註20〕〔清〕彭定求等編，《全唐詩‧岑參‧白雪歌送武判官歸京》卷一百九十八，中華書局，1980年，第2050頁。

〔註21〕〔清〕彭定求等編，《全唐詩‧王維‧送劉司直赴安西》卷一百二十六，中華書局，1980年，第1271頁。

〔註22〕〔清〕彭定求等編，《全唐詩‧高適‧營州歌》卷二百十四，中華書

詩人用簡單的幾筆便勾勒出了一幅邊塞少年圍獵、縱酒騎射的畫面，「厭」即「饜」，此處引申爲習慣，穿著狐裘蒙茸的少年形象生動，「千鍾不醉」足見其豪放灑脫，「十歲騎馬」又見其勇猛之狀，邊塞游牧少年以牧獵爲生的生活習俗從這首小詩中展露無遺。

　　以漢唐爲代表的邊塞詩中，所描寫的題材主要以下列幾項爲要，其一，邊塞戰爭及其相關的一切，包括兵器、旌旗、烽火、號角等；其二，邊塞風景與氣候；其三，邊塞物產及習俗等。在這三方面，根據每個詩人的個人經歷不同，在具體描述上又有差異。

（二）元代邊塞詩的擴展內容

　　元代邊塞詩一方面繼承了前代邊塞詩的優秀成果，在描寫邊塞戰爭、邊塞風物、邊塞習俗等方面都有良好的傳承，並在此基礎上加進了元代特有的時代特色，這些我們在前文都有相關論述，此不贅言。另一方面，元代邊塞詩中還出現了之前邊塞詩中少有的新內容，這些新內容很大程度上是由於元代疆域的擴大和元代邊塞的特殊引起的，我們重點介紹這些邊塞詩的擴展內容。

　　首先，在元代邊塞詩中出現了特殊的社會現象和特殊的人群，如怯薛制度。怯薛和怯薛制度是蒙古人的發明，在之前的歷代邊塞詩中都不曾有過，這是帶有元代特色的邊塞詩內容之一。在蒙元社會中，怯薛的地位及作用舉足輕重，也是元代社會中不容忽視的一種社會現象，楊允孚詩中的「四傑君前拜不名」〔註23〕爲我們提供了元代四大怯薛的信息，也爲我們瞭解大蒙古國時期的怯薛及怯薛制度提供了線索。張憲的《怯薛行》則爲我們更爲詳細、生動地描繪了元代怯薛制度的影響力度之大，他們對皇朝更迭，皇帝命令或大臣的赦免與任用，甚至是皇帝的人身安全等都有重大影響。此外，元代邊塞詩中出現的兩都制在元代也具有特殊意義，雖然之前的朝

　　　　局，1980年，第2242頁。
〔註23〕〔清〕顧嗣立編，《元詩選・初集下・楊允孚・灤京雜詠一百首》，
　　　　中華書局，1987年，第1962頁。

代也有兩都制或多都制，但沒有一個朝代像元代一樣，每年有定期的時間和幾乎固定的路線往來於兩都之間，由此所帶來的邊塞詩也帶有與之前不同的特色。

其次，在元代邊塞詩中出現了特殊的物產和習俗，如西征詩中所提到的中亞物產把攬、馬首瓜等，耶律楚材筆下「蒲桃親釀酒，杷欖看開花。飽啖雞舌肉，分餐馬首瓜」〔註 24〕的場景讓我們神往，「強策渾心竹，難穿無眼錢」的場面又讓我們迷惑，「黃橙調蜜煎，白餅糝糖霜。漱旱河爲雨，無衣壟種羊」的生活方式也讓我們驚訝不已，這裏所提到的中亞物產與生活方式等都是之前的歷代邊塞詩中聞所未聞的，在元代，由於疆域的擴大，元代詩人的眼界也跟著拓展了，他們的見聞中有了與眾不同的內容；再如蒙古人的固姑袍、斡耳朵與詐馬筵等，在之前的邊塞詩中，對北方游牧民族的生活方式也有所提及，但並沒有像元代邊塞詩中所言的那麼詳細，漢唐邊塞詩中提到過他們的游牧狩獵生活方式，也說到過他們的騎射等，如高適的《營州歌》，但並未如此詳細地描述其穿戴與生活細節等，而元代邊塞詩不但提到了他們的服飾與飲食等細節，如楊允孚的「香車七寶固姑袍」「夜宿氈房月滿衣，晨餐乳粥椀生肥」〔註 25〕等，都爲我們詳細描述了蒙古人的草原生活狀況，還描述了蒙古人的盛大宴飲活動——詐馬筵，作爲扈從文人的周伯琦曾爲此寫過《詐馬行》來描述這一盛宴；再如元代邊塞生活中的結羊腸、遊皇城等活動在之前的邊塞詩中也很少聽說，元上都的年輕姑娘在每年的正月十六日，便用這種形式爲自己的未來祈福，特別是對美好婚姻的期盼，薩都剌有「正月十六好風光，京師女兒結羊腸」〔註 26〕之句。遊皇

〔註 24〕 〔元〕耶律楚材撰，《湛然居士文集・再用前韻》卷二，商務印書館，1939 年，第 71～73 頁。

〔註 25〕 〔清〕顧嗣立編，《元詩選・初集下・楊允孚・灤京雜詠一百首》，中華書局，1987 年，第 1959～1965 頁。

〔註 26〕 〔清〕顧嗣立編，《元詩選・初集中・薩都剌・上京即事五首》，中華書局，1987 年，第 1252 頁。

城等宗教祈福活動也是元朝將西藏正式納入統治版圖，藏傳佛教傳入之後的派生物，楊允孚曾用「百戲遊城又及時，西方佛子閱宏規。彩雲隱隱旌旗過，翠閣深深玉笛吹」〔註27〕的詩句來描繪其盛況，而且這種活動在元代大都和上都都舉辦過，其隆重與盛大令在場之人無不感慨。

　　再次，元代邊塞詩中出現了融邊塞詩與宮詞爲一體的元代宮詞。這是歷代邊塞詩中沒有出現的現象，因爲之前歷代的皇帝宮殿多設在漢地，宮詞所描繪之物與現象等也都是漢地模樣，元代因爲實行了兩都制，元上都特殊的地理位置便成就了元代宮詞的特殊性。這從某種意義上來說也與元代疆域的擴大有關，更與元代統治階級的民族性有關，元代宮廷御宴上，出現的是「嘉魚貢自黑龍江，西域蒲萄酒更良。南土至奇誇鳳髓，北陸異品是黃羊」〔註28〕，這樣的飲食中，有的我們似曾相似，葡萄酒等物我們在漢唐邊塞詩中常見，而有些卻有些陌生，黃羊等物在之前的邊塞詩中也很罕見。因此，僅是飲食一種，元代宮詞便自有與眾不同的一面，何況元上都宮帳中的斡耳朵在之前的宮詞中也未曾見過，因此，我們說元代宮詞是融邊塞詩與宮詞爲一體的特殊題材並不爲過。

　　凡此種種，元代邊塞詩中出現的種種新鮮內容可以說是邊塞詩在元代的一種發展，也是元代邊塞詩在題材上的一種拓展，對邊地自然景物、民俗風尚等的描寫成爲元代邊塞詩的描寫重點，這種拓展中與元代疆域的擴大有著直接的關係，元人所到之處的延伸也將他們的目光引到了遠方，所見所聞的一些新奇事物和現象都反映在元代邊塞詩中，也爲後人提供了很多的參考。另外，元代邊塞詩中的這些新因素也與元代特殊的社會構成與統治階級的特殊民族身份有關，我們在下面也會陸續提及。

〔註27〕〔清〕顧嗣立編，《元詩選・初集下・楊允孚・灤京雜詠一百首》，中華書局，1987年，第1965頁。
〔註28〕〔清〕顧嗣立編，《元詩選・初集下・楊允孚・灤京雜詠一百首》，中華書局，1987年，第1963頁。

第二節　描述方法與思想情感的變化

隨著蒙元帝國疆域的大範圍擴展，元代邊塞詩不但在內容上有很大的拓展，在描述方法和思想情感上也有了很大的變化。如對邊塞風光的描述更爲客觀，用白描手法來表現自然景觀的可愛之處，打破了唐之前以想像爲主的描述，和唐人用主觀意念賦予邊塞風光人爲情感的兩種傳統寫法。元代邊塞詩以更客觀的角度來重現自然景觀，並用更闊達的胸懷去描述邊塞生活，充滿了田園之樂和民俗風情；再如感情的變化，視邊塞爲家鄉的感情等，這種變化所產生的原因很多，疆域擴大所帶來的內容拓展只是其中之一，我們還可以從邊塞詩人的民族身份、元代特殊的社會背景與複雜的社會構成等方面找到原因。

一、歷代邊塞詩的描述方法與情感基調

在邊塞詩的發展史上，對邊塞風光的描述曾經經歷了一個發展的過程，在唐朝統一全國之前，中華大地上曾並存著很多政權。因此，由於疆域的限制和各個政權之間的對立，要想瞭解邊塞並非易事，很多詩人雖嚮往邊塞卻很難親歷邊塞生活，也無緣得見邊塞奇麗雄壯的自然風光。因此，他們曾經有一段時間以想像爲主去描繪邊塞的自然風光，這主要發生在唐代之前。

（一）歷代邊塞詩的描述方法

在秦漢邊塞詩中，以敘事和寫實居多，加上漢賦巨大的影響力，漢代邊塞詩也多用賦體，極盡鋪排之能事去描繪邊塞戰爭或邊塞生活，這段時間的邊塞詩描寫文學性並不高。到了漢魏六朝時期，文壇風尚和人們審美的轉變對邊塞詩創作亦有深刻影響。邊塞詩從題材到創作形式都有了質的變化，邊塞詩從記事爲主轉向抒情爲主，性靈之作成了詩人們追求的方向，因此，邊塞詩從之前的重寫實和鋪排等描述方式轉變爲用虛擬手法去設置情景，走上了借景抒情的意象化之路，首先在這條路上看到的是「三曹」父子，他們繼承漢魏傳統，寫實爲主，抒情爲輔。如曹操的《蒿里行》中「白骨露於野，千里無雞

鳴。生民百遺一，念之斷人腸」〔註29〕中幾乎白描的手法，寫實痕跡
依然明顯，抒情只是輔助性的有感而發。而到了曹植手中，情況便有
所變化，從《白馬篇》中我們已經看到了游俠形象，以及將之與報國
思想和建功立業意識融合爲一體的嘗試，這也大大拓展了邊塞詩的表
現領域。此時的邊塞詩已經將虛擬情景放在了記事之前，使邊塞詩也
開始了抒情言志的發展之路，這也是六朝邊塞詩的變革之始。隨後，
六朝邊塞詩人們沿著曹氏父子的虛擬情景與抒情之路繼續向前，到鮑
照時開始了擬代體，借邊塞之地相關的人、物、景等，發揮豐富的想
像力，將這些意象不斷組合，構建起虛擬中的粗獷而闊大的邊塞環
境，將邊塞詩的虛擬書寫形式發揮到了極致。經過梁陳兩個階段的發
展，邊塞詩「最終完成並確立了六朝乃至整個中國古典邊塞詩的創作
方式和題材內容」〔註30〕。這一時期的邊塞詩創作方式對未來邊塞詩
的發展意義重大。首先，邊塞詩創作可以不受作者是否有邊塞生活經
歷的局限，只要掌握熟練的詩歌技巧，便可將相關的邊塞意象材料構
建成抒情言志的邊塞詩，用這種意象化的符號去傳達更多的情緒。其
次，這種虛構的寫意化的邊塞詩創作模式爲今後的邊塞詩構建了很多
約定俗成的模式，如漢代情結，即在邊塞詩描寫中經常提到漢代的人
物或典故等，飛將軍李廣等人成了歷代邊塞詩中的常用意象。這種想
像爲主的描述方式也爲唐代邊塞詩的繁榮做好了準備。

　　唐代邊塞詩在描述方法上的最大變化便是對邊塞風光賦予了很
多主觀意念等人爲因素，使唐代邊塞詩在描述上帶有很多積極浪漫主
義色彩。初唐邊塞詩在漢魏六朝與盛唐邊塞詩之間是一個緩衝階段，
在經過了漢魏六朝時期以想像爲主的意象化符號式描述後，初唐邊塞
詩在陳子昂的詩歌改革中也開始有所突破，「初唐四傑」等人的邊塞

〔註29〕逯欽立輯校，《先秦漢魏晉南北朝詩・曹操・蒿里行》，中華書局，
　　　　1983 年，第 347 頁。
〔註30〕佘正松，《中國邊塞詩史論──先秦至隋唐》，四川大學博士論文，
　　　　2005 年，第 138 頁。

詩創作開始了詩歌革新運動的嘗試，他們所描繪的蒼茫遼闊的邊塞場
景與罕見的邊塞風物，以及激烈緊張的邊塞戰爭，為初唐詩風的轉變
起到了積極作用，由此所構建的豪放悲壯的格調也衝擊了南朝的奢靡
詩風，也為盛唐邊塞詩的豪放和積極進取等盛唐氣象做了鋪墊。唐朝
社會中盛行遊邊之風，很多文人都曾到過邊塞幕府，這種遊邊風尚與
盛唐社會中的功業意識的結合，便使很多文人萌生了一種人為的主觀
臆想，他們期望能通過邊塞戰爭建功立業，報效國家，從而實現自己
的平生之願：

> 烽火照西京，心中自不平。牙璋辭鳳闕，鐵騎繞龍城。
> 雪暗凋旗畫，風多雜鼓聲。寧為百夫長，勝作一書生。
> 〔註31〕

這種投筆從戎思想在當時並非個別現象，而是一種社會風氣，在唐朝
社會日益走向繁榮，國家逐漸開放富強之際，每一個生活其中的詩人
都會有為國效力、建功立業的願望，當邊患來襲，當邊關告急，每一
個肩負道義與責任的文人也都希望能挺身而出，這在當時已經成為一
種集體無意識，也是一種個人功利主義的無意識。詩人帶著這樣一種
情緒投身於邊塞詩的創作時，勢必也帶有一種主觀臆想的集體無意
識。於是，醉臥沙場成了一種快意人生的寫照，而邊塞之景與邊塞之
物，甚至是邊塞戰爭在他們眼中也都帶上了詩人的某種主觀意念，邊
塞詩的描述方式成了帶有詩人主觀情感的表達。因此，在唐代邊塞詩
中經常充滿了積極浪漫主義色彩，這一方面是盛唐國力強盛給詩人帶
來的時代優越感，另一方面也是詩人的這種主觀情緒在起作用。

> 吹角動行人，喧喧行人起。笳悲馬嘶亂，爭渡金河水。
> 日暮沙漠陲，戰聲煙塵裏。盡繫名王頸，歸來獻天子。
> 〔註32〕

〔註31〕 〔清〕彭定求等編，《全唐詩·楊炯·從軍行》卷五十，中華書局，
1980 年，第 611 頁。

〔註32〕 〔清〕彭定求等編，《全唐詩·王維·從軍行》卷一百二十五，中華
書局，1980 年，第 1236 頁。

　　　三川北虜亂如麻，四海南奔似永嘉。

　　　但用東山謝安石，爲君談笑淨胡沙。〔註33〕

在王維和李白的詩中，這種主觀臆想的情緒很濃，王維所描寫的邊塞
戰爭場景已經帶有盛唐的風範，悲笳馬嘶，日暮沙陲，煙塵滾滾的喊
殺聲都似乎帶有詩人的主觀願望，即平虜的將士們奮勇殺敵，報效國
家，這一主觀願望在詩歌中的明顯表達是最後的「盡繫名王頸，歸來
獻天子」，類似的描寫在唐代邊塞詩中並不少見。李白的詩中，則將
這種主觀意願上陞到了一種接近幼稚的境界，在「三川北虜亂如麻」
的糟糕情況下，詩人異想天開地認爲，只要自己出山，便能立刻使這
種亂世現象歸於平靜，「但用東山謝安石，爲君談笑淨胡沙」。值得注
意的是，唐代邊塞詩中的這種主觀臆想雖然也有想像的成分，但與之
前的以想像爲主的虛構有所不同，唐代邊塞詩中的主觀臆想是在盛唐
氣象下，詩人自信心與建功立業的豪情催生下的一種產物。從某種意
義上來說，也是盛唐邊塞詩吸引人的魅力之一，更是展示盛唐氣象的
一種方式；而之前邊塞詩所用的虛構只是在描述上構建幾種模式與可
能性，兩者雖都有想像成分，但重點不同。

（二）歷代邊塞詩的情感基調

　　　在歷代邊塞詩創作中，詩人的情感基調都有所不同，而在這些邊
塞詩中洋溢最多的可能便是建功立業、思鄉懷親和厭戰思和等情感，
這些也是歷代邊塞詩的基本感情基調，它們組成了邊塞詩傳統中的感
情三原色。

　　　伴隨著建功立業思想隨之而來的是報效國家、奮勇殺敵的意識，
這是邊塞詩最原始的一種精神追求。這種感情在唐代邊塞詩，尤其是
盛唐邊塞詩中體現的最爲明顯，國力強盛帶給唐朝詩人一種傲視萬物
的自信與實現自我的強烈願望，這種情緒的具體體現便是唐代邊塞詩
中所流露出的建功立業思想：

〔註33〕〔清〕彭定求等編，《全唐詩・李白・永王東巡歌》卷一百六十七，
　　　　中華書局，1980 年，第 1764 頁。

　　　　俠客重周遊，金鞭控紫騮。蛇弓白羽箭，鶴轡亦茸秋。
　　　　發跡來南海，長鳴向北州。匈奴今未滅，畫地取封侯。
　　　〔註34〕

此詩所流露的對功名的渴望充斥在字裏行間，一個騎著紫騮馬，手揮
金鞭的俠客形象活躍在讀者的心中，「發跡來南海，長鳴向北州」借
駿馬來寫俠客的嚮往邊功，最後直抒胸臆，以滅匈奴，求功名爲終極
目標，赤裸裸的建功立業意識中充滿了自信和豪放。對功業意識的追
求在歷代邊塞詩中的表現或隱或現，或借景抒情，或託物言志，或今
昔對比，將建功立業之心構建在種種具體的物象中，我們再看高適的
詩：

　　　　結束浮雲駿，翩翩出從戎。且憑天子怒，復倚將軍雄。
　　　　萬鼓雷殷地，千旗火生風。日輪駐霜戈，月魄懸雕弓。
　　　　青海陣雲匝，黑山兵氣衝。戰酣太白高，戰罷旄頭空。
　　　　萬里不惜死，一朝得成功。畫圖麒麟閣，入朝明光宮。
　　　　大笑向文士，一經何足窮。古人昧此道，往往成老翁。
　　　〔註35〕

詩人從投筆從戎的豪情寫起，在天子怒與將軍雄的背景中，隱隱可感
覺到一種勇往直前的豪情。下面八句則具體描寫戰爭場面，加入部分
誇張手法渲染氣氛，使整個戰場場面宏大，氣貫長虹，「萬鼓」、「千旗」
的隆響與搖曳中，將戰場上千軍萬馬、旌旗獵獵、殺聲震天的場面惟
妙惟肖地展示在讀者面前，使人猶如身臨其境一般。「萬里不惜死」以
下，詩人宕開一筆，放下宏大的戰爭場面，將自己的報國心與功業念
用另一種形式抒發，「畫圖麒麟閣，入朝明光宮」當然是詩人所願，也
是他建功立業思想的自然流露，不同的是詩人將這種安邊定遠、豪放
不羈的時代精神找了一個參照物，「大笑向文士，一經何足窮。古人昧

〔註34〕　〔清〕彭定求等編，《全唐詩・楊炯・紫騮馬》卷五十，中華書局，
　　　　　1980年，第613頁。
〔註35〕　〔清〕彭定求等編，《全唐詩・高適・塞下曲》卷二百十一，中華書
　　　　　局，1980年，第2189頁。

此道，往往成老翁」，古代文士只是一味地在經書中求功名，可謂「皓首窮經」，可有人至老至死仍不能如願，何如現在像詩人一樣投筆從戎，從邊功中求取功名？這種對功名的追求與報國途徑的選擇是唐朝文人的普遍理想，也是歷代邊塞詩中表現最多的一種感情。

在對功名求取的同時，遠在邊塞的詩人和將士同樣也存在著另一種感情，即思鄉懷親。建功立業固然是每個人的夢想，可邊塞艱苦的生活與邊塞戰爭的殘酷對每一個身處其中的人來說都是一種考驗，在這種考驗中，他們最不能忍受的就是思鄉愁。這種感情伴隨著邊塞詩發展的每一個歷程，從先秦的「昔我往矣，楊柳依依；今我來思，雨雪霏霏」〔註36〕的借景抒情中，我們便已經感受到了一個退伍老兵的悲傷。而陳子昂則以一個旁觀者的身份，將這由邊塞戰爭引起的父子分離、骨肉天涯的人間慘劇展示給世人：

> 蒼蒼丁零塞，今古緬荒途。亭堠何摧兀，暴骨無全軀。
> 黃沙幕南起，白日隱南隅。漢甲三十萬，曾以事匈奴。
> 但見沙場死，誰憐塞上孤！〔註37〕

詩人曾親身經歷過邊塞生活，對邊患的緊急與戰士們的悲慘命運有深刻的瞭解，詩人用詩歌將這塞外荒涼的景象，與邊患所造成的骨肉分離的慘劇作一描繪，並對深陷邊患而不能自拔的兵士表示了深深的同情。

在描寫思鄉懷親思想之際，詩人們用的筆墨最多的莫過於描寫征夫與思婦的相思之苦，這種感情基調也是歷代邊塞詩中重點表現的主題之一，也是最能打動人心弦的一部分，我們且看王勃筆下的這種相思之苦：

> 秋夜長，殊未央，月明白露澄清光，層城綺閣遙相望。遙
> 相望，川無梁，北風受節南雁翔，崇蘭委質時菊芳。鳴環

〔註36〕高亨注，《詩經今注·鹿鳴之什·采薇》，上海古籍出版社，1980年，第229頁。

〔註37〕〔清〕彭定求等編，《全唐詩·陳子昂·感遇詩》卷八十三，中華書局，1980年，第890頁。

> 曳履出長廊，爲君秋夜搗衣裳。纖羅對鳳皇，丹綺雙駕鴦，
> 調砧亂杵思自傷。思自傷，征夫萬里戍他鄉。鶴關音信斷，
> 龍門道路長。君在天一方，寒衣徒自香。〔註38〕

歷代邊塞詩中的征夫與思婦都倍受分離之煎熬，征夫在前線的悲苦一方面來自於邊塞戰爭本身的殘酷，另一方面便來自於這無形中難耐的相思。秋夜漫漫夜無眠，思婦「鳴環曳履」地走出長廊，在秋夜長長夜未央的月光下，爲遠方的親人準備著過多的征衣，對遠方戍邊丈夫的無盡思念使她胡亂地調轉著搗衣砧上的衣裳，最後四句是寫思婦的擔憂，又爲我們眞實地再現了古代邊塞戰爭給征夫與思婦帶去的災難，通過一對戀人的哀愁與相思，我們可以看到在廣闊的社會背景中艱難生活著的一個群體。邊塞戰爭給她們帶來的這種苦難又必然使社會中衍生出來另一種情緒——厭戰思和。

在長期的征戰生涯中，征夫與思婦都飽受了離亂與相思之苦，而百姓也都經歷了背井離鄉的災難。在遙遙無期的征伐中，最終揚名取利的永遠都只是統治階級內部的一小部分人，「一將功成萬骨枯」的結局使大部分士卒對戰爭充滿了厭惡。即便是想要建功立業的進取者，在看到戰火彌漫中所充斥的無盡苦難時，也都會對和平充滿了嚮往。我們來看看古代從軍邊塞的老兵的願望：

> 十五從軍征，八十始得歸。道逢鄉里人，「家中有阿誰？」
> 「遙看是君家，松柏家累累。」兔從狗竇入，雉從梁上飛。
> 中庭生旅穀，井上生旅葵。春穀持作飯，採葵持作羹。羹
> 飯一時熟，不知貽阿誰。出門東向看，淚落沾我衣。〔註39〕

十五歲從軍，八十歲始返，我們且不管這裏面是否有誇張成分，但知其軍旅生涯的漫長即可。常年的征戰能否給他帶來晚年的幸福生活呢，答案顯然是否定的。家中已無人，只留下幾抔黃土，在兔走雞飛

〔註38〕 〔清〕彭定求等編，《全唐詩·王勃·秋夜長》卷五十五，中華書局，1980年，第671頁。

〔註39〕 〔宋〕郭茂倩，《樂府詩集·梁鼓角橫吹曲·紫騮馬歌辭》卷二十五，中華書局，1979年，第365頁。

殘垣頹壁間，年老的征夫只能老淚縱橫，對著煮熟的羹飯卻不知該和誰共享，古代戰爭帶給征夫的生活是如此淒涼，已經足以使爲之盡力的士卒心寒，而戰場上的不公平現象更讓聞者憤慨：

> 漢家煙塵在東北，漢將辭家破殘賊。
> 男兒本自重橫行，天子非常賜顏色。
> 摐金伐鼓下榆關，旌旆逶迤碣石間。
> 校尉羽書飛瀚海，單于獵火照狼山。
> 山川蕭條極邊土，胡騎憑陵雜風雨。
> 戰士軍前半生死，美人帳下猶歌舞。
> 大漠窮秋塞草腓，孤城落日鬭兵稀。
> 身當恩遇恒輕敵，力盡關山未解圍。
> 鐵衣遠戍辛勤久，玉筯應啼別離後。
> 少婦城南欲斷腸，征人薊北空回首。
> 邊庭飄颻那可度，絕域蒼茫更何有。
> 殺氣三時作陣雲，寒聲一夜傳刁斗。
> 相看白刃血紛紛，死節從來豈顧勳。
> 君不見沙場征戰苦，至今猶憶李將軍。〔註40〕

高適這首著名的邊塞詩，對邊塞戰爭中的不公平現象進行了無情的揭露。將士的疏遠與主將的無能，是邊塞戰爭失利的致命傷。這不但會影響戰爭的勝負，而且最致命的便是讓征夫們付出生命代價。這種厭戰思和的感情基調也是邊塞詩中一以貫之的情感因素。在經歷了建功立業、思鄉懷親等情感後，詩人們將邊塞詩中的厭戰思和情緒表達地更爲明顯，他們將和平當作了對古代邊塞戰爭的終極理想，也希望未來的邊塞不再充滿硝煙。或許元代邊塞詩中的某一部分能實現前代邊塞詩人們的夢想。

二、元代邊塞詩的情感變化及原因探索

元代邊塞詩在描述方法和情感基調上與前代邊塞詩都有所區

〔註40〕〔清〕彭定求等編，《全唐詩・高適・燕歌行》卷二百一十三，中華書局，1980年，第2217頁。

別，它在對邊塞風景與習俗的描述中，想像的成分少了。詩人更客觀地描述了邊塞的人、景、物與風俗人情等，元代邊塞詩的描述重心也由之前邊塞詩中的各種情感和矛盾轉向了自然山川、植被物產和民風習俗等各方面。如果說之前的邊塞詩更重抒情的話，元代邊塞詩則更重寫實，在這些寫實手法下的各種物產、風景中，又洋溢著詩人對這方水土的熱愛。

（一）元代邊塞詩的情感變化

元代邊塞詩更客觀地描述邊塞的自然景觀，沒有過多的想像和誇張，也不再任意加入自己的主觀臆想，只是將自己所到之處、所見之物眞實地再現出來，這種描寫不同於之前的邊塞詩，它具有更多客觀的書寫，也會帶給後人更多的參考價值。在元人筆下的邊塞及邊塞生活無疑在詩人心中也具有不同的魅力，元代的邊塞生活對他們充滿了誘惑。他們或因自己的少數民族身份，邊塞即是家鄉；或因邊塞生活的恬靜而久居成鄉，產生終老天涯之念。這些也正是元代邊塞詩的特色所在，是元代邊塞詩最值得關注的地方。

元代邊塞詩在描述方式上不重想像重寫實，在它的情感基調中，除了前代邊塞詩中所存在的建功立業、思鄉懷親和厭戰求和思想外，還有一種新的傾向，即對邊塞生活充滿了熱愛和留戀。這種感情在不同的詩人那裏產生的動力不同，少數民族詩人的家鄉本就在邊塞，因此在他們筆下的邊塞生活自然就是極熟悉的家鄉風景畫，自然倍感親切；如馬祖常的《河湟書事二首》：

陰山鐵騎角弓長，閒日原頭射白狼。
青海無波春雁下，草生磧裏見牛羊。

波斯老賈度流沙，夜聽駝鈴識路賒。
採玉河邊青石子，收來東國易桑麻。〔註41〕

〔註41〕 〔清〕顧嗣立編，《元詩選・初集上・馬祖常・河湟書事二首》，中華書局，1987 年，第 709 頁。

「河湟」一般是指黃河、湟水之間,「世舉謂西戎地曰河湟」〔註42〕,
具體說,就是湟州與河州附近地區。馬祖常祖上曾定居的狄道(即今
甘肅臨洮),就在河湟,因此這裏所吟詠的景物看似邊塞之景,實際
上也是馬祖常的家鄉之景。我們從字裏行間可以感受到詩人對故鄉的
熱愛,陰山下,鐵騎上的健兒在練習騎射,「閒日」透露出詩人對這
種生活的享受。而在無波的青海邊,春雁偶爾會駐足歇息,草磧中悠
閒的牛羊讓這種邊塞生活充滿了田園之樂。第二首中出現的波斯老賈
易桑麻的場景又為我們提供了河湟一代的商業活動,這裏的百姓生活
在絲綢之路上,商業活動也相應頻繁,人來人往的商業貿易活動中,
充滿了百姓安居樂業的氣息。詩人在這短短的詩句中,為我們描繪了
一幅河西走廊絲路沿線一帶的邊地居民安寧的生活畫面,這樣的邊塞
詩中自然少了很多的硝煙與廝殺,多了一份安居生活的恬靜。楊鐮曾
認為,在西域詩人心中「傳統的邊塞已經置換成詩人的家鄉!也只有
他們才能傳遞出這種牽動人思念的情韻,也只有他們才能夠將邊塞詩
寫成思鄉曲!在這樣的『邊塞詩』中,『敵人』並不攜帶強弓利刃,
苦悶不起自清風朗月;溫情脈脈的情感生出古道駝鈴的旋律,攪擾心
緒的思念不再是征戰殺伐的餘韻」〔註43〕。馬祖常的邊塞詩的確已經
超越了傳統意義上的邊塞詩,成為沒有邊塞情結的邊塞詩。

　　此外,一些遊邊的漢族文人或非土著的少數民族詩人到了新的邊
塞之地後,很快融入當地的生活,久居成鄉,視他鄉為故鄉,也產生
了難捨難離的情愫,扈從上都的周伯琦就曾在詩歌中表達過類似的情
感:

　　　　省方繩祖武,清署順天時。法從嚴番直,周廬肅羽儀。
　　　　氍毹駝背展,匼匝馬頭垂。惟有都人士,長望雨露私。

〔註42〕〔宋〕歐陽修、宋祁撰,《新唐書‧吐蕃傳下》卷二百一十六,中華
　　　　書局,1975年,第6104頁。
〔註43〕楊鐮著,《元西域詩人群體研究》,新疆人民出版社,1998年,第334
　　　　頁。

> 卑濕如吳楚，雄嚴軼漢唐。土床長伏火，板屋頗通涼。
> 菌出沙中美，椒生地上香。忘歸江海客，直欲比家鄉。
> 〔註44〕

生在饒州（今江西東北部鄱江、信江流域一帶）的周伯琦在扈從上都的日子裏，對上都一帶的風物人情、物產習俗等都已熟稔於心，並逐漸適應了這裏的生活，當地的建築、飲食等也都引起了詩人的濃厚興趣，「土床長伏火，板屋頗通涼。菌出沙中美，椒生地上香」，在長期的客居生涯中漸漸生出「他鄉似故鄉」之感，「忘歸江海客，直欲比家鄉」正是周伯琦對邊塞生活的準確定位。此外，再如耶律楚材隨從成吉思汗西征至撒馬爾干後，曾在那裏暫住，與當地人民結下了深厚友誼，曾多次寫詩相贈，其中有一首《西域蒲華城贈蒲察元帥》寫道：

> 騷人歲杪到君家，土物蕭疏一餅茶。
> 相國傳呼扶下馬，將軍忙指買來車。
> 琉璃鍾裏葡萄酒，琥珀瓶中杷欖花。
> 萬里遐方獲此樂，不妨終老在天涯。〔註45〕

他在撒馬爾干城久居成鄉，對那裏的人、物、風俗等都產生了很深的依戀，由此方生出「不妨終老在天涯」的感慨。耶律楚材在《過陰山和人韻》中所抒發的感情，「儘管他在描寫地處西域的陰山時，或突出它的新奇，或覺得似曾相識，但都傾注了對他的深情，把異域視爲家鄉一樣，甚至比家鄉還要可愛。家鄉和異域的界限有時分明有時模糊，異域在詩人筆下酷似故鄉又勝似故鄉，這種戰地情懷在歷史上是前所未有的。」〔註46〕

〔註44〕 〔清〕顧嗣立編，《元詩選・初集下・周伯琦・上京雜詩二首》，中華書局，1987年，第1858頁。

〔註45〕 〔元〕耶律楚材撰，《湛然居士文集・西域蒲華城贈蒲察元帥》卷六，商務印書館，1939年，第83頁。

〔註46〕 李炳海，於雪棠著，《唐代邊塞詩傳》，吉林人民出版社，2000年，第75頁。

（二）元代邊塞詩情感變化之謎

元代邊塞詩在情感上的這種變化一方面來自於元代疆域的擴大，少數民族的生活區域變成了元代的邊塞，邊塞詩創作隊伍中新加入大批用漢文創作的少數民族詩人，邊塞詩便成了少數民族詩人筆下的家鄉詩；一方面也來自於元代特殊的社會背景，首先，蒙元帝國的統治者變成了游牧於北方草原的蒙古族，以往歷代王朝所防禦的對象變成了統治者，傳統的防禦周邊游牧民族侵擾的邊塞征戍不復存在，這使元代邊塞詩中的征戰主題減少，取而代之的是描繪邊塞風光的風俗畫面，邊塞詩描述的重點也從邊塞戰爭轉移到了邊塞風俗民情等；其次，元代是中國歷史上第三次民族大融合時期，各種宗教、文化、民族等在這一時期充分地交流融合，形成了特殊的元代社會。在這樣多民族融合、多元文化並存的社會中，大家對邊塞的理解與感覺也自然不同以前，特別是元上都對當時國內外的人們而言，已經遠非昔日荒涼的邊塞之地可比，元代邊塞詩所抒發的感情也自然不同以往；最後，元代社會的組成成分複雜，在多元文化背景中生存著的同樣也是具有不同身份和不同文化的人，元代邊塞詩人亦然，他們所接受的不同文化和教育使其詩歌創作中流露出對邊塞的理解也不同於之前的邊塞詩人，大量少數民族詩人和深受民族文化交融氛圍影響的其它詩人對邊塞的概念已漸漸淡化，邊塞詩也便少了很多傳統邊塞詩的感情基調。我們從這種種因素中去探討元代邊塞詩情感變化之謎。

元代疆域的擴大不但帶來了元代邊塞詩內容的拓展，也使元代邊塞詩的情感基調有了大的變化，當北方游牧民族入主中原、元代實行兩都制後，原來一直處於歷代邊塞之地的上都被納入蒙元帝國的版圖，邊塞的意義也便有了變化，這種變化反映在元代詩人筆下便是對元代邊塞詩情感描述的變化。特別是世代生活於此的北方游牧民族的詩人們，這裏是他們久居的故鄉，也是傳統意義上的邊塞，因此，元代的邊塞及與之相關的邊塞詩便擁有了不同的內涵。馬祖常的詩如此，其它生長在邊塞之地的詩人亦如此。

　　自從成吉思汗建立大蒙古國開始，蒙古族的征伐活動便幾乎從未停止，蒙古人的鐵騎所到之處幾乎都成了他們的疆土，昔日歷代王朝中所要防禦的游牧民族成了蒙元帝國的統治者，這使蒙元帝國對邊塞的重心有所轉移，歷來的防禦變成了建設，征伐戰爭也逐漸轉移了對象。因此，元代的邊塞之地並未如歷代王朝一樣成爲戰場，反而是游牧民族的家園，這爲元代邊塞詩人創作的感情基調打好了現實基礎，由戰場而家鄉的觀念轉變是元代邊塞詩情感的基點。

　　元代是中國古代社會中的又一次民族融合高潮期，元上都正是這種民族融合與多元文化交融的綜合性國際大都市，它同時又是蒙元帝國的夏都。從某種意義上來說代表著蒙元帝國的形象，因此這裏遠離了戰爭與硝煙，努力爲人們提供一切可能去實現其國都與國際性城市的應有地位。作爲元代邊塞詩中的扈從詩所依賴的草原城市，元上都所發生的一切民族融合與多元文化的交流等因素，我們在元代扈從詩中都可以找到依據。這裏來來往往的商旅行人，這裏交替出現的各種語言文化，這裏展示的各種物產與習俗等都爲元代邊塞詩的情感變化提供了依據，化戰場爲生活之地，元代邊塞詩也自然展示出更多的生活氣息和風俗畫面。

　　在多元文化影響下的蒙元帝國內生活著一批具有多種文化背景、多種語言習俗、多種民族宗教信仰的詩人，他們在複雜的多元環境中，面對著傳統的邊塞變爲帝國內的重要疆域的事實，對傳統意義上的邊塞概念已經淡化。因而，對很多傳統意義上的邊塞情感也逐漸有了變化，這種觀念上的變化反映在詩歌中便是情感基調的改變，他們在各自的成長環境與教育系統中對邊塞的不同理解也直接影響了他們在邊塞詩中的抒情基調。這些都與之前邊塞詩的書寫環境相差甚遠，由此所帶來的抒情基調的變化也是在所難免的。

兼論元代邊塞詩的風格

　　元代邊塞詩除了在內容、情感上的變化外，在詩歌風格上也有了自己的特色。元代蒙古人的豪放與灑脫，他們的尚武精神等都對整個

社會有很大影響，當然也包括詩歌風格。元代邊塞詩所表現出的略帶
野蠻氣的豪放，是它最明顯的特色。歷代邊塞詩所表現出的或沉鬱悲
壯，或雄偉怪奇的風格，到元代邊塞詩已逐漸化爲帶有野蠻氣的豪放
不羈，能表現這種詩歌風格的最明顯的變化就是以骷髏飲酒爲題的詩
歌變得更多。用頭骨作飲器雖不始於元代，但在元代邊塞詩中是常用
的題材，直接以《月氏王頭飲器歌》爲題的詩歌也不在少數：

> 呼韓款賽稱藩臣，已知絕漠無王庭。
> 馳突猶誇漢使者，縱馬夜出居延城。
> 我有飲器非飲酒，開函視之萬鬼走。
> 世世無忘冒頓功，月支強王頭在手。
> 帳下朔風吹酒寒，凝酥點雪紅爛斑。
> 想見長纓繫馬上，髑髏濺血如奔湍。
> 手麾欲回斗杓轉，河決崑崙注尊滿。
> 酒酣劍吼浮雲悲，使者辭歡歸就館。
> 古稱尊俎備獻酬，孰知盟誓生戈矛。
> 斬取樓蘭懸漢闕，功臣猶數義陽侯。〔註47〕

古人在戰場上以敵人首級記功的傳統由來已久，漢代匈奴破月氏王，
以其頭骨爲飲器的故事在歷代邊塞詩中也曾被用作典故，但用類似
《月氏王頭飲器歌》爲題的邊塞詩卻只是在元代大量出現，「髑髏濺
血如奔湍」之類的場面也在元代邊塞詩中常見。如薩都剌的「髑髏飲
酒雪一丈，壯士起舞氍帳前」〔註48〕、「髑髏無語滿眼泥，曾見吳王
歌舞時」〔註49〕，黃復圭的「曾經飲馬窟，半是血骷髏」〔註50〕等，
這種血肉模糊、白骨陰森的場面，在前代邊塞詩中少有人提，而在元

〔註47〕〔清〕顧嗣立編，《元詩選·初集下·大鱖·月支王頭飲器歌》，中
　　　　華書局，1987年，第2484頁。
〔註48〕〔清〕顧嗣立編，《元詩選·初集中　薩都剌·寒夜聞角》，中華書
　　　　局，1987年，第1207頁。
〔註49〕〔清〕顧嗣立編，《元詩選·初集中·薩都剌·烏夜啼》，中華書局，
　　　　1987年，第1260頁。
〔註50〕〔清〕顧嗣立編，《元詩選·三集·黃復圭·次韻塞上》，中華書局，
　　　　1987年，第343頁。

人筆下卻成爲其引以爲豪、津津樂道的一種盛舉。這或許也是元人在詩歌風格與價值取向上的一種傾向，是元代邊塞詩風格中迥異於前代的一點。

第三節　元代邊塞詩的成就

　　元代邊塞詩在與之前歷代邊塞詩的對比中，逐漸顯示出它特有的一面。它在內容和情感方面的變化，已使它不同於之前歷代的邊塞詩。在繼承和發展兩個方面，它都有著自己的特色，都有著體現時代特色的內容。我們在回顧這些特殊因素時發現，其實這些還不足以表達它所有的成就。我們將它放進整個邊塞詩發展史上來看的話，它的特殊性可能會更鮮明。它的特殊身份的詩人群體、它的不同的創作體式嘗試，以及它在古代詩歌史上的作用都是我們該注意到的。

一、元代邊塞詩創作者身份的特殊

　　在元代邊塞詩的創作隊伍中，活躍著一大批少數民族詩人，這本身便是之前歷代邊塞詩中少有的現象。而他們的數量之大和整體水平之高，都超出了之前的歷代邊塞詩，這與元代的社會性質有關。另外，在元代邊塞詩的創作者隊伍中，詩人的身份、地位各異也是值得關注的現象。他們或高官，或平民；或將士，或謀臣；或爲隱逸之士，或爲方外之人；身份之複雜與民族之多樣都成爲元代邊塞詩創作中的特殊現象，也由此形成了元代邊塞詩迥異於其它邊塞詩的獨特風格。

（一）特殊的少數民族身份

　　元朝是一個由蒙古族統治的統一多民族國家，國家統治階級的少數民族身份使他們入主中原後，爲了統治數量遠遠超過自己的漢人，必須推行漢化政策及「以漢治國」的策略。隨著漢化程度的日益加深，各民族詩人用漢文創作的水平也隨之提高。在少數民族詩人創作中，出現大量的優秀漢文作品便不足爲奇。隨著少數民族詩人的加入，元

代邊塞詩的面貌發生改變也在情理之中。我們之前所論及的元代邊塞詩的很多新變中，追根溯源的話，有很多都源自詩人的少數民族身份。元代詩人中的少數民族詩人群體已經成為學術界關注的熱點和重點，遠有陳垣、吳梅、鄭振鐸等先生的開拓之功，近有劉大杰、李修生、鄧紹基等先生的推介之勞，元代的少數民族詩人群體逐漸在學人面前清晰起來。對於他們的創作和成就，學界也逐漸開始肯定，這種學術氛圍為我們再次介紹他們及其成就奠定了一定的基礎。

　　元代創作邊塞詩的少數民族詩人不在少數，這與統治階級的民族性及其國家、民族政策等有密切關係。元朝的特殊國家性質和它遼闊的疆域使其統治政策和重心也迥異於前朝，蒙古族的崛起和一統天下，促進了我國多民族國家的鞏固和發展，也促成了中國歷史上的又一次民族融合高潮。元世祖忽必烈的推行漢法改革，提倡儒學，仁宗時期恢復科舉等舉措，都為蒙古和色目等少數民族子弟學習漢文化提供了有效環境和動力。因此，有元一代，湧現出了很多善於用漢語創作的少數民族文人，他們在詩文、詞曲、雜劇等方面都做出了突出的貢獻，有令人矚目的成就。

　　蒙元帝國的民族政策，為少數民族詩人提供了很多到邊塞的有利條件。他們可以隨軍出征，成為大汗身邊的扈從人員。如成吉思汗西征途中一直跟隨的耶律楚材，他有機會到遠在中亞的撒馬爾干城，並有幸在那裏體驗當地的民風民俗。因此，他才能寫出像「飽啖雞舌肉，分餐馬首瓜」等真實的詩句。他們也可以奉命赴邊，領略邊地風情。如薩都剌，薩都剌的邊塞詩立場和特點都很鮮明，他同情民生疾苦，關心國家命運的反戰態度，使他在《過居庸關》中呼出了「男耕女織天下平，千古萬古無戰爭！」〔註51〕的強烈吶喊；他對大漠邊塞的熱愛也都在「牛羊散漫落日下，野草生香乳酪甜。卷地朔風沙似雪，家

〔註51〕〔清〕顧嗣立編，《元詩選・初集中・薩都剌・過居庸關》，中華書局，1987年，第1199頁。

家行帳下氈簾」〔註52〕的畫面中盡現，「牛羊散漫落日下」與《敕勒歌》中「風吹草低見牛羊」的意境頗爲相似，詩人筆下清香的野草、甘甜的乳酪、繁星般的氈帳等都傾注了詩人的熱愛，草原游牧人家的點滴生活場景也給人留下深刻印象。歷來在漢族詩人筆下荒漠絕域的悲壯之景，在薩都剌筆下卻變得生機盎然，成爲游牧民族熱愛的家園，這種情感的變化離不開他的少數民族身份。而且，朔漠之美也只有生長在邊塞之地的人才能眞正體會。薩都剌的邊塞詩不但數量可觀，藝術成就也爲人稱道，清人顧嗣立稱讚「其豪放若天風海濤，魚龍出沒……其剛健清麗，則如淮陰出師，百戰不折，而洛神凌波，春花霽月之駢娟也……清而不佻，麗而不縟」〔註53〕，斯是的評。

在少數民族邊塞詩人中，馬祖常也是較爲出色的一位。他在元代詩人中頗有名望，也是元代雍古部詩人中的翹楚。馬祖常，字伯庸，其族曾爲鳳翔兵馬判官，子孫因號馬氏。馬祖常的詩詞頗爲人稱道，他的邊塞樂府詩繼承了古樂府「感於哀樂，緣事而發」的傳統，能注視到民生疾苦與征夫思婦之悲，「女婦無衣何足道，征夫戍邊更枯槁。朔雪埋山鐵甲澀，頭髮離離短如草。」〔註54〕寥寥幾筆將征夫戍婦悲苦的生活盡現於人前。同樣是樂府體，在另外一些作品中，馬祖常又爲我們描繪了別樣的西域少數民族的邊地民俗畫面：

賀蘭山下河西地，女郎十八梳高髻。
茜根染衣光如霞，卻招瞿曇作夫婿。
紫駝載錦涼州西，換得黃金鑄馬蹄。
沙羊冰脂蜜脾白，個中飲酒聲漸漸。〔註55〕

〔註52〕〔清〕顧嗣立編，《元詩選·初集中·薩都剌·上京即事五首》，中華書局，1987 年，第 1252 頁。

〔註53〕〔清〕顧嗣立編，《元詩選·初集中·薩都剌》，中華書局，1987 年，第 1185 頁。

〔註54〕〔清〕顧嗣立編，《元詩選·初集上·馬祖常·古樂府》，中華書局，1987 年，第 716 頁。

〔註55〕〔清〕顧嗣立編，《元詩選·初集上·馬祖常·河西歌效長吉體》，中華書局，1987 年，第 716 頁。

這裏所描寫的是賀蘭山下女子招贅僧侶夫婿的習俗和涼州一代的商貿交易、民眾生活等場面，類似的描寫在馬祖常的其它詩體中亦很常見。他的詩風被顧嗣立稱爲「綺麗清新」〔註56〕，他的「清新」詩風在許多詩歌中流露，也被眾多研究者追尋，他的邊塞詩也爲元代邊塞詩壇增色增光。

此外，葛邏祿詩人迺賢、回族詩人丁鶴年等都有相關的邊塞之作，除了邊塞詩創作外，在整個元代詩壇中，蒙古族詩人泰不華、羌族詩人余闕等也都是成就較高的詩人。這些少數民族詩人在多民族交流融合的大環境下，學寫漢文詩歌已經難能可貴，更何況他們中的有些已經儼然成爲元代詩壇舉足輕重的詩文大家，這尤其難得。他們不僅是少數民族詩人中的翹楚，即便是與漢族詩人相比，也毫不遜色。他們成爲元代詩壇，也是元代邊塞詩壇中的一道亮麗風景。

（二）特殊的社會地位

元代邊塞詩人隊伍倍受關注，不僅因爲他們的民族出身，而且也源於這些詩人們不同的身份地位。這裏有居高位的扈從大臣，如以翰林直學士、兵部侍郎拜監察御史身份扈從上都的周伯琦；也有隱居深山的隱士，如鶴鳴老人李俊民，如集隱士與重臣爲一身的劉秉忠；還有不入紅塵的宗教人士，如丘處機。他們的身份、地位的差異，以及所生長的環境的不同，使他們的邊塞詩創作呈現出不同的特色，這些身份本身亦成爲元代邊塞詩的特色。

周伯琦，字伯溫，饒州人，號玉雪坡眞逸，儀觀溫雅，尤善篆隸書法。至正間，除兵部侍郎，遂與貢師泰同擢升爲監察御史，並扈從車駕至上都，著有《扈從集》。在他的扈從詩中，對上都沿路景物，如居庸關、槍桿嶺、野狐嶺、榆林驛、龍虎臺等地都做了描繪，以示邊塞之地險峻奇麗的景色，「厓路何紆縈，疊嶂橫中天。上有太古石，

〔註56〕　〔清〕顧嗣立編，《元詩選·初集中·薩都剌》，中華書局，1987 年，第 1185 頁。

下有無底泉」〔註 57〕的居庸關,「高嶺出雲表,白晝生虛寒」〔註 58〕
的野狐嶺,都讓詩人對扈從之路充滿了新奇,而上都生活中的很多重
大活動,如詐馬筵等,以及上都的各種宮殿,如水晶殿、香殿等,也
通過周伯琦的描繪清晰地展現在世人面前。他的很多詩歌內容得益於
他的扈從大臣身份,使他能夠有緣得窺蒙元統治者的內部世界。這是
那些隱居山林的隱士所無法觸及的領域。

在金元之際,李俊民是一位有名的隱者,李俊民,字用章,號鶴
鳴老人,澤州人。生活在金末元初,在金末元初文壇,名望僅次於元
好問,他一生著述頗豐,但因兵燹連綿,存之甚少,金末,「棄官不
仕,以所學教授鄉里,從之者甚盛,至有不遠千里而來者。金源南遷,
隱於嵩山,後徙懷州,俄復隱於西山。」〔註 59〕忽必烈在潛邸時,劉
秉忠曾極力推薦他,世祖「以安車召之,延訪無虛日」,欲授以高官,
李俊民堅辭不受,請求還山,忽必烈遣人護送之,死後,賜謚莊靖先
生。李俊民的邊塞詩相對較少,但在這有限的詩歌裏,我們也能感受
到他對於邊塞題材的獨特感受,「老眼近來聞淚少,那禁月下搗衣聲」
〔註 60〕中那不斷的砧聲和老態龍鍾的隱者形象讓讀者感懷不已。較有
新意的是他的邊塞詩聯句之作《詠取周人漢廣詩》,是對歷代邊塞詩
中相關詩句的一種集大成,也是元代邊塞詩體式上的一種新變。如果
說李俊民是一位純粹的隱士的話,那麼劉秉忠的隱居便帶有一種政治
目的,是為之後的出仕蓄勢。

劉秉忠是蒙元歷史上的一位傳奇人物,他原名劉侃,字仲晦,
自號藏春散人。少曾為邢臺節度府令史,慨然投筆去,隱居武安山

〔註 57〕 〔清〕顧嗣立編,《元詩選‧初集下‧周伯琦‧入居庸關》,中華書
　　　　 局,1987 年,第 1875 頁。
〔註 58〕 〔清〕顧嗣立編,《元詩選‧初集下‧周伯琦‧野狐嶺》,中華書局,
　　　　 1987 年,第 1873 頁。
〔註 59〕 〔明〕宋濂等撰,《元史‧李俊民傳》卷 158,中華書局,1976 年,
　　　　 第 3733 頁。
〔註 60〕 〔清〕顧嗣立編,《元詩選‧初集上‧李俊民‧和君瑞月下聞砧》,
　　　　 中華書局,1987 年,第 786 頁。

中，後入佛門，法名子聰，忽必烈在潛邸時，與海雲闓釋一同入見，與世祖相見甚歡，留置身邊。世祖即位後，「一時規模製作，皆所草定」〔註61〕，從某種意義上說，劉秉忠是蒙元帝國的一大設計師，他不但爲忽必烈規劃了蒙元帝國的政治、典章、法度、禮樂、教育諸方面的未來藍圖，還爲忽必烈設計了元上都和元大都的城市建設。劉秉忠的邊塞詩多以寫景爲主，或以紀行詩爲主，有元代兩都之間的沿線景物描寫，也有對上都景物的描繪，「駝頂叮噹響巨鈴，萬車軋軋一齊鳴。當年不離沙陀地，輾斷金原鼓笛聲。」〔註62〕一路的駝鈴聲伴隨著詩人的大漠之行，也伴隨著他輔佐蒙元統治者的政治之路。劉秉忠的身上集中著隱士與謀臣兩種身份，也彙聚著儒、釋、道三家思想的精華，他的一生，行藏出處，應節隨分，在現實世界和精神世界中都能做到遊刃有餘，這也與他的人生經歷和特殊身份有關。

　　在元代邊塞詩創作隊伍中還活躍著一些方外人士，他們信仰不同的宗教，崇尚不同的道義，他們由於各種因緣與邊塞結緣，並留下很多優秀的邊塞詩，如丘處機及其弟子。對丘處機我們之前有較多的介紹，此不贅述，實際上，他的弟子李志常所著的《長春眞人西遊記》雖不是邊塞詩作，但卻爲我們瞭解元代邊塞詩，特別是西征詩留下了很多寶貴的資料，也爲我們提供了很多丘處機西征途中的詩歌，並爲研究中西交通和地理等知識的學人提供了不少寶貴材料。

　　元代邊塞詩人身份與地位的不同，也帶來了不同的邊塞詩風，不同的身份和地位，加上不同的人生經歷和感悟，在他們的筆下彙成了一首首風格迥異的邊塞詩，永遠流動在後人的心中。

〔註61〕　〔清〕顧嗣立編，《元詩選・初集上・劉秉忠》，中華書局，1987年，
　　　　　第373頁。
〔註62〕　〔清〕顧嗣立編，《元詩選・初集上・劉秉忠・駝車行》，中華書局，
　　　　　1987年，第381頁。

二、元代邊塞詩創作體式的變化

元代邊塞詩在創作體式上有自己的傾向和喜好，漢唐邊塞詩以樂府和古體詩爲主，元代邊塞詩基本上繼承了這一傳統。但在元人筆下，這種樂府詩有所創新和改變，即便是仍沿用樂府舊題，詩人也往往會借古題來抒發自己胸中新意，此其一；元代邊塞詩中出現大規模的集句詩，這在其它邊塞詩中也比較少見，集句詩並非元代的獨創，但是在之前的邊塞詩中很少出現，因此，這或許是元代邊塞詩中的又一體裁變化，此其二；在元代邊塞詩人筆下，經常會用組詩或組詩加注的形式去描寫邊塞之景或邊地生活，這也是之前邊塞詩中少有的現象。有人說，這是元代邊塞詩的一種獨創，此言或許不虛，此其三。我們便以此三項作爲元代邊塞詩在創作體式上有所變化的突破點，探討元代邊塞詩的形式問題。

（一）樂府舊題的新意

元代邊塞詩人的創作與之前邊塞詩人相比有一個明顯的變化，少用律詩，多用絕句和樂府。而在樂府詩歌中，詩人也較少直接沿用《出塞》、《關山月》、《塞上曲》之類的新舊樂府題目，即便用《丁都護》之類的舊題，也總會有自己的新內容。如陳泰的《丁都護》：

> 丁都護，妾夫已死長辛苦。結髮相從畏別離，身不行軍名
> 在府。去年爲君製袍衣，期君報國封侯歸。紅顏白面葬鄉
> 土，反愧老大征遼西。遼西縱不返，馬革垂千年。君今葬
> 妾手，空受行伍憐。相思墳頭種雙樹，慟哭青山望歸處。
> 妾命如花死即休，兒女呻吟恐無據。當窗玉龍鏡，照影弄
> 春妍。團圓不忍見，結束隨君還。願持鏡入泉下土，照見
> 妾心千萬古。〔註63〕

詩人詩後小序交代道：城西夜歸，戍婦孀哭甚哀。爲述其情。從詩歌內容來看，詩人雖用了《丁都護》的樂府舊題，但內容已經完全

〔註63〕〔清〕顧嗣立編，《元詩選・初集中・陳泰・丁都護》，中華書局，1987 年，第 1639 頁。

變為元代的社會內容，這一樂府歷來便常用於邊塞詩中的征夫戍婦題材，這裏更是加進了很多元代的社會背景。如「征遼西」，這一樂府的來歷便注定了它的悲劇性，詩人的用意不言自明，再加入元代征遼西等社會內容，此時的《丁都護》已儼然是帶有元代社會特色的樂府，是「舊瓶裝新酒」，元人對樂府的運用多屬此類。

　　元代邊塞詩在樂府詩形式上突破前人藝術成就的是耶律鑄，他不再局限於前代邊塞詩中的常用題目，而採用「王大捷則令凱樂，軍大捷則令凱歌」〔註64〕的凱樂凱歌樂府形式，寫下凱歌凱樂詞曲系列樂府，又「突破傳統的鼓吹曲辭、橫吹曲辭、相和歌辭、雜曲歌詞等樂府類型而採用騎吹曲辭、突厥三臺、婆羅門曲等形式創出邊塞詩中獨具特色的新題邊塞樂府詩。這是邊塞詩體形式的新發展。」〔註65〕我們看下面的詩歌：

> 雖許王侯復正封，養威猶可耀軍容。
> 漁陽馬壓銀山草，雞鹿屯營鐵埃峰。
>
> （銀山在北都護府境，土人謂之苦迷斜，銀山外有大磧，曰銀山磧，世俗所謂鐵埃者，在金山下）〔註66〕
>
> 陣雲寒壓渭橋低，四野驚雷殷鼓鼙。
> 約定引還雲騎去，一時爭噴北風嘶。
>
> （突厥幾征戰，惡馬噴馬嘶，以為將敗之征）
>
> 貔虎揚威指顧間，先聲已碎玉門關。
> 向來香火情何在，已說元戎逼鐵山。〔註67〕
>
> 黃草泊為青草甸，白楊河繞綠楊堤。

〔註64〕〔元〕耶律鑄，《雙溪醉隱集‧凱樂歌詞曲序》，文津閣四庫全書‧集部‧別集類，第 400 冊，第 693 頁。

〔註65〕閻福玲，《耶律鑄邊塞詩論析》，《河北師院學報》（社會科學版），1997年第 3 期。

〔註66〕〔元〕耶律鑄，《雙溪醉隱集‧騎吹曲辭九首‧軍容》，文津閣四庫全書‧集部‧別集類，第 400 冊，第 694 頁。

〔註67〕〔元〕耶律鑄，《雙溪醉隱集‧後突厥三臺》，文津閣四庫全書‧集部‧別集類，第 400 冊，第 695 頁。

依然名是參天道，誰使惟聞戰馬嘶。

（北庭都護境有白楊河及黃草泊，唐新史同國朝所設驛傳東臨三韓，

西抵濠汜，黃草泊、白楊河皆正驛路處也。）〔註68〕

在耶律鑄的新樂府中，已經有組詩加注的趨勢，在上面的第一首《騎吹曲辭九首·軍容》樂府中，分別寫了金奏、玉音、白霞、眩氳、塞門、受降山、鳳林關、司約、軍容九首，而在金奏、白霞、受降山等樂府中，詩後都有小注，這已經初具組詩加注形式。元代邊塞詩人對前代邊塞詩成就的繼承中也透著元人想要超越前代的努力，他們盡力嘗試著去越過面前的高峰，從內容到形式上，他們都在努力尋找新的出路。

（二）集句詩

集句詩又稱集錦詩，即從現成的詩篇中，分別選取現成的詩句，再巧妙集合而成的新詩。簡言之，指集錄前人詩句而重新組合創作出的新詩。它要求有完整的內容和新的主旨，也要求符合詩詞格律，渾然一體。集句詩並不是元代獨創，但是，集句詩在邊塞詩中的運用卻很少在之前邊塞詩中出現〔註69〕，因此，集句詩在元代邊塞詩中的運用是較為新鮮的現象。

在元代邊塞詩中，我們發現了李俊民的一組集句詩：

南征
兩行旌斾接揚州，（李涉）　　烽火城西百尺樓。（王昌齡）
九姓如今盡臣妾，（趙嘏）　　青天猶列舊旄頭。（汪遵）

老將
蓬根吹斷雁南翔，（盧弼）　　曉鼓鐘中兩鬢霜。（趙嘏）

〔註68〕〔元〕耶律鑄，《雙溪醉隱集·婆羅門六首》，文津閣四庫全書·集部·別集類，第 400 冊，第 695 頁。

〔註69〕唐代韓愈曾有《晚秋郾城夜會聯句》寫平定藩鎮割據戰爭的聯句詩，而聯句詩與集句詩又有所不同，聯句詩是多人聯合寫成的詩，集句詩則是集古人名句而成的新詩，因而，雖相似，但此處嚴格來說不能算集句詩。

獨倚關亭還把酒，（杜牧）　　不堪秋氣入金瘡。（盧綸）

老將
憐君一見一悲歌，（劉長卿）　　破虜曾輕馬伏波。（趙蝦）
今日寶刀無殺氣，（朱沖和）　　太和功業在山河。（吳融）

老將
門前不改舊山河，（趙渭南）　　淚落燈前一曲歌。（李群玉）
更把玉鞭雲外指，（韋莊）　　只緣君處受恩多。（朱沖和）

感征夫家
臂上雕弓百戰勳，（王維）　　居延城外又移軍。（令狐楚）
不知萬里沙場苦，（高駢）　　猶自笙歌徹曉聞。（王建）

從軍
萬里還鄉未到鄉，（盧綸）　　受降城外月如霜。（李益）
誰家營裏吹羌笛，（蓋嘉運）　　不是愁人也斷腸。（戴叔倫）

聞角
鐵馬狐裘出漢營，（常建）　　瘴雲深處守孤城。（劉禹錫）
無端遇著傷心事，（吳融）　　鳴軋江樓角一聲。（杜牧）

聞笛
山頭烽火水邊營，（來鵠）　　祇有牛羊與馬群。（蓋嘉運）
羌笛何須怨楊柳，（王之渙）　　忍教嗚咽夜長聞。（趙蝦）

漢女
大邊物色更無春，（蓋嘉運）　　碧玉芳年事冠軍。（楊巨源）
人世死前惟有別，（李商隱）　　陽臺去做不歸雲。（趙渭南）

悼征婦
萬里行人尚未還，（儲嗣宇）　　百年多在別離間。（盧綸）
當時驚覺高唐夢，（李涉）　　爲雨爲雲過別山。（李美玉）

塞上
古溝芳草起寒雲，（許渾）　　斷續鴻聲到曉聞。（令狐楚）

　　　　萬里江山今不閉，（李益）　　　　死生同恨舊將軍。（高駢）
　　　〔註70〕

這裏所集之句都爲元代之前的名人詩句，作者將其放入不同的主題
中形成一種新的意境，也成就了一首首新詩，在他的集古組詩中，
描寫邊塞生活與相關風物的這一部分分外顯眼。集句詩或聯句詩都
是古人常做的文字遊戲，有時也是展露其才華的一種途徑，詩人在
此再用這些古人的句子描寫邊塞風物卻顯得意義非凡。無獨有偶，
我們在元人的筆記中還發現了一則材料：

> 積句成讖
> 天順七年，予在廣東肇慶軍前用舊韻集趙子昂詩五絕句寄
> 永熙，致之群公，首章云：「我來君去苦相違，蕭索山川樹
> 影稀。知己如今居鼎鼐，休文何事不勝衣。」時永熙甫自
> 關北遷兵部也。明年五月予如議，過浙時，永熙遷官，在
> 藩司留戀數日別去。夫孰知不久，而予再爲關北之行。又
> 不久，而永熙起巡二廣，而此詩竟成前讖耶，不偶然也。
> 近又簡《交遊集》，景泰中，予在赤城，欽謨自史館集唐詩
> 二首見寄，首章亦曰：「南征復北還，離居不可道。封侯竟
> 蹉跎，志士白髮早。平生一片心，未得展懷抱。」斯又謂
> 之偶然可乎？吁！亦異矣。〔註71〕

此材料看似與本文無關，但仔細看來，這裏所記的瑣事無形中爲我
們提供了一種現象，即元末文人間曾用集句詩互贈，而且互贈對象
中有與邊塞相關的兵部官吏。這或許也能說明上面李俊民在集句組
詩中何故有那麼多涉及邊塞的內容，作爲隱士的李俊民尚且如此，
又有此處所記載的文人間的互贈集句詩現象，我們或可推測集句詩
在元代邊塞詩中曾頻繁使用，集句詩形式在元代邊塞詩中也曾是頗
受歡迎的。

〔註70〕　〔金〕李俊民，《莊靖集·詠取周人漢廣詩》十卷，文津閣四庫全書·
　　　　　集部·別集類，第 397 冊，第 793 頁。
〔註71〕　〔明〕葉盛《水東日記》，中華書局，1980 年，第 311～312 頁。

（三）組詩加注形式

如果說樂府詩的新變和集句詩都是元人在邊塞詩中努力創新的嘗試的話，那麼組詩或組詩加注形式則是他們創新的最新成果。以組詩的形式描繪同一地域的不同景致雖非元人首創，但用這種形式描寫邊塞詩卻是之前邊塞詩人不曾做過的努力。這一形式的首創者應是元朝前期的耶律鑄，他第一次用七絕組詩加注形式描寫邊塞風物，如他的《大獵詩二首》：

營表交馳突騎過，射聲雲布已星羅。

詔官點檢貔貅數，奏比年前百萬多。

（大駕將校獵必同日發，使一右一左，交周營表而還，然後就獵。）

網絡周阹萬里疆，幅員都是禁圍場。

傳言羽獵將來到，有詔唯教靖虎狼。

（禁地圍場自和林南越沙池，皆塹以塹上，羅以繩，名曰札什寶古之虎落也，比歲大獵特詔先畋除虎狼。）〔註72〕

其它如《行帳八珍詩》等組詩也都用加注形式，將詩歌表達不盡之處，用加注的形式交代清楚，這種形式為後人提供了一種範本。後來在周伯琦、楊允孚手中逐漸成熟，成為元代邊塞詩中的一種新體式，這種形式還「吸收了中唐興起的記風俗描風物清新明白自然活潑的竹枝詞的優勢與特點，又融合六朝以來宮詞侈麗雋永的特色，正式確立了具有竹枝詞情調的七絕組詩加注的邊塞詩新詩體。」〔註73〕這一形式又為後來清代邊塞詩的繁榮做出了突出貢獻。我們且看這些詩歌的表達效果：

縉雲山獨秀，沃壤歲常豐。玉食資原粟，龍洲記渚虹。

荒祠寒木下，遺殿夕陽中。誰信幽燕北，翻如楚越東。

（右縉山縣，今名龍慶州。）

〔註72〕〔元〕耶律鑄，《雙溪醉隱集·大獵詩二首》，文津閣四庫全書·集部·別集類，第 400 冊，第 720 頁。

〔註73〕閻福玲，《耶律鑄邊塞詩論析》，《河北師院學報》（社會科學版），1997年第 3 期。

車坊尚平地，近嶺晝生寒。拔地數千丈，凌空十八盤。
飛泉鳴亂石，危磴護重關。俯視人寰隘，眞疑長羽翰。

（右十八盤嶺。）

逾險夢頻悸，循夷氣始愉。千岩奇互獻，萬壑勢爭趨。
峭壁劍門壯，重梁皇渚紆。凡鱗期變化，雷雨在斯須。

（右龍門。）

晴川平似掌，地勢與天寬。煙草青無際，雲岡影四圍。
貔貅環武陣，麟鳳擁和鑾。高獻南山壽，同承湛露歡。

（右沙嶺二首。是日上都守土官遠迎至此，內廷小宴。）〔註74〕

鐵番竿下草如茵，淡淡東風六月春，
高柳豈堪供過客，好花留待踏青人。

（即斡耳朵，踏青人，指宮人也。）

先帝妃嬪火失房，前期承旨達灤陽。
車如流水毛牛捷，鞋縷黃金白馬良。

（毛牛，其毛垂地。火失氈房，乃累朝后妃之宮車也。）

聖祖初臨建國城，風飛雷動蟄龍驚；
月生滄海千山白，日出扶桑萬國明。

（上京大山，舊傳有龍居之，奉白宥通。）

北闕東風昨夜回，今朝瑞氣集蓬萊。
日光未透香煙起，御道聲聲駝鼓來。（謂駱駝鼓也。）〔註75〕

此處節錄整個組詩的一部分，這種組詩加注的形式在前代邊塞詩中
很少見到，而在元代邊塞詩中則很常見。這種形式既可以爲同一地
區的不同風景或重大活動中的不同場面等做全面的介紹，而且靈活
運用了小注的作用，使讀者對詩歌的解讀更爲全面和詳細。周伯琦
在扈從上都的路上目力所及之景何止這些，在無法將所有景物在同

〔註74〕〔清〕顧嗣立編，《元詩選・初集下・周伯琦・紀行詩二十四首》，
　　　　中華書局，1987年，第1869頁。

〔註75〕〔清〕顧嗣立編，《元詩選・初集下・楊允孚・灤京雜詠一百首》，
　　　　中華書局，1987年，第1961～1962頁。

一首詩中表現出來時，詩人用這種組詩的形式加以描述，實在是聰明之舉。而詩歌由於語言的跳躍性不可能面面俱到的其它細節，詩人通過加注的形式作相應的介紹，使詩歌與小注起到互補作用，這種做法也是從詩歌本身出發，使讀者更易於理解詩歌本身而已。這種形式從耶律鑄的七絕組詩加注開始，後逐漸演變爲五言或七言，絕句也演變爲絕句、律詩通用，故而有人將元代邊塞詩中的這種組詩加注形式稱爲七言組詩加注似乎並不準確，我們以爲用組詩加注或許更爲客觀。當然楊允孚的這種七絕組詩加注形式運用的頻率更高，這或許便是人們稱之爲七言組詩加注形式的緣由。

三、元代邊塞詩的詩歌史地位

　　元代邊塞詩在整個邊塞詩發展史上處於承上啓下的關鍵位置，它上承唐代邊塞詩的輝煌成就，下啓清代邊塞詩的又一次發展高峰。元代邊塞詩不但繼承了前代邊塞詩的傳統題材，而且也體現了元代特殊社會背景下的特殊詩歌形式，即元代的西征詩和扈從詩。即便是在元代邊塞詩的傳統題材中，我們也能看到很多元代特有的因素。如果說元代邊塞詩的傳統題材顯示的是對古代邊塞詩優秀成果的繼承的話，那麼元代邊塞詩中的西征詩與扈從詩則是它在邊塞詩發展史上的一種創新，是體現元代社會獨有特色的一種新變。

　　元代邊塞詩在邊塞詩史上的連接作用，一方面表現在它上承唐代邊塞詩的優良傳統。中國古代邊塞詩從先秦兩漢到魏晉南北朝，經歷了漫長的發展過程。在前代邊塞詩的努力下，唐代邊塞詩才具有了繁榮的必備條件。秦始皇的長城與「嚴華夷之辨」的軍事思想，在客觀上爲邊塞詩創作提供了必要條件。長城內外迥異的生活與習俗，頻繁的邊戰與征夫的艱苦生活等最終形成了邊塞現象，以此爲中心的多方面話題與思緒成爲歷代邊塞詩人永恒的話題。特別是漢代邊塞詩表現層面的大幅度拓展，爲後人展示了豐富的社會畫面，秦漢邊塞詩強烈的現實性和豐富的題材內容都促進了邊塞詩的發

展。魏晉南北朝時期又是一個特殊時期，戰亂與鼎革成了它的鮮明特徵，多種政權的爭鬥結果客觀上促進了民族融合的發展，少數民族的漢化和漢族的胡化在這一時期同時進行。在這樣的政治和文學大環境下，邊塞詩也迎來了很多有利因素。社會動亂所促成的民族融合使少數民族音樂流入中原，觸動了江南文人的邊塞情思，因此引起了邊塞詩描述方式的大變化。古代邊塞詩的創作方式和題材內容也在這一時期最終確立，想像成分的加入使詩人在創作過程中構建了很多約定俗成的模式，包括抒情模式中的漢代情結和詩歌意象模式中的自然景物軍事化與軍戎事物的生活化等，這些都爲唐代邊塞詩的發展奠定了基礎。唐代邊塞詩的繁榮在前代邊塞詩的發展中水到渠成，它的全面繁榮表現在各個方面。首先，唐代邊塞詩創作隊伍龐大，邊塞詩人眾多，從高適、岑參、王昌齡、王翰、李頎等專業詩人的創作，到李白、杜甫、王維等業餘愛好者的出色表現。唐代邊塞詩人們以飽滿的熱情和優秀的詩歌爲唐代邊塞詩的繁榮貢獻著自己的力量，一首首經典之作托起了盛唐邊塞詩的全面繁榮。其次，唐代邊塞詩將古代邊塞詩的題材和情感等書寫到了極致。唐代邊塞詩幾乎囊括了邊塞詩的所有題材，邊塞風光、邊塞戰爭、征夫思婦等，也幾乎包含了邊塞詩中的所有情感，建功立業、報國殺敵，思鄉懷親、相思成愁，厭戰求和等，唐代邊塞詩中的經典之作成爲邊塞詩史上永難磨滅的永恒豐碑。最後，唐代邊塞詩每一階段的發展都帶有唐代的時代氣息，特別是盛唐邊塞詩中所透露出的盛唐氣象成爲唐詩中的最強音。唐代邊塞詩與唐詩一樣站在了古代詩歌的最頂端，它所開創的很多詩歌傳統也成爲後世邊塞詩學習的榜樣，元代邊塞詩便繼承了唐代邊塞詩的優良傳統。元代的邊塞詩人隊伍中還融進了很多少數民族詩人，邊塞詩的數量也很可觀。我們在元代邊塞詩的傳統題材中可以看到，在前代邊塞詩中出現的幾乎所有題材，在元代也都能找到，而且元代邊塞詩中的這些傳統題材中還能看到一些元代社會特有的因素，這也是元代邊塞詩在繼承前

代優良傳統的同時所表現出來的獨有特色。

　　元代邊塞詩的連接作用，另一方面也表現在下啓清代邊塞詩的又一次發展高峰。明清及近代邊塞詩中的一些因素在元代邊塞詩中已初露端倪，這些新因素爲明清及近代邊塞詩的發展提供了一種參考。元代邊塞詩因爲疆域的擴大而增添了很多新因素，如題材範圍的拓展。元代西征詩中涉及到的中亞等地域的風俗物產等，爲我們提供了一個「開眼看世界」的機會。我們從元代邊塞詩中，看到了清代文人筆下的一些海外與西方文明。雖然元代邊塞詩中所涉及到的，只是很有限的西域物產、宗教等，它畢竟給了我們一種向外看的思路和可能性。另外，西征詩所帶給我們的東西，也遠非表面上看的那麼簡單。它給我們提供了一種征伐與防禦戰爭中的內容。元代的征伐活動頻繁而又廣闊，除了西征，蒙元政府還曾進行過南征和東征，甚至是海外戰爭。我們在元詩中看到的相關內容，如征交趾，征雲南等都爲這種征伐活動做了注腳。在這些征伐活動中，對抗與勝負是主題，元代邊塞詩中不乏這些內容的描述。之後明清邊塞詩中的一些反侵略的詩歌中，明顯帶有元代邊塞詩的征伐內容。或者說，明清兩代的海疆邊塞詩的反侵略內容是對元代邊塞詩中征伐內容的一種延伸。如明代的抗擊倭寇的詩歌與清代邊塞海疆中所發生的反擊外來侵略者的詩歌等。元代邊塞詩抒情重心的轉移，也爲清代邊塞詩的描寫重點提供了參考。清代邊塞詩所表現出的詩人眾多，詩人身份各異，描述手法重寫實等方面，在元代邊塞詩中都已經有了先兆。只是到了清代，這種種因素發展的程度更高而已。由此，元代邊塞詩在下啓明清及近代邊塞詩的發展中有不容忽視的作用。簡而言之，元代邊塞詩處於唐代邊塞詩和清代邊塞詩的兩次發展高峰之間，也處於整個邊塞詩史的中間階段，它的承上啓下作用也正是它在邊塞詩史上的地位和價值所在。

結　語

　　元代邊塞詩是元詩中富有特色且不可或缺的重要部分，爲了對
其深入研究，要對元詩作整體回顧和把握。終元一代，元詩所取得
的成就使詩論者所言的「元無詩」觀點難以立足。其價值更非不值
一提，而是該大書一筆。元詩在多元文化背景中的發展呈現出豐富
內容，僅從元代邊塞詩方面便獨具特色。元代邊塞詩是我們反觀元
詩的一個窗口，在對元代邊塞詩有大致瞭解之後，對元詩在多元文
化背景中的發展也會有更多的收穫。

　　元詩是中國古代詩歌史上的重要組成部分，而且，它在這一發
展史上具有重要的承上啓下作用。過去對元詩價值的忽視，原因有
二：一是受唐詩和宋詩的束縛，對元詩難以客觀評價；二是與它同
時的還有光輝燦爛的元曲。在明初復古思潮的湧動下，詩論家們爲
了尊唐黜宋提出了「宋無詩」的觀點，「元無詩」論只是當時的附帶
品。這種觀念其實只是一種對文學價值取向和審美標準的態度而
已。元詩固然沒有唐詩、宋詩的輝煌，但也不是毫無價值，它的價
值在於其獨具的特色和其在詩歌史上所佔的地位。這從元代邊塞詩
中可見一斑。元詩在繼承前代優良傳統的基礎上，充分體現出了元
代社會的自身特點及其新變因素。在元詩中，題畫詩、少數民族詩
人的漢文創作等都有很大的發展，爲古代詩歌的發展注入了新鮮血

液，這些特色多來自於元代的多元文化背景。

　　元朝是蒙古族統治的統一的多民族國家，它特殊的社會背景與複雜的社會構成，是元代所有文學形式不可脫離的生長環境。在這樣一種文化多元化、民族多樣化、交流空前化的整體氛圍中，元詩的發展自然增加了很多別樣的因素。首先，蒙古族成了統治階級，以蒙古族為主的北方游牧民族的一些生活習俗與思想觀念等勢必會給整個蒙元帝國帶來影響。如元代邊塞詩中透露出的怯薛制、兩都制，元代宮詞中的特殊因素等都與此不無關係。這是影響元詩發展的最根本的因素，也是元詩發展過程中不得不考慮的大環境。其次，在多種文化與多種民族的融合下，元代社會也呈現出少有的寬容與開放。多種宗教的自由發展，東西文化、游牧文化與農耕文化的融合發展，多種語言的並用，各種人才的聚集等都為元代社會的發展做出了貢獻。同樣也為元詩的發展提供了很多養料，我們從元詩的創作群體、創作風格、詩歌內容與情感的變化等方面都對這樣一個多元文化背景有了更多的認識，在這種環境下成長起來的元詩也帶上了元代特有的時代氣息。再次，元詩在多元文化背景中從內容、創作隊伍、詩歌風格等方面都有了明顯的變化。元代遼闊的疆域為元詩內容的拓展提供了現實基礎，元代的交通驛站制度為元代詩人的創作提供了現實可能，元代多民族、多種文化的並存和漢文化的傳播也為各民族詩人的創作提供了文化上的創作基礎，在不同民族詩人的筆下，由於各自的成長環境與教育體系的不同，他們所創作的詩歌也呈現出不同的風格。元詩在多元文化背景中有了自己的發展空間，雖然這種發展與同時代的其它文體，如元曲相比，被後世研究者多所弱化，但從詩歌史的角度來看，這種發展不容忽視。沒有元詩的發展，之後的明清詩歌在有些方面便成為無本之木、無源之水，古代詩歌的發展也會有斷層。

　　可以說，元代邊塞詩在多元文化背景中的發展，是探究元詩在多元文化背景中發展的一個窗口，本文即將元詩發展過程中的一些

特色展示給世人。將元代邊塞詩放入元代多元文化背景中去觀照，一方面是考慮元代邊塞詩在發展過程中受其影響之深，另一方面也考慮到元詩發展的特色，多元文化背景是其發展的客觀環境，又是其新變因素的誘發環境。在多元文化背景中，從元代邊塞詩的角度去看元詩的發展，還因爲元代邊塞詩本身的特色。終元一代的征伐爲元代詩人的創作提供了豐富的內容，兩都制的實施又爲元代扈從詩提供了更富特色的題材，這些都爲元代邊塞詩增色不少。元詩的發展或許可以從很多方面找到依據，但是，元代邊塞詩無疑是一個很好的突破點和結合點。元代邊塞詩在古代邊塞詩史上的作用，無疑與元詩在古代詩歌史上的作用有同等重要的價值，正是它們在詩歌史上的價值使它們的發展顯得尤其重要。

　　在多元文化背景中研究元代邊塞詩的發展，是對多元文化背景中文學樣式發展研究的一種嘗試。在複雜、多元的社會環境中，元代邊塞詩的發展現狀可以成爲研究元詩發展的參考，而元詩的發展也進而可以成爲整個元代文學的一種借鑒。

參考文獻

一、著　作

1. 〔漢〕司馬遷撰，史記，北京：中華書局，1963 年版。
2. 〔漢〕班固撰，漢書，北京：中華書局，1964 年版。
3. 〔後晉〕劉昫等撰，舊唐書，北京：中華書局，1975 年版。
4. 〔梁〕沈約撰，宋書·樂志，北京：中華書局，1974 年版。
5. 〔梁〕徐陵，玉臺新詠，北京：文學古籍刊行社，1955 年版。
6. 〔唐〕房玄齡等撰，晉書，北京：中華書局，1974 年版。
7. 〔宋〕彭大雅撰，徐霆疏證，黑韃事略，王雲五主編，叢書集成初編，北京：商務印書館，1936 年版。
8. 〔宋〕歐陽修，宋祁，新唐書，北京：中華書局，1975 年版。
9. 〔宋〕郭茂倩撰，樂府詩集，北京：中華書局，1979 年版。
10. 〔宋〕李昉撰，太平御覽（第七冊），上海：上海古籍出版社，1994 年版。
11. 〔金〕宇文懋昭撰，李西寧點校，大金國志，濟南：齊魯書社，1999 年版。
12. 〔金〕元好問撰，姚奠中主編，李正民增訂，元好問全集，太原：山西古籍出版社，2004 年版。
13. 〔金〕元好問著，遺山集，長春：吉林出版有限責任公司，2005 年版。
14. 〔元〕蘇天爵撰，元朝名臣事略，叢書集成本，北京：商務印書館，1935 年版。

15. 〔元〕耶律楚材撰，湛然居士文集，北京：商務印書館，1936 年。

16. 〔元〕陶宗儀撰，南村輟耕錄，北京：中華書局，1959 年版。

17. 〔元〕王禎著，王毓瑚校，王禎農書，北京：農業出版社，1966 年版。

18. 〔元〕李志常著，王國維等校注，長春眞人西遊記校注，臺北：廣文書局有限公司，1972 年版。

19. 〔元〕脫脫等撰，遼史，北京：中華書局，1974 年版。

20. 〔元〕脫脫等撰，金史，北京：中華書局，1975 年版。

21. 〔元〕耶律楚材著，向達校注，西遊錄，北京：中華書局，1981 年版。

22. 〔元〕熊夢祥著，析津志輯佚，北京：北京古籍出版社，1983 年版。

23. 〔元〕李京著，王叔武校注，雲南志略輯校，昆明：雲南民族出版社，1986 年版。

24. 〔元〕胡思慧著，尚衍斌，孫立慧等注釋，〈飲膳正要〉注釋，北京：中央民族大學出版社，2009 年版。

25. 〔明〕葉子奇撰，草木子，北京：中華書局，1959 年版。

26. 〔明〕宋濂等撰，元史，北京：中華書局，1976 年版。

27. 〔明〕葉盛撰，水東日記，北京：中華書局，1980 年版。

28. 〔明〕李時珍著，本草綱目，北京：人民衛生出版社，1981 年版。

29. 〔清〕翁方綱撰，石洲詩話，叢書集成本，北京：商務印書館，1935 年版。

30. 〔清〕彭定求等編，全唐詩，北京：中華書局，1980 年版。

31. 〔清〕丁丙，丁申輯，武林掌故叢編·西湖竹枝集，揚州：廣陵古籍刻印社，1985 年版。

32. 〔清〕于敏中等編纂，日下舊聞考（卷 151），北京：北京古籍出版社，1985 年版。

33. 〔清〕顧嗣立編，元詩選（初集·二集·三集），北京：中華書局，1987 年版。

34. 〔清〕顧嗣立編，元詩選（癸集），北京：中華書局，2001 年版。

35. 〔清〕顧嗣立編，元詩選（補遺），北京：中華書局，2002 年版。

36. 〔清〕陳立撰，吳則虞點校，白虎通疏證，新編諸子集成，北京：中華書局，1994 年版。

37. 〔清〕沈德潛等選編，清詩別裁集，石家莊：河北人民出版社，1997

年版。

38. 〔日〕吉川幸次郎著，元明詩概説，臺北：幼獅文化事業，1976 年版。

39. 〔伊朗〕志費尼著，何高濟譯，世界征服者史，呼和浩特：內蒙古人民出版社，1981 年版。

40. 〔瑞典〕多桑著，馮承均譯，多桑蒙古史，北京：中華書局，1982 年版。

41. 〔波斯〕拉施特主編，余大均，周建奇譯，史集，北京：商務印書館，1983 年版。

42. 〔英〕道森編，呂浦譯，周良霄，出使蒙古記，北京：中國社會科學出版社，1983 年版。

43. 〔法〕沙海昂注，馮承鈞譯，馬可波羅行紀，北京：中華書局，2004 年版。

44. 林傳甲著，中國文學史，上海：上海科學書局，1914 年版。

45. 吳梅著，遼金元文學史，北京：商務印書館，1934 年版。

46. 游國恩、王起、蕭滌非、季鎮淮等，中國文學史，北京：人民文學出版社，1963 年版。

47. 隋樹森編，全元散曲，北京：中華書局，1964 年版。

48. 中國方志叢書・塞北地方，口北三廳志，臺灣：成文出版社，1968 年版。

49. 商禮群選注，古代民歌一百首，上海：上海古籍出版社，1979 年版。

50. 高亨注，詩經今注，上海：上海古籍出版社，1980 年版。

51. 逯欽立輯校，先秦漢魏晉南北朝詩，北京：中華書局，1983 年版。

52. 中國史稿，北京：人民出版社，1983 年版。

53. 楊志玖著，元史三論，北京：人民出版社，1985 年版。

54. 通制條格，杭州：浙江古籍出版社，1986 年。

55. 陳高華，史衛民著，元上都，長春：吉林教育出版社，1988 年版。

56. 馮天瑜、何曉明、周積明著，中華文化史，上海：上海人民出版社，1990 年版。

57. 道藏精華・金蓮正宗記，上海：自由出版社，1990 年版。

58. 傅璿琮等人主編，全宋詩，北京：北京大學出版社，1991 年版。

59. 鄧紹基著，元代文學史，北京：人民文學出版社，1991 年版。

60. 羅旺札布等人合著，蒙古族古代戰爭史，北京：民族出版社，1992

年版。

61. 錢基博著，中國文學史，北京：中華書局，1993 年版。

62. 么書儀著，元代文人心態，北京：文化藝術出版社，1993 年版。

63. 朱謙之著，中國景教，北京：東方出版社，1993 年版。

64. 費振剛等輯校，全漢賦，北京：北京大學出版社，1993 年版。

65. 陳喜忠著，中國元代經濟史，北京：人民出版社，1994 年版。

66. 張晶著，遼金元詩歌史論，長春：吉林教育出版社，1995 年版。

67. 牟鍾鑒著，中國宗教與文化，臺灣：唐山出版社，1995 年版。

68. 元典章，北京：中國廣播電視出版社，1998 年版。

69. 楊鐮著，元西域詩人群體研究，烏魯木齊：新疆人民出版社，1998
    年版。

70. 朱德才主編，增訂注釋李清照，姜夔、周密詞，北京：文化藝術出
    版社，1999 年版。

71. 陳高華、史衛民著，中國經濟通史‧元代經濟史，北京：經濟日報
    出版社，2000 年版。

72. 李炳海、於雪棠著，唐代邊塞詩傳，長春：吉林人民出版社，2000
    年版。

73. 陳垣著，元西域人華化考，上海：上海古籍出版社，2000 年版。

74. 徐子方著，挑戰與抉擇——元代文人心態史，石家莊：河北教育出
    版社，2001 年版。

75. 王利器著，呂氏春秋注疏，成都：巴蜀書社，2002 年版。

76. 張秀華編著，蒙古族生活掠影，瀋陽：瀋陽出版社，2002 年版。

77. 楊鐮著，元詩史，北京：人民文學出版社，2003 年版。

78. 李治安著，元代政治制度研究，北京：人民出版社，2003 年版。

79. 馬建春著，元代東遷西域人及其文化研究，北京：民族出版社，2003
    年版。

80. 葉新民，齊木德道爾吉編著，元上都研究資料選編，北京：中央民
    族大學出版社，2003 年版。

81. 葉新民，齊木德道爾吉編著，元上都研究文集，北京：中央民族大
    學出版社，2003 年版。

82. 楊天宇著，儀禮譯注，上海：上海古籍出版社，2004 年版。

83. 李修生主編，全元文，蘇州：江蘇古籍出版社，2004 年版。

84. 黃壽祺，張善文撰，周易譯注，上海：上海古籍出版社，2004 年版。

85. 陳得芝著，蒙元史研究叢稿，北京：人民出版社，2005 年版。

86. 中國軍事通史，北京：軍事科學出版社，2005 年版。

87. 陳西進編著，蒙元王朝征戰錄，北京：崑崙出版社，2007 年版。

88. 程傑著，梅文化論叢，北京：中華書局，2007 年版。

89. 劉迎勝主編，元史及民族與邊疆研究集刊，（第十九輯），上海：上海古籍出版社，2007 年版。

90. 陳高華、張帆、劉曉著，元代文化史，廣州：廣東教育出版社，2009 年版。

91. 星漢著，清代西域詩研究，上海：上海古籍出版社，2009 年版。

二、四庫全書系列

1. 〔宋〕唐慎微撰，《政類本草》卷十一，文津閣四庫全書・子部・醫家類，第 245 冊。

2. 〔金〕李金民，《莊靖集》十卷，文津閣四庫全書・集部・別集類，第 397 冊。

3. 〔元〕郝經，《陵川集》，文津閣四庫全書・集部・別集類，第 398 冊。

4. 〔元〕劉詵《桂隱集》，文津閣四庫全書・集部・別集類，第 399 冊。

5. 〔元〕趙孟頫，《松雪齋集》，文津閣四庫全書・集部・別集類，第 399 冊。

6. 〔元〕張觀光，《屏岩小稿》，文津閣四庫全書・集部・別集類，第 399 冊。

7. 〔元〕劉因，《靜修遺詩》，文津閣四庫全書・集部・別集類，第 400 冊。

8. 〔元〕耶律鑄，《雙溪醉隱集》，文津閣四庫全書・集部・別集類，第 400 冊。

9. 〔元〕馬祖常，《石田集》，文津閣四庫全書・集部・別集類，第 403 冊。

10. 〔元〕范梈，《范德機詩集》，文津閣四庫全書・集部・別集類，第 403 冊。

11. 〔元〕宋無，《翠寒集》，文津閣四庫全書・集部・別集類，第 403 冊。

12. 〔元〕許有壬，《至正集》（卷三五），文津閣四庫全書・集部・別集類，第 404 冊。

13. 〔元〕周伯琦,《伯溫近光集》,文津閣四庫全書‧集部‧別集類,第405冊。

14. 〔元〕謝宗可,《詠物詩》,文津閣四庫全書‧集部‧別集類,第406冊。

15. 〔元〕周巽,《性情集》,文津閣四庫全書‧集部‧別集類,第408冊。

16. 〔元〕陳基,《夷白齋稿》,文津閣四庫全書‧集部‧別集類,第408冊。

17. 〔元〕張昱,《廬陵集》,文津閣四庫全書‧集部‧別集類,第408冊。

18. 〔元〕釋念常,《佛祖歷代通載》卷20,文淵閣本四庫全書,第1054冊。

19. 〔元〕馬玉麟,《東皋先生詩集》,續修四庫全書本‧集部‧別集類,第1324冊。

20. 〔元〕薩都剌撰,《雁門集》,續修四庫全書‧集部‧別集類,第1324冊。

21. 〔元〕楊維楨《鐵崖逸編注》,續修四庫全書‧集部‧別集類,第1325冊。

22. 〔清〕曹元忠撰,《蒙韃備錄校注》,續修四庫全書‧史部‧雜史類,第423冊。

三、論　文

1. 賈洲傑,元上都,內蒙古大學學報(人文‧社會科學版),1977年第3期:56～67。

2. 吳學恒、王綬青,邊塞詩派評價質疑,文學評論,1980年第3期:105～110。

3. 禹克坤,如何評價唐代邊塞詩,文學評論,1981年第3期:99～102。

4. 劉先照,評邊塞詩——兼與吳學恒、王綬青、涂元渠等同志商榷,文學評論,1981年第3期:91～98。

5. 吳庚舜,談邊塞詩討論中的幾個問題,文學評論,1981年第6期:73～81。

6. 白堅,實事求是地評價唐代民族戰爭和邊塞詩,甘肅社會科學,1982年第3期:71～78。

7. 鍾興麒,西行萬里亦良圖——簡評耶律楚材及其邊塞,新疆師範大學學報(哲學社會科學版),1984年第2期:36～43。

8. 澗岩，中國唐代文學學會第二屆年會暨學術討論會綜述，西北師大學報（社會科學版），1988 年第 4 期：104～107。

9. 葛培嶺，論初唐邊塞詩鬱憤特色，中州學刊，1984 年第 6 期：77～82。

10. 戴世俊，論盛唐邊塞詩的反戰精神，社會科學研究，1985 年第 3 期：76～81。

11. 姜法璞，盛唐邊塞詩的陽剛之美，甘肅社會科學，1986 年第 5 期：91～96。

12. 葛培嶺，論晚唐邊塞詩的蕭颯風格，中州學刊，1986 年第 6 期：100～104。

13. 董國炎，元詩評價淺析，晉陽學刊，1986 年第 6 期：71～73。

14. 羅國良，邊塞詩藝術成就淺談，惠州學院學報，1988 年第 2 期：58～61。

15. 車寶仁，唐代邊塞詩所反映的民族和睦，陝西師範大學學報（哲學社會科學版），1988 年第 3 期：112～117。

16. 任文京，唐代邊塞詩中的民族友好主題，河北大學學報（哲學社會科學版），1988 年第 4 期 72～86。

17. 張帆，元代實錄材料的來源，史學史研究，1988 年第 4 期：68～71。

18. 劉明浩，元詩藝術成就之我見，蘇州大學學報，1989 年第 2、3 期：66～71。

19. 葉新民，元上都的驛站，蒙古史研究，1989 年第 3 輯：80～87。

20. 林邦均，元詩特點概述，北京師範大學學報，1990 年第 3 期：22～30。

21. 劉達科，讀元詩札記，山西大學師範學院學報（綜合版），1991 年第 3 期：52～53。

22. 佘正松，具備萬物　橫絕太空──論盛唐邊塞詩的雄渾美，四川師範學院學報》（哲學社會科學版），1991 年第 4 期：84～91。

23. 何曉芳，論耶律楚材多民族文化融合思想及其對中國歷史的貢獻，中央民族學院學報，1992 年第 6 期：17～22。

24. 秦紹培，劉藝，論唐代邊塞詩的思想價值，新疆大學學報（哲學人文社會科學版），1993 年第 1 期：66～71。

25. 李佩倫，李庭及其《寓庵集》兼爲元詩一辯，青海民族學院學報（社科版），1993 年第 2 期：87～91。

26. 王耀貴，淺談邊塞詩的思想性，山西大學學報（哲學社會科學版），

1993 年第 4 期：74～76。

27. 李中耀，耶律楚材和他的西域詩，西域研究，1994 年第 4 期：102
～107。

28. 曾憲森，雄篇秀句壯山河──元代少數民族邊塞詩成就初探，玉林
師範學院學報》，1995 年第 4 期：30～42。

29. 魯國堯，陶宗儀《南村輟耕錄》等著作與元代語言，南京大學學報
（哲學・人文・社會科學），1996 年第 4 期：147～161。

30. 曾憲森，論元代少數民族邊塞詩，中央民族大學學報（哲學社會科
學版），1997 年第 2 期：77～83。

31. 閻福玲，耶律鑄邊塞詩論析，河北師院學報（社會科學版），1997
年第 3 期：80～84。

32. 劉鴻達，呂澤山，盛唐邊塞詩的審美意蘊，哈爾濱師專學報，1997
年第 4 期：155～157。

33. 李炳海，民族融合與古代邊塞詩的戰地風光，北方論叢，1998 年第
1 期：74～79。

34. 曹彥生，北方游牧民族勒勒車的傳承，黑龍江民族叢刊（季刊），1998
年第 2 期：86～89。

35. 閻福玲，論元代邊塞詩創作及特色，內蒙古社會科學（漢文版），1998
年第 6 期：55～60。

36. 閻福玲，邊塞詩及其特質新論，河北師範大學學報（社會科學版），
1999 年第 1 期：98～102。

37. 閻福玲，中國古代邊塞詩的三重境界，北方論叢，1999 年第 4 期：
61～65。

38. 閻福玲，邊塞詩鄉戀主題的時代特點與價值，晉陽學刊，1999 年第
5 期：74～78。

39. 李暉，唐詩「搗衣」事象源流考，華東師範大學學報（哲學社會科
學版），2000 年第 2 期：119～123。

40. 龔世俊，試論薩都剌的邊塞詩歌，寧夏大學學報（人文社會科學版），
2000 年第 3 期：84～88。

41. 胡大濬、馬蘭州，七十年邊塞詩研究綜述，中國文學研究，2000 年
第 3 期：88～92。

42. 門巋，從佛道之爭看元代宗教的寬容政策，殷都學刊，2001 年第 1
期：63～66。

43. 童鳳暢，「白馬秋風塞上」──元代少數民族邊塞詩簡論，青海師範
大學學報（哲學社會科學版），2001 年第 3 期：112～114。

44. 孫悟湖，元代宗教文化的特點，中央民族大學學報（哲學社會科學版），2001 年第 6 期：46～51。

45. 楊鐮，元詩文獻研究，文學遺產，2002 年第 1 期：40～50。

46. 楊鐮，元詩研究與新世紀的元代文學研究，殷都學刊，2002 年第 2 期：56～58。

47. 楊鐮、張頤青，元僧詩與僧詩文獻研究，北京工業大學學報（社科版），2003 年第 1 期：76～82。

48. 田耕，簡論元代邊塞詩，信陽師範學院學報（哲學社會科學版），2003 年第 2 期：106～109。

49. 閻福玲，邊塞詩描寫邊景的二重境界，內蒙古大學學報（人文社會科學版），2003 年第 2 期：43～48。

50. 孫悟湖等，元代宗教文化略論，內蒙古社會科學（漢文版），2003 年第 3 期：47～51。

51. 海濱，論唐代七言古體邊塞詩的聲韻特徵，殷都學刊，2003 年第 4 期：105～109。

52. 劉岩、於莉莉，馬祖常邊塞詩論析，河北師範大學學報（哲學社會科學版），2003 年第 4 期：86～89。

53. 葛麗敏，淺論元代姑姑冠的製作材質及其保護，內蒙古文物考古，2004 年第 1 期：92～96。

54. 黃瑛，中國古代文學中雁意象的文化內蘊，雲南師範大學學報，2004 年第 1 期：82～86。

55. 閻福玲，如何幽咽水，並欲斷人腸？——樂府橫吹曲《隴頭水》源流及創作範式考論，南京師範大學文學院學報，2004 年第 2 期：72～78。

56. 黃小妹，中唐邊塞詩主題的新變，安徽文學論文集，2005 年第 00 期：373～381。

57. 木齋，論初盛唐邊塞詩的演進和類型，新疆師範大學學報（哲學社會科學版），2005 年第 1 期：92～97。

58. 閻福玲，橫吹曲辭《關山月》創作範式考論，河北師範大學學報（哲學社會科學版），2005 年第 2 期：45～52。

59. 王彥水，唐代邊塞詩主題例談，安陽工學院學報，2005 年第 5 期：116～118。

60. 施春暉，略論唐代邊塞詩美學形態對前代的傳承，新疆大學學報（哲學人文社會科學版），2005 年第 5 期：123～126。

61. 王艷軍，宋俊麗，論唐代邊塞詩的悲壯美，社科縱橫，2005 年第 6

期：139～140。

62. 張晶，元代詩歌發展的歷史進程，吉林大學社會科學學報，2005 年第 5 期：91～100。

63. 丁國祥，論元詩對蘇武李陵的解析，榆林學院學報，2006 年第 1 期：59～62。

64. 余正松，邊塞詩研究中若干問題芻議，文學遺產，2006 年第 4 期：56～64。

65. 鄭家治，北方少數民族邊塞詩歌的嬗變及原因初探，西南民族大學學報（人文社科版），2006 年第 10 期：96～99。

66. 閻福玲，樂府橫吹曲辭《出塞》《入塞》創作範式考論，河北學刊，2007 年第 2 期：147～151。

67. 馮恩學，北宋熙春閣與元上都大安閣形制考，邊疆考古研究，2008 年第 00 期：292～302。

68. 丁國祥，王昭君：元代詩人比照的特殊坐標，蘇州科技學院學報（社科版），2008 年第 1 期：54～57。

69. 毛德勝，唐代邊塞詩的生死命題，焦作大學學報，2008 年第 3 期：5～7。

70. 申喜萍，元散曲與全真教，四川師範大學學報（社科版），2008 年第 5 期：54～58。

71. 孔繁敏，元朝的兩都巡幸及長城邊塞詩，北京聯合大學學報（人文社會科學版），2009 年第 2 期：28～30。

72. 俞國林，宮詞的產生及其流變，文學遺產，2009 年第 3 期：131～139。

73. 陳得芝，關於元朝的國號、年代與疆域問題，北方民族大學學報（哲學社會科學版），2009 年第 3 期：5～14。

74. 鄧可卉，耶律楚材與麻達巴歷，廣西民族大學學報（自然科學版），2009 年第 7 期（增刊）：87～88。

75. 王韶華，元代題畫詩的審美追求與題畫模式——以貢氏三代題畫詩為例，中國文化研究，2010 年第 1 期：129～135。

76. 黎國韜，十六天魔舞源流考，西藏研究，2010 年第 2 期：60～72。

77. 王平，楊柳，耶律楚材及其邊塞詩，絲綢之路，2010 年第 20 期：41～42。

78. 馮玉樓，淺析元朝兩都巡幸的意義，錫林郭勒職業學院學報，2011 年第 1 期：14～17。

79. 烏恩托婭，徐英，淺析蒙古人的冠帽之飾及審美習俗，內蒙古師範大學學報（哲學社會科學版），2011 年第 2 期：105～108。

80. 郭小轉，重論元散曲中的隱逸情結——從民族文化交融角度說開去，貴州師範大學學報（社科版），2011 年第 2 期：81～86。

81. 涂小麗，元詩中的一朵奇葩——論元代的天寶宮詞，民族文學研究，2011 年第 3 期：40～44。

82. 朱秋德，唐代西域邊塞詩中的民族友好淺析，名作欣賞，2011 年第 14 期：48～147。

四、學位論文

（一）博士論文

1. 王素美，元詩發展史：〔博士學位論文〕，西安：陝西師範大學，1995。

2. 宋曉雲，蒙元時期絲綢之路漢語言文學研究：〔博士學位論文〕，蘇州：蘇州大學，2004。

3. 魏堅，元上都的考古學研究：〔博士學位論文〕，長春：吉林大學，2004。

4. 閻福玲，漢唐邊塞詩主題研究：〔博士學位論文〕，南京：南京師範大學，2004。

5. 任文京，唐代邊塞詩的文化闡釋：〔博士學位論文〕，保定：河北大學，2004 年。

6. 佘正松，中國邊塞詩史論——先秦至隋唐：〔博士學位論文〕，成都：四川大學，2005。

7. 應曉琴，唐代邊塞詩綜論：〔博士學位論文〕，上海：華東師範大學，2007。

8. 鄒賀，宋朝經筵制度研究：〔博士學位論文〕，西安：陝西師範大學，2010。

（二）碩士論文

1. 薛雋雯，唐代各族和平交往邊塞詩研究：〔碩士學位論文〕，上海：上海師範大學碩士論文，2003。

2. 卓若望，中晚唐樂府題邊塞詩研究：〔碩十學位論文〕，桂林：廣西師範大學，2005。

3. 尉瑞鋒，「兼籠前美，作範後來」——魏晉南北朝軍旅邊塞詩：〔碩士學位論文〕，呼和浩特：內蒙古大學，2005。

4. 崔玉梅，盛唐邊塞詩中的戰爭與和平主題研究：〔碩士學位論文〕，

北京：中央民族大學，2006。

5. 侯水霞，《南村輟耕錄》詞彙及語料價值研究：〔碩士學位論文〕，廣州：暨南大學，2007。

6. 趙岩，論中唐樂府題邊塞詩：〔碩士學位論文〕，北京：中央民族大學，2007。

7. 於海峰，南北朝邊塞詩研究：〔碩士學位論文〕，濟南：山東大學，2007。

8. 吳彤英，宋代樂府題邊塞詩研究：〔碩士學位論文〕，石家莊：河北師範大學，2008。

9. 陳思路，「昭君出塞」在元明清時期的文學講述：〔碩士學位論文〕，長沙：湖南師範大學，2010。

10. 馬立克，初唐邊戰與邊塞詩：〔碩士學位論文〕，蘭州：西北師範大學，2010。

11. 賈雪彥，魏晉南北朝邊塞詩研究：〔碩士學位論文〕，保定：河北大學，2011。

後　記

　　每次站在人生的十字路口，總會有諸多的彷徨與迷惑，我到底想要什麼樣的人生？這個疑問同樣在又一個三年將要結束之際，在我思索何去何從之時，縈繞腦中，久久不去。

　　原本以爲我早已明確了自己的方向，並在全力以赴地向它靠近。可這三年來，我總會在某些時候懷疑自己的初衷，或動搖最初的信念。畢竟，這是面對精神壓力與現實打擊時人們常有的表現。幸而這些時候，身邊總有人給我不同的啓示與幫助，助我走出困境，並逐漸重拾信念。人們總說，人生的每個階段都會有不同的收穫。回想這三年的學習與生活，我的確也收穫良多。在論文的最後，謹以此來感謝那些曾經以各種方式幫我度過難關的良師益友。

　　感謝我的父母親人，是你們在我的求學生涯中，一直默默給予我理解、寬容和最大的支持，我會一直努力，並盡力做好自己的事情，讓你們放心。

　　感謝我的導師雲峰先生，三年前，承蒙先生不棄，資質愚魯的我得忝門下。三年來，您的言傳身教讓我受益匪淺。今後的我只能更加努力，以不負您的厚望。

　　感謝我的朋友們，謝謝你們給我的關愛與規箴，使我不斷地反省和認識自己，從而更客觀地爲自己定位。感謝你們一直以來的支

持與相伴，我不用列舉你們的名字，因爲你們一直都住在我心裏。

感謝三年來曾給予我指點和幫助的黃鳳顯先生、傅承洲先生、陳允鋒先生，您的隻言片語總能爲我指點迷津，助我走出困境。

感謝文傳院曾給予我幫助的曹立波、藍旭、唐丹丹、張玉剛、朱生寶、藍波、劉明等各位老師。

感謝所有在百忙中審閱我的論文，並提出寶貴意見的各位老師。

學生時代的終結，也是社會人生的開始。終點即起點，在未來的人生中，希望在迷茫中總有一線光，指引我向前，向上，向善！

2012.5.2